ro
ro
ro

# JOHN BROWNLOW

# EIGHTEEN

THRILLER

Aus dem Englischen von Stefan Lux

Rowohlt Taschenbuch Verlag

Die Originalausgabe erschien 2023 unter dem Titel «Eighteen»
bei Hodder & Stoughton, London.

Deutsche Erstausgabe
Veröffentlicht im Rowohlt Taschenbuch Verlag,
Hamburg, Juni 2024
Copyright © 2024 by Rowohlt Verlag GmbH, Hamburg
«Eighteen» Copyright © 2023 by Deep Fried Films, Inc.
Redaktion Peter Hammans
Motto Richard Ford: «Kanada». Übersetzt von Frank Heibert.
Hanser Berlin, 2012, Seite 398
Die Nutzung unserer Werke für Text- und Data-Mining
im Sinne von § 44b UrhG behalten wir uns explizit vor.
Covergestaltung Hafen Werbeagentur, Hamburg
Coverabbildung Magdalena Russocka / Trevillion Images
Satz aus der Newzald
bei Pinkuin Satz und Datentechnik, Berlin
Druck und Bindung GGP Media GmbH, Pößneck
ISBN 978-3-499-00932-7

*Für Heather*

*«Man kommt nicht leicht durchs Leben,*
*ohne jemanden umzubringen.»*

Richard Ford, *Kanada*

# TEIL I

**1** Ich warte darauf, dass mich jemand tötet.

Heute wäre ein guter Abend dafür. Vor einer Weile noch ging eine Brise, aber jetzt hat der Wind sich gelegt, nur die Baumwipfel wiegen sich noch leise hin und her. Nichts, was eine Kugel von ihrem Ziel abbringen würde. Der Mond ist beinahe voll und steht hoch genug am Himmel, um einen Scharfschützen bequem seine Position finden zu lassen. Aber nicht so hoch, dass er leicht zu entdecken wäre. Noch vor einem Monat wäre ich vom Gipfel des gegenüberliegenden Hügels nicht zu sehen gewesen, aber inzwischen hat sich das Laub verfärbt und ist weitgehend abgefallen. Jetzt bietet der Wald bis in eine Entfernung von mindestens anderthalb Kilometern freie Sicht für einen Schützen.

Das Haus gehört mir nicht. Es gehört Sixteen, meinem Vorgänger. Er war der sechzehnte in einer Reihe professioneller Mörder, die sich bis in die Zeit der Romanows zurückverfolgen lässt. Einige haben als Spione angefangen, andere als Verräter, Saboteure, Idealisten, Polizisten – in einem Fall sogar als Waisenkind, das in den Straßen von Sankt Petersburg aufgegriffen wurde. Aber alle endeten auf dieselbe Weise: ellbogentief im Blut ihrer Mitmenschen und, früher oder später, in ihrem eigenen.

Die Mechanik, die unsere Welt am Laufen hält, muss geölt werden. Dieses Öl sind wir. Wir sind die Fliegen, die von der

Scheiße der Welt leben und sie entsorgen. Maden, die eiternde Wunden säubern. Wir sind die Sicherheitsventile, die den Kessel vor dem Explodieren schützen, die Steuerelemente, die ein neues Tschernobyl verhindern. Wir sind kleine holländische Jungs, die ihre Finger in die Deiche der Geschichte stecken.

Oder etwas in der Art.

Die Nummer ist ein Wunschkennzeichen, das einem per Akklamation von den Kollegen zugeteilt wird. So ähnlich wie Ballkönigin oder Werbefachmann des Jahres (Südliche Region), nur eben fürs Töten. In den alten Zeiten haben wir allein gearbeitet, auf ein Nicken oder eine geheime Geste hin, und wurden mit Diamanten bezahlt, die in Jackensäume eingenäht waren. Oder mit Koffern voll benutzter Scheine. Mit Inhaberobligationen. Oder der altehrwürdigen Variante in Form eines Züricher Nummernkontos. Und heute? Mit Kryptowährungen, Wash Trades mit nichtfungiblen Tokens, Immobilien-Scheingeschäften, Offshore-Firmen und den Diensten professioneller Geldwäscher.

Wir nehmen auch Bargeld.

Mörder wie wir sind die Spitze eines Eisbergs aus Tod und Verrat, ein perverser Abklatsch des Hollywood-Starsystems mit seinen Moguln, Komparsen und Berühmtheiten. Je bedeutender der Name, desto höher die Gage, aber man wird immer nur an seinem letzten Job gemessen. Und natürlich gibt es ständig einen naiven Scheißkerl, der verzweifelt darauf aus ist, den glitschigen Weg nach oben zu erklimmen und einen für alle Zeiten in den Ruhestand zu schicken.

Bei meiner Geburt waren One bis Fifteen schon tot. Keiner von ihnen war im Schlaf gestorben oder hatte damit gerechnet, dass es so käme. Jetzt ist auch Sixteen gestorben. Nicht durch meine Hand, obwohl ich es wahrhaftig versucht habe. Sobald er tot war, habe ich seinen Platz, seine Gewohnheiten, seine Identität angenommen.

Er war Sixteen.

Ich bin Seventeen.

Irgendwo da draußen gibt es einen, der Eighteen werden will.

Der Weg, den er nehmen muss, führt direkt über mich.

Ich hoffe, er beeilt sich.

2 Offiziell bin ich im Ruhestand, im ehrwürdigen Alter von jünger-als-Sie-glauben. Ich verfüge über keinen Makler, keine Infrastruktur, keinen Schutz, keinen Zugang zu Aufträgen, wie ich sie früher ausgeführt habe. Geschweige denn das Bedürfnis nach solchen Aufträgen.

Mein altes Ich brannte so hell, dass Sie den Blick abwenden mussten. Fast ein Jahrzehnt lang reiste es mit einer Welrod VP9 im Schulterholster kreuz und quer um die Welt. Diese Waffe ist beruhigend, solide und leise. Auf allen sechs Kontinenten und jenseits des Nördlichen Polarkreises war ihr hollywoodmäßiges *Plopp* zu hören – oder besser: nicht zu hören. Aber dieser Seventeen hat aus Gründen, von denen er nichts wusste, zu viele Menschen getötet. Er sagte immer, dass man beim ersten Mal, dass man jemanden umbringt, auch sein altes Selbst tötet. Ab diesem Moment ist man die Person nicht mehr.

Er lag zur Hälfte richtig.

Ja, man tötet sich selbst, aber nicht sofort. Man erodiert bis zur Auslöschung, bis man nur noch Das-Ding-das-tötet ist. Man ist wie ein Jäger, der auf einem zugefrorenen See einer Spur folgt. Das Eis wird dünner, je weiter man in den aufsteigenden Nebel vordringt. Dann hört man ein Knacken hinter sich, dreht sich um und sieht einen Riss in der Oberfläche auf sich zukommen. Man läuft, aber jeder Schritt bringt einen weiter vom Ufer weg, bis einem das Eis unter den Füßen wegbricht und einen ins Dunkle zieht.

Dort bin ich jetzt.

Im Dunkeln.

Ich habe keinen digitalen Fußabdruck.

Kein Internet.

Kein Handy.

Keine Kreditkarten.

Kein Netflix.

Keine Pornos, abgesehen von einer eselsohrigen Ausgabe von *Shiny Housewives*, die ich in Sixteens Keller gefunden habe.

Ich habe all seine Platten gehört.

Ich habe all seine DVDs gesehen.

Ich habe es mit Trinken versucht.

Ich habe es mit Nichttrinken versucht.

Ich habe mit dem Rauchen angefangen, nur um damit aufhören zu können.

Ich habe Rosen gezüchtet.

Ich habe Zucchini angebaut.

Ich *hasse* Zucchini.

Ich bin nichts.

Ich bin weniger als nichts.

Eine Handvoll Staub. Eine Ziffer.

Eine negative Nummer.

Ich bin die Quadratwurzel aller negativen Scheiße.


Das Haus ist so gebaut, dass es sich leicht verteidigen lässt. Mitte des letzten Jahrhunderts im Ranchhaus-Stil mit versetzten

Ebenen errichtet, krönt es den Gipfel eines Hügels. Man schaut hinunter auf ein winziges, verschlafenes Provinznest, das sich aus unerfindlichen Gründen «Stadt» nennt. Nimmt man die gewundene kleine Straße hinunter zur Tankstelle, erhebt sich auf der gegenüberliegenden Seite der Durchgangsstraße ein bewaldeter Hügel, der einen freien Blick auf die Panoramafenster des Hauses bietet.

Der zweieinhalb Meter hohe elektrische Zaun, der Sixteens Grundstück umgibt, die in der Erde vergrabenen Bewegungssensoren und die gepanzerten Stahltüren sorgen dafür, dass jeder Frontalangriff selbstmörderisch ausgehen würde. An jeder Biegung der in den Ort hinunterführenden Straße ist der Wald in dreißig Metern Abstand gerodet, was auch einen Hinterhalt sinnlos machen würde. Unter dem Strich bleibt nur eine Möglichkeit: ein Schuss aus neunhundert Metern Entfernung vom Gipfel des Hügels gegenüber.

Schwierig, aber nicht ganz unmöglich, vor allem jetzt, wo im holzgetäfelten Zimmer hinter mir alle Lampen brennen und ich so stehe, dass ich eine perfekte Silhouette biete.

Mein Bekanntenkreis ist kein Kreis. Eher ein Punkt, eine einzelne Person: Barb, die das heruntergekommene Motel auf der einzigen Durchgangsstraße führt. Es gab einmal zwei Leute dort, aber die junge Frau mit den grünen Augen ist vor sechs Monaten weggegangen und kommt wahrscheinlich nie zurück. Ich habe nicht den Mumm, mehr dazu zu sagen. Höchstens, dass sie ohne mich besser dran ist. Ob das auch umgekehrt gilt, ist eine Frage für lange Nächte mit der Flasche. Aber sie ist weg, und unsere Pfade werden sich höchstwahrscheinlich nicht mehr kreuzen.

Immerhin habe ich Kabelfernsehen, und ein paarmal wöchentlich besorge ich mir die *New York Times* oder die

*Washington Post*. Dem, was ich lese, entnehme ich, dass die Welt der Spionage sich verändert hat. Sie ist online gegangen. Kryptografie, Ransomware, koordinierte Zero-Day-Malware-Attacken, massenhafte Überwachung, Keyword-Recherche, Mustererkennung durch KI, autonome Waffen, Fernüberwachung, Side-Channel-Exploits.

Ich verstehe die Begriffe und weiß, worum es geht, aber es interessiert mich nicht.

Meine Welt besteht aus Fleisch und Blut, vor allem aus Letzterem. Aus Händeschütteln und Trinkgelagen und Kugeln im Rücken. Verwanzten Hotelzimmern. Waffen mit Schalldämpfern, Muskeln und schnellen Autos. Aus Explosionen und Fleischwunden, gefesselten Handgelenken und Prügeleien in Nebenstraßen. Aus falschen Pässen und Legenden, Erpressung und betrunkenem, verbotenem, lieblosem Sex. Aus Nächten in Polizeigewahrsam, Verhören, Fluchten. Toten Briefkästen und Koffern voller Bargeld. Aus Milliardären und Komplotten, nebulösen Machenschaften, Privatjachten und Inseln. Diktatoren in Fadenkreuzen, schier unmöglichen Schüssen und Stürzen aus großer Höhe.

Vielleicht existiert die Welt, zu der ich gehöre, nicht mehr.

Vielleicht gibt es für jemanden wie mich keinen Platz mehr.

Vielleicht ist das gut so.

Vor seinem Tod hat Sixteen mir verraten, warum er sich in dieser mit Flauschteppichen ausgelegten Einsiedelei verbarrikadiert hat. Er hatte Angst. Nicht vor einem angeberischen jungen Thronbewerber, der sich seine Krone holen wollte, sondern vor seinen Geistern, vor den Schatten der Opfer, die sich nachts um sein Bett versammelten, um ihn zu quälen. In einer Schublade in der Küche hatte er eine Pistole mit einer einzigen Patrone in der Kammer. Für den Fall, dass das Geschrei der Geister irgendwann zu laut würde.

Inzwischen habe ich meine eigenen Geister, zu viele, um sie zählen zu können, und manchmal, in der Stille der frühen Morgenstunden, höre ich sie flüstern. Hin und wieder öffne ich die Schublade und starre die Waffe an. Oder ich nehme sie in die Hand, spüre ihr Gewicht. In einigen Fällen habe ich sie mir an den Kopf gehalten, um mir vorzustellen, wie es sich anfühlen würde, einfach nicht mehr zu existieren. Und inwieweit – wenn überhaupt – das ein Unterschied zu meinem jetzigen Leben wäre.

Aber dann sichere ich die Waffe wieder und lege sie in die Schublade zurück.

Zu sterben würde mir nichts ausmachen. Aber nicht so.

Ich vermisse dieses Leben nicht.

Ich vermisse es *höllisch*.

Aber mit dem grundlosen Töten habe ich abgeschlossen. Dieser Weg würde bloß immer wieder hierherführen, in diese vier Wände, ins Haus eines Toten. Mit den rachsüchtigen Geistern als einziger Gesellschaft und einer geladenen Pistole in der Schublade.

Was ich brauche, ist ein Sinn. Ein *Ziel*.

Deshalb habe ich mich an hundertvierundsiebzig Abenden hintereinander bei voller Beleuchtung vor das hohe Panoramafenster gestellt. Auch heute lehnt mein Kopf an der Scheibe, ich spüre die Kühle auf meiner Stirn und halte den Atem immer wieder für eine Minute an, als könnte ich aus der Dunkelheit eine Kugel heraufbeschwören, die mich zurück ins Leben holt.

Ich will mich gerade zum hundertfünfundsiebzigsten Mal abwenden, als ich das Mündungsfeuer sehe.

} Vom Gipfel des gegenüberliegenden Hügels bis zu meinem Fenster sind es gut neunhundert Meter. Eine Hochgeschwindigkeitspatrone verlässt die Mündung mit einer Geschwindigkeit von etwa dreitausend Stundenkilometern, was bedeutet, dass sie eine knappe Sekunde unterwegs ist. Die durchschnittliche menschliche Reaktionszeit auf einen visuellen Reiz liegt bei ungefähr einem Viertel dieser Zeit. Das alles zusammengenommen bedeutet, dass mir genug Zeit bliebe, um der Kugel auszuweichen.

Aber das tue ich nicht.

Denn ich habe ein Abkommen mit dem Universum geschlossen, Kismet, Schicksal, wie immer Sie es nennen wollen.

Wenn die Kugel ihr Ziel findet, okay. Der Schütze wird Auftragsmörder Achtzehn und kann sich die Zahl wie bei einer Kellneruniform an die Brust heften – *LÄCHELN Sie, wenn Sie auf KOPFSCHÜSSE stehen!!!* Meine Uniform wird weggehängt, das Trikot eines vergessenen Stars, das irgendwo unter dem Dach des leeren Stadions flattert.

Aber falls das Universum mich am Leben lässt, erlöst es mich aus der Dunkelheit.

Dann habe ich noch einen Platz auf der Welt.

Dann werde ich nicht auf Sicherheit durch Unsichtbarkeit setzen, sondern auf Sicherheit durch komplette, totale Sichtbarkeit. Ich werde Superautos mit überdimensionierten Motoren fahren – und sie wahrscheinlich schrotten. Ich werde in entlegene Länder reisen, im Feuer automatischer Waffen unglaubliche Parcours-Fähigkeiten demonstrieren und den tödlichsten staatlichen Nachrichtendiensten der Welt entkommen.

Hin und wieder werde ich die Welt retten.

Es gibt nur ein Problem.
Der Schuss ist *perfekt*.

Die Kugel trifft mich genau zwischen die Augen.

**4** Ich bin tot.
Ende.

**5** Meine Sicht verschwimmt und wird wieder klar. Der Höllen-
kreis, in dem ich gelandet bin, hat offensichtlich Spritzputz-
decken und einen Ventilator, der im selben Rhythmus eiert wie
der im Haus von Sixteen. Ehrlich gesagt hatte ich mir vom Jenseits mehr erhofft.

Die Alternative wäre, dass ich nicht tot bin.

In der Scheibe ist ein Loch, nur ein Krater auf der Außen-
seite, von dem sich dünne Risse in alle Richtungen ausbreiten.
Laut der Rechnung, die ich im Keller gefunden habe, bestehen
die Fenster aus kugelsicherem verglasten Polycarbonat der
Klasse 7, das den Einschlägen von fünf NATO-Standardpatro-
nen standhalten soll.

Ein professioneller Scharfschütze, irgendein Möchtegern-
Eighteen, würde das alles mit einberechnet haben. Er hätte
0,5-Zoll-Munition benutzt, die eine Stahlplattenpanzerung
oder fünfzehn Zentimeter kugelsicheres Glas durchdringen
kann. Außerdem hätte er oder sie auf den Körper gezielt und
einen garantiert tödlichen Treffer gelandet, weil eine Kugel dieser Größenordnung die Eingeweide in Hundefutter verwandelt.

Was mich getroffen hat, war kleiner und außerdem ein
Kopfschuss. Das Glas hat die Kugel aufgehalten und ihre kine-

tische Energie auf mich übertragen, wie ein Hammerschlag ins Gesicht.

Ich hebe die Hand zum Mund. Als ich sie wegnehme, sehe ich Blut und einen Zahn.

Taumelnd komme ich auf die Beine, immer noch benommen von dem Schlag. Ich schalte das Licht aus.

Wer auch immer auf mich geschossen hat, hat mir mein Leben zurückgegeben.

Wenn ich ihn finde, werde ich mich bedanken und ihn umbringen.

Nur nicht in dieser Reihenfolge.

**6** Mit meinem Geländewagen fahre ich aus der Garage, eine Infrarotbrille in die Stirn geschoben und eine Sig Sauer auf dem Rücken. Der Schütze muss gesehen haben, wie die Scheibe zerborsten ist und wie ich anschließend auf die Beine gekommen bin. Trotzdem hat er es kein zweites Mal versucht, was bedeutet, dass er sich entweder zurückgezogen hat oder, was wahrscheinlicher ist, mit meinem Gegenangriff rechnet und Zeit braucht, um sich auf den offenen Kampf vorzubereiten.

Vom Gipfel des Hügels gibt es nur eine offensichtliche Fluchtroute, einen zerfurchten Waldweg, der nach zwölf Minuten in den Highway mündet. Wenn er diesen Weg wählt, wird er wahrscheinlich entkommen, sodass ich wie ein Hund seiner Fährte folgen muss. Aber wenn er wirklich vorhat, Eighteen zu werden, bleibt ihm nichts anderes übrig, als die Stellung zu halten und den Kampf bis zum Tod zu führen.

*Er, sein, ihm.* Warum gehe ich von einem Mann aus?

Es ist nicht so, als gäbe es in der Branche keine Frauen,

aber die Beste von ihnen, Bernier, ist tot. Sie wurde vor einem halben Jahr mit einer Kettensäge zerlegt – von dem Mädel mit den grünen Augen, das sich geweigert hat, sein weiteres Leben von dieser Tat bestimmen zu lassen. Die Zweitbeste, Ostermans Mädel, Kovacs, hat mich gezwungen, sie in einem Hotelzimmer in Berlin zu erschießen, obwohl mein Körper noch in ihren Moschusduft gehüllt war. Von der Drittbesten und für mich in jeder Hinsicht Gefährlichsten hört man seit einem knappen Jahrzehnt nichts mehr.

Hinter einer Kurve erreiche ich die Stelle, wo das Gebüsch zu einer Bodenvertiefung hin abfällt, die vom Gipfel des Hügels aus nicht einzusehen ist. Das Motorengeräusch verrät ihm meine Position, aber immerhin bin ich seinen Blicken entzogen und versperre ihm den Fluchtweg zur Straße. Keine Minute später erreiche ich den tiefsten Punkt und lasse den Wagen stehen.

Ich ziehe die Infrarotbrille herunter und bewege mich lautlos zwischen den Bäumen hindurch. Nach einem Jahr Vorbereitungszeit kenne ich den Wald wie meine eigenen Gesichtszüge. Immer noch vor ihm verborgen, steige ich auf einem geheimen Pfad, den ich, um keine Geräusche zu verursachen, vom Unterholz befreit habe, nach oben.

Alle paar Sekunden bleibe ich stehen und lausche. Da sollte nur Stille sein, die Atmosphäre des Waldes und mit etwas Glück das Knacken eines Asts oder Zweigs unter einem Kampfstiefel.

Aber ich höre etwas anderes.

Ein Atmen. Schnell. Fast keuchend. Und noch etwas. Das Rascheln von Blättern unter Füßen. Habe ich es mit mehreren Angreifern zu tun? Und wenn ja, warum bewegen sie sich wie Amateure? Aber die Geräusche passen nicht zu Männern in Kampfmontur. Sie sind leiser. *Viel* leiser.

Ich erreiche den Gipfel, leise und vorsichtig. Durch die Infrarotbrille entdecke ich nichts. Ich setze sie ab, um einen besseren Rundumblick zu haben. Und sehe vor mir ein Glitzern im Mondlicht.

Es ist ein Scharfschützengewehr, ein Sako TRG 42. Finnisch, beste Qualität. Unter anderen Umständen eine gute Wahl. Aber die Sako benutzt Munition Kaliber .300 und hat eine effektive Reichweite von rund tausend Metern. Das Haus lag schon am Rand ihrer Möglichkeiten. Wenn man dann noch die hohe Wahrscheinlichkeit einkalkuliert, dass meine Fenster aus Panzerglas bestehen, lag die Chance auf einen tödlichen Treffer praktisch bei null.

Es kann nur einen Grund geben, warum jemand, der die Fähigkeit besitzt, mich aufzuspüren, und genug Mut hat, tatsächlich zu schießen, eine solche Waffe verwendet hat: Der Schuss war eine Finte mit dem Ziel, mich aus dem Haus zu locken.

Nun, hier bin ich. Warum hat er noch nichts unternommen?

Das Atmen ist überall.

Langsam macht es mir Gänsehaut.

Ich setze die Infrarotbrille wieder auf. Nichts.

Und dann sehe ich es.

Einen Lichtblitz. Ein Leuchten.

Körperwärme.


Nur nicht von einem menschlichen Körper.


7 Es ist ein Wolf.
Und noch einer.
Und noch einer.

Ein ganzes Rudel, herumkreisend, auf der Jagd, vielleicht vom Knall des Scharfschützengewehrs angelockt.

Himmel, was für ein Ende.

*Hier liegt Seventeen, von Wölfen verspeist.*

Und dann begreife ich es.

Sie jagen nicht mich.

Sondern jemand anders – oder etwas anderes.

Rings um mich herum glüht es grünlich, die Augen leuchten besonders hell. Sie scheinen sich auf einen knorrigen alten Ahorn zu konzentrieren und rücken unter der Führung eines ausgewachsenen Alphatiers vor. So stark auf ihre Beute konzentriert sind sie, dass sie nicht merken, wie ich einen Bogen um den Stamm schlage, um zu sehen, wen oder was sie töten wollen.

Ich weiß nicht, was ich erwartet habe.

Meinen Angreifer?

Einen Jäger, der ihn gestört hat und getötet wurde?

Ein verwundetes Reh?

Bigfoot?

Alles falsch.

Ich muss die Infrarotbrille hochschieben, um sicherzugehen, dass es sich nicht um einen Materialfehler handelt.

Denn es ist ein Kind, das sich gegen den Baum presst.

Ein Mädchen, ungefähr neun, in Tarnkleidung und mit geschwärztem Gesicht.

Sie ist total verängstigt.

Das Rudel nutzt den Augenblick und greift an.


**8** Ich könnte die Hälfte von ihnen mit dem Gewehr erledigen, aber der Rest des Rudels würde das Mädchen verschlingen. Also entleere ich mein Magazin stattdessen in die Bäume und

Sterne. Die Kugeln zischen durchs Blattwerk und lassen Äste und Blätter regnen. Der Krach zerreißt die Nacht, und die Wölfe verziehen sich panisch ins Unterholz. Ich setze die Brille wieder auf und drehe mich im Kreis, in der Hoffnung, dass sie verschwunden sind. Stattdessen sammeln sie sich in knapp hundert Metern Entfernung in einem Bogen, hungrig und immer noch zum Töten bereit. Nur das große Alphamännchen ist nicht zu sehen.

Schnell schiebe ich ein neues Magazin ein. Tiere zu töten, die lediglich ihren Instinkten folgen, macht mir keinen Spaß. Aber das Leben des Kindes zählt mehr, selbst wenn es versucht hat, mich zu erschießen.

Ich wende mich wieder zum Baum um und will ihr sagen, dass sie keine Angst haben soll und ich sie beschützen werde.

Aber sie ist weg.

Am äußeren Rand der Brille sehe ich das Licht eines menschlichen Körpers. Ich drehe mich um. Sie läuft schnell, direkt auf eine Gruppe von drei Wölfen zu, darunter das Alphatier. Im Dunkeln kann sie die Tiere nicht sehen.

«Stopp!», rufe ich.

Sie läuft weiter.

Die drei Wölfe stürzen auf sie los. Von hinten kommt bellend der Rest des Rudels. Sie wird in die Zange genommen und sieht noch immer nichts.

Egal wie viel ich trainiert habe, beim Hundert-Meter-Sprint bin ich nie unter zehneinhalb Sekunden geblieben. Selbst das verlangt olympiareife Disziplin und einen Körper, der mit den richtigen Genen gesegnet ist. Im Moment trage ich ein Automatikgewehr, eine Pistole, Munition, Stiefel, Nachtsichtausrüstung und eine Schutzweste. Aber ich schwöre, dass ich diesmal unter zehn Sekunden bleibe.

*Trotzdem* bin ich zu langsam.

Im letzten Moment sieht sie die Wölfe, eine Wand aus Fell und Zähnen, die auf sie zurast. Sie bleibt stehen und schreit, wie eine Neunjährige in Todesangst eben schreit. Als das Alphamännchen sich mit weit aufgerissener Schnauze auf sie stürzen will, packe ich sie mit einer Hand und hole mit dem Gewehr in der anderen nach dem Tier aus.

Der riesige Wolf stürzt zu Boden und kommt taumelnd wieder hoch. Das Mädchen dreht und windet sich in meinem Arm. Ich drehe mich zu dem Tier um, das jetzt nicht nur hungrig, sondern auch wütend über die Demütigung ist. Ich schaue zurück und sehe, dass das Rudel näher kommt. Wieder feuere ich in die Bäume, aber inzwischen sind sie daran gewöhnt. Wieder läuft der Anführer zähnefletschend los, er nimmt Tempo auf.

Das sich sträubende Kind macht es mir unmöglich, mit der Sig Sauer einhändig zu zielen. Also lasse ich die Waffe fallen und zücke meine Pistole. Als ich sie endlich aus dem Holster habe, fliegt der Wolf bereits auf uns zu. Unmittelbar bevor er zuschnappen kann, erwische ich ihn genau zwischen den Augen. Sein Gewicht, rund achtzig wilde, stinkende Kilo, krachen in mich hinein und reißen mich um.

Angeekelt schiebe ich das tote Tier von mir herunter. In diesem Moment befreit sich das Mädchen aus meinem Griff. Ich drehe mich um und packe sie am Knöchel, aber ihr Fuß rutscht aus Schuh und Socke. Ich werfe die Pistole weg und schnappe mir den nackten Fuß mit der anderen Hand, doch sie beißt mir fest auf die Fingerknöchel und schlägt winzige, scharfe Zähne hinein. Ich lasse nicht los, taste mit der anderen Hand wieder nach der Pistole und drehe mich zu den Wölfen um. Sie rücken wieder vor, aber sie haben mich vergessen. Jetzt gilt ihr Interesse dem Alphatier, sie schnüffeln am noch warmen Kadaver ihres toten Königs.

Ich gebe einen einzigen Schuss in die Luft ab. Sie zerstreuen sich, führerlos und ängstlich.

Ich klemme mir das Kind wie einen Football unter den Arm und gehe zurück zu meinem Wagen.

**9** Mit Kindern habe ich keine Erfahrung, ich bin selbst kaum eines gewesen. Von Junebug, meiner Junkie-Nutten-Mutter, wurde ich von vergammeltem Motel zu vergammeltem Motel geschleppt. Wie ein Kind hat sie mich kaum behandelt, eher wie einen Freund und Komplizen. Ich habe für sie Schmiere gestanden, war ihr Vertrauter und ihr Banker – habe auf das Geld aufgepasst, das sie verdient hat, habe es gezählt, in eine ramponierte *Sesamstraßen*-Lunchbox gestopft und genug auf die Seite gelegt, um das Hotelzimmer bezahlen und uns hinreichend Vorräte für die Woche kaufen zu können. Aber ich war auch ihr Kurier, ein Mittelsmann, der bei Männern in durchhängenden Autos oder in verwahrlosten Wohnungen Bargeld abgeliefert hat.

Ich kann mich an keine Zeit erinnern, in der Junebug nicht auf die eine oder andere Art abhängig gewesen wäre. In manchen Wochen hat sie so tapfer dagegen angekämpft, wie ich je irgendwen habe kämpfen sehen, in anderen hat sie sich komplett der Sucht hingegeben. Ihr Leben war ein immerwährender Kampf, sich aus dem Treibsand der eigenen Geschichte zu befreien – einer Kindheit, die von ihrem Vater, einem religiösen Spinner, mit schweigender Billigung ihrer Mutter entweiht wurde. Mit fünfzehn entfloh sie diesem Leben, aber als wäre es Treibsand, versank sie umso tiefer darin, je heftiger sie dagegen ankämpfte.

Mit acht oder neun hatte ich einen sechsten Sinn für Polizeiwagen und Undercover-Ermittler der Sittenpolizei entwickelt. Ich wusste, wie man das Jugendamt, Familienrichter und alle belog, die mit Fragen kamen, die ich nicht beantworten wollte. Ich sah dem Auf und Ab ihres Krankheitsverlaufs zu. Wahrscheinlich wurde für Junebug nie eine ordentliche Diagnose erstellt, aber ich vermute, dass sie unter dem litt, was im diagnostischen und statistischen Leitfaden psychischer Störungen als Bipolar-II-Störung beschrieben wird. Sie hatte sonnig optimistische Phasen, in denen sie detaillierte Pläne für unsere Zukunft schmiedete, Geld sparte, neue Kleidung kaufte und sich praktisch komplett zusammenriss. Dann aßen wir gesunde Mahlzeiten, sie las Selbsthilfebücher, die sie aus den Regalen an der Kasse von Lebensmittelläden stahl. Sie ließ die Finger vom Stoff, was dazu führte, dass sie mehr und für bessere Kundschaft arbeitete. Was wiederum bedeutete, dass sie mehr verdiente und die Bibo-Büchse unter dem Bett sich mit Zehnern und Zwanzigern füllte statt mit den üblichen knittrigen Ein- und Fünf-Dollar-Scheinen.

Das waren die guten Zeiten.

Aber unweigerlich drehte sich der Wind. Ich sah es kommen, weil sie dann still wurde. Statt zu arbeiten, saß sie an manchen Tagen einfach auf dem Bett und weinte ohne ersichtlichen Grund. Dann wurde mir klar, dass sie immer noch kämpfte, aber innerlich wusste, dass die Schlacht schon verloren und es nur eine Frage der Zeit war, bis sie wieder kapitulierte. Sie wusste auch, dass ich protestieren würde, weshalb sie die Büchse plünderte, während ich schlief. Natürlich kannte ich die Anzeichen gut genug, um den größten Teil des Geldes herauszunehmen und woanders zu verstecken. Aber in einem beschissenen Motelzimmer ist die Zahl möglicher Verstecke begrenzt, und ein Junkie kennt sie alle.

Sie war dann schon high, wenn sie von dem Ort oder der Person mit dem Stoff zurückkam. Ich wachte auf, wenn sie ins Zimmer stolperte. Alles, was ich dann noch tun konnte, war, dafür zu sorgen, dass sie nicht einschlief oder, wenn das nicht funktionierte, wenigstens nicht an ihrem Erbrochenen erstickte. Und der Kreislauf – der ein paar Wochen oder ein paar Monate dauern konnte – begann von vorn.

Als ich neun war, ermordete ein Mann sie vor meinen Augen. Danach war ich nur noch rein körperlich ein Kind.

**10** Den ganzen Weg zurück bis zum Haus kämpft das Mädchen wie eine Wildkatze. Ich kann den Geländewagen kaum unter Kontrolle halten, weil ich sie festhalten und an der Flucht hindern muss, ohne ihr wehzutun oder irgendwelche Knochen zu brechen.

Tatsächlich schaffe ich es bis zur Haustür, aber sobald ich sie hinter uns schließe, windet sie sich mir aus dem Arm. Ich versperre ihr den Weg zur Eingangstür, aber sie verschwindet im Haus. Als ich endlich abgeschlossen habe, ist sie weg. Es folgt eine Viertelstunde entwürdigenden Versteckspiels, das mich unter Betten und in Schränken suchen lässt, hinter Türen und sogar unter den Sofakissen. Als ich mich auf den Weg in den Keller mache, in dem mein Fitnessstudio und gepanzerte Schränke mit Waffen und Sprengstoffen untergebracht sind, höre ich hinter mir leise Schritte. Ich drehe mich um und sehe gerade noch, wie die Tür zum Bad zugeschlagen wird. Dann höre ich, dass sie die Tür abschließt.

Es gibt kein Fenster, was bedeutet, dass sie nicht abhauen kann. Also setze ich mich auf die oberste Treppenstufe, um endlich einen Moment nachdenken zu können.

Ich bin sicher, dass das Kind auf mich geschossen hat. Als ich sie aus dem Wagen zur Haustür geschleppt habe, ist mir der Korditgeruch aufgefallen. Aber eine Neunjährige schleppt kein Zehn-Kilo-Gewehr samt Zielfernrohr und Munition von der Straße den Hügel hinauf und sucht sich dort die geeignete Position für einen perfekten Schuss auf mein Fenster. Ganz sicher war es nicht sie, die mich aufgespürt hat. Aber wer auch immer hinter alledem steckt, hat sich nicht mal die Mühe gemacht, dem Kind zu sagen, es solle sich nach dem Schuss schnellstens aus dem Staub machen. Und irgendwie habe ich das Gefühl, dass sie auch nicht besonders scharf darauf ist, Eighteen zu werden.

Was hat das zu bedeuten? Ist sie eine Stellvertreterin? Ein Werkzeug, um gefahrlos einen Schuss auf mich abgeben zu können?

Wer hat sie geschickt? Und warum ein Kind? Weil es das Risiko nicht einschätzen konnte?

Wenn es so ist: Wer wollte mich aus einem anderen Grund tot sehen als dem, selbst die Krone zu beanspruchen?

Wenn es nicht so ist: Welchen anderen Sinn könnte das alles haben?

Aber jetzt zum größten Rätsel von allen: Was *zum Teufel* soll ich mit einem neunjährigen Mädchen anfangen?

Ich brauche Antworten. Und ich kenne eine Menge Verhörtechniken. Die Dinge, die Sie von Abu Ghraib gehört oder gesehen haben – stundenlanges Ausharren in unbequemen Körperhaltungen, Waterboarding, Stromschläge, Angriffe durch Hunde, Schlafentzug –, waren das harmlosere Zeug. Die echten

Hits sind in mittelalterlichen Kerkern erfunden worden, in den Verhörzentren der Nazis, in syrischen Gefängniszellen oder im Keller des Kreml.

Aber nichts von alldem würde ich bei einem Kind anwenden.

Ich lausche einige Sekunden an der Badezimmertür und höre ein Schniefen, wahrscheinlich weint sie. Ich klopfe leise an die Tür, es hört sofort auf.

«Alles in Ordnung», sage ich. «Ich tue dir nichts, versprochen. Aber du musst die Tür aufmachen.»

Ich kann gerade eben ihren Atem hören, schnell und flach, verängstigt.

Die Tür ist dünn, ich könnte sie problemlos aufbrechen. Aber wenn ich etwas erfahren will, muss das Mädchen mir vertrauen. Was bedeutet, dass sie die Tür selbst öffnen muss.

«Ich setze mich einfach hierhin», sage ich durch die geschlossene Tür hindurch. «Bis du bereit bist aufzumachen.»

Ich lehne mich mit dem Rücken an die Tür und bleibe eine Stunde sitzen. Dabei höre ich, wie der flache Atem sich langsam beruhigt und fest wird, beinahe tief.

Nach fast neunzig Minuten höre ich ein leises Schnarchen.

Auch kleine Attentäterinnen brauchen ihren Schlaf.

Im Türknopf gibt es ein winziges Loch, sodass man die Tür auch von außen öffnen kann. Ich suche nach einem passenden Schraubenzieher und drehe, so leise ich kann. Ich lausche, ob sich das Atemgeräusch verändert, aber das tut es nicht. Vorsichtig schiebe ich die Tür auf. Im Dunkeln kann ich an der gegenüberliegenden Wand ihre zwischen Badewanne und Waschbecken kauernde Gestalt erkennen. Sie hält etwas in der Hand, aber ich kann es nicht erkennen. Ohne sie aus den Augen zu lassen, taste ich nach dem Lichtschalter und lege ihn vorsichtig um.

Großer Fehler.

**11** Das Mädchen springt auf, und ich sehe, was sie in der Hand hält.

Ein Rasiermesser.

Sie weicht zurück zur Wand und fuchtelt mit dem Messer herum. Über ihr kohleschwarzes Gesicht ziehen sich Streifen von halb getrockneten Tränen, sie wirft mir wilde Blicke zu, halb herausfordernd, halb verängstigt.

Mein Blick gleitet über den immer noch geöffneten Bade-zimmerschrank. Auch der fast schon antike Rasierer war Ausdruck von Sixteens Alter-Knacker-Seite. Ich hätte ihn schon vor Monaten mit dem sonstigen Müll entsorgen sollen. Allerdings habe ich mich hier nie als längerfristigen Bewohner gesehen, und als Gast erschien es mir, auch wenn Sixteen tot war, unangemessen, seine Sachen einfach wegzuschmeißen. Wir hatten unsere Differenzen, um es freundlich auszudrücken, aber er dürfte der einzige Mensch auf der Welt gewesen sein, der sich in meine Lage hineinversetzen konnte.

Auf irgendeine alberne Weise kam es mir vor, als wäre dieses Haus ein Schrein zu seinem Andenken.

Da sieht man, wohin Sentimentalität führt.

Eine Neunjährige zu entwaffnen, ist kein besonderes Problem, aber schließlich versuche ich, Vertrauen aufzubauen. Also hebe ich stattdessen meine Hände, um zu zeigen, dass sie leer sind.

«Ich tue dir nichts», sage ich noch einmal. Dann gehe ich

so langsam und so wenig bedrohlich wie möglich auf sie zu, die leeren Handflächen nach oben.

Sie bewegt sich nicht und wendet den Blick nicht von mir ab.

Ich bin keine zwei Meter mehr von ihr entfernt.

«Alles in Ordnung, alles in Ordnung», wiederhole ich. «Gib mir einfach das Rasiermesser.»

Ich gehe weiter. Daran, wie ihr Blick plötzlich hin und her schweift und ihre Hände zittern, erkenne ich, dass sie sich in die Ecke gedrängt fühlt. Vielleicht wird ihr Arm einfach müde, vielleicht ist die Angst der Grund, jedenfalls hält sie das Messer, gerade als ich den Arm danach ausstrecken will, an ihre Kehle.

Ihr Blick sagt: *Glaub mir, ich tue es.*

Wieder hebe ich die Hände und ziehe mich ein Stück zurück.

Das Messer bleibt, wo es ist.

«Bitte. Nimm das Messer runter», sage ich.

Das Messer bleibt, wo es ist.

«Ich will nur wissen, warum du mich erschießen wolltest.»

Das Messer bleibt, wo es ist.

«Kannst du mir deinen Namen sagen?»

Plötzlich kommt mir ein Gedanke.

«Sprichst du Englisch? Wenn ja, dann nick einfach.»

Sie rührt sich nicht.

*Scheiße.*

Ich versuche es auf Deutsch, Italienisch, Spanisch, Französisch und Arabisch. Sie starrt mich weiterhin ausdruckslos an, aber ich könnte schwören, dass beim vierten Versuch etwas in ihrem Gesicht aufblitzt. Aus dem Bauch heraus versuche ich es noch einmal.

*«Tout va bien. Je ne vais pas te faire de mal.»*

Ich sehe ihren Augen an, dass sie mich verstanden hat. Das Rasiermesser bleibt an Ort und Stelle, aber sie drückt es nicht mehr so fest an ihre Haut.

Ich deute auf mich selbst. *«Seventeen. Je m'appelle Seventeen. Et toi?»*

Ihre Lippen bewegen sich, aber sie spricht so leise, dass ich nichts hören kann.

Ich will näher treten, sehe aber, dass sie das Messer wieder fest an ihre Kehle drückt. Also halte ich mich zurück.

*«Ton nom. Tu t'appelles ...?»*

«Mireille», sagt sie mit leiser, verängstigter Stimme.

«Mireille», wiederhole ich. *«C'est un joli nom. Tu parles Français?»*

Sie nickt.

*«As-tu peur de moi?»*

Sie nickt.

*«Tu n'as pas besoin d'avoir peur. Je te le promets.»*

Sie lässt das Messer ein winziges Stück sinken, immer noch unsicher.

So verharren wir einen Moment. Ich habe keine Ahnung, was ich als Nächstes tun soll, aber plötzlich weiß ich Bescheid. Sie muss Stunden im Wald verbracht haben, um auf die Gelegenheit zu ihrem Schuss zu warten. Aber dort, wo ich sie gefunden habe, war von Essen weit und breit nichts zu sehen. Keine Bonbonpapierchen, keine Feldflasche, nichts.

*«As-tu faim?»*, frage ich.

Sie nickt.

**12** Trotz seines ganzen Macho-Gehabes hatte Sixteen seltsam kindliche Vorlieben. Weit hinten in seinen Schränken und in der Gefriertruhe finde ich eine ganze Palette von Junkfood: Cap'n Crunch™ und Lucky Charms™, Alphagetti™ und Zoodles™, Twinkies™ und Suzie Qs™, Hot Pockets™ und Pop-Tarts™.

Ich lege die Schachteln und Päckchen auf den Küchentresen, hole einen Klapptisch aus dem Wohnzimmer und stelle das ungesündeste Smörgåsbord aller Zeiten zusammen. Als ich gerade Milch in eine Schüssel eingefärbter Frühstücksflocken gieße, sehe ich ein kleines Gesicht, das durch den Spalt in der Badezimmertür späht. Aber sobald ich hinsehe, zieht sie sich zurück.

Ich nehme den Klapptisch, trage ihn hinüber und schiebe die Tür auf. Sie ist wieder auf ihrem Platz zwischen Wanne und Becken und hält das Rasiermesser noch in der Hand. Aber ihre Entschlossenheit ist verschwunden, und als ich den Tisch vor ihr abstelle, reißt sie in kindlichem Verlangen die Augen weit auf.

Ich trete zurück, lasse mich mit dem Rücken zur Tür nieder und warte.

Sie betrachtet mich misstrauisch und nähert sich langsam ihrem Büfett, schnüffelt wie eine Katze daran herum. Das Messer scheint sie mehr oder weniger vergessen zu haben. Mit der freien Hand greift sie nach einem Hot Pocket, riecht daran und legt es wieder hin.

Dieselbe Prozedur wiederholt sie mit den anderen Leckereien, dann schaut sie mich fragend an.

«Das ist für dich», sage ich auf Französisch. «Bedien dich nach Lust und Laune.»

Das Mädchen hat nicht nur Appetit, sie ist völlig ausgehungert. Mit methodischer Gründlichkeit arbeitet sie sich durch das komplette Angebot. Erst die Schüssel mit den Frühstücksflocken, dann die Pasta und die Toastrollen, zuletzt der Kuchen. In ihre Hingabe mischt sich Neugier, sie betrachtet jeden Happen, als wäre er eine außerirdische Substanz oder potenziell giftig. Sobald sie etwas für essbar hält, schlingt sie es komplett herunter.

Sie hat etwas Verwildertes an sich, keine Frage. Ich muss nur daran denken, wie sie sich gewehrt und damit gedroht hat, sich mit dem Rasiermesser die Kehle durchzuschneiden. Andererseits zeigt sie keine Anzeichen eines misshandelten oder vernachlässigten Kinds. Sie bewacht ihr Essen nicht auf die Art und Weise, wie ich selbst es in Kinderheimen gelernt habe. Sie trägt keine sichtbaren Narben. Ihre Nägel und Haare sind ordentlich geschnitten. Die Tatsache, dass nordamerikanisches Junkfood neu für sie ist, deutet darauf hin, dass sie ein ganz anderes Leben geführt hat, vielleicht ein besseres.

Auf ihrem Kopf entdecke ich ein rosafarbenes Haargummi.

Wer sie auch sein und wie sie hier gelandet sein mag: Jemand liebt sie oder hat es bis vor kurzer Zeit getan. Als mir das klar wird, überfällt mich ein Déjà-vu.

*Vielleicht ist sie wie ich in diesem Alter.*

Als Junebug tot war, gab es niemanden mehr, der mich vor all den Schrecken beschützt hat, die mich – zwei Jahrzehnte und eine Armee von Leichen später – hier in diesem Haus eines Toten hocken lassen, mit nur einem geladenen Revolver als Gesellschaft.

Ich spüre keine Wut. Nur das seltsame und mich völlig befremdende Bedürfnis, sie zu beschützen.

Sie trägt immer noch die Tarnjacke, aber als sie die Schüssel hebt, um den Rest ihrer zuckrigen Milch zu trinken, bemerke ich vorne eine Ausbeulung, als hätte sie dort etwas versteckt. Es ist keine Waffe, die hätte ich gespürt, als ich sie getragen habe. Also frage ich auf Französisch: «Mireille, was hast du da unter deiner Jacke?»

Argwöhnisch sieht sie mich an.

«Ich nehme es dir nicht weg», sage ich. «Ich möchte nur sehen, was es ist.»

Ihre einzige Antwort ist ein herzhaftes kindliches Rülpsen. Trotzig zieht sie ihre Jacke fester um sich und legt den Kopf auf die Seite.

Offensichtlich verhandeln wir jetzt.

«Möchtest du noch irgendetwas?», frage ich auf Französisch.

Sie nickt.

*«J'ai soif.»*

Ich gehe zurück in die Küche. Wenn ich erfahren will, was sie unter der Jacke versteckt hat, muss ich ihr etwas bieten. Und ein Glas Wasser oder fettarme Milch dürften nicht reichen.

Ich stöbere im Kühlschrank herum, bis ich etwas finde. Eine Flasche mexikanische Coca-Cola. Etwas für Kenner, mit Rohrzucker statt Maissirup, Babyboomer-Luxus, typisch Sixteen.

Ich bereite sie mit der Finesse eines Barmixers zu. Erst gebe ich Eiswürfel ins Glas, dann schütte ich die Cola darüber, schneide eine Zitronenscheibe ab und lege sie obendrauf. Als Letztes suche ich einen Strohhalm – nein, verdammt, *zwei* Strohhalme – und schiebe sie ins Glas.

Ich gehe zurück ins Bad. Mireilles Blick bleibt an dem Getränk hängen.

Vielleicht kannte sie das Junkfood noch nicht, aber das Mädchen erkennt eine Cola, wenn es eine sieht.

Sie streckt die Hand aus, aber ich deute mit dem Kopf auf die Wölbung in ihrer Jacke.

*Zeig es mir.*

Sie schüttelt den Kopf.

Ich zucke die Achseln und beuge den Kopf zu den Strohhalmen vor, als wollte ich selbst daraus trinken.

«*Non!*», sagt sie aufgebracht.

Sehr vorsichtig zieht sie den Reißverschluss ihrer Jacke ein paar Zentimeter herunter.

Sie greift hinein und zieht etwas heraus.

Einen einäugigen Sockenaffen mit einem losen Faden, wo das zweite Auge war.

«Darf ich?», frage ich und strecke die Hand aus, aber sie schüttelt den Kopf und drückt das Stofftier an sich.

«Schon gut», sage ich. «Es ist deiner. Ich nehme ihn dir nicht weg.»

Sie stopft ihn – das Tier sieht aus wie ein *Er* – zurück in ihre Jacke.

«Moment», sage ich. «Wie heißt er?»

Sie nennt den Namen, und plötzlich wird mir kalt.

Es ist mein Name.

Keiner der Namen, die ich heute benutze, nicht Seventeen, nicht mein gelegentliches Alias Jones, sondern der Name, den meine Mutter mir gegeben hat. Der Name, den ich nicht mehr benutzt habe, seit ich einem Jugendknast-Wärter mit glänzendem Gesicht, der mich über Jahre hinweg missbraucht hatte, in der Sakristei einer Kirche der Evangelikalen das Hirn weggepustet habe.

Der Affe trägt den Namen, den niemand kennen sollte.

*Meinen Geburtsnamen.*

Plötzlich ist die ganze Sache nicht einfach ungut, sondern richtig abartig gruselig.

**13** Eine halbe Stunde später wird sie vom Schlaf überwältigt. Das grelle Licht des Bads verleiht ihrer Gesichtshaut an den Stellen, wo die Tränen die schwarze Farbe abgewischt haben, einen speziellen Ton.

Ich feuchte ein Handtuch an und wische ihr vorsichtig den Ruß ab. Ich habe Angst, sie zu wecken, aber sie schläft den tiefen, tiefen Schlaf der Kindheit, der uns Erwachsenen selten vergönnt ist. Je mehr ich abwische, desto deutlicher wird, dass ich mich nicht geirrt habe. Ihre Eltern hatten verschiedene ethnische Abstammungen. Sie ist teils weiß, teils etwas anderes. Westafrikanisch vielleicht oder afroamerikanisch oder etwas ganz anderes.

Wieder überfällt mich ein Déjà-vu, und diesmal muss ich mich zurücklehnen. Es geht nicht nur darum, dass sie mich an meine Kindheit erinnert. Da ist noch etwas anderes. Etwas Vertrautes, wie ein Wort, das einem auf der Zunge liegt, ein Gesicht, das man nicht zuordnen kann, oder einer dieser Gerüche, die einen sofort in eine andere Zeit an einen anderen Ort versetzen, nur dass man nicht weiß, wohin genau.

Ich tupfe ihr Gesicht trocken, nehme sie in die Arme und trage sie ins immer noch dunkle Wohnzimmer. Dort lege ich sie aufs Sofa, decke sie mit einer Navajo-Decke zu und lasse mich auf einen Sessel fallen, um ihr beim Schlafen zuzusehen.

Inzwischen ist es drei Uhr morgens, das Mondlicht bricht sich am Fenster, dort, wo die Kugel es getroffen hat.

Das alles ergibt überhaupt keinen Sinn.

Würde jemand, indem er mich umbringt, zu Eighteen werden wollen, hätte er oder sie es selbst erledigt. Erschießen durch einen Helfer nützt nichts. Also muss das Motiv woanders liegen. Doch ich bin seit einem Jahr aus dem Spiel. Sämtliche Geheimnisse, die ich kannte, die Details all meiner Operationen, sind durch den Flächenbrand ans Licht gekommen, in dem Sixteen und mein alter Manager/Agent Handler ums Leben gekommen sind. Kurz gesagt: Ich stelle für niemanden mehr eine Bedrohung dar. Trotzdem war jemand bereit, ein Kind zu opfern – ein Kind, das offenbar jemandem etwas bedeutet hat –, um mich tot zu sehen.

Mireille regt sich im Schlaf und dreht sich ein Stück. Die Decke hebt und senkt sich im Rhythmus ihres Atems.

Eins ist klar: Meine Tarnung ist aufgeflogen. Die Person, die Mireille hergebracht, mit einem Scharfschützengewehr im Wald postiert, es auf das Fenster gerichtet und entsichert hat, weiß, wer ich bin und wo ich wohne.

Wenn diese Person mich entdeckt hat, können es auch andere.

Ich muss hier weg, und zwar schnell. Aber ich kann sie nicht hierlassen, und ein einzelner Mann, der mit einem Mädchen reist, das nicht seine Tochter ist, zieht eine Menge ungewollte Aufmerksamkeit auf sich.

Die Alternative wäre, sie im Stich zu lassen. Sie auf der Schwelle irgendeines Krankenhauses oder einer Feuerwache abzusetzen, anonym Meldung zu machen und sie dem Jugendamt zu überlassen. Aber ohne das Mädchen hätte ich keinen einzigen Hinweis darauf, gegen wen ich kämpfe, geschweige denn, warum. Abgesehen davon möchte ich das, was ich selbst durchgemacht habe – die Reise von der Pflegefamilie ins Kinderheim, weiter ins geschlossene Heim und schließlich in den

Jugendknast –, keinem Kind zumuten, nicht mal einem, das auf mich geschossen hat.

Und wenn es nun darum geht?

Wenn die Person, die Mireille geschickt hat, mich gut genug kennt, um zu wissen, dass ich ihr kein Leid zufügen würde?

Wenn sie wüsste, dass ich *kein* Kind denselben Umständen aussetzen würde, die mich zu dem gemacht haben, der ich bin? Dass ich nicht in der Lage bin, sie im Stich zu lassen?

Was würde das bedeuten?

Ich muss an das unterdimensionierte Gewehr denken, das am äußersten Rand seiner Möglichkeiten eingesetzt wurde und auf ein Fenster feuerte, das es niemals hätte durchschlagen können. An den Sockenaffen, der meinen Namen trägt, den Namen, den niemand kennen darf.

Es würde bedeuten, dass mein Feind mich fast so gut kennt wie ich mich selbst, vielleicht sogar besser. Und es würde bedeuten, dass der Schuss nie dazu gedacht war, mich zu töten. Sondern dass er mich nach draußen locken sollte, damit ich nicht nur ein leichtes Ziel bin, sondern durch das schweigsame, unbekannte Kind an meiner Seite auch doppelt so verwundbar.

Dann herzlichen Glückwunsch, es hat funktioniert.

*Also leg los.*

14 Im ersten Morgenlicht belade ich den Geländewagen mit möglichst unauffälliger, aber umso tödlicherer Ausrüstung. Dann gehe ich noch einmal hinein, um das Mädchen zu holen. *Mireille*, ermahne ich mich, *so heißt sie. Mireille.*

Sie liegt immer noch schlafend auf dem Sofa und wacht auch nicht auf, als ich sie, immer noch in die Decke gehüllt, hochhebe. Erst als ich durch die Tür trete, regt sie sich in der kalten Nachtluft und legt mir die Arme um den Hals. Ihr Kopf kommt mir auf meinen Schultern unerwartet schwer vor.

*So muss es sich anfühlen, Vater zu sein*, geht mir durch den Kopf. Der Gedanke ist mir so fremd, als käme er vom anderen Ende der Galaxie.

Die hintere Tür des Jeeps steht offen. Behutsam muss ich ihre Arme lösen, bevor ich sie mitten auf der Rückbank zwischen zwei Seesäcken absetzen kann. Ihren Hals stütze ich mit einem zusammengerollten Tarnnetz ab, dann lege ich den Sicherheitsgurt um ihre schmale Gestalt und polstere ihn mit einer Jacke aus, damit er fest sitzt.

Ungefähr achthundert Meter hinter der Stadtgrenze schwingt ein MOTEL-Schild an zwei rostigen Ketten. Ich fahre auf den mit Schlaglöchern übersäten Parkplatz auf der Rückseite des Gebäudes und parke den Jeep so, dass er von der Straße aus nicht zu sehen ist.

Als ich zum allerersten Mal in diese Stadt gekommen bin, hat das Motel meine Aufmerksamkeit geweckt. Es hätte eines von zehntausend schlecht laufenden Motels mit leerem Parkplatz und einem Schild mit der Aufschrift FARBFERNSEHEN IN ALLEN ZIMMERN sein können, wie sie an den Highways kreuz und quer durchs Flyover Country stehen. Aber das war es nicht, was meinen Blick fesselte. Es war die einsame weibliche Gestalt, die sich im Licht der Rezeption abzeichnete. Als ich vorbeifuhr, stand sie mit dem Rücken zu mir. Wahrscheinlich hätte ich mir damals schon denken können, wie unsere Pfade sich kreuzen und wie alles enden würde. Aber jetzt ist sie weg, und wahrscheinlich werden wir uns nie wieder begegnen.

Mireille schläft immer noch wie eine Bewusstlose, also öffne ich den Sicherheitsgurt, hebe sie wieder hoch und trage sie zur Hintertür des Motels. So vernehmlich es geht, ohne sie zu wecken, klopfe ich gegen das Riffelglas der Tür. Ein paar Minuten später geht das Licht an, eine Gestalt taucht auf, ein Schloss wird geöffnet, die Tür schwingt auf. Vor mir steht eine Frau von Ende fünfzig mit gebleichter Dolly-Parton-Frisur unter einem Haarnetz. Sie trägt ein Hauskleid, in ihrem Mundwinkel klemmt eine Zigarette.

Sie starrt mich und das schlaff wie ein Sack in meinen Armen liegende Kind an.

«Was soll das werden?», fragt Barb.

«Das ist ein Kind», sage ich.

«Das sehe ich. Warum hast du ein Kind dabei, und was hast du ihr angetan?»

«Sie hat versucht, mich umzubringen, ich hab sie vor einem Wolfsrudel gerettet und mit Junkfood gefüttert. Sie heißt Mireille. Jetzt weißt du so viel wie ich.»

«Ha», sagt Barb und zieht an ihrer Zigarette.

«Lässt du mich rein?»

«Mache ich mich damit strafbar? Irgendwelche Leichen?»

«Bisher nicht», sage ich, obwohl ich das Gefühl habe, dass es nicht lange dabei bleiben wird.


15 «Wie wollte sie dich umbringen?», fragt Barb. Immer noch rauchend, sitzt sie auf der Kante eines ramponierten Stuhls im Büro des Motels. Das Mädchen schläft auf einem alten Sofa unter einer blauen Decke.

«Sie hat mit einem Scharfschützengewehr auf mich geschossen, das jemand im Wald aufgebaut hatte», sage ich. «Sie wurde dort zurückgelassen, um den Job zu erledigen und die Konsequenzen zu tragen.»

«Mein Gott», sagt sie. Dann hält sie inne und zieht noch einmal an ihrer Zigarette. «Aber dir musste klar sein, dass irgendwann jemand auftaucht.»

Barb mochte wie eine billige Kopie von Tammy Wynette aussehen, aber sie wusste, wovon sie sprach. Nicht zuletzt, weil sie sich mit Sixteen eingelassen hatte. Aber auch, weil sie schon vor ihrer Zeit hier in Buttfuck, South Dakota, ein «erfülltes Leben» hinter sich hatte. Die Amateur-Tattoos auf ihrem Oberarm, die nur teilweise die Einstichnarben überdecken, erzählen ihre eigene Geschichte. Ich habe Barb einmal als Geisel genommen, ein Fehler, der mir eine volle Ladung Bärenspray ins Gesicht eingebracht hat. Aber wir haben unsere Differenzen beigelegt.

Ich würde Barb nicht unbedingt als Freundin bezeichnen, weil sie mich und meine Motive zu Recht mit tiefer Skepsis betrachtet. Aber sie ist meine engste Verbündete im Umkreis einer Tagesreise und wahrscheinlich noch ein ganzes Stück mehr.

«Redet sie?»

«Kaum. Sie spricht Französisch. Mehr hab ich nicht aus ihr rausbekommen. Wahrscheinlich wurde ihr eingetrichtert, den Mund zu halten.»

«Armes Ding», sagt Barb. «Man hört ja immer wieder von Kindersoldaten, aber wenn sie vor der eigenen Haustür auftauchen, wundert man sich doch. Hast du irgendeine Ahnung, wer sie ist und wer sie in den Wald gebracht hat?»

«An der Stelle kommst du ins Spiel.»

«Red weiter.»

«Jemand hat sich gut um sie gekümmert», sage ich. «Keine Anzeichen für Vernachlässigung. Geschnittene Nägel. Haargummi. Sie hat sogar ein Stofftier dabei.»

Barb schaut zum Sofa hinüber und sieht den Affen, der unter der Decke hervorlugt.

«Das bedeutet, dass derjenige, der sie hergebracht hat, ihr nahestand oder sich zumindest um sie gekümmert hat. Außerdem war es jemand, der mit einer Neunjährigen herumreisen konnte, ohne Verdacht zu erregen.»

«Eine Frau», sagte Barb.

«Vermutlich. Wahrscheinlich hat sie sich als Mireilles Mutter ausgegeben.»

Barb runzelt die Stirn. «Dann wäre sie ihr so wichtig gewesen, dass sie sich um ihre Frisur gekümmert und ihr ein Stofftier mitgegeben hätte. Aber andererseits wollte sie das Mädchen opfern, um dich umzubringen? Das ergibt keinen Sinn.»

Sie hat recht. Was bedeutet, dass ich etwas übersehe.

«Wer immer es war, ich muss sie finden.»

«Wie?»

«Wenn Mireille wirklich mit einer Frau unterwegs war, brauchten die beiden Zeit, um die beste Position für den Schuss auszukundschaften. Das heißt, dass sie irgendwo übernachtet haben. Draußen zu campen, wäre zu auffällig gewesen, außerdem wussten sie nicht, ob ich den Wald absuche. Wo können sie also hier in der Gegend geschlafen haben?»

«In einem Wohnmobil auf dem Walmart-Parkplatz», sagt Barb. «Oder in einem Motel wie dem hier. Wo man bar bezahlen kann und keine Fragen gestellt bekommt. Und wo es nach Möglichkeit keine Kameras gibt.»

«Genau», sagte ich. «Wenn ich die Wahl hätte, würde ich das Wohnmobil nehmen. Aber damit wären sie nicht in den Wald gekommen, sodass sie ein zweites Fahrzeug gebraucht hätten. Und einen zweiten Fahrer. Was Infrastruktur erfordert und die Gefahr von undichten Stellen nach sich zieht. Es wäre eine größere Operation. Zu leicht zu entdecken, zu schwer zu kontrollieren. Und so kommt es mir einfach nicht vor.»

«Also ein Motel.»

«Ich nehme an, durch deinen Job kennst du sämtliche Motels im weiteren Umkreis.»

Barb nickt.

«Und ich schätze, ihr habt eine Art Telefonkette, damit ihr euch gegenseitig vorwarnen könnt, falls jemand Sachen aus den Zimmern stiehlt, dealt oder möglicherweise Menschen schmuggelt.»

Wieder nickt sie.

«Ich sag dir, was wir machen. Wir starten einen Rundruf und sagen, hier hätte eine Frau mit einem Kind übernachtet. Das Kind hätte seinen Affen vergessen. Wir können die beiden nicht erreichen, wissen aber, dass sie auf dem Weg zum nächsten Motel sind. Dann fragen wir, ob sie Gäste haben, auf die die Beschreibung zutrifft.»

«Warum glaubst du, dass sie noch nicht abgereist sind?»

«Die Frau muss wissen, wie es gelaufen ist», erkläre ich. «Das Mädchen hatte kein Handy dabei und konnte nicht Bericht erstatten. Ich vermute, die Frau bleibt so lange in ihrem Versteck, bis sie weiß, ob der Anschlag erfolgreich war. Das bedeutet, dass wir ungefähr vierundzwanzig Stunden haben, um sie aufzuspüren.»

«Okay», sagt Barb und zündet sich an ihrem Zigarettenstummel die nächste an. «Nur eine Frage noch: Warum zum Teufel sollte ich dir helfen?»

**16** «Es geht nicht darum, dass du mir helfen sollst», sage ich. «Es geht um das Kind. Weißt du, was ihr Name auf Französisch bedeutet?»

«Sag mir einen Grund, warum ich das wissen sollte.»

«Er bedeutet ‹Wunder›. Jemand hat ihr diesen Namen gegeben. Vielleicht dieselbe Person, die ihr das Haarband geschenkt, sie frisiert und dafür gesorgt hat, dass ihre Nägel geschnitten sind. Für diese Person war sie ein Wunder. Und ist es vielleicht noch immer.»

Barb brummt, um zu signalisieren, dass sie sich nicht darum schert, aber ich merke, dass meine Worte ihre Wirkung nicht verfehlen.

«So werden wir sie aufspüren», sage ich und stelle überrascht fest, dass ich es so meine.

Barb klemmt sich hinters Telefon. Ihre heisere Stimme ist in sämtlichen unabhängigen Motels bekannt, und wenn sie an der Rezeption nichts erreicht, kennt sie die Namen sämtlicher Besitzer auswendig.

Inzwischen ist Mireille aufgewacht. Ich hole ihr ein paar Muffins aus dem klappernden Kühlschrank in der sogenannten Küche. Dann setze ich sie vor den Fernseher und finde eine Sendung, in der Erwachsene in Schaumstoffanzügen stecken und Lieder singen. Das Mädchen verdreht die Augen, offenbar ist sie für so etwas zu alt. Also reiche ich ihr die Fernbedienung. Routiniert zappt sie durch die Programme, bis sie bei *Sponge-Bob* landet und sich zurücklehnt.

Neunzig Minuten später landen wir einen Treffer. Mit der Zigarette in der Hand winkt Barb mich zu sich. Sie spricht, ich lausche den Antworten, die aus dem Hörer mit dem geringelten Kabel dringen.

«Ja, kleines Mädchen, ungefähr neun, anscheinend mit Eltern verschiedener Abstammung. Sie ist zusammen mit einer Frau unterwegs. Nein, ich hab sie nicht gesehen, sie haben sich während der Nachtschicht angemeldet. Ich hab das Mädchen nur an der Eismaschine stehen sehen. Wir haben ihren Affen unter dem Bett entdeckt, so einen Sockenaffen. Ich schätze, sie vermisst ihn.»

Die Stimme am anderen Ende der Leitung knistert. Barb legt eine Hand auf die Sprechmuschel.

«Sie sagt, die beiden haben vor drei Tagen eingecheckt und sind noch nicht abgereist.»

Wieder knistert es.

«Sie will mich ins Zimmer durchstellen.»

«Sag ihr, du hast gerade einen Gast und rufst später noch mal an.»

Barb liefert eine perfekte Vorstellung. «Hab's notiert, danke.» Sie kritzelt etwas auf einen Block und legt auf.

Dann zeigt sie mir die Nummer, die sie notiert hat.


**17** Ich reiche Barb eine Mossberg-Pumpgun. «Weißt du, wie man damit umgeht?»

Sie nimmt die Flinte, entsichert sie und drückt sie an ihre Schulter.

Wer sich mit Barb anlegt, sollte auf der Hut sein.

Mireille mag versucht haben, mich zu erschießen, aber jetzt ist sie ein mögliches Ziel. Sie ist die Einzige, die weiß, wer sie geschickt hat, auch wenn ihr die Gründe schleierhaft sind. Aber jetzt, wo ihr Bauch voll ist, hat sie sich wieder aufs Schweigen verlegt und weigert sich, auf Fragen zu antworten. Sie hat unübersehbar Angst, nicht vor mir, sondern vor etwas oder jemand anderem. Jedes Mal, wenn sie ein Auto vorbeifahren hört, sieht sie zum Fenster und umklammert ihren Affen ganz fest.

«Geh mit Mireille runter in den Keller», sage ich zu Barb. «Schließ ab, mach unten alle Lichter aus, aber lass sie oben an. Falls jemand runterkommt, siehst du die Silhouette, bevor seine Augen sich an die Dunkelheit gewöhnen können. Mach niemandem auf, bevor ich dich auf dem Handy anrufe.»

«Und wenn du nicht zurückkommst?»

«Du weißt, wer ich bin, oder?»

«Nein», sagt Barb. «Ich weiß, wer du mal warst. Und ich wusste, wer jemand anders war. Und jetzt ist er tot. Also quatsch nicht rum, sondern lass deinen verdammten Plan hören.»

«Achtundvierzig Stunden», sage ich. «Ich gebe dir eine Nummer für den Fall, dass du bis dahin nichts gehört hast. Ruf an, dann bekommst du Hilfe.»

Barb notiert sich die Nummer. «Wer ist das?»

«Die einzige Person auf der Welt, mit Ausnahme von dir, der ich im Moment traue.»

«Warum hast du sie dann noch nicht angerufen?»

«Weil ich ihr nicht so sehr traue wie dir.»

Wieder dieses Brummen, ich nehme es als gutes Zeichen.

Als ich vom Parkplatz herunterfahre, überkommt mich ein seltsames Gefühl.

Das ist mir schon früher passiert, in Situationen, die mich gelehrt haben, dieses Gefühl nicht zu ignorieren. Ich würde es nicht unbedingt als sechsten Sinn bezeichnen, eher als die Wahrnehmung, dass sich ein Lüftchen regt, sich der Wind dreht, das Licht sich leicht verändert und ein Unwetter ankündigt. Dieses Unwetter muss nicht in der nächsten Stunde oder am selben Tag losbrechen, aber es kommt. Und es wird nicht irgendein Unwetter sein, sondern eines, das ganze Wälder entwurzelt, den Verlauf von Flüssen ändert und Städte unter Schlammlawinen begräbt. Es krempelt die Landschaft so stark um, dass jede Landkarte nutzlos wird. Es schafft eine Welt, in der man sich komplett neu orientieren muss.

Ich betrachte das im Rückspiegel schrumpfende Schild des Motels und versuche, das Gefühl abzuschütteln, aber es geht nicht weg. Kurz spiele ich mit dem Gedanken zu wenden. Aber falls jemand entschlossen ist, mich zu töten, würde ich seine Aufmerksamkeit nur auf zwei mehr oder weniger unschuldige Menschen lenken.

Die Blätter rascheln. Sie wollen mir etwas sagen.

Ich habe nur eine Möglichkeit herauszufinden, was es ist.

**18** Vermillion ist eine winzige Farmerstadt, deren Bild auf absurde Weise vom DakotaDome dominiert wird, dem gigantischen Stadion der Coyotes, das sämtliche anderen Gebäude wie Spielzeughäuser wirken lässt. Inklusive des schäbigen Travelers Motel, das im Schatten des Stadions liegt.

Ich fahre in Schrittgeschwindigkeit vorbei. Das Motel hat zwei Etagen, oben führt ein Laubengang zu den Türen. Barb hat mir die Nummer 213 genannt, es muss das dritte Zimmer links oben sein. Dass die Vorhänge geschlossen sind, überrascht mich nicht. Auf dem Parkplatz stehen fünf Fahrzeuge: zwei Pick-ups – ein Dodge und ein Ford –, ein kastenförmiger Lieferwagen, ein beiger Corolla aus den Neunzigern und ein neues Sorento-Modell. Einer der Pick-ups ist verrostet und verfügt, wie auch der Corolla und der Lieferwagen, über einen Zweiradantrieb. Der andere Pick-up trägt Aufkleber einer Baufirma aus Sioux City. Der Kia Sorento ist schätzungsweise ein halbes Jahr alt und hat die typischen miesen Reifen eines Mietwagens aufgezogen. Als ich zum zweiten Mal vorbeifahre, bemerke ich die Schlammspritzer rings um die Radkästen und ein «4x4»-Logo am Heck. Wie mein Jeep Gladiator liegt er hinten einige Zentimeter tiefer, als er sollte.

Die Person, die mich tot sehen will, ist noch hier. Und für einen Krieg gerüstet.

Gegenüber dem Motel liegt ein Ausweichparkplatz des Stadions, auf dem ich meinen Beobachtungsposten beziehe. Es ist elf Uhr, Zeit für die Abreise, aber niemand kommt heraus. Ein Zimmermädchen schiebt einen Wagen über den Laubengang und putzt ein Zimmer nach dem anderen. Aber an der Tür zu Zimmer 213 geht sie vorbei. Wegen des Geländers kann ich es nicht erkennen, aber an der Tür muss ein BITTE-NICHT-STÖREN-Schild hängen.

Falls die Frau, wenn es denn eine ist, noch da ist, weiß sie mit ziemlicher Sicherheit nicht, ob der Anschlag erfolgreich war. Es wäre kein Problem gewesen, dem Kind ein Funkgerät oder ein Wegwerfhandy dazulassen, aber sie hat es nicht getan. Also war ihr das Ergebnis entweder egal – was keinen Sinn ergibt –, oder sie musste so weit auf Abstand bleiben, dass sie nicht mal ein Handy oder ein Walmart-Walkie-Talkie riskieren wollte.

Ich verlasse den Parkplatz, fahre noch einmal am Motel vorbei und lasse den Wagen außer Sichtweite vor einem kleinen Lebensmittelladen stehen, der nach Familienbetrieb aussieht. Den Motor lasse ich für alle Fälle laufen. Ich trage die leichteste Schutzweste, die ich besitze, hinten im Hosenbund stecken ein automatischer Taschenrevolver mit zwei Patronenclips und zwei Nammo-Handgranaten.

Motelschießereien sind in der Regel hässlich, brutal und kurz, aber ich will kein Risiko eingehen.

Das Zimmermädchen ist jetzt im Erdgeschoss. Ich warte, bis sie in einem Zimmer verschwindet, dann nehme ich die Treppe nach oben. Langsam gehe ich bis zur Tür von Zimmer 212, dort bleibe ich stehen und lausche. Ich höre einen irritierend lauten Fernseher. Kurz werfe ich einen Blick in Zimmer 212, aber der Fernseher ist ausgeschaltet. Also muss der Lärm aus Zimmer 213 kommen.

Wer auch immer Mireille geschickt hat, sollte auf der Hut sein. Wenn der Anschlag gescheitert ist, versteht es sich von selbst, dass ich auf der Jagd nach der Person bin, die sie im Wald abgesetzt hat. Stattdessen läuft der Fernseher, und zwar so laut, dass meine Schritte drinnen nicht zu hören sein können?

Wenn das ein Fehler ist, nehme ich das Geschenk gern an. Aber irgendwie glaube ich, dass etwas anderes dahintersteckt.

Ich ziehe den Revolver, kontrolliere meine Atmung, zähle bis drei, stoße mich vom Geländer ab und werfe mich mit der Schulter gegen die dünne Moteltür. Sie springt beim ersten Versuch auf. Ich höre kein Splittern am Schloss, aber als mir klar wird, was das zu bedeuten hat, rolle ich mich bereits ins Zimmer hinein.

Ich springe auf, drehe mich und versuche, mein Ziel zu identifizieren.

Aber niemand ist hier.

Dann sehe ich es.

Ich sage «es», weil das, was dort liegt, nichts mehr mit einem menschlichen Wesen zu tun hat.

# 19

Es ist eine Leiche, ein Fleischsack, ein totes Ding.
Ich schalte das Licht ein, um besser sehen zu können.

Es ist eine Frau, mit den Handgelenken ans Bett gefesselt und voll bekleidet. Aber sie wurde gefoltert. Man hat ihr den Mund zugeklebt, um die Schreie zu dämpfen. Sie ist schwarz, aber auf das Gesicht wurde derart eingeprügelt, dass es kaum noch zu erkennen ist.

Ich schließe die Tür. Der Rahmen war schon zersplittert, als ich hereingekommen bin, der Beschlag ist aus dem beschädigten Holz herausgebrochen. Wer immer vor mir gekommen ist, hat die Frau auf dem Bett gefoltert und ermordet, wobei der laute Fernseher den Lärm übertönen sollte. Ich schiebe einen Stuhl unter die Türklinke. Das Letzte, was ich jetzt brauche, ist ein Dienstmädchen oder der Manager, die hier hereinplatzen.

Durch die Tür im Bad sehe ich zwei Zahnbürsten. Neben dem Bett liegen zwei Reisetaschen, eine große und eine kleine. Ich ziehe den Reißverschluss der kleineren auf. Mädchenkleidung, alles ordentlich gefaltet, genau in Mireilles Größe.

Es gibt keine elektronischen Geräte, weder iPhone noch iPad oder Laptop. Der Mörder muss sie mitgenommen haben. Aber er hat auch etwas hiergelassen: eine topografische Karte. Sie zeigt mein Haus, von dem eine gerade Linie zu einem eingekreisten X gezogen ist, das genau die Stelle markiert, von der aus auf mich geschossen wurde. Die exakte Entfernung ist vermerkt, dazu mehrere Berechnungen zur Korrektur des Windes aus verschiedenen Richtungen.

Ich wende mich wieder dem Bett und der darauf liegenden Gestalt zu. Lieber male ich mir nicht aus, was sie vor ihrem Tod durchlitten hat. Plötzlich tritt mir der Schweiß auf die Stirn. Das Déjà-vu, das ich beim Anblick von Mireille gespürt habe, ist wieder da, nur diesmal viel stärker. In meinem Kopf taucht ein Gedanke auf, den ich nicht wieder wegschieben kann.

Es ergibt keinen Sinn, überhaupt keinen, nichts von alledem. Aber ich muss wissen, ob ich recht habe.

Im Bad finde ich ein Handtuch und feuchte es an. Dann kehre ich zu der Leiche zurück und löse so vorsichtig wie möglich das Klebeband vom Gesicht, auch wenn sie sowieso nichts davon spürt. Man hat ihr ein Stück Stoff in den Mund gestopft, auch das ziehe ich vorsichtig heraus. Ihre Wangen sinken ein und lassen ihr Gesicht deutlich schmaler wirken, was nicht dazu beiträgt, meine aufsteigende Panik in Schach zu halten.

Ich wische verkrustetes Blut von den Lippen, von ihrer Nase, den Augen, der Stirn, bis ihr wirkliches Gesicht – angeschwollen und zerschlagen, die Nase gebrochen, aber trotzdem ein Gesicht – zum Vorschein kommt.

Ich trete zurück, atemlos. Sie hat dieselben hohen Wangenknochen wie Mireille, aber damit enden die Gemeinsamkeiten nicht. Die Frau auf dem Bett war keine skrupellose Drahtzieherin, die eine Kindersoldatin gezwungen hat, einen Mord für sie zu begehen. Sie hat dem Kind die Fingernägel geschnitten, mit Haargummis die Frisur gerichtet, ihre Kleidung zusammengefaltet und darauf geachtet, dass sie ihr Stofftier dabeihatte. Nicht weil es ihr Job war oder weil sie das Vertrauen des Mädchens gewinnen wollte, sondern weil sie Mireilles Mutter war.

Sie hat ihre Tochter in der Abenddämmerung in den Wald gebracht und mit einem geladenen Scharfschützengewehr zurückgelassen, dessen Funktion sie dem Kind zuvor erklärt und das sie selbst auf das Ziel ausgerichtet hatte. Sie hat ihr gesagt, sie solle warten, bis sie meinen Kopf im Fadenkreuz sehen würde. Dann solle sie ausatmen, sich entspannen und den Abzug ziehen. Danach hat die Frau sich verabschiedet und ihr eigenes Kind einem Mann gegenübertreten lassen, vor dem sie selbst entweder Angst hatte oder dem sie aus unerfindlichen Gründen nicht begegnen wollte.

Aber das ist nicht der Grund, warum mir der Atem stockt.

Ich bekomme deswegen keine Luft, weil ich weiß, wer sie ist. Ich kenne nicht nur ihren Namen, sondern jede Kurve und jede Unebenheit ihres Körpers. Ich weiß, wie ihr Atem und ihre Haut riechen. Ich kenne die Linien ihrer Hände und weiß, wie es sich anfühlt, wenn sie sich an meine pressen, wenn ihr Atem schneller und schneller wird, bis ihr ganzer Körper unter Spannung steht und sich dann langsam unter mir entspannt.

Ich bekomme keine Luft, weil ich sie geliebt habe und ich die Nächte nicht zählen kann, in denen ich alles, was ich habe und bin, geopfert hätte, um sie wiedersehen zu können.

# TEIL II

**20** Addis Abeba liegt in ungefähr zweitausendfünfhundert Metern Höhe am Fuß eines Bergs, auf der Grenze zwischen der Afrikanischen Platte und der Somaliaplatte. Die Stadt sieht sich gern als politische Hauptstadt Afrikas. Der Bole Airport hat nur eine einzige Landebahn, trotzdem hat man bei der Ankunft das Gefühl, etwas ganz Besonderes zu erleben. Obwohl man sich nicht weit vom Äquator befindet, wird man beim Aussteigen von einer erfrischenden Kühle begrüßt, nicht von der für die tiefer gelegenen Regionen Afrikas typischen brutalen Hochofenhitze.

Es ist eine gute Stadt. Eine tolle Stadt. Und ausnahmsweise war ich nicht dort, um jemanden zu töten, sondern um jemanden zu retten.

Sein Name war Suleiman Abdi, er war Politiker. Kein äthiopischer, sondern ein somalischer. Abdi war ein begeisternder Anführer, versiert im persönlichen Kontakt mit der Wählerschaft und gleichzeitig ein umsichtiger Staatsmann. Von Todesdrohungen aus Somalia vertrieben, hatte er Jahre damit zugebracht, Brücken in die Nachbarländer zu schlagen – Eritrea, Kenia, Äthiopien und Sudan. In einem Monat sollte er vor der Afrikanischen Union sprechen, deren Hauptquartier in Addis Abeba lag. Es hieß, er werde eine Art Exilregierung ausrufen. Gerüchteweise war sogar von der Gründung einer Ostafrikanischen Union die Rede, der erste Schritt hin zu den lang erträumten Vereinigten Staaten von Afrika.

Die Wahrscheinlichkeit, dass es dazu kommen würde, war zwar verschwindend gering, aber darauf kam es nicht an. Wenn es Abdi gelang, die anderen Staaten hinter sich zu bringen, konnte er möglicherweise als mächtiger Akteur nach Somalia zurückkehren, ohne das Stigma, als Marionette des Großen Satans USA zu gelten.

Diese Aussicht machte eine Menge Leute nervös – nicht nur somalische Politiker, islamistische Führer und Warlords, deren Machtbasis bedroht sein würde, sondern auch andere regionale Interessengruppen und Supermächte, die über Jahrzehnte hinweg vom Prinzip des «Teile-und-Herrsche» in Afrika profitiert hatten. Nicht zuletzt auch die Waffenhändler und Mittelsmänner, die an jeder Bombe, jeder Kugel und jedem Panzerabwehrgeschoss verdienten, die in Somalias blutigem und verlustreichem Konflikt eingesetzt wurden.

Genau deshalb wurden einer gewissen Person anderthalb Millionen Dollar für den Mord an Abdi angeboten. Ich bekam dieselbe Summe, um diese Person aufzuhalten.

Der potenzielle Attentäter war Ali Olusi.


Ali stand in der Hierarchie des Todes ein Stück unter mir, wenn auch nicht weit. In gewisser Weise war er – zumindest in Afrika und vor allem in Ostafrika – gefürchteter als ich.

Ali war in jeder Hinsicht das Gegenteil von mir. Mein Markenzeichen war ein Molotowcocktail aus Designerklamotten, schnellen Autos und waghalsigen Aktionen. Seines war völlige Unsichtbarkeit. Niemand hatte die leiseste Vorstellung davon, wie er aussah oder wie er sich unentdeckt von einem Land ins andere schleichen konnte. Sein Erscheinen verlief so still und geheimnisvoll, als würde er sich für Augenblicke aus Dampfschwaden materialisieren und sogleich wieder im Nichts verdampfen. Seine Zielpersonen wurden in Hotels, in Aufzügen, in Bars, auf den Straßen oder in ihren Häusern getötet. Nirgendwo war man vor ihm sicher. Bekannt war nur, dass er schlank und immer gut angezogen war.

Er arbeitete nicht oft, hatte aber kein einziges Mal versagt. Seine Arbeit war makellos, präzise, elegant. Wunderschön.

Manche behaupteten, Ali sei ein Geist, oder Zauberei sei im Spiel. Diese Menschen verdienten gutes Geld, indem sie Talismane oder Zaubertränke an reiche Männer verkauften, die Angst hatten, in sein Visier zu geraten. Aber ich wusste, dass er kein Geist war. Er war einfach sehr, sehr gut. Seine Anschläge waren nicht wegen ihrer makellosen Technik perfekt, sondern weil er sich unglaublich gut vorbereitete. In dem Moment, in dem er den ersten und einzigen Schuss abgab, kannte er die Position jeder einzelnen Überwachungskamera im Umkreis von zwei Kilometern, außerdem zehn oder zwanzig verschiedene Fluchtwege. Er kannte die Dienstpläne sämtlicher Busfahrer und Hotelmitarbeiter, die Routen jedes Müllautos oder Streifenwagens. Er hatte keine Infrastruktur im Rücken, keinen Mittelsmann, niemanden, der für ihn Flugtickets kaufte oder Putzkolonnen schickte. Er handelte seine Aufträge selbst aus, geschützt von sieben Schichten bestehend aus Netzwerk-Proxys, was bedeutete, dass er zu allem Überfluss auch über beeindruckende digitale Fähigkeiten verfügte. Er machte alles selbst.

Ganz einfach gesagt: Ali war der Hammer.

Als ich in Addis Abeba eintraf, war ich schon ein bisschen in ihn verliebt.

**21** Bald würde es in der Stadt von Journalisten, Diplomaten, Spionen und Mitarbeitern von NGOs wimmeln. Wenn ich eine Chance haben wollte, Olusi zu entdecken, brauchte ich Zeit. Also traf ich vierzehn Tage vor dem Tross ein. Mit der Umgebung zu verschmelzen, war nicht mein Stil, und ich war damals noch dabei, mein Markenzeichen zu entwickeln – *Sicherheit durch absolute Sichtbarkeit*. Sobald also mein Reisepass abgestempelt war und ich meine Taschen vom Gepäckband genommen hatte, mietete ich zuallererst einen neongrünen Lamborghini und fuhr mit dröhnendem Motor am Hilton vor. Ich gab dem Mann vom Parkservice, dem Gepäckträger, dem Rezeptionisten und allen, die mir über den Weg liefen, großzügige Trinkgelder. Dann duschte ich, hüllte mich in eine Wolke von ebenso teurem wie geschmacklosem Aftershave und ging auf kürzestem Weg in die Bar. Dort widmete ich die nächsten sechs Tage einem Besäufnis von epischen Ausmaßen, prahlte mit Verbindungen zu einem russischen Oligarchen, für dessen Investmentfonds ich den Strohmann spielte, ließ wenig subtile Hinweise darauf fallen, dass meine Geschäfte aus einer Kombination von Geldwäsche, Waffenhandel, Blutdiamanten sowie dem Handel mit Betäubungsmitteln und Menschen bestanden.

Um das Bild abzurunden, zahlte ich viel Geld für die Dienste einer erstaunlichen Vielfalt von hochklassigen Escort-Damen mit festen Brüsten aus verschiedenen Ethnien und Nationalitäten und verlor beschämende Summen in den besten illegalen Spielcasinos von Addis Abeba. Ich fuhr betrunken, crashte den Lambo und bestach die Polizisten mit Summen, die ihre Monatsgehälter überstiegen.

Am Ende der ersten Woche wussten alle, wer ich war. Ich war *dieser Typ*. Ein anmaßendes weißes Arschloch, das vom Hotelpersonal für einen Idioten und Angeber gehalten wurde und bei dem enorme Summen für das Beschaffen von Alkohol und/oder gefälliger weiblicher Gesellschaft zu holen waren. Alle kannten mich, ich kannte alle, und sie machten sich keine weiteren Gedanken über mich.

Nach allem, was ich von Ali wusste, würde auch er es darauf anlegen, zum festen Bestandteil der Kulisse zu werden, allerdings auf radikal andere Weise. Niemand hatte ihn je in ein Land einreisen oder es verlassen sehen, weil er schon da war, bevor irgendwer auch nur auf die Idee kam. Und weil er erst ging, wenn er längst in Vergessenheit geraten war. Das bedeutete wahrscheinlich, dass er schon Wochen, wenn nicht Monate in Addis Abeba war, vielleicht als Hotelangestellter, Langzeitgast oder Tagesbesucher. Mit ziemlicher Sicherheit war ich ihm schon begegnet. Und wenn er so gut war, wie ich glaubte, würde er mich und die Geschäfte des russischen Oligarchen längst überprüft haben. Natürlich unter dem siebenfachen Schutz seiner Proxys, damit seine Recherchen unentdeckt blieben.

Meine Tarnung war gut, fast schon perfekt. Es gab Wikipedia-Einträge, Firmenwebsites, Handelsregistereinträge, sogar Zeitungsartikel, die wir lanciert hatten. Das Problem war, dass perfekt möglicherweise nicht reichte. Alis akribische Vorbereitung und seine enorme Wachsamkeit gegenüber möglichen Gefahren bedeuteten, dass er mich mit mindestens derselben Wahrscheinlichkeit entdecken würde wie umgekehrt.

Ich hatte keine Ahnung, ob er es darauf anlegte, aber wenn es einen Menschen auf der Welt gab, der das Potenzial hatte, Eighteen zu werden, war es Ali.

Die folgende Woche würden wir damit zubringen, in aller Öffentlichkeit Verstecken zu spielen.

Der zweite Preis war eine Kugel.

**22** Den Äthiopiern ist ihr Kaffee heilig. Im Zentrum dieser Manie steht die Kaffeezeremonie – *Jabana buna* –, die jeden Morgen im Atrium des Hilton stattfand. Frisch geduscht und gekleidet, aber immer noch im Alkoholdunst des vorangegangenen Abends, nahm ich die Treppe nach unten, sodass ich den Weihrauch, der als Teil der Zeremonie verbrannt wurde, schon riechen konnte.

Das Geschehen wurde von einer jungen Kellnerin geleitet, die die Kaffeebohnen erst wusch und dann in einem Stieltopf über einem Brenner röstete. Sie war klein und schlank, aber die Art, wie sie die Bohnen in einem steinernen Mörser mit einem hölzernen Stößel fast zu Staub klopfte, verriet ihre Kraft. Anschließend brühte sie den Kaffee in der *Jabana* auf, dem bauchigen Kaffeegefäß, und füllte ihn in die winzigen Tassen, die wir Gäste in den Händen hielten. Das Getränk war süß, körnig und bitter, und ich sagte ihr jeden Morgen, es sei der beste Kaffee, den ich je getrunken hätte. Was der Wahrheit entsprach. Sie lächelte dann, was nett war, weil es das war, was sie von jedem verkaterten Gast zu hören bekam.

Manchmal servierte sie auch das Mittagessen, aber ich saß nie an einem ihrer Tische. Am vierten Abend tauchte sie hinter der Bar auf, als ich auf Deutsch eine Gruppe Industrieller aus dem Ruhrgebiet zuquatschte, die in Äthiopien war, um den Kauf eines Kali-Bergwerks unter Dach und Fach zu bringen. Als sie immer betrunkener wurden, rückten sie damit heraus, dass ihr eigentliches Geschäft in einem ausgeklügelten Plan zur Steuerflucht bestand, an dem ich Interesse bekundete. Wir tauschten unsere Visitenkarten aus, und sie gingen gegen zwei Uhr auf ihre Zimmer, jeder mit einer bezahlten Begleiterin.

Ich war also als Letzter in der Bar. Die junge Frau brachte mir die Rechnung zum Unterschreiben. Ich trug meine Zimmernummer ein und tat so, als würde ich bei der Zeile fürs Trinkgeld zögern.

Ich sah auf. Sie trug ein Namensschild.

«Gracious», sagte ich. «Ist das Ihr Name?»

Sie nickte.

«Ihr echter Name?»

Sie runzelte die Stirn. «Warum denn nicht?»

«Oh, manche Mädchen ... Die Mädchen, die man hier sieht, geben sich oft neue Namen. Geschäftliche Namen. Man soll sie bei diesen Namen ansprechen. Sie regen sich auf, wenn man sie nach ihrem richtigen Namen fragt.»

Ihre Haut war dunkel und das Licht gedämpft. Trotzdem sah ich, wie sie errötete.

«Ich bin keins von diesen Mädchen», sagte sie.

«Welche Art Mädchen sind Sie denn?»

Sie wurde langsam nervös und schaute sich um. Aber der Barkeeper war nirgends zu sehen, denn um diese Zeit war er immer draußen, um vor dem endgültigen Aufräumen einen Joint zu rauchen.

«Tut mir leid», sagte sie. «Ich weiß nicht, was Sie meinen. Vielleicht könnten Sie einfach ...»

Sie deutete auf die Rechnung.

«Nehmen wir an, ich möchte Ihnen persönlich ein Trinkgeld geben, Gracious. Was müsste ich tun?»

Ich lächelte. Kein gutes Lächeln. Ich fühlte mich nicht wohl dabei, aber dieses Lächeln war nötig, weil die Person, für die ich mich ausgab, auf diese Weise lächeln würde.

Das Lächeln sagte: *Ich will dich für Geld vögeln.*

Ihr Gesichtsausdruck veränderte sich völlig. Bis jetzt war sie die junge Kellnerin gewesen, vielleicht ein bisschen naiv, ein Mädchen, das ein junger Hilfskellner vielleicht auf ein Date einladen würde, weil er sicher sein konnte, dass er sie mit nach Hause bringen konnte, ohne bei den Eltern auf Widerstand zu stoßen. Aber mein Lächeln ließ ihre Miene kalt werden, hart. Ausdruck einer Geschichte, die sie begraben hatte und um nichts in der Welt wieder hervorholen wollte. Ich erkannte diesen Gesichtsausdruck wieder, denn es war derselbe, den ich bei mir selbst spürte, wenn jemand den Jugendknast erwähnte oder nach meiner Mutter fragte.

«Ich sagte doch», erklärte sie in völlig anderem Ton, «dass ich keins von diesen Mädchen bin.»

«Nein», erwiderte ich. «Offenbar nicht.» Ich unterschrieb die Rechnung, ließ aber die Zeilen fürs Trinkgeld und die Endsumme offen. «Tragen Sie selbst ein, wie viel Trinkgeld Sie wollen.»

Demonstrativ schrieb sie eine fette Null.

Am nächsten Tag wurde die *Jabana buna* von einer anderen jungen Frau geleitet. Ich setzte mein bestes Touristenlächeln auf und fragte, wo Gracious sei.

«Oh», sagte sie. «Wir haben die Schichten getauscht. Nur für heute.»

«Und was machen Sie normalerweise?»

«Putzen.»

«Lassen Sie mich raten», sagte ich. «Im dritten Stock?»

Sie runzelte die Stirn. «Woher wissen Sie das?»

23 Der Putzwagen stand außen vor meiner Tür. Von drinnen war das Brummen des Staubsaugers zu hören, aber gleichmäßig, als würde er sich nicht bewegen. Darüber hinweg hörte ich ein leises Klicken wie beim Schließen eines Koffers.

Ich zog die Pistole, die ich hinten im Hosenbund trug, seit ich in Addis Abeba angekommen war, und trat an die Tür. Dreißig Sekunden später hörte ich, wie erst der Staubsauger ausgeschaltet und dann die Tür von innen aufgeschlossen wurde. Als das Zimmermädchen herauskam, stieß ich ihr die Pistole ins Kreuz, legte ihr eine Hand auf den Mund, zerrte sie wieder ins Zimmer und trat die Tür zu.

Es war Gracious.

Mit der Pistole in der Hand tastete ich sie ab, aber ihre Hoteluniform saß so eng, dass mir eine Waffe auch so aufgefallen wäre.

«Ich nehme jetzt die Hand von deinem Mund», sagte ich und drückte ihr die Pistole wieder an die Stirn. «Beim leisesten Geräusch erschieße ich dich.»

Ich zog die Hand weg.

«Wenn du mich umbringst, weiß er, dass du hier bist», sagte sie.

«Wer?»

«Ich kenne seinen Namen nicht.»

Ich ließ sie los und führte sie zum Bett, auf das sie sich ängstlich zitternd setzte.

«Erzähl mir alles.»

«Ich kann nicht. Er wird mich umbringen.»

«Wenn du nichts sagst, bringe ich dich um. Ja, dann weiß er, dass ich hier bin. Er wird die ganze Operation abblasen, was genau das ist, was ich will. So oder so läuft es gut für mich. Also rede.»

Sie fing an zu weinen. Dann erzählte sie mir alles.

**24** Es hatte vier Wochen zuvor begonnen. Ein Mann, den sie nicht kannte, setzte sich im Bus zur Arbeit neben sie. Er kannte ihren Namen und ihre Adresse und erklärte, er werde sie und ihre ganze Familie töten, falls sie nicht genau täte, was er wollte. Er brachte sie zu einem belebten Platz in der Stadt und sagte, sie müsse im Hotel Augen und Ohren für ihn offen halten. Er wolle Einzelheiten über sämtliche Gäste erfahren, vor allem über Touristen, ganz besonders über die, von denen sie glaubte, sie seien nicht die, für die sie sich ausgaben.

«Wie bist du darauf gekommen, dass ich nicht bin, wer ich bin?»

«Am ersten Tag ...» Sie schniefte. «Am Tag nach deiner Ankunft. Du bist mit den anderen zum Kaffee gekommen. Du warst laut, damit alle wussten, wer du bist. Aber dann hast du mir in die Augen geschaut und warst für eine Sekunde eine andere Person. Nur ganz kurz. Der Mann hat gesagt, ich solle auf mein Gefühl vertrauen, und falls mir jemand verdächtig erschiene, solle ich ihn beobachten. Falls ich etwas herausfände, werde er mir Geld geben.»

«Also hast du es wegen des Geldes getan?»

«Nein. Weil er gesagt hat, er werde sonst meine Familie umbringen. Außerdem war das Geld nicht für mich, sondern für meinen kleinen Bruder. Er ist krank. Leukämie, Blutkrebs, eine sehr seltene Art.»

«Wie heißt er? Dein Bruder?»

«Marvellous.»

«Zeig mir sein Bild.»

Sie zog ihr Handy aus der Tasche und zeigte mir das Foto eines Teenagers am Tropf. Er reckte einen Daumen hoch.

«Zeig mir ein Bild von euch zusammen.»

Sie scrollte durch ihre Fotos. Da war sie, jünger, mit demselben Jungen. Händchen haltend standen sie vor dem Eingang eines Zoos.

«Jetzt deine Facebook-Seite.»

Sie rief die Seite auf. Bilder ihrer Familie, Mutter und Vater. Großeltern. Schulfotos.

«Okay. Steck es weg. Seit wann arbeitest du hier?»

«Seit zwei Jahren.»

«Der Zoo auf den Bildern liegt in Kano, also in Nigeria, nicht in Äthiopien.»

«Ich bin ich Nigeria geboren, aber wir sind vor ein paar Jahren hergezogen.»

«Warum?»

«Boko Haram kam immer näher an unser Dorf heran. Dreißig Kilometer weiter haben sie Schülerinnen entführt und ihre Familien ermordet. Meine Eltern hatten hier Verwandte, also flohen wir hierher. Zwei Wochen später kamen die Männer in unser Dorf, ermordeten die Männer und Frauen und nahmen die Mädchen als Ehefrauen oder Prostituierte mit. Aus den Jungen machten sie Kindersoldaten. Die Flucht hierher hat unsere sämtlichen Ersparnisse gekostet, und Marvellous war schon krank. Als er mir das Geld angeboten hat ...»

Sie verstummte und wischte sich mit dem Handrücken Schnodder von der Nase.

Ich reichte ihr ein Kleenex.

«Weiß er von mir?»

Sie nickte.

«Wie viel?»

«Ich hatte einfach nur dieses komische Gefühl.»

«Wie nimmst du Kontakt zu ihm auf?»

«Er taucht einfach auf, wie schon im Bus. Beim letzten Mal war ich auf dem Markt, um Lebensmittel einzukaufen. Ich glaube, er beobachtet mich, damit er sicher ist, dass mir niemand folgt.»

«Wie sieht er aus?»

Mit unbewegter Miene starrte sie mich an.

«Ist er weiß, schwarz, groß, klein, dünn, fett oder was? Narben? Haare? Wie ist er gekleidet?»

«Ungefähr so groß wie ich, vielleicht ein bisschen größer. Schlank, wie du, aber man sieht, dass er kräftig ist. Er hatte jedes Mal etwas anderes an. Und eine Sonnenbrille, damit ich seine Augen nicht sehe. Trug einen Hut ... Die Haare können kurz oder lang gewesen sein, keine Ahnung.»

«Akzent?»

«Er hat Englisch gesprochen, deshalb kann ich es nicht richtig sagen. Vom Gesicht her würde ich auf Kenia oder Somalia tippen.»

«Meine Güte, irgendwas Auffälliges muss er doch an sich haben.»

«Seine Zähne», sagte sie. «Er hatte schlechte Zähne. Abgebrochen. Als hätte ihm jemand mit irgendetwas gegen den Mund geschlagen. Mit dem Griff einer Pistole vielleicht.»

Dann sah sie auf. «Wie hast du gemerkt, dass ich dich beobachtet habe?»

«Das war nicht schwer», sagte ich. «Du hast es vermieden, an meinen Tisch zu kommen, damit du mich aus der Entfernung beobachten konntest. Dann hast du die Schicht getauscht, um an der Bar zu arbeiten und mich abends zu sehen. Das konnte nur zweierlei bedeuten. Entweder hast du geglaubt, Geld von mir zu bekommen, oder du arbeitest für Ali.»

«Heißt er so?»

Ich nickte. «Deshalb hab ich dich angemacht. Ich musste wissen, was dahintersteckte. Und du hast es mir gesagt.»

«Du meinst, wenn ich mit dir geschlafen hätte, wärst du mir nicht auf die Spur gekommen?»

Ich nickte.

Sie dachte einen Moment nach, dann fragte sie: «Was hast du mit mir vor?»

«Das hängt davon ab», sagte ich nachdenklich. «Wie gut kannst du lügen?»

Sie schüttelte den Kopf. «Nicht gut. Meine Eltern waren ziemlich streng. Meine Mutter hat uns mit einem Schuh geschlagen, wenn wir gelogen haben.»

«Dann sag ihm die Wahrheit. Aber alles, was in diesem Zimmer passiert ist, lässt du raus. Du sagst ihm, ich hätte dich letzte Nacht abschleppen wollen, aber du hättest Nein gesagt. Du hast mein Zimmer durchsucht, aber nichts gefunden. Trotzdem findest du mich immer noch verdächtig. Er wird sagen, du sollst weitersuchen, in meine Nähe kommen. Wahrscheinlich wird er dir auftragen, mit mir zu schlafen. Und du machst genau, was er sagt.»

«Auch mit dir schlafen?»

Die Perspektive erschien mir nicht ganz reizlos.

«Das liegt völlig an dir.»

«Ich hab ja schon gesagt, dass ich nicht so ein Mädchen bin.»


**25** An diesem Abend folgte ich ihr nach Hause. Sie fuhr mit dem Bus durch die überfüllten Straßen zu einem sechsstöckigen Wohnblock mit vergitterten Fenstern und zum Trocknen auf die Balkone gehängter Wäsche. Kinder spielten auf den Straßen, Hunde liefen frei herum. Sie ließ die Jalousien geschlossen, sodass ich nur die Bewegungen ihres Schattens erkennen konnte. Zwei Stunden wartete ich ab, um zu sehen, ob jemand kam oder ging, aber nichts passierte.

Am nächsten Tag war sie wieder im Atrium und bereitete den Kaffee zu. Als sie mir eingoss, suchte sie kurz Blickkontakt, ließ sich aber nach außen hin nichts anmerken. Als die Zeremonie vorbei war und sie die Tasse und die kleinen Schüsseln mit Popcorn einsammelte, die zum Kaffee gereicht wurden, fragte ich:

«Hat er Kontakt aufgenommen?»

Ohne mich anzusehen, griff sie nach meiner Tasse. «Heute Morgen. Früh. Er war in meinem Haus und wartete an der Tür, als ich ging.»

«Was hat er gesagt?»

«Dass ich mit dir flirten, dir schmeicheln soll. Dich aus dem Hotel locken und möglichst ein Foto von dir machen soll. Du sollst glauben, es ist echt. Dass ich Interesse an dir habe, nicht an deinem Geld. Dass ich mit dir schlafen soll, wenn es nötig ist.»

«Dann spielen wir ab jetzt exakt nach seinem Plan», sagte ich. «Als Erstes frage ich dich, ob du den Tag mit mir verbringen möchtest.»

«Heute? Das geht nicht. Ich muss arbeiten.»

«Dann morgen. Such jemanden, mit dem du die Schicht tauschen kannst. Hier …» Ich zog mein Geld aus der Tasche. «Sag der Kollegin, dass ich dich bezahle und dass du das Geld mit ihr teilst.»

Sie sah sich um, nahm die Scheine, faltete sie zusammen und steckte sie in die Tasche.

«Und jetzt lächle. Kein Problem, wenn es unecht wirkt.»

Sie schenkte mir ein falsches Lächeln.

Später, als ich in die Bar kam, war sie nicht da. Ich unterhielt mein übliches Publikum aus Schmarotzern, Nutten und Hoffnungsvollen, war aber mit dem Herzen nicht dabei. Später, als ich im Bett lag, merkte ich, dass ich nervös wegen des folgenden Tages war – und nicht wegen Ali Olusi. Ja, er würde uns beobachten. Schließlich war es Sinn der Sache, seine Neugier auszunutzen, um ihn ans Tageslicht zu locken. Aber daran lag es nicht.

Es lag daran, dass ich ein Date hatte. Und obwohl ich eine Menge Menschen gevögelt und fast so viele getötet habe, war ein Date mit einer jungen Frau für mich etwas ganz Neues.

**26** Als sich die Aufzugstür öffnete, stand sie dort im morgendlichen Sonnenlicht, das durch die Glastüren in die Lobby fiel. Sie trug ein weißes Leinenkleid, das ihre Schultern bedeckte, einen kindlich wirkenden Strohhut und schwarze Lacklederschuhe.

Ich trat auf sie zu und küsste sie auf die Wange. Unwillkürlich drehte sie den Kopf weg.

«Hör mir gut zu», flüsterte ich. «Ali wird dich nicht am Leben lassen. Er kann sich nicht leisten, dass jemand weiß, wie er aussieht. Er hinterlässt keine Zeugen, und eine Zeugin bist du jetzt schon. Deine einzige Chance zu überleben besteht darin, mir zu helfen. Ich versuche, dein Leben zu retten. Okay? Denn wenn nicht ...»

«Schon okay», sagte sie und küsste mich auf die Wange.

Ihre Lippen waren weich und warm. Fast fühlte es sich echt an.

«Wo gehen wir hin?», fragte ich.

«Wonach sieht es denn aus?», erwiderte sie und trat zurück, um mir ihr Kleid zu zeigen.

Das Herzstück von Addis Abeba ist die *Kidist Selassie*, die orientalisch-orthodoxe Kathedrale, in der neben äthiopischen Kriegshelden auch die britische Suffragette Sylvia Pankhurst begraben liegt, die aus komplizierten Gründen ihre letzten Jahre als Gast des Kaisers Haile Selassie verbrachte und ein Staatsbegräbnis bekommen hat.

Als wir an den Engeln am Eingang vorbeikamen und aus dem Sonnenlicht in die Kühle und Dunkelheit des riesigen weißen Gebäudes traten, schob Gracious ihre Hand in meine. Ich machte mir nicht vor, dass sie etwas anderes tat, als die ihr zugedachte Rolle zu spielen, aber das störte mich nicht. Der letzte Mensch, der meine Hand gehalten hatte, war vor vielen Jahren meine Mutter gewesen.

Der Innenraum war ruhig, leer und auf ergreifende Weise schön. Als wir in dem dunklen Kastengestühl saßen und die Köpfe wie zum Gebet beugten, sagte ich: «Hast du ihn schon gesehen?»

Sie schüttelte den Kopf.

«Du musst mir ein Zeichen geben, wenn es so weit ist.»

«Was für ein Zeichen?»

«Etwas Intimes und Natürliches.»

«Vielleicht so?»

Sie zupfte einen unsichtbaren Faden von meinem Revers. Dabei kam ihr Gesicht meinem so nahe, dass ich am Hals ihren Atem spürte. Ich roch nur Seife und frisch gewaschene Haut.

«Genau so.»

Nach der Kathedrale besuchten wir weitere Sehenswürdigkeiten. Im Lauf des Nachmittags fing sie an, sich zu entspannen, das Spiel zu begreifen und aktiv mitzumachen. Hin und wieder lächelte sie, nicht so schüchtern, wie ich es kannte, sondern mit einem breiten Grinsen. Einmal lachte sie sogar herzhaft und ein bisschen zu laut. Sofort legte sie die Hand auf den Mund.

Gegen fünf betraten wir eine Bar mit Blick auf die Straße. Dort erzählte sie mir Geschichten aus ihrer Kindheit in Nigeria, von der Krankheit ihres Bruders und den immensen Kosten für seine Behandlung. Aber ihre Geschichten endeten immer mit dem Auftauchen von Boko Haram im Nachbardorf und der erzwungenen Flucht.

«Von Nigeria bis Äthiopien ist es weit», sagte ich. «Warum dieser weite Weg?»

«Oh», sagte sie. «Mein Onkel wohnt hier. Der Bruder meiner Mutter. Er ist hergezogen, um für die Afrikanische Union zu arbeiten. Inzwischen ist er tot.»

«Und deine Eltern?»

«Wie bitte?», fragte sie.

«Leben sie noch, oder sind sie auch tot?»

Einen Moment lang war ich sicher, dass ihre Augen sich mit Tränen füllten, dann aber blieben sie an etwas in meinem Rücken hängen, und sie zupfte mir einen unsichtbaren Faden vom Revers.

**27** «Ist er hier?»
Sie nickte.

«Beschreib ihn.»

«Auf der anderen Straßenseite. Eins dreiundsiebzig, vielleicht eins fünfundsiebzig. Er trägt einen Anzug und tut so, als würde er sich eine Zigarette anzünden, aber das Feuerzeug funktioniert nicht.»

«Setz deine Sonnenbrille auf.»

«Was?»

«Wenn ich mich umdrehe, weiß er, dass ich ihn entdeckt habe. Dann bist du tot, weil ihm klar ist, dass du ihn verraten hast. Setz sie auf.»

Sie hob ihre Handtasche vom Boden, öffnete sie mit nervösen Bewegungen und nahm die Sonnenbrille heraus. Aber dabei verfing sich der Riemen der Tasche in einem Stuhlbein, die Brille fiel ihr hin.

«Tut mir leid, tut mir leid», sagte sie. «Ich kann so etwas nicht.»

Sie tastete nach der Brille, fand sie und setzte sie auf.

Ich starrte in mein Spiegelbild und das der dahinterliegenden Straße.

«Ich sehe ihn nicht. Er muss etwas gemerkt haben – nein, da!»

Sie deutete auf einen Punkt rechts hinter mir. Ich drehte mich um, aber ein Lkw versperrte mir die Sicht.

«Scheiße.»

«Willst du ihn nicht verfolgen?»

Ich starrte sie an.

«War das von Anfang an der Plan?»

«Was?»

«Dass ich ihn verfolge? Dass ich mich aus der Deckung wage? Du zeigst auf ihn, ich jage ihm nach, und er tötet mich in aller Ruhe, wo immer er will, weit weg vom Hotel? Kein Aufruhr, kein Skandal, nichts, was die Pferde scheu macht. Dann zieht er den Anschlag wie geplant durch. War das die Idee?»

Wie ein Verliebter nahm ich ihre Hand und drückte sie so fest, dass es wehtat.

«Nein!», sagte sie. «Nein. Ich … ich hab's dir gesagt. Ich kenne mich mit so etwas nicht aus. Ich versuche nur, dafür zu sorgen, dass meine Familie und ich nicht getötet werden. Bitte.»

Ich nahm ihr die Sonnenbrille ab, um ihre Augen besser sehen zu können.

Ich sah eine dicke Träne. Dann ließ ich ihre Hand los.

«Tut mir leid», sagte ich.

«Schon gut.»

Sie nahm eine Serviette und wischte sich die Träne weg.


# 28

Wir aßen im Hotel zu Abend. Sie schien mir wegen der Geschichte in der Bar nicht böse zu sein. Ein- oder zweimal schenkte sie mir sogar ihr Gigawatt-Lächeln. Aber es verschwand in Windeseile, als ihr wieder bewusst wurde, was wir hier machten. Sie gab nur deshalb vor, mich zu mögen, weil die Alternative ein Todesurteil gewesen wäre. Abgesehen davon war ihr natürlich klar, dass sie für einen Idioten wie mich viel zu gut war.

Oder sie war eine vollendete Schauspielerin, die beste, die mir je begegnet war. Und das lief unter dem Strich auf dasselbe hinaus.

Gegen halb elf verließen wir das Restaurant und gingen ins Atrium. Sie wollte sich verabschieden, aber ich fasste sie um die Taille. Ihre Miene wurde starr, weil ihr klar war, was ich sagen würde.

«Du musst über Nacht bleiben.»

«Das geht nicht.»

«Gut so», sagte ich. «Sag weiter Nein. Falls er uns beobachtet, sieht er, wie sehr du dich dagegen sträubst. Aber vergiss nicht, was er tun wird, wenn er denkt, du hättest die Chance und würdest sie verstreichen lassen.»

«Fick dich», sagte sie.

Es war das erste Mal, dass ich sie fluchen hörte.

«Nein, küss mich einfach.»

Kurz starrte sie mich an, dann beugte sie sich vor und tat genau das.

Der Kuss war ausgedehnt und langsam und schmeckte nach Honig und Pfeffer. Mittendrin presste sie die Zähne zusammen und biss mich, so fest sie konnte, in die Unterlippe. Dann löste sie sich von mir, ich schmeckte das Blut in meinem Mund.

Ich lächelte, denn es war ohne Zweifel, ohne jede Ausnahme, der beste Kuss meines Lebens gewesen.

Ich schluckte das Blut hinunter und streckte ihr die Hand entgegen.

Sie nahm sie, und wir gingen zusammen zum Aufzug.

Ich duschte mit offener Tür, damit ich sie im Auge behalten konnte. Aber sie saß nur reglos auf dem Bett, nervös und voll bekleidet inklusive Hut und Schuhen. Die Handtasche lag auf ihrem Schoß. Ich hatte sie im Lauf des Tages mehrfach abgetastet, als ich sie umarmt oder ihr die Hand wie ein Gentleman ins Kreuz gelegt hatte, wenn sie einen Raum betrat oder eine Treppe hochstieg. Praktisch stündlich hatte ich ihre Tasche genommen, um das Gewicht zu überprüfen. Natürlich hatte ich die Tasche schon am frühen Morgen durchsucht, aber ich konnte nicht wissen, was sie möglicherweise aus dem Wassertank einer Toilette gezogen, von einem Passanten übernommen oder unter dem Stuhl hervorgezogen hatte, wenn ich abgelenkt gewesen war.

Aber sie war nicht bewaffnet. Soweit ich es sagen konnte, war sie einfach eine verängstigte junge Frau, deren Kuss nach Pfeffer und Honig schmeckte. Die ohne eigenes Zutun in etwas hineingeraten war und jetzt versuchte, ihr Leben und das ihrer Familie zu retten.

Und soweit ich es nach unserer kurzen Bekanntschaft beurteilen konnte, war ich in sie verliebt.

Aber dann, beim Duschen, merkte ich, dass etwas mich störte.

Sie hatte mir Fotos ihrer Eltern in Nigeria gezeigt – ihre Facebook-Seite war voll von diesen Aufnahmen. Aber aus der Zeit danach, nach der Flucht vor Boko Haram, gab es kein einziges Bild mehr von ihnen. Als ich sie gefragt hatte, ob sie lebten oder tot waren, hatte sie mir den unsichtbaren Faden vom Revers gezupft und keine Antwort gegeben. Und am Tag zuvor, als ich sie gebeten hatte zu lügen, hatte sie erwähnt, ihre Eltern seien streng *gewesen*, so als wären sie schon tot. Auch der Onkel, der nach Äthiopien gekommen war, um für die Afrikanische Union zu arbeiten, war schon tot. Das einzige Familienmitglied, von dem sie je in der Gegenwart sprach, war ihr Bruder Marvellous.

Warum sollte sie es mir verheimlichen, wenn ihre Eltern tot waren?

Dann kam mir die Erkenntnis: Wenn die Eltern tot waren, hatte sie mit der Behauptung, Ali bedrohe ihre ganze Familie, gelogen. Und wenn sie in diesem Punkt gelogen hatte, dann vielleicht auch in allen anderen.

Bei laufender Dusche – um die Geräusche zu überdecken – zog ich den Reißverschluss meines Kulturbeutels so leise wie möglich auf und nahm die kurzläufige .38er heraus.

Klatschnass und splitternackt trat ich aus der Dusche heraus.

Zu spät.

**29** Gracious stand in der Tür und hielt meine Welrod in perfekt ausbalancierter Haltung auf mich gerichtet. Sie hatte die Schuhe abgestreift, den Hut abgenommen und stand in athletischer Haltung da. Ich hatte zu diesem Zeitpunkt meines Lebens schon in die Läufe einiger Waffen gestarrt, aber kein einziger hatte so wenig gezittert.

«Glaubst du, ich erkenne den Klang eines Reißverschlusses nicht? Lass die Waffe fallen, dreh dich um und leg dich mit dem Gesicht auf den Boden.»

«Nein.»

Sie lachte. «Glaubst du, ich würde dich nicht töten?»

«Natürlich wirst du das. Aber noch nicht jetzt. Ein Mord im Hotel würde deine Tarnung auffliegen lassen. Alle haben uns zusammen im Restaurant gesehen. Die Kamera im Aufzug zeigt, wie du auf diese Etage kommst. Zwar wird niemand die Welrod hören, aber du musst dich um eine Leiche kümmern. Für mich wäre das einfach. Ein Anruf, dann taucht binnen einer Stunde eine Putzkolonne auf. Aber du arbeitest allein. Keine Unterstützung, keine Infrastruktur. Das heißt auch keine Putzkolonne. Davon abgesehen könnte ich die Patronen aus der Pistole genommen haben.»

«Meinst du, ich kenne das Gewicht nicht?»

«Na dann, schieß.»

Sie schoss nicht.

«Die Sache ist so», sagte ich. «Für mich gelten diese Einschränkungen nicht.»

Ich lud durch und zielte auf sie.

«Wenn ich dich erschieße, bin ich in fünf Minuten hier raus. Die Leute werden nur wissen, dass der großmäulige amerikanische Wichser, der sich in der Bar mit Nutten und Kriminellen abgegeben hat, in einem Zimmer eine junge Frau erschossen hat. Die Polizei wird die offensichtlichen Schlüsse ziehen, mit anderen Worten: Sie kümmert sich nicht darum. Das Hotel wird sie wahrscheinlich schmieren, um schlechte Publicity zu vermeiden. Falls sich jemand auf die Suche nach mir macht, wird er feststellen, dass ich nicht existiere. Aber wenn ich nach Hause komme, ist das Geld schon auf meinem Konto. Ich bräuchte nicht mal einen Putztrupp.»

Die Mündung der Welrod blieb unbewegt.

«Na los», sagte sie. «Schieß.»

Ich schoss nicht.

**30** Gracious war Ali. Ihre Methode war geradlinig und simpel. Sie reiste mit ihrem eigenen Pass ins Zielland ein, nahm einen Job als Hausangestellte, Kellnerin, Zimmermädchen oder Putzfrau an und kundschaftete in dieser Tarnung sämtliche Überwachungskameras aus, sämtliche Busfahrpläne, Schichtpläne, jedes Detail im Tagesablauf der Zielperson. Am Tag des Anschlags band sie sich die Brüste flach, zog Männerkleidung an, meist einen Anzug und Schuhe mit Einlagen, die sie größer wirken ließen. Sie drückte ab und trug Sekunden später wieder ihre normale Kleidung, nachdem sie sich den Anzug vom Leib gerissen und ihn in eine Tasche oder einen Wäschewagen gestopft hatte. Dann setzte sie ihren Tag fort, als wäre nichts geschehen. Vielleicht machte sie eine Aussage, in die sie hier und dort ein paar hilfreiche Irrtümer einbaute. Dann blieb sie lange genug, um keine Aufmerksamkeit zu erregen, bevor sie zum nächsten Auftrag reiste.

Wie in einem billigen Actionfilm standen wir mit unseren Waffen da und bedrohten uns gegenseitig. Dann lächelte sie.

«Du kannst es nicht, stimmt's?»

«Natürlich kann ich es. Aber vielleicht will ich es nicht. Noch nicht. Die einzige Chance, Suleiman Abdi zu töten, besteht darin, zuerst mich aus dem Weg zu räumen. Aber wenn du das tust, fliegt deine Operation auf. Du verlierst so oder so. Mich zu erschießen, bringt dir keinen Vorteil.»

«Einen Punkt übersiehst du», erwiderte sie. «Wenn ich dich erschieße, werde ich Eighteen.»

«Nein, du würdest nur einen Krieg auslösen. Wenn du Abdi nicht tötest, vermittelst du der Welt, dass du unzuverlässig bist. Also schwach. Du wirst zur Zielscheibe für jeden Möchtegern-Eighteen. Ja, du bist gut in deinem Job. Vielleicht sogar besser als ich. Aber der Job bedeutet mehr als Leute erschießen. Du musst in der Lage sein, mit einer Zielscheibe auf dem Rücken zu überleben, und die fähigsten Mörder der Welt stehen Schlange, um ihr Muster in dieser Zielscheibe zu hinterlassen. Du würdest ein paar Tage durchhalten, vielleicht ein paar Wochen. Aber du wärst eine wandelnde Tote.»

Sie zuckte die Achseln. «Vielleicht ist mir das egal.»

«Das ist ja der Witz», sagte ich. «Ich glaube, es ist dir alles andere als egal. Ich glaube, du machst das alles aus einem Grund, und nicht, weil du in meine Fußstapfen treten willst. Du hast mich zum Narren gehalten, weil fast alles, was du erzählt hast, stimmt. Du bist nicht so ein Mädchen. Vielleicht will ich dich deshalb nicht töten. Vielleicht gibt es einen Weg, wie wir beide heil aus der Sache herauskommen.»

«Wenn ich jetzt sagen soll, dass ich dich nicht umbringen werde, kann ich das nicht.»

«Okay, wie wäre es damit? Er trifft hier in einer Woche ein. Am Tag bevor er kommt, bringe ich entweder dich um oder du mich.»

«Und bis dahin?»

Ich zuckte die Achseln.

«Hängen wir ab.»

31 Vielleicht lag es daran, dass wir jetzt nicht mehr voreinander verbergen mussten, wer wir waren und was wir uns gegenseitig antun wollten. Vielleicht lag es daran, dass wir vom gleichen Schlag waren, Auftragsmörder, die die Arbeit des jeweils anderen verstanden und bewunderten. Vielleicht lag es daran, dass wir beide allein arbeiteten und uns die Stolperdrähte emotionaler Verstrickungen nicht leisten konnten. Möglicherweise kam auch noch das Wissen hinzu, dass in sechs Tagen – dann in fünf, in vier Tagen – alles enden würde. Höchstwahrscheinlich schlecht enden würde. Aber was auch immer der Grund sein mochte, diese sechs Tage waren nicht nett oder spaßig oder entspannt.

Sie waren *verzaubert*.

Wir verabredeten uns. Wir gingen an den Strand. Wir rasten mit einem neuen Lamborghini herum. Wir besuchten Naturschutzgebiete. Wir kauften auf den Märkten dämliche Touristenartikel und aßen in winzigen Restaurants. Wir gingen ins Kino. Wir gingen zum Abendessen. Wir tranken. Wir erzählten uns Kriegsgeschichten.

Jeden Morgen, bevor wir das Hotel verließen, tasteten wir uns gegenseitig ab. Das wiederholten wir abends, wenn wir zurück ins Zimmer kamen. Dort tranken wir noch etwas, dann gingen wir ins Bett.

Am ersten Tag schlief sie in ihrem Kleid, auf dem Bettzeug.

Am zweiten Abend, als wir uns nach der Rückkehr ins Zimmer gegenseitig filzten, berührten wir uns ein bisschen länger, als es unter Sicherheitsaspekten nötig gewesen wäre.

In dieser Nacht schlief sie in ihrer Kleidung, aber unter dem Bettzeug.

Am dritten Tag nahm sie, als wir eine Straße überquerten, wieder meine Hand. Aber diesmal war es echt. Wahrscheinlich war es die erotischste Erfahrung meines bisherigen Lebens.

Na los, verdrehen Sie die Augen. Machen Sie ruhig. Scheiß drauf. Sie haben das als Teenager gemacht. Sie können sich vielleicht noch an das erste Mal erinnern, als Sie die Hand eines Mädchens oder Jungen gehalten haben, diese fantastische Erschütterung, die Nervosität, die Freude und das Triumphgefühl, als die Finger sich verschränkten. Sie erinnern sich an das Gefühl, mit hocherhobenem Kopf nebeneinander herzugehen, und ein Arm streift den Ihren. Ich hatte nichts von alledem. Als Teenager war ich high oder betrunken, habe Lebensmittelläden überfallen oder mich bei Straßenkämpfen verprügeln lassen. Ich wurde auf die Rückbank von Polizeiautos gestoßen, habe Unfälle mit gestohlenen Autos gebaut, stand vor mehreren Gerichten, saß mit Bewährungshelfern, Sozialarbeitern, Ermittlern, Psychologen, Pflichtverteidigern und erwachsenen Begleitpersonen zusammen. Ich hatte nie einen festen Freund oder eine feste Freundin, es ging immer nur ums Vögeln.

All das, was Sie in dem Alter gemacht haben, war mir fremd.

Bis zu diesem Moment.

Wie sich herausstellte, was es bei Gracious genauso.

In der dritten Nacht zog sie ihre Klamotten aus und stieg zu meinem nackten Ich ins Bett.

Einen Moment lag sie bloß auf dem Rücken. Mir war selbst im Dunkeln klar, dass sie hellwach war.

«Willst du es mir irgendwann erzählen?», fragte ich.

Sie drehte sich auf die Seite.

«Bist du sicher, dass du es hören willst?»

«Deine Geschichte kann nicht viel schlimmer sein als meine», sagte ich.

Was für ein Irrtum!

**32** Gracious wuchs in einem Dorf im Norden Nigerias auf, ganz wie sie gesagt hatte. Sie und ihr jüngerer Bruder Marvellous standen sich nahe. Als er elf und sie vierzehn war, bekam er häufig Fieber und wurde immer schwächer. Es dauerte neun Monate, bis die Diagnose feststand: Haarzell-Leukämie, eine Krankheit, die bei Kindern so selten vorkommt, dass noch niemand einen solchen Fall gesehen hatte.

Die gute Nachricht war, dass es eine Behandlungsmöglichkeit gab. Die schlechte war, dass jede Tablette dreitausend Dollar kostete. Die noch schlechtere war, dass genau zu der Zeit, als die Familie versuchte, den Riesenbatzen Geld aufzutreiben, Boko Haram das Dorf überfiel.

Die Kämpfer töteten alle über fünfzehn und verschleppten die Mädchen über zehn, damit sie vergewaltigt und/oder von einem der Soldaten geheiratet wurden und Kinder bekamen. Jungen, die kräftig genug waren, wurden gezwungen, Kindersoldaten zu werden, während die, die zu jung oder zu schwach waren, an Ort und Stelle abgeschlachtet wurden.

Die Einzigen, die verschont blieben, waren die Mädchen, die zehn oder jünger waren.

Gracious, groß für ihr Alter, aber dünn und flachbrüstig, zog Kleidung ihres Vaters an und ließ Marvellous, dessen

Wachstum durch die Krankheit beeinträchtigt war, ein schäbiges Trägerkleid anziehen, dem sie entwachsen war. Sie stopfte ihm sämtliches Geld, das die Familie bis dahin aufgetrieben hatte, in die Tasche und sagte, er solle sich für ein zehnjähriges Mädchen ausgeben, während sie den älteren Bruder spiele. Als die Kämpfer sich Zutritt zum Haus verschafften, flüsterte sie ihm etwas ins Ohr, das er nie vergessen sollte.

Die Soldaten ermordeten die Eltern und brachten die beiden ins Dorfzentrum, wo sie schon andere Kinder zusammengetrieben hatten. Die Mädchen wurden gezwungen, auf einen Pick-up zu steigen. Die Jungen in Gracious' Alter waren schon tot, weil sie an der Seite ihrer Väter gekämpft hatten. Die jüngeren wurden weggeführt und erschossen. Gracious und Marvellous blieben übrig.

Sie standen Hand in Hand auf dem Dorfplatz, als der Anführer, ein dunkelhaariger, mit Stammesnarben gezeichneter Mann in den Dreißigern, sie inspizieren kam. Er betrachtete Gracious' Kleidung, das zu große T-Shirt und die hochgerollten Hosenbeine.

«Warum hast du nicht gekämpft?»

«Meine Familie besitzt keine Waffe.»

Er grinste. Sein Name war Jigo, und er hatte schlechte Zähne. Dieses Detail hatte Gracious benutzt, als sie mir ihr Alter Ego beschrieben hatte.

Er deutete auf die Teenagerleichen, die ein Stück entfernt lagen.

«Ihr habt Glück gehabt.»

«Nein», sagte Gracious. «Ihr habt Glück gehabt. Mit einer Waffe hätte ich euch alle getötet.»

Jigo wandte sich an die anderen Soldaten.

«Der hier. Der hat Eier. Bildet ihn aus.»

Gracious wurde zum Kindersoldaten. Sie wurde gezwungen, zum Islam zu konvertieren, und bekam einen neuen Namen – Ali. Als ihre Brüste sich entwickelten, band sie sie ab. Ihr war klar, dass sie, sollten die Männer um sie herum jemals die Wahrheit entdecken, vergewaltigt, gefoltert und exekutiert würde. Dass sie sich nicht auszog, um mit den anderen im Fluss zu schwimmen, und dass sie darauf bestand, allein zu baden, konnte möglicherweise Verdacht erregen. Der einzige Weg zu überleben bestand darin, wilder als alle anderen zu werden. Als sie zum ersten Mal von einem Soldaten verspottet wurde, weil sie sich nicht vor den anderen ausziehen wollte, nahm sie ein Messer, schlitzte ihm die Kehle auf und kastrierte ihn. Danach wurde das Thema nicht mehr aufgebracht.

Schnell wuchs sie in die Rolle von Jigos zuverlässigstem Unterführer herein. Aber sie achtete sorgfältig darauf, ihn niemals herauszufordern, denn während sie selbst den Psychopathen spielte, musste Jigo sich erst gar nicht verstellen. Gerüchteweise verzehrte er die Leichen seiner Feinde. Gracious tat das als Märchen ab, bis sie eines Tages sah, wie er die Leiche eines feindlichen Kommandanten aufschlitzte, sein Herz herausriss und von dem rohen Fleisch abbiss. Blut rann ihm das Kinn herunter, und er bot es seinen Männern an. Niemand regte sich, bis er schließlich vor Gracious stand. Sie nahm es ihm aus dem Händen und biss ein noch größeres Stück ab als Jigo.

Dann brachte sie die Nacht damit zu, in die Latrinen zu kotzen.

Sie war fast zwei Jahre bei Boko Haram, als sie die Wahrheit über Jigo erfuhr. Als sie nach dem nächtlichen *Tahaddschud* ihre Gebetsmatten zusammenrollten, bat Jigo sie in seine Unterkunft.

Viele der anderen Männer hatten mehrere Ehefrauen genommen, überwiegend Mädchen, die entführt und zur Heirat gezwungen worden waren. Jigo und Gracious stellten die Ausnahmen dar. In seinem Quartier betrachtete Jigo sie eine Weile und fragte dann: «Warum hast du dir keine Frau genommen?»

«Ich halte mich für Allah rein», sagte Gracious, womit sie die Worte wiederholte, die sie von ihm selbst gehört hatte.

«Der Koran lehrt, dass uns die Ehe bestimmt ist, damit unser Verlangen uns nicht zur Unzucht treibt.»

«Ich habe kein solches Verlangen», sagte Gracious.

«Blödsinn», sagte Jigo.

Er drehte sich um und nahm etwas aus seinem Schreibtisch. Es war eine Flasche nigerianischer Schnaps, der als «Crazy Man in a Bottle» bezeichnet wurde. Er trank einen Schluck und bot die Flasche Gracious an.

«Komm», sagte er. «Wovor fürchtest du dich? Ich dachte, du fürchtest dich vor überhaupt nichts.»

«Ich fürchte nur Allah.»

Jigo brüllte vor Lachen und zeigte dabei seine faulen Zähne.

«Du glaubst genauso wenig an Allah wie ich. Ich kenne dein Geheimnis. Ich weiß, warum du so hart kämpfst, warum du dich nicht vor den anderen Männern ausziehen willst. Ich weiß, warum du dem Mann die Eier abgeschnitten hast, als er dich ausgelacht hat. Und ich weiß, warum du kein solches Verlangen hast. Weil dein Verlangen in die andere Richtung läuft. Du folgst mir wie ein Welpe, weil du so scharf auf mich bist wie umgekehrt.»

Er packte ihr zwischen die Beine, um seine Behauptung zu untermauern.

Nur dass er nichts fand, weil es nichts zu finden gab.

Bevor er ein Wort herausbrachte, zog sie ihr Messer und schnitt ihm die Kehle durch.

Jigo ging in die Knie und versuchte, den Blutfluss zu stoppen. Mit der freien Hand griff er nach dem Automatikgewehr, das an seinem Bett lehnte, aber Gracious stieß es mit dem Fuß außerhalb seiner Reichweite. Ein letztes Mal schnappte er nach ihrem Bein, aber sie machte einfach einen Schritt zurück. Er fiel vornüber und rührte sich nicht mehr.

Das alles hatte etwa dreißig Sekunden gedauert, ohne dass irgendjemand etwas mitbekommen hatte.

**33** Sie legte Jigos Pistolengürtel an, warf sich einen Patronengurt über die Schulter, nahm seine Automatik und trat hinaus in die Nacht. Der Torwächter war der Erste, den sie tötete. Der Schuss lockte die anderen Soldaten aus den Gebäuden, in denen sie schliefen. Sie erschoss sie alle.

Eine Stunde später setzte sie sich an die Spitze einer Kolonne von Frauen und Kindern aus dem Lager. Nach zweitägigem Fußmarsch erreichten sie eine von den Regierungstruppen besetzte Stadt. In ihrer Rolle als Ali berichtete sie den Soldaten, was sie getan hatte. Weil keiner ihr glaubte, brachte man sie zum Kommandanten. Er saß inmitten einer Gruppe weißer Männer mit zusammengewürfelten Kampfuniformen, ungepflegten Bärten, Sonnenbrillen und Bandanas.

Sie waren so skeptisch wie die Wachen. Aber vor dem Aufbruch aus dem Lager hatte Gracious mit einem von Jigos Fingern sein Handy entsperrt, um ihn und die anderen Toten zu fotografieren. Verblüfft reichten die Männer das Telefon herum.

Der Kommandant wollte sie auf der Stelle anwerben. Gracious sagte, sie werde darüber nachdenken, aber eigentlich sei sie das Töten leid. Auf dem Weg nach draußen reichte ihr einer der Weißen ein Stück Papier und sagte, sie solle anrufen, falls sie irgendwann ihre Meinung ändere und Geld verdienen wolle – richtiges Geld, nicht den Sold der Regierungssoldaten.

Gracious fand ein Café mit Blechdach, das auch Internetnutzung anbot. Niemand in ihrer Familie hatte je einen Computer oder irgendein Smartphone besessen, nur in der Schule hatte es einen uralten Laptop gegeben, und eine Freundin hatte ihr gezeigt, wie sie einen kostenfreien E-Mail-Account einrichten konnte.

Bevor die Soldaten sie wegbrachten, hatte sie ihrem Bruder die Adresse ins Ohr geflüstert.

Sie wusste nicht, ob Marvellous überhaupt noch lebte, und wenn ja, ob er es geschafft hatte, sich die Adresse zu merken. Sie öffnete Gmail und gab ihr Passwort ein, aber sie hätte sich keine Sorgen machen müssen.

Marvellous hatte ihr vier Jahre lang wöchentlich eine E-Mail geschickt. Zweihundert Mails berichteten, wie er von Regierungssoldaten gefunden worden war, die begriffen, dass er ein Junge war, und ihn in ein Waisenhaus in Abuja brachten. Einmal pro Woche erlaubten ihm die Nonnen, ihren einzigen Computer zu benutzen und eine Mail zu verschicken. Er hatte nie daran gezweifelt, dass sie eines Tages alles lesen würde.

Seine Leukämie, die sich zwischenzeitlich gebessert hatte, war wieder schlimmer geworden. Er war krank und wurde immer kränker. Die Soldaten, die ihn ins Waisenhaus brachten, hatten das Geld, das Gracious ihm gegeben hatte, gestohlen. Ohne Behandlung würde er sterben.

Gracious mailte ihm zurück. Sie sagte, sie sei am Leben und werde ihm das Geld besorgen.

Sie ging in einen Elektronikladen in derselben Straße, kaufte ein Handy mit Guthabenkarte, rief die Nummer an, die der weiße Mann ihr gegeben hatte, und machte ihm ein Angebot.

Sie sagte, sie kenne die komplette Kommandoebene von Boko Haram im nördlichen Nigeria. Für Geld werde sie jeden beliebigen Anführer töten. Sie werde erst dann ihr Geld verlangen, wenn der Job erledigt sei. Das Geld solle dann an ein Waisenhaus in Abuja gezahlt werden.

Eine Minute lang herrschte Stille am Telefon des weißen Mannes. Dann war er zurück und fragte, was sie für den Mord an dem Mann verlange, der in der Hierarchie über Jigo stand und der regionale Anführer war.

Gracious nannte eine Summe, die reichte, um Marvellous' Therapie drei Monate lang zu finanzieren.

Er stimmte zu.

Zehn Minuten später trug sie die Bluse einer Schülerin, einen Rock und Lacklederschuhe. Im Rucksack befanden sich ihre Uniform, das Handy und Jigos Pistole. Sie hängte ihn sich über die Schulter und stieg in den Bus, der sie letztlich in ein Hotelzimmer in Addis Abeba bringen würde. Und zu mir.

**34** Ich lag neben ihr und hörte zu. Als sie fertig war, fragte ich: «Und Marvellous? Hat die Behandlung angeschlagen?»

Im Dämmerlicht sah ich sie nicken.

«Wo ist er jetzt?»

«Ich weiß nicht.»

«Habt ihr euch aus den Augen verloren?»

«Nein. Ich hab ihm gesagt, dass es wegen meiner Arbeit

besser ist, wenn keiner von uns weiß, wo sich der andere aufhält.»

«Weiß er, dass du Ali bist?»

Wieder nickte sie. «Er hilft mir, meine Aufträge zu vereinbaren. Von all den Sicherheitsmaßnahmen, VPN und Proxys, verstehe ich nichts. Er schon. Er kennt sich mit Computern aus. Der PC im Waisenhaus war alt, und sie konnten sich keine Software leisten, da hat er sich selbst beigebracht, wie man sie schreibt. Er sagt, er will Informatik studieren. Also schicke ich ihm das nötige Geld, der Rest geht ans Waisenhaus und andere Institutionen, die entführte Kinder retten.»

«Willst du ihn denn nicht sehen?»

«Ich will ihn nicht in Gefahr bringen. Ich habe gesagt, dass ich eines Tages, wenn wir genug gespart haben und er sein Studium fertig hat, alles aufgeben werde, damit wir als Familie leben können.»

«Hast du das ernst gemeint?»

Ihr Schweigen war Antwort genug. Plötzlich kam mir ein Gedanke.

«Was ist dir lieber? Ein Mann oder eine Frau zu sein?»

«Wie kommst du jetzt darauf?»

«Tu mir den Gefallen.»

«Wenn ich ein Mann bin, bin ich gern ein Mann», sagte sie. «Und wenn ich eine Frau bin, bin ich gern eine Frau. Und wenn es nicht mehr passt, wechsle ich einfach.»

«Ist das der Grund, warum du diese Leben nicht aufgegeben hast?»

«Ich verstehe die Frage nicht.»

«Jetzt weiß niemand, wer du bist. Du kannst von einer Identität zur anderen wechseln, ohne dass sich jemand darum schert. Niemand *weiß* auch nur davon. Aber wenn du aufhören und zu Marvellous ziehen würdest, würde man von dir erwarten, das eine oder das andere zu sein. Man würde versuchen, dich in eine Schublade zu stecken.»

Sie dachte kurz nach.

«Nein», sagte sie dann. «Damit hat es nichts zu tun. Ich mache den Job, weil ich ihn mag.»

**35** Den letzten Tag verbrachten wir im Bett, wobei wir abwechselnd aßen, tranken, Liebe machten und einfach dalagen. Ich sage Liebe machen, weil es sanft und zärtlich und sinnlich war. Obwohl ich ihr half zu kommen – und sie mir –, spürte ich jedes Mal, wenn es in die Nähe von richtigem Sex kam, wie sie sich versteifte. Ob aus Angst, unwillkürlich oder warum auch immer, hätte ich nicht sagen können. Und es störte mich kein bisschen. Denn ich begriff, dass sie, genau wie ich und dennoch auf ganz andere Weise, das komplette Paket der Teenagerromanzen in einer einzigen Woche nachholte. Und das unter denkbar bizarren Umständen.

Sie war noch Jungfrau, und das galt – vom rein physischen Aspekt einmal abgesehen – auch für mich.

Als die Nacht hereinbrach und es dunkel im Zimmer wurde, lagen wir schweigend da, und ich begann mich zu fragen, wie ich sie umbringen würde.

**36** Machen wir uns nichts vor.
Ich weiß, was Sie denken. Ich weiß, dass Sie glauben, ich sei kalt, unmenschlich, ein Monster.

Ich spüre Ihre Geringschätzung, Ihren Ekel. Und wahrscheinlich verdiene ich beides.

Aber bevor Sie mich komplett abschreiben, sollten Sie etwas wissen. Ja, ich war in sie verliebt, jedenfalls so verliebt, wie es mir irgend möglich war. Und ja, in den letzten paar Tagen hatte ich Dinge erlebt, Gefühle und Regungen, die mir völlig neu und fremd waren. Und ihr wahrscheinlich auch.

Aber das änderte nichts.

Sie war Gracious, aber eben auch Ali. Und Ali war wegen eines Auftrags hier. Gracious mochte eine unschuldige junge Frau mit weißem Kleid und Strohhut sein, die manchmal ein bisschen zu laut war. Aber Ali war ein kaltblütiger Mörder. Ich kannte ihn gut genug, um zu wissen, dass er mich umbringen würde, falls ich ihm nicht zuvorkam. Wenn Ali bei einem Job kniff, war das sein Todesurteil. Und wenn ich sein Attentat nicht verhinderte, konnte auch ich mir eine Zielscheibe auf den Rücken malen.

Beim Gedanken daran, was ich tun musste, drehte sich mir den Magen um. Aber wir waren beide in dieser Branche, und die Branche gestattete uns den Luxus der freien Entscheidung nicht.

Ich versuchte es mit meinem ältesten Trick, der Dissoziierung, der Abspaltung des Körpers vom Geist. Ich versuchte, so zu tun, als läge nicht Gracious neben mir, sondern jemand anderer. Eine Frau, die ich nicht kannte und deren Küsse nicht nach Pfeffer und Honig und Blut schmeckten. Es ging bloß um einen Job, eine weitere bedeutungslose Leiche.

Bei jedem anderen, so sagte ich mir, wäre Erdrosseln die offensichtliche Wahl gewesen. Doch sobald ich den Gedanken zu Ende gedacht hatte, musste ich gegen einen Würgereiz ankämpfen. Mit der .38er würde es auf gnädige Weise schnell gehen, aber das grässliche Blutbad, das ich mit ihrem schlanken Körper anrichten würde, wollte ich mir nicht ausmalen.

Es gab nur eine Möglichkeit. Die schlimmste, wenn man alle anderen beiseiteschob. Die Welrod, die schallgedämpfte Pistole, mit der Veterinäre Tiere töteten. Die einzige Waffe, die mir begegnet war, die tatsächlich so leise ist, wie man es im Kino sieht.

Übelkeit wallte in mir auf und drohte mich zu überwältigen. Ich drückte sie gewaltsam unter die Oberfläche, wie ich es einst mit einem Mann gemacht hatte, den ich im Fluss ertränkte. Die Sache würde blutig werden. Ich würde es mit einer Leiche zu tun haben, aber ich konnte einen Putztrupp anfordern, der das Zimmer makellos sauber machen würde, bevor am Morgen die Zimmermädchen kamen. Der einzige Mensch, der sich darum scheren würde, wäre Marvellous. Und auch er würde nur merken, dass sie nicht mehr auf seine E-Mails reagierte.

Die Logik war unausweichlich, die Ironie grausam.

*Natürlich* war der einzige Mensch, in den ich mich hätte verlieben können, ein anderer Mörder.

Und *natürlich* musste es dazu führen, dass einer von uns den anderen umbrachte.

Aber es gab noch einen anderen wichtigen Punkt.

Nicht nur ich hatte die Situation durchdacht, sondern auch Gracious.

37 Inzwischen war es draußen dunkel, das Rauschen des abendlichen Verkehrs wurde leiser. Gracious hatte auf der Seite liegend gedöst, jetzt aber regte sie sich und drehte sich auf den Rücken. Sie hatte die Augen geschlossen, aber ihr Atem verriet mir, dass sie wach war. Nach zehn Minuten schlug sie die Augen auf. Ich wusste, was das bedeutete.

«Hast du Hunger?», fragte ich.

«Nein.»

«Willst du etwas trinken?»

«Nein.»

Schließlich sprach ich aus, was wir beide dachten.

«Was hast du vor?»

«Ich weiß nicht.»

«Ich will dich nicht umbringen», sagte ich. «Aber ich werde es tun müssen.»

«Ich weiß.»

«Ich begreife nicht, warum du nicht einfach verschwinden kannst.»

«Doch, das tust du», sagte Gracious und drehte sich zu mir. «Ich habe denselben Grund wie du.»

Sie hatte recht.

Die Wahrheit ist, dass vom Töten kein Weg zurückführt. Nach dem ersten Mal ist man ein Mörder, ob es einem gefällt oder nicht. Als ich meinen Vergewaltiger getötet habe, ist mir gleichzeitig das Kind zum Opfer gefallen, das mit seiner Junkie-Mutter nach dem Ende ihrer Schicht im Neonlicht des 7-Eleven gesessen und Slurpees getrunken hatte. Das zugehört hatte, wie sie die Witze aus einer liegen gebliebenen Zeitung vorlas. Immer in dem Glauben, dass sie beide, allen Gegenbeweisen zum Trotz, ewig leben und eines Tages restlos und vollkommen glücklich sein würden.

Gracious hatte dasselbe getan, als sie den Mann, der sie ausgelacht hatte, weil sie sich nicht vor den anderen ausziehen wollte, getötet und kastriert hatte. Die alte Gracious, das unschuldige Dorfmädchen, lag inzwischen unter einem Stapel Leichen begraben, der fast so hoch war wie meiner.

Für keinen von uns gab es ein Zurück.

Dann tat sie etwas, das mich überraschte.

Sie nahm mich in die Hand und setzte sich auf mich.

«Bist du sicher?», fragte ich. Ich wusste nicht, warum, aber irgendetwas sagte mir, dass es sie einiges an Tapferkeit kostete.

«Weißt du, dass ich schon verliebt in dich war, bevor uns überhaupt begegnet sind?»

«Ja, das weiß ich», sagte sie und ließ mich in sie hineingleiten.

«Wenn du ein Mann gewesen wärst, hätte es mir nichts ausgemacht.»

«Ich bin ein Mann», sagte sie, packte meine Handgelenke und drückte mir die Arme über den Kopf. Sie begann sich zu bewegen. «Ich bin beides. Beide gehören zu mir. Das bin ich.»

Und dann vögelte sie mich.

Wir kamen fast gleichzeitig. Ich spürte sie zuerst, wie sie um mich herum fester wurde, mich umschloss wie ein sanfte Faust.

Ich schloss die Augen, komplett in der Empfindung aufgehend.

Ich weiß noch, dass ich dachte: *Vielleicht fühlt es sich so an, eine Frau zu sein.*

Als ich die Augen wieder öffnete, war ich noch in ihr, und sie saß noch auf mir. Aber die Welrod zielte direkt in mein Gesicht. Sie hatte sie hinter dem Kopfbrett hervorgezogen, wo ich sie vor einer Weile versteckt hatte, als sie – vom Alkohol benebelt – eingedöst war.

«Hast du gedacht, ich finde sie nicht?»

«Ich wusste, dass du sie findest.»

Sie legte den Kopf leicht zur Seite und sah mich verwirrt an.

«Die Entscheidung liegt bei dir», sagte ich. «Ich kann sie nicht treffen.»

«Aber von mir erwartest du das?»

Ich nickte.

«Und wenn nicht das herauskommt, was du willst?»

«Dann ist es okay», sagte ich. «Ich bin nicht gerade ein Musterbeispiel der menschlichen Rasse.»

Sie setzte ein trauriges Lächeln auf.

«Das meinte ich nicht.»

Sie richtete die Waffe auf ihren eigenen Kopf.

«Warte», sagte ich und griff unters Bett, wo ich die kurzläufige .38er deponiert hatte.

Ich schätze, sie wusste, dass sie dort war, denn sie wirkte kein bisschen überrascht.

Ich richtete sie auf meinen Kopf.

«Wir machen es zusammen», sagte ich. «Oder gar nicht.»


**38** So verharrten wir eine ganze Weile. Draußen im Dunkeln rauschte der Verkehr, ein Düsenflugzeug im Sinkflug jaulte über unseren Köpfen, aus der Küche drang das Klappern von Töpfen und Pfannen, von irgendwoher war das Piepen eines zurücksetzenden Lkws zu hören.

Dann legte sie die Waffe aufs Laken. Sie stieg von mir herunter, nahm ein Kleenex vom Nachttisch, wischte sich ab, zog sich im Dunkeln lautlos an, schlüpfte in ihre Schuhe und ging zur Tür hinaus, ohne sich noch einmal umzudrehen.

Ich sah zu, wie sich die Tür mit einem Klicken schloss.

Es war das letzte Mal, dass ich sie lebend gesehen habe.

# TEIL III

**39** Als ich Gracious' Leiche anstarre, komme ich mir vor, als wäre ich wieder neun. Als wäre ich gerade aus dem Schrank gekrochen, wo ich mich mit einem Spiderman-Comic verkrochen hatte, den ich im Restlicht einer schwächer werdenden Taschenlampe las, während ein Fremder meine Mutter zum Sex benutzte. Als hätte ich gerade ihre noch warme Leiche auf dem Bett entdeckt.

Zuerst begriff ich nicht, was los war. Ich dachte, Junebug würde schlafen oder hätte vielleicht eine Überdosis genommen. Also versuchte ich, sie wach zu rütteln, und rief ihren Namen, lauter und lauter. Ich hatte sie schon einmal so gesehen, aber damals war es mir gelungen, sie zu wecken, sie in eine aufrechte Position zu bringen, ihr Kaffee einzuflößen, das Erbrochene vom Mund zu wischen und schließlich mit ihr auf dem Parkplatz herumzulaufen, bis die Sonne aufging. Ich wusste, was ich tun musste, weil ich sie beobachtet hatte, als sie dasselbe einen Monat zuvor mit einer anderen jungen Frau gemacht hatte.

Das Einzige, von dem ich wusste, dass ich es unter keinen Umständen tun durfte, war, die Polizei zu rufen. Drogen bedeuteten einen Verstoß gegen ihre Bewährungsauflagen, was wiederum bedeutete, dass sie ins Gefängnis musste und ich den einzigen Menschen verlor, der mir etwas bedeutete, der trotz aller offensichtlichen Schwächen auf stümperhafte Weise alles gab, um mich zu ernähren, zu kleiden, zu lieben.

Als ich die Sirenen der Polizeiwagen auf dem Parkplatz und die Schritte der schweren Stiefel auf der Treppe hörte, stemmte ich also meinen jungenhaften Körper gegen die Zimmertür, um sie zu verbarrikadieren. Als das nicht funktionierte, nahm ich den Kampf auf und biss einen von ihnen so fest, dass er blutete. Ein anderer Cop zerrte mich nach draußen und fesselte mich mit Handschellen ans Geländer des Laubengangs. Von dort sah ich dem weiteren Geschehen zu, abwechselnd hyperventilierend und schreiend, bis jemand die Mordkommission hinzurief und einer stämmigen Nachwuchspolizistin auftrug, den kleinen Bastard wegzuschaffen und zu hören, ob er irgendetwas gesehen hatte.

Fast zwei Jahrzehnte sind vergangen, aber ich bin wieder neun. Nur dass es nicht die Leiche meiner Mutter ist, die ich vor mir habe, sondern die von Gracious. Und ich bin meilenweit davon entfernt zu begreifen, was das bedeutet.

Dann bemerke ich etwas, das mir vorher nicht aufgefallen ist.

Zwei burgunderrote Reisepässe, beide aus Frankreich, die neben dem Telefon auf dem Nachttisch liegen. Ich nehme sie an mich und blättere den ersten durch. Das Foto zeigt Gracious, aber der Pass lautet auf Grace Okoro. Anscheinend hat sie nach ihrem Verschwinden diese Identität benutzt.

Sie ist so wunderschön, wie ich sie in Erinnerung habe.

Ich schaue in den zweiten Pass. Im selben Moment höre ich draußen Geräusche. Sirenen, gleich mehrere, und sie nähern sich schnell. Ich weiß, dass ich schleunigst verschwinden sollte, aber das Rauschen in den Blättern ist wieder da, zusammen mit dem Grollen von Donner, diesem seltsamen Grünton, der sich ins Licht mischt, und einem Geruch, bei dem es sich um Ozon handeln könnte.

Ich finde die Seite mit dem Foto und sehe es, das Mädchen. Ich überfliege die Worte.

Nom: Okoro
Prénoms: Mireille
Nationalité: Française
Lieu de naissance: Paris

Die Sirenen kreischen lauter, und die Polizeiwagen halten mit quietschenden Reifen auf dem Parkplatz. Mein Hirn brüllt mich an, ich solle verschwinden. Aber ich schaffe es nicht, weil ich den Blick nicht von dem Feld mit der Bezeichnung *Date de naissance* in Mireilles Pass lösen kann.

Ihr Geburtsdatum. Es liegt beinahe exakt neun Monate nach dem Tag, an dem ich Gracious zum letzten Mal lebend gesehen habe. Dem Tag, an dem wir miteinander geschlafen haben. Dem Tag, an dem sie mein Leben verschont hat und für immer verschwunden ist.

Was ohne den geringsten Restzweifel bestätigt, was ein Teil von mir schon weiß.

Das Mädchen, das mich umbringen wollte, ist meine Tochter.

**40** Lautes Schreien und das Klappern von Stiefeln draußen auf dem Laubengang holen mich in die Realität zurück.

«POLIZEI!», ruft eine Männerstimme. «KOMMEN SIE MIT ERHOBENEN HÄNDEN RAUS!»

Ich schaue mich um. Es gibt kein Fenster im Bad, keine Tür zum Nebenzimmer, keinen anderen Ausgang als die zerstörte Tür, durch die ich hereingekommen bin.

Ich sitze mit einer Frauenleiche in der Falle. Mit der Leiche einer Frau, die ich geliebt und nicht getötet habe.

Die Silhouetten vor dem Fenster machen die Männer – schlecht ausgebildete Cops aus Vermillion oder Clay-County-Deputys – zum leichten Ziel. Mit einem einzigen Magazin könnte ich sie alle ausschalten. Aber ein Haufen toter Polizisten würde es mir nicht leichter machen, den Mörder von Gracious zu finden oder herauszubekommen, warum sie ihre Tochter geschickt hat, um mich zu töten.

Ich schiebe einen Stuhl unter den Türgriff, nehme eine Nammo-Handgranate, verschraube sie mit der zweiten, um die Explosionskraft zu verdoppeln, werfe sie ins Bad, ducke mich hinters Bett und halte mir die Ohren zu.

«Nicht schießen!», rufe ich zurück. «Nicht schießen! Ich komme raus ...»

WUMM.

Die Explosion reißt das vordere Fenster heraus und erfüllt das kleine Motelzimmer mit Schutt und Rauch. Mit dröhnendem Kopf taumele ich ins Bad, wo die Granaten ein Loch in die Außenwand gerissen haben. Ich kann die Mini-Mall auf der Rückseite des Motels erkennen.

Fieberhaft trete ich das Loch größer. Die Cops draußen scheinen sich vom Schock erholt zu haben. Es klingt, als würden sie mit einer Ramme die Tür aufbrechen. Sobald sie im Zimmer sind, werden sie als Erstes schießen und erst danach Fragen stellen. Mit einem letzten Tritt mache ich das Loch breit genug, sodass ich mich hindurchquetschen und hinunterspringen kann. Im selben Moment bricht der Stuhl vor der Tür unter dem Druck der Ramme zusammen.

Ich lande unsanft und sprinte mit Schmerzen im linken Sprunggelenk dorthin, wo ich den Gladiator mit laufendem

Motor zurückgelassen habe. Einer der Cops gibt durch das Loch in der Wand mehrere Schüsse ab, die aber weit danebengehen und kleine Stückchen aus dem Asphalt sprengen. Als ich den Jeep erreiche, höre ich schon, wie auf dem Motelparkplatz Motoren angelassen werden und Reifen quietschen. Aber der Jeep ist ein Panzer, ich kann sie abhängen und bin im schlimmsten Fall besser bewaffnet.

Ich lege den ersten Gang ein und trete das Gaspedal durch.

Nichts passiert. Aus irgendeinem Grund läuft der Motor nicht mehr.

Als ich die Hand zum Zündschloss ausstrecke, ist der Schlüssel nicht mehr da. In meinem Rückspiegel tauchen Blinklichter auf. Ich öffne die Tür und will losrennen, als ich einen alten Mann mit Hosenträgern über einem karierten Hemd und fast bis zu den Achselhöhlen hochgezogener Hose entdecke. Er kommt gemächlich aus dem Lebensmittelladen heraus, ganz der archetypische Besitzer eines Familiengeschäfts, und klimpert vor meinen Augen mit den Schlüsseln herum.

«Die haben Sie stecken lassen, mein Junge. Und der Motor lief. Wollte nicht, dass der Wagen weg ist, wenn Sie zurückkommen.»

Ich versuche mich an einem Lächeln und nehme die Schlüssel mit einem pseudofröhlichen «Hey, danke!» entgegen.

Wie kann es sein, dass er die Sirenen nicht gehört hat?

Er legt sich die Hand ans Ohr. «Was haben Sie gesagt?»

**41** Ich lasse die Kupplung kommen, rase mit qualmenden Reifen direkt vor den Polizeiwagen los und lasse einen ratlosen Ladenbesitzer zurück, der der seltsamen Parade hinterherschaut.

*Ich habe eine Tochter.*

Die Worte ergeben keinen Sinn.

Ich bin Seventeen. Ich bin ein Arschloch, ein echtes Prachtexemplar. Ich schere mich um niemanden. Ich töte Menschen. Ich habe zugesehen, wie meine Mutter ermordet wurde. In der verschlossenen Zelle eines Jugendknasts wurde ich von einem Mann wieder und wieder und wieder vergewaltigt. Ich habe mich durch verschiedene Kinderheime gekämpft, wo ich andere mit Eisenstangen geschlagen habe. Ich habe mit der Faust auf Ziegelwände eingeprügelt. Ich habe eine Pistole gekauft und den Mann aufgespürt, der mich vergewaltigt hatte. Ich habe ihn kaltblütig umgebracht. Dann habe ich den Mann gesucht, der meine Mutter ermordet hatte, und auch ihn getötet. Ich habe mir antrainiert, nichts zu fühlen. Ich habe mir das Töten antrainiert. Ich habe mir einen Mentor gesucht. Ich habe einen der Besten getötet. Ich habe meine Vorgänger studiert. Ich habe getötet und getötet und getötet. Ich wurde der Beste. Ich wurde Seventeen.

Seventeen ist alles, was ich bin.

Seventeen hat keine Tochter.

Der Highway liegt nördlich, aber auf meiner Liste von Problemen brauche ich nicht auch noch die State Trooper. Also halte ich mich Richtung Süden, die einzige Chance, nicht in Handschellen zu enden und erklären zu müssen, dass ich die Frau im Motelzimmer nicht ermordet habe.

Vermillion ist winzig. In nicht mal einer Minute haben wir die Stadtgrenze erreicht. Der erste Verfolger prescht vor und versucht, mich ins Schleudern zu bringen oder von der Straße zu drücken. Aber vielleicht hat er so etwas bisher nur im Simulator geübt. Als er sich das dritte Mal neben mich setzen will, bremse ich scharf und dränge ihn die Büsche neben der Fahrbahn.

Als wir die Brücke über den Vermillion River überqueren, hebt der Gladiator ab, bei der Landung gerät das Heck ins Rutschen. Weiter vorn gibt es kaum noch Abzweigungen, höchstens Sackgassen, die an dem sich windenden Fluss enden. Ich spiele mit dem Gedanken, entweder auszusteigen und den Weg zu Fuß fortzusetzen oder es querfeldein zu versuchen. Doch Vermillion ist von Tausenden Quadratkilometern absolut öder Nicht-Landschaft umgeben. Wahrscheinlich ist schon ein Hubschrauber auf dem Weg hierher, sodass ich ein dankbares Objekt für eine Suche aus der Luft abgeben würde.

Plötzlich taucht vor mir genau das auf, wonach ich suche – eine verstreute Ansammlung von niedrigen, weiß gestrichenen Stahlgebäuden hinter einem Kaninchendrahtzaun. Es handelt sich um das Harold Davidson Field, den winzigen städtischen Flugplatz von Vermillion.

Mit einem Powerslide biege ich auf die Zufahrtsstraße und rase am Verwaltungsgebäude vorbei. Die beiden ersten Streifenwagen verpassen den Abzweig und müssen umkehren.

An Orten wie diesem hier gibt es keine Sicherheitsvorkehrungen außer den Vorhängeschlössern an Flugzeugen und Hangars. Die Straße führt schnurgerade zur Landebahn, jetzt brauche ich nur ein bisschen Glück. Plötzlich sehe ich vor mir die Umrisse einer sonnenblumengelben Cessna 172. Ein stämmiger Kerl jenseits der fünfzig mit buschigem Schnurrbart, Bierbauch und weißem Tilley-Hut tankt die Maschine an einer Texaco-Säule auf und starrt verblüfft auf den heranjagenden Konvoi.

Die Cops aus Vermillion sind immer noch zu nahe, also führe ich den blinkenden Tross an ihm vorbei aufs Vorfeld. Von dort biege ich auf die Landebahn und schalte immer höher, um ein wenig Abstand zwischen mich und die beiden ersten Streifenwagen zu bringen. Weiter vorn sind mehrere orangefarbene Absperrungen aufgebaut – STARTBAHN GESCHLOSSEN – NICHT BENUTZEN! –, aber dahinter sieht alles ganz normal aus, und einen Plan B habe ich sowieso nicht.

Kurz vor den Absperrungen lege ich eine Agentenwende hin und beschleunige in Gegenrichtung. Um Haaresbreite schaffe ich es zwischen einem Streifenwagen des Deputy und einem von der lokalen Polizei hindurch. Ich schaue in den Rückspiegel und sehe, dass sie beide dasselbe Manöver versuchen, allerdings in entgegengesetzte Richtungen, sodass sie seitlich zusammenkrachen. Jetzt werde ich nur noch von einem Cop verfolgt, der im großen Bogen wendet, um sich an mich zu heften, als ich zurück zur Cessna und der Tanksäule rase.

In dem Moment, als der Streifenwagen sein Manöver abgeschlossen hat, steige ich auf die Bremse, lege den Rückwärtsgang ein, lehne den Schädel fest an die Kopfstütze und krache rückwärts in ihn hinein. Sein Airbag explodiert, und der Bug des Streifenwagens ist zerstört. Das Fahrgestell des Jeeps ist robuster, und ich habe die Airbags für Fälle wie diesen deaktiviert. Also fahre ich weiter, komme vor der Cessna mit quietschenden Reifen zum Halten, springe hinaus und lege die Sig Sauer an.

Der Stämmige mit dem Schnurrbart lässt den Zapfschlauch fallen und tastet nach einer Waffe, die er beim Fliegen anscheinend bei sich trägt. Er zieht die Pistole, aber ich schieße in die Luft und richte meine Waffe auf ihn. Er lässt seine fallen und tritt mit erhobenen Händen einen Schritt zurück.

Ich springe in die Cessna und drücke den Zündschalter. Der Propeller startet auf Anhieb, der Motor ist noch warm. Inzwischen hat sich der Cop von seinem Airbag befreit und läuft auf mich zu. Ich drehe die Cessna so, dass ich direkt auf ihn zuhalte. Er zieht seine Waffe, wirft sich aber zu Boden, bevor er schießen kann, um nicht vom Propeller zerhackt zu werden.

Weiter vorn haben sich auch die beiden anderen Autos wieder in Bewegung gesetzt. Sie beschleunigen und versuchen, mich von der Startbahn zu drängen. Na gut, wenn sie unbedingt mit dem Feuer spielen müssen, bin ich dabei.

Ich gebe Vollgas und fahre die Landeklappen aus. Bei Windstille rollt die Cessna mindestens hundertneunzig Meter, bevor sie abhebt, aber der Windsack zeigt einen Gegenwind von rund vierundzwanzig Stundenkilometern an, was die Strecke auf hundertsechzig Meter verkürzt. Die Nadel des Fahrtmessers klettert. Zehn Meter vor der Kollision weicht der Wagen der lokalen Polizei aus. Wahrscheinlich hat der Mann Frau und Kinder, die ihm wichtiger sind als ein Polizeibegräbnis. Aber der Deputy meint es ernst und richtet sein Fahrzeug auf mich aus wie eine Rakete. Ich muss jetzt abheben, also tue ich das Einzige, was mir einfällt, ich ziehe den Steuerknüppel zurück. Taumelnd erhebt sich die Cessna in die Luft und verfehlt das Dach des Streifenwagens nur um Zentimeter, aber ich habe noch keine Fluggeschwindigkeit, sodass die Maschine sechs oder sieben Meter weiter wieder auf dem Asphalt aufsetzt.

Der Deputy ist noch nicht fertig. Er wendet in einem weiten Bogen und folgt mir.

Die orangefarbenen Absperrungen vor mir kommen näher. Immer noch sieht die Startbahn hinter ihnen frei aus, bis zum Zaun, der das Gelände umschließt. Baustelle, Fahrbahnerneuerung oder Ausbesserung der Markierungen – was immer zu tun war, ist offensichtlich erledigt. Vielleicht muss die Farbe noch trocknen. Scheiß drauf.

Die Lücke zwischen den Absperrungen ist nur ein paar Zentimeter breiter als der Propeller der Cessna, also richte ich die Maschine so zentral wie möglich aus und schließe die Augen. Der Propeller kommt heil durch, aber das Fahrgestell kracht in die Barrieren und lässt links und rechts orange Bretter auffliegen.

Ich drehe den Kopf und sehe, dass der durchgeknallte Deputy Vollgas gibt und den Abstand verringert. In wenigen Sekunden wird er neben mir sein.

«Komm schon, Mistding», brülle ich die Cessna an. Noch immer fehlt Geschwindigkeit zum Abheben, aber dann fällt mein Blick auf die Treibstoffanzeige. Der Tank ist nur halb voll – der Mann mit dem Tilley-Hut war noch nicht fertig mit Tanken. Das bedeutet, dass die Maschine fünfzig Kilo leichter sein dürfte. Also gehe ich das Risiko ein, ziehe den Hebel, und die Maschine hebt ab. Gerade rechtzeitig. Der Deputy fährt genau unter mir her, weicht dann aber nach rechts aus. Er hat das Fenster heruntergelassen, steuert mit einer Hand und hält die Pistole in der anderen. Er sucht nach einer geeigneten Schussposition. Ich bringe die Cessna in Schräglage, um genau über ihm zu bleiben, während ich weiter an Höhe gewinne. Das Spiel setzen wir bis zum Ende der Startbahn fort: Er zieht nach links und rechts, ich folge ihm. Schließlich muss er vor dem Zaun halten, den ich in rund dreißig Metern Höhe überquere.

Schleudernd kommt er zum Stehen, springt aus dem Wagen und leert seine Waffe in meine Richtung. Aber die Kugeln fliegen nutzlos vorbei.

In diesem Moment entdecke ich, warum die Startbahn gesperrt war.

**42** Vielleicht liegt es am Motorengeräusch der Cessna, die sich abmüht, mich in den Himmel zu heben, vielleicht am Knall der Schüsse, die der Deputy abgegeben hat. Wie auch immer, vom Feld jenseits des Flugplatzgeländes steigt ein riesiger Schwarm Kanadagänse auf, die hier auf ihrer Wanderung Station gemacht haben. Wie ein Schwarm gefiederter Bienen steigen sie in die Luft, geschmeidig und langsam, weil sie sich den ganzen Sommer lang den Bauch mit dem vollgeschlagen haben, was solche Gänse eben fressen.

Ich kann ihnen nicht ausweichen, schon Augenblicke später bin ich mitten im Schwarm, die Tiere sausen an mir vorbei, links, rechts, oben, unten, ein überirdisches Minenfeld schnatternder Kanadier. Ich kämpfe mit dem Steuerknüppel, um zwischen ihnen hindurch zu manövrieren. Unglaublicherweise kann ich ihnen allen ausweichen.

Allen bis auf eine.

Es ist die größte, fetteste und hässlichste von allen. Sie müht sich ab, ihren übergewichtigen Arsch in die Luft zu heben und sich dem Schwarm anzuschließen. Wild flatternd taucht sie unmittelbar vor mir auf. Ich neige die Cessna hart nach links, aber die Gans hat dieselbe Idee. Ich will zur anderen Seite ausweichen, aber wieder macht sie es nach.

Wir sind auf Kollisionskurs, und ich kann absolut nichts dagegen tun.

Im letzten Moment sieht sie mich. Ich schwöre, dass sich auf dem dämlichen Gesicht der Gans für den Bruchteil einer Sekunde ein Ausdruck tiefster Überraschung abzeichnet. Dann gerät sie in den Propeller. Blut, Knochen, Federn und Gänsefleisch spritzen auf die Scheibe der Cessna, sodass ich nichts mehr sehe. Der Propeller zerbricht und fliegt in Einzelteilen davon. Ich bin in rund fünfzig Metern Höhe und habe kaum noch

Geschwindigkeit. Ich versuche, die Maschine ruhig zu halten, die kinetische Energie zu nutzen. Dann schalte ich die Scheibenwischer ein, die Fett und Blut auf dem Glas verschmieren.

Durch den grässlichen Schleim hindurch halte ich nach einer Landemöglichkeit Ausschau, sehe aber nur Baumwipfel entgegenkommen. Entweder versuche ich, ins Blätterdach zu schweben, oder ich lande schnell. Wenn ich zu schweben versuche, riskiere ich einen weiteren Strömungsabriss und ein Abkippen ohne Chance, die Maschine wieder zu stabilisieren. Wenn ich zu schnell sinke, rausche ich in die Bäume hinein, was nicht viel besser ist. Also drehe ich die Nase in den Wind, indem ich das Seitenruder nach links und den Steuerknüppel nach rechts bewege, in der Hoffnung, die Geschwindigkeit so weit zu reduzieren, dass ich landen kann. Das Flugzeug sinkt erfreulich schnell, und im letzten Moment korrigiere ich und ziehe hoch, sodass die Reifen über die Grasnarbe streifen. Aber ich bin immer noch zu schnell, und die Cessna will einfach nicht nach unten.

Die Bäume rasen mit hundertdreißig oder hundertfünfzig Stundenkilometern auf mich zu. Wenn ich die verdammten Räder endlich auf den Boden bringen würde, könnte ich die Bremsklappen nutzen, also schiebe ich den Knüppel nach vorn.

Das ist, um es vorsichtig auszudrücken, ein Fehler.

Die Gänse haben ihr Lager nicht umsonst hier aufgeschlagen. Unter dem Gras ist das Feld durchweicht. Sobald das Fahrgestell aufsetzt, sinkt es ein. Das Bugrad gräbt sich in den Boden, die Cessna macht einen Salto. Da ich nicht dazu gekommen bin, meinen Vierpunktgurt anzulegen, schlage ich mit dem Gesicht auf dem Instrumentenbrett auf. Zum zweiten Mal in vierundzwanzig Stunden wird alles schwarz.

**43** «Wo ist sie?», brüllt der Mann. Er ist kurz davor, den Verstand zu verlieren, falls er denn welchen hat.

Eine Faust hämmert auf den Tisch, auf dem mein Kopf im Augenblick ruht.

«Mach deine verdammten Augen auf und sag mir, wo sie ist!»

Ich versuche es. Keine einfache Sache. Mein Gesicht ist vom Aufprall auf dem Instrumentenbrett der Cessna geschwollen, die Nase fühlt sich gebrochen an, und mir fehlen mal wieder zwei Zähne. Es gelingt mir, ein Auge halb zu öffnen und Blut auf den Linoleumboden zu spucken, der wahrscheinlich zu einem Verhörraum gehört. Schmerz durchzuckt meine Rippen. Wahrscheinlich sind bei der Bruchlandung auch einige von ihnen gebrochen, aber wenigstens habe ich überlebt. Mal wieder.

Endlich bekomme ich das andere Auge auf und sehe mich um. Verschwommen nimmt mein Blick Deputys wahr. Seite an Seite stehen sie an der schallgedämpften Wand des Raums und wirken gefährlich – Männer und Frauen, die mich am liebsten umbringen würden, die auch über die nötigen Mittel dazu verfügen und nur darauf warten, dass sich eine Gelegenheit bietet.

Sie sind bewaffnet, alle. Trotzdem hätte ich eine Chance, wenn meine Hände nicht hinter dem Stuhlrücken gefesselt wären. Außerdem haben sie mir Gürtel und Schuhe abgenommen. Vermutlich ist die Tür verschlossen und von außen bewacht.

Wieder höre ich die Stimme. «Wo sie ist, habe ich gefragt.»

Ich sehe auf und blinzle, bis mein Blick klar genug ist, um den Mann mir gegenüber zu erkennen. Irgendwie kommt er mir bekannt vor. *Die Statur, die Gesichtsbehaarung, der Bierbauch.* Dann trifft mich die Erkenntnis wie ein Schlag. Es ist der Fettsack mit dem buschigen Schnurrbart, der das Flugzeug betankt hat, das ich eben gecrasht habe. Nur der Tilley-Hut fehlt.

Jetzt trägt er eine Uniform mit einem glänzenden Stern. Ich fokussiere meinen Blick.

Und lese «Sheriff».

Offenbar habe ich das Flugzeug des Sheriffs von Clay County entführt und geschrottet.

Profitipp: So etwas sollte man grundsätzlich lassen.

«Ich geb dir noch eine einzige Chance», sagt er. «Entweder du sagst uns, wo sie ist, oder die Sache läuft für dich jetzt richtig schlecht. Ganz beschissen schlecht.»

Sein Gesicht läuft rot an, der Bauch will sich aus der Enge des Hosenbunds befreien.

«Wer?», bringe ich hinaus.

Er antwortet mit der Faust, die auf meine linke Wange hämmert. Der Kerl mag aus dem Leim gehen, aber er ist groß und legt alles in den Schlag hinein.

Es gibt eine große Vielfalt an Situationen – diese hier gehört in die Kategorie übel mit Tendenz zum Schlechteren. Der fette Sheriff mag nicht der Fitteste sein, seine Deputys schlecht ausgebildet und miserable Schützen. Allerdings operieren Gesetzeshüter im kleinstädtischen Amerika in einer Sphäre, in der sie niemandem Rechenschaft schuldig sind. Das bedeutet, dass es praktisch keine Grenzen dafür gibt, was sie mit mir machen und wie es endet, wenn ich ihnen nicht die Antworten gebe, die sie hören wollen.

Als die Schwindelgefühle, die der Schlag ausgelöst hat, nachlassen, deutet er auf etwas, das direkt vor mir liegt.

Es ist Mireilles Reisepass.

«Wir wissen, dass du die Frau ermordet hast», sagt er und reibt sich die Handknöchel. «Dafür kriegen wir dich sowieso schon dran. Das reicht für die Nadel. Aber wenn du uns sagst, wo das Mädchen ist, zeigt der Gouverneur sich vielleicht gnädig und lässt Milde walten. Das ist deine einzige Chance.»

Mireille starrt mir von dem Foto entgegen, und plötzlich sehe ich in dem Gesicht nicht Gracious oder mich, sondern uns beide. Das Mädchen ist die fleischgewordene Erinnerung an die magische, verzweifelte Woche in Addis Abeba. Gracious lebt nicht mehr, sie wurde aus Gründen, die ich nicht mal erahne, von irgendeiner Bestie ermordet. Aber Mireille ist Wirklichkeit.

*Ja, du Scheißkerl*, sage ich mir. *Du hast eine Tochter. Und ihre Existenz verändert alles.*

Der Sheriff wirft einen Blick in die Runde. «Weißt du, die Jungs und Mädels hier ... Viele von ihnen haben selbst Kinder. Ich auch. Deshalb nehmen wir solche Sachen persönlich. Es könnte um eins unserer Kinder gehen, um unsere Frau. Wir sind vernünftige Menschen, alle. Aber bei einem Pädo, der neunjährige Mädchen entführt, eiern wir nicht lange rum. Du weißt, wo sie ist. Glaub mir, du wirst es uns verraten, so oder so. Das garantiere ich dir.»

Ich habe Kopfschmerzen und bin nach allem, was ich gesehen und erfahren habe, einigermaßen neben der Spur. Dennoch muss ich mich konzentrieren, meine Optionen realistisch abwägen.

Option A: Ich sage nichts. Aber der Jeep ist auf den Namen registriert, den Sixteen zuletzt benutzt hat, samt Adresse des Hauses auf dem Hügel. Was bedeutet, dass schon State Trooper unterwegs sind, um es zu durchsuchen. Wenn sie es erst durch die gepanzerte Tür geschafft haben, finden sie stapelweise nicht registrierte Waffen. Und wenn sie mit einer Sauerstofflanze anrücken und den Safe öffnen, entdecken sie auch jede Menge falsche Ausweise, Reisepässe, Bargeld in verschiedenen Währungen, Wegwerfhandys und was in meiner Branche sonst noch zum täglichen Bedarf gehört. Sie werden das FBI und das Bureau of Alcohol, Tobacco, Firearms and Explosives verständigen, und binnen Stunden wird die CIA davon Wind bekommen. Entweder verbringe ich dann den Rest meines Lebens in einem Geheimgefängnis, oder ich werde – was wahrscheinlicher ist – zu irgendeiner Mission gezwungen, von der die Öffentlichkeit nie erfahren darf. Sie werden im Umkreis meines Hauses Durchsuchungen durchführen und keine Stunde brauchen, bis sie im Motel auftauchen und Mireille entdecken. Sie werden sich das Mädchen mit ihren fleischigen Polizistenarmen schnappen und Barb in Handschellen abführen, die vergeblich versuchen wird zu erklären, dass das Gewehr zum Schutz des Mädchens gedacht war, nicht zu ihrer Einschüchterung. Mireille wird von einem Fremden erfahren, dass ihre Mutter tot ist. Eines Tages, wenn sie alt genug ist, wird sie durch eine Google-Suche herausfinden, dass Gracious von einem Mann zu Tode gefoltert wurde, und der Name dieses Mannes wird meiner sein, weil das für alle Beteiligten die bequemste Wahrheit ist.

Das kann ich nicht zulassen.

Option B: Ich sage die Wahrheit. Wer ich bin, was passiert ist und wo Mireille jetzt ist. Aber das führt zum selben Ergebnis. So oder so ende ich als Gefangener oder als Marionette, während Mireille von Kinderheim zu Kinderheim weitergereicht wird. Nur dass ihr in diesem Fall eine bizarre, grausige Geschichte anhängt – *das Scharfschützen-Mädchen, Tochter von Mördern*. Und dass sie mit der Überzeugung leben muss, den Mann nicht gestoppt zu haben, der kurz darauf ihre Mutter getötet hat.

Wenn die Heime sie nicht kaputt machen, dann dieses Wissen. So wie das Wissen, dass ich den Mörder meiner Mutter nicht aufgehalten habe, mich kaputt gemacht hat.

Auch das kann ich nicht zulassen.

Was ich dringend brauche, ist eine Option C. Was wiederum bedeutet, dass ich Zeit zum Nachdenken brauche.

Der Sheriff mit dem buschigen Schnurrbart ist aufgesprungen, überzieht mich mit ordinären Beschimpfungen und steigert sich immer weiter hinein. Mehrere Deputys werfen sich vielsagende Blicke zu und lösen sich erwartungsvoll von der Wand. Ich warte, bis sein schwabbeliges Gesicht nah genug ist, dass ich den Tabak in seinem Atem riechen kann, dann huste ich so viel Blut und Schleim hoch wie möglich und spucke es ihm ins Gesicht.

Ich habe mein Ziel erreicht.

Seine Wut gewinnt die Überhand. Er holt aus und schlägt mir die geballten Fäuste ins Gesicht, auf Nase, Mund, Ohren, Wangenknochen. Aber die Prügel sind genau das, was ich brauche, weil ich so etwas – und Schlimmeres – schon im Jugendknast erlebt habe. Ich weiß, wie ich es überleben kann, wie ich mich vollkommen dissoziiere, bis mein Geist sich von dem ablöst, was mit meinem Körper passiert. Ein Geburtstagsballon, der dem Kleinkind entgleitet und sich in den sommerlichen Himmel hebt.

Ich schließe die Augen.

Ich bin ein Ballon.

Ich treibe frei dahin. Und endlich kann ich nachdenken.

**44** Ich denke an Gracious, an ihre Geschichte. Wie sie sich aus ihrem scheinbaren Schicksal befreit und ihren Bruder gerettet hat. Ich denke daran, wie ich an den langen Nachmittagen in Addis Abeba neben ihr gelegen habe, in einer Insel der Stille inmitten des Lärms und der Hitze der Stadt. An die bittersüße Zeit, von der wir beide wussten, dass sie enden musste. Deren Begrenztheit sie gleichzeitig noch bitterer und noch süßer machte. Ich denke daran, dass sie es vorgezogen hätte, statt meinem ihr eigenes Leben zu beenden. Und dass es mir genauso ging.

Dann muss ich daran denken, dass aus dieser Zeit etwas hervorgegangen ist.

Ein unschuldiges Wesen, dem Gracious den Namen Mireille gegeben hat, weil sie ein verdammtes Wunder *war*. Das größte Wunder von allen. Das Wunderbarste und Unerwartetste, was aus dieser Kombination von Ort, Beteiligten und Umständen hervorgehen konnte.

Abgesehen von den wenigen Stunden, die ich mit ihr verbracht habe, kenne ich das Mädchen praktisch nicht. Und doch ist sie ein Teil von mir, so wie ich ein Teil von ihr bin. Und auch wenn Gracious tot ist, lebt ein Teil von ihr in Mireille weiter. Und nicht nur ein Teil von Gracious, sondern auch von Junebug.

Die beiden Menschen auf der Welt, die ich am meisten geliebt habe, sind beide tot – und leben beide in ihr weiter.

Hat Gracious versucht, um ihrer Tochter willen in der normalen Welt zurechtzukommen? Hat sie versucht, alles zu vergessen, was sie war und was sie erlebt hatte? Und wieder zu dem bescheidenen Dorfmädchen mit dem weißen Kleid, dem Strohhut und den schwarzen Lackschuhen zu werden? Hat sie Böden gewischt, Geschirr gespült, Bettwäsche gewechselt und Kaffee serviert, wie sie es in dem Hotel in Addis Abeba getan hat? Hat sie Ali Olusi und den Talenten, die sie erworben hatte, den Rücken gekehrt? Der Gabe, zwischen den Geschlechtern zu wechseln?

Das Scharfschützengewehr, die topografischen Karten und die Tarnkleidung, die ich bei Mireille im Wald gefunden habe, die Bewaffnung und Ausrüstung, die ihren Mietwagen in die Knie haben gehen lassen, das alles deutet in eine andere Richtung. Und ich kann nicht vergessen, was sie mir gesagt hat: *Ich mache den Job, weil ich ihn mag.* Höchstwahrscheinlich hat sie sich unsichtbar in den unteren Sphären der Tötungshierarchie herumgetrieben und Aufträge übernommen, mit denen sie ihren Lebensunterhalt bestreiten konnte, ohne weiter aufzufallen. Aufträge, die praktisch keine Herausforderung darstellten – Gangster, korrupte Lokalpolitiker –, aber ohne Risiko waren für sie und die heranwachsende Tochter, die sie jetzt überallhin begleitete.

Vielleicht verschwand Gracious für eine Weile, während Mireille in irgendeinem Hotelzimmer oder angemieteten Apartment saß und sich *SpongeBob* anschaute. Vielleicht verschmolz sie an dem Ort, den sie für ihren Anschlag gewählt hatte, mit der Umgebung. Bis sie eines Tages nach Hause kam, mit einem Rucksack oder einer Schultertasche, die ein wenig schwerer waren als sonst; vielleicht noch mit einem scharfen Geruch an den Fingern, von dem Mireille nicht wissen konnte, dass es Kordit war.

Wenn sie dann geduscht hatte, gingen sie zusammen etwas essen. Mireille durfte das Lokal aussuchen, und Gracious fragte sie, wie ihr Tag gewesen sei. Vielleicht plapperte Mireille dann einfach über Dinge, die für Kinder spannend waren, und Gracious hörte zu, so gut sie konnte, und vergaß, dass sie Stunden zuvor einem Menschen das Leben genommen hatte. Nach ein paar Wochen zogen sie dann aus Gründen, die Mireille nicht verstand oder die sie nicht interessierten, in eine andere Stadt, in ein anderes Land, wo der nächste Auftrag wartete.

Wahrscheinlich hatte Mireille keine Ahnung davon gehabt, was ihre Mutter beruflich machte, bis Gracious sie eines Tages mitsamt Zielfernrohr, Gesichtsfarbe und Haarband im Wald abgesetzt und gesagt hatte, sie müsse jetzt gehen, und möglicherweise würden sie sich eine Weile nicht sehen.

Ich kann mir nur ansatzweise ausmalen, wie die beiden sich gefühlt haben müssen, als Gracious den Waldweg hinunter zu ihrem Mietwagen ging und Mireille ihr hinterhersah. Als ich Mireille vor den Wölfen gerettet habe, war die Tarnfarbe in ihrem Gesicht nicht von Tränen verschmiert. Sie hat nicht geweint, nicht in dieser Situation. Vermutlich hat Gracious ihr gesagt, sie solle nicht weinen, vermutlich hatte sie ihr über Jahre hinweg eingeschärft, wie wichtig es sei, genau das zu tun, was ihr gesagt wurde. Deshalb hat Mireille erst geweint, nachdem sie sich in meinem Bad eingeschlossen hatte.

Ich bezweifle, dass es bei Gracious genauso war. Sie muss sich gezwungen haben, nicht zurückzuschauen, als sie um die letzte Kurve vor der Stelle bog, an der sie den Wagen abgestellt hatte, und von dort zurücksetzte, bis sie eine Stelle fand, an der sie wenden konnte. Vielleicht war sie auf halbem Weg zum Highway, als bei ihr die Dämme brachen. Weiß Gott, was sie in jener Nacht für innere Qualen durchlitt, bevor die körperlichen Qualen begannen.

Aber warum?

Warum hat sie das alles getan?

Warum wollte sie mich töten?

Und wenn sie mich töten wollte, warum war sie bereit, dafür Mireille zu opfern?

Warum hätte sie das einzigartige Wunder ihres Lebens im Stich lassen sollen?

Nichts von alledem ergibt Sinn. Nichts ergibt auch nur ansatzweise Sinn.

Bis der Groschen plötzlich fällt.

*Es ergibt deshalb keinen Sinn, weil sie nichts von alledem getan hat.*

Sie hat nicht versucht, mich zu töten.

Sie hat mich ins Leben zurückgerufen.

Sie hat mir unsere Tochter übergeben, damit ich sie beschütze.

Gracious hat sich ganz bewusst für das leichte finnische Gewehr entschieden, weil sie wusste, dass es die Scheibe nicht durchdringen würde. Sie wusste, dass ich nach draußen stürzen und Mireille entdecken, aber kein Kind töten würde, schon deshalb, weil ich wissen musste, wer dieses Kind geschickt hatte. Und sie hat darauf vertraut, dass ich früher oder später herausbekommen würde, wer Mireille ist.

Sie muss gewusst haben, dass ihr jemand auf den Fersen war. Sie musste das Mädchen beschützen, was bedeutete, dass sie es an einen sicheren Ort bringen musste. Das war Ali in Reinkultur – über drei Banden gespielt, ja, aber jeder Winkel war genau berechnet, jede Eventualität bedacht. Sobald das Mädchen den Abzug betätigte, musste mir klar sein, dass meine Tarnung aufgeflogen war. Ich konnte also nicht einfach im Haus hocken bleiben. Aber ich würde das Mädchen nicht im Stich lassen, sondern mitnehmen, und – jetzt kommt der entscheidende Punkt – Gracious würde nicht wissen, wohin.

Was bedeutete, dass sie niemandem verraten konnte, wo Mireille war.

*Selbst wenn sie in einem Motelzimmer in Vermillion zu Tode gefoltert wurde.*

Aber warum war sie es auf diese Weise angegangen? Wenn sie wusste, wo ich wohnte, hätte sie auch einfach vorfahren und am Tor klingeln können. Falls sie nicht mit mir sprechen wollte, hätte sie einen Brief schreiben können. Oder Mireille einen Zettel in die Tasche stecken oder an ihre Jacke heften können. Warum hat sie Mireille nicht einfach gesagt, sie könne mir vertrauen, mit mir reden, mir sagen, wer sie ist?

Nichts davon kann ich beantworten, komme aber zu einem Schluss: Derjenige, der Gracious getötet hat, war auch hinter Mireille her. Er hat sie nicht gefunden. Aber er hat eine Landkarte gefunden, auf der mein Haus markiert war. Gracious hat es nicht mehr geschafft, diese Karte zu vernichten.

Gracious hat sich geopfert, um Mireille zu retten. Sie hat sie zu mir geschickt, damit ich sie beschütze. Aber jetzt sitze ich in einem verschlossenen Verhörraum fest, nachdem mich eine Horde Redneck-Cops verprügelt hat, während Mireille im Keller des Motels hockt, in das ich sie gebracht habe. Mit einer sechzigjährigen Frau als einziger Aufpasserin und einem eiskalten Mörder im Anmarsch.

In meinem Haus wird er Mireille nicht finden, aber er wird von Tür zu Tür gehen, und das Motel wird der zweite Ort sein, an dem er es versucht. Weiß der Himmel, was dann passiert.

Ich muss vor ihm dort sein.

Aber als Erstes muss ich hier raus.

**45** *Wumm.* Ein Stiefel landet in meinem Gesicht. Ich spüre, wie ein Wangenknochen bricht.

Ich liege in Fötushaltung zusammengekauert, die Hände

hinter dem Rücken gefesselt. Inzwischen sehen sie in mir keine Gefahr mehr, was mir eine kleine Chance verschafft. Ich verlagere mein Gewicht auf die Schulter, hole mit dem Bein aus und reiße zwei Deputys um, dann komme ich auf die Füße und lehne mich mit dem Rücken gegen die Wand. Die Cops kommen näher. Der Sheriff öffnet das Holster seiner Waffe, aber ich schüttle den Kopf.

«Wenn ihr mich umbringt, findet ihr sie nie.»

Er nickt einer Beamtin zu, die einen Taser hervorzieht.

Ich renne direkt auf sie zu, und sie setzt das Ding ein. Blitze zucken durch meinen Körper, ich stürze zu Boden wie ein gefällter Baum. Sie benutzt ihn noch einmal und noch mal und noch mal. Als ich zu zucken aufhöre, bleibe ich reglos und wie ohnmächtig liegen. Aber das bin ich nicht.

Wer auch immer mir die Handschellen angelegt hat, wusste, was er tat. Sie liegen eng an meinen Gelenken, die Handflächen zeigen nach außen, die Schlösser liegen oben. Keine Chance, sie zu öffnen. Vielleicht haben Sie irgendwo gehört, dass man sich den Daumen auskugeln kann oder so etwas, um sich zu befreien. Nur zu, versuchen Sie es gelegentlich. Ich habe es versucht. Es funktioniert nicht.

«Bringt den Scheißkerl hier raus», sagt der Sheriff und tritt mir wegen seines demolierten Flugzeugs noch einmal in die Rippen.

Die Handschellen sitzen also fest. Aber der Bürokrat, der sie gekauft hat, war offenbar geizig. Sie haben einen einfachen, keinen doppelten Verschluss, was bedeutet, dass ich sie öffnen könnte, wenn ich bloß einen Metallstift hätte.

Den ich allerdings habe, weil ich immer einen dabeihabe, ein kleines Stück Federstahl, das ich in den Ärmelaufschlag jedes einzelnen Hemds, das ich besitze, eingenäht habe.

Auf dem Fußboden liegend, während die Cops quasselnd neben mir stehen, ziehe ich es mit den Fingerspitzen heraus, finde den winzigen Spalt, wo die Schellen einrasten, und schiebe ihn blind hinein.

«Was ist mit dem Mädchen?», fragt einer der Deputys.

«Gebt einen Amber Alert raus. Haben wir schon die Adresse zu dem Fahrzeug?»

Um den Stift unter die Verriegelung zu schieben, muss man die Handschellen fest zusammenziehen. Wenn sie so eng sitzen wie meine, hat man eine Chance, bestenfalls zwei, bis sich nichts mehr bewegen lässt und nebenbei diverse Nerven unwiderruflich beschädigt sind.

Ich verdrehe die Hand und versuche, den Verschluss enger zusammenzudrücken. Dann stöhne ich, um das erhoffte Klicken zu übertönen. Einer der Deputys tritt mir zwischen die Beine, sodass ich den Stift fallen lasse und die Handschellen sich enger ziehen.

*Scheiße.*

«Irgendein Dreckskaff namens Milton», sagt eine andere Stimme. «Die State Trooper sind auf dem Weg.»

Ich versuche es noch einmal, aber mit den fester sitzenden Fesseln ist es schwieriger, außerdem fließt das Blut nicht mehr richtig.

«Was machen wir mit dem Arschloch?», fragt jemand.

«Werft ihn in eine Zelle», sagt der Sheriff. «Durchsucht den Wagen, steckt ihn in einen Overall und bringt seine Kleidung ins Labor. Untersucht ihn auf Schmauchspuren, nehmt seine DNA. Wenn er aufwacht, gehen wir in die zweite Runde. Die Trooper sollen seine elektronischen Geräte nach Pornografie durchsuchen. Zehn zu eins, dass er ein Pädo, ein Menschenschmuggler oder beides ist.»

Ich höre, wie sie die Tür öffnen, um mich hinauszubringen. Meine Hände werden langsam taub. Ich kann den Stift in den Spalt schieben, aber die Handschellen sitzen so eng, dass ich nicht weiß, ob ich genug Spielraum habe, um die Klinke zu öffnen. Ich muss mit meinem Körpergewicht Druck auf die Handschellen ausüben, bis sie mir ins Fleisch schneiden.

Mit halb offenen Augen sehe ich, wie zwei Deputys sich herunterbeugen, um mich unter den Achselhöhlen zu packen und hochzuziehen. Als ihre dicken Finger mich berühren, ziehen die Fesseln sich einen oder zwei Millimeter zusammen, die Verriegelung öffnet sich, und ich habe eine Hand frei.

Ich lasse mich von den Cops hochheben, dann hämmere ich beide Fäuste gegen die Schläfe des einen Deputys, wobei die Handschellen wie ein Schlagring wirken. Er prallt gegen die Wand und sackt bewusstlos an ihr herunter. Dem zweiten ramme ich den Ellbogen in den Magen, schnappe mir, als er sich vor Schmerzen krümmt, den Taser an seinem Gürtel und haue ihm das Knie ins Gesicht. Stöhnend geht er in die Knie. Der Sheriff zieht seine Pistole, aber ich komme ihm mit dem Taser zuvor. Zuckend und mit Schaum vor dem Mund fällt er zu Boden.

Die weibliche Deputy greift nach ihrer Waffe, aber bevor sie ziehen kann, habe ich die Pistole des Sheriffs in der Hand.

«Rufen Sie die Rettungssanitäter für ihn», sage ich und deute auf den Sheriff, dessen Gesicht sich hinter dem Porno-Schnurrbart von rot zu blau verfärbt. Das Letzte, was ich gebrauchen kann, ist, dass ich nicht nur als Kindesentführer, sondern auch als Polizistenmörder gejagt werde.

«Glauben Sie mir, das Mädchen ist in Sicherheit», sage ich zu ihr und hoffe, dass es so ist. «Ich tue ihr nichts. Aber wenn ich hier nicht rauskomme, kann ich für nichts garantieren.»

Wahrscheinlich glaubt sie mir, jedenfalls nickt sie.

Ich nehme Mireilles Reisepass und verlasse den Raum. Vor der Tür steht ein junger Deputy. Ich drücke ihm die Pistole ins Gesicht, entwaffne ihn, schiebe ihn ins Zimmer und schließe die Tür hinter ihm ab. Er und der andere Deputy hämmern gegen die Tür und schreien, aber ich bin schon auf dem Weg zum Ausgang.

Am Empfang liegen die Schlüssel des Gladiator und warten auf ihren Beweismittelbeutel. Die diensthabende Beamtin, eine Frau jenseits der vierzig, füllt gerade das entsprechende Formular aus und hebt die Hände, als sie mich sieht. Aus dem Handfunkgerät, das neben ihr auf dem Empfangstresen liegt, dringen schon die aufgeregten Hilferufe ihrer Kollegen aus dem Verhörraum. Ich nehme das Funkgerät an mich und laufe durch die Glastür hinaus ins Freie.

Gleich vor mir steht der Jeep, außerdem vier Streifenwagen und der Geländewagen des Sheriffs. Ich jage in jeweils einen der Reifen eine Kugel, dann steige ich in den Jeep und setze mit quietschenden Reifen zurück.

Deputys in braunen Uniformen stürmen aus dem Eingang, offensichtlich haben sie es geschafft, die Tür des Verhörraums aufzuhebeln. Zwei schießen, aber eine Kugel geht weit vorbei, die andere landet in der rechten oberen Ecke der Windschutzscheibe. Durch das Seitenfenster erwidere ich das Feuer, sie ducken sich hinter ihre Fahrzeuge. Ich lege den Vorwärtsgang ein und rase los. Ein Deputy verfolgt mich noch hundert Meter zu Fuß, ein anderer springt in einen Streifenwagen und macht sich an die Verfolgung. Nach ungefähr zweihundert Metern löst sich der platte Reifen von der Felge. Ich rase Richtung Highway. Das Funkgerät neben mir quäkt und gibt der Highway Police meinen Fahrzeugtyp und das Kennzeichen durch. Aber die Zentrale quäkt zurück, alle verfügbaren Einheiten seien auf

dem Wag nach Milton, wo eine Schießerei mit mehreren ver-
letzten Polizisten gemeldet worden sei.

Ich trete das Gaspedal bis zum Boden durch.


**46** Ich schaffe es in fünfunddreißig Minuten bis Milton. Eigentlich müsste das Funkgerät neben mir immer noch
quäken, aber auf den Kanälen der State Trooper herrscht eine
seltsame Ruhe. Irgendetwas stimmt ganz und gar nicht. Als ich
in die Stadt komme, sehe ich, was los ist: Über Sixteens Haus
steigt eine dichte Rauchwolke auf. Ich fahre den Hügel bis zu
der Stelle hoch, wo die Wagen der Highway Patrol mit blinkenden Lichtern stehen. Bevor ich aussteige, nehme ich eine Re-
serve-Automatik aus dem Handschuhfach. Die Streifenwagen
stehen kreuz und quer, die Türen sind noch offen. Ein Auto
wurde offenbar benutzt, um den elektrischen Zaun zu durchbrechen, und ist immer noch in Draht und Stahl gehüllt. Daneben liegt ein State Trooper, die Hand noch am Holster.

Ich hebe seinen Kopf an und sehe ein hübsches 9mm-Loch
in der Stirn.

Das Haus steht komplett in Flammen. Die stahlverstärkte Tür
sieht aus, als wäre sie aufgesprengt worden, nicht unbedingt
die gängige Polizeitaktik. Drinnen schlagen Flammen aus dem
Wohnzimmer und züngeln an der Decke der Küche, in der zwei
weitere Trooper auf dem Linoleumboden liegen. Beide sind tot
und haben ähnliche Kopfwunden wie ihr Kollege draußen.

Das macht drei Leichen, aber vor dem Haus stehen vier
Streifenwagen. Im Haus muss noch ein weiterer Trooper sein.

Das Esszimmer jenseits der Küche ist von dichtem schwarzem Rauch erfüllt. Ich feuchte ein Geschirrtuch an, binde es mir

vors Gesicht, nehme die Taschenlampe eines der toten Polizisten und betrete das Esszimmer. Die Hitze brennt an meinen Händen und im Gesicht. Ich lasse den Strahl der Taschenlampe schweifen. Direkt über dem Boden liegt eine dreißig Zentimeter hohe rauchfreie Luftschicht, aber von dem vermissten Polizisten ist nichts zu sehen. Ich dringe weiter vor. Noch immer nichts. Dann sehe ich sie, die vierte Polizistin. Sie liegt direkt an der Kellertreppe, unterhalb der Qualmschicht, aber vom Keller her nähern sich die Flammen. Ich will sie nach draußen ziehen, aber eine Explosion dort unten wirft mich zurück. Das Feuer hat mein Waffenarsenal erreicht. Jeden Moment kann das ganze Haus in die Luft fliegen. Mit zusammengekniffenen Augen greife ich nach den Stiefeln der Polizistin und zerre sie zu mir her. Sie hat eine Wunde am Oberschenkel, aber ihre Schutzweste hat die Kugeln abgehalten, die über dem Herzen ein hübsches Muster in die Uniform geschlagen haben.

Wie ein Feuerwehrmann lege ich sie mir über die Schulter, laufe durch die demolierte Haustür nach draußen und trage sie zur Sicherheit noch zwanzig Meter weiter, ehe ich sie auf den Boden lege. Ihr Puls schlägt völlig chaotisch – der Aufprall auf ihrer Brust muss ein Kammerflimmern ausgelöst haben.

Ich ziehe ihr die Schutzweste aus und beginne mit Herz-Lungen-Reanimation, kämpfe gegen die Zeit. Lange kann ich hier nicht bleiben, aber ich will ihr Herz zum Schlagen bringen. Nach einer Minute fängt sie plötzlich an zu husten, ich spüre einen Puls. Das muss reichen. Im Haus kommt es zu weiteren Explosionen, sodass ich sie zur Sicherheit noch zehn Meter weiter wegziehe. Aus einiger Entfernung dringt Sirenengeheul herauf. Gut. Wenn sie hier sind, können sie übernehmen.

Ich renne zu dem mit laufendem Motor wartenden Jeep,

nehme die Kurven hinunter bis zum Highway und versuche, mir nicht auszumalen, was mich erwarten könnte.

**47** Es fängt an zu regnen. Als ich den Wagen auf dem Parkplatz abstelle und zum Motel sprinte, klatschen dicke Tropfen in die Schlaglöcher. Die Lichter sind eingeschaltet, ganz wie ich es Barb aufgetragen habe, aber die Tür steht halb offen, die Scheibe ist eingeschlagen. Vorsichtig öffne ich sie ganz und achte darauf, mit den Stiefeln nicht auf Glasscherben zu treten. Mein Finger liegt am Abzug der Waffe.

Einen Moment lang lausche ich auf Geräusche von drinnen, höre aber nur das Prasseln des Regens auf dem Dach.

Ich trete ein, immer noch auf jedes Geräusch achtend.

Nichts.

«Barb?»

Nichts.

«Barb, ich bin's. Alles in Ordnung. Ich bin da. Du kannst rauskommen.»

Noch immer nichts. Dann sehe ich etwas.

Eine Blutspur auf dem Fußboden.

Die Spritzer sind wie kleine Kaulquappen geformt, deren Schwänze zur Tür hin ausgerichtet sind. Daraus schließe ich, dass die Person, die geblutet hat, hinausgegangen und nicht hereingekommen ist.

«Barb!»

Inzwischen brülle ich. Von Highway her höre ich den Dopplereffekt der vorbeirasenden Feuerwehrfahrzeuge.

Ich folge der Blutspur weiter ins Haus, bis sie in der Dunkelheit der Kellertreppe verschwindet.

Ich nehme die Stufen einzeln und mit dem Rücken zur

Wand, langsam, damit meine Augen sich an die Dunkelheit gewöhnen.

«Barb?»

Ich komme unten an. Hier ist die Dunkelheit total, samtene Schwärze.

«Barb. Um Himmels willen. Sprich mit mir.»

Noch immer nichts.

Ich taste nach dem Lichtschalter.

«Ich mache jetzt die Lampe an, okay?»

Ich lege den Schalter um.

Das Licht blendet mich einen Moment, dann sehe ich sie.

Barb liegt am Fuß der Treppe an der Wand, schlaff wie eine Puppe, die ein launisches Kind heruntergeworfen hat. Sie hält die Mossberg noch immer im Arm, und vorn auf ihrer blutgetränkten Bluse sind Einschlusslöcher zu erkennen – zwei dicht beieinander, ein klassischer Doppelschuss, dazu ein etwas weiter entfernter Treffer. Hinter ihr hat sich eine Blutlache gebildet.

«Barb», sage ich, obwohl ich weiß, dass sie tot ist. Plötzlich werde ich von einer überwältigenden Wut gepackt. Gracious hatte seit Teenagerzeiten durch das Schwert gelebt. Sogar die Cops oben im Haus kannten das Risiko. Aber Barb war unschuldig und hat ein unschuldiges Kind beschützt. Sie hatte mit alledem nicht das Geringste zu tun, bis ich ihr das Gewehr in die Hand gedrückt habe.

Herrgott noch mal, genauso gut hätte ich selbst abdrücken können.


**48** Und dann gibt sie ein Geräusch von sich.
*Sie lebt!*

Ich hocke mich neben sie und hebe ihren Kopf an.

«Barb, Barb. Ich bin's. Sprich mit mir.»

Ihre Augen öffnen sich. Sie sind glasig und scheinen im ersten Moment nichts zu sehen. Dann fokussiert ihr Blick auf mich. Zu meiner Überraschung streckt sie die Hand aus und versucht, sich aufzurichten.

«Beweg dich nicht», sage ich. «Du bist angeschossen worden.»

«Ach was?», sagt sie und setzt sich auf.

Barb ist zäh, das war mir klar. Aber drei Schüsse in die Brust hätten tödlich sein müssen. Ich bin immer noch ratlos, als sie die Mossberg beiseite schiebt und in ihre blutgetränkte Bluse greift.

«Hör auf, mich wie ein Idiot anzustarren», sagt sie. «Hilf mir lieber, das hier rauszuholen.»

Immer noch verständnislos, packe ich zu.

Es ist ein eselsohriges, fünfzehn Jahre altes Exemplar der *Gelben Seiten* mit drei Einschusslöchern, dahinter kommt eine alte Servierplatte zum Vorschein. Ich helfe ihr, beides herauszuziehen. Die Kugeln sind durch das Telefonbuch gedrungen, aber die drei Dellen im Metall der Servierplatte zeigen deutlich, dass sie die Geschosse aufgehalten hat.

«Willst du mich auf den Arm nehmen? Du hast dir eine Rüstung gebastelt?»

«Was glaubst du denn? Drückst mir einfach diese verdammte Flinte in die Hand? Ich hab gedacht, wenn tatsächlich jemand kommt, ist er ein Profi. Deshalb musste ich meine Chancen ein bisschen aufbessern.»

«Wo ist sie? Wo ist Mireille?»

«Er hat sie mitgenommen», sagt Barb. «Ich hab versucht, ihn aufzuhalten, aber der Scheißkerl hat sie mitgenommen.»

«Wer?»

«Verdammt, woher soll ich das wissen? Vorgestellt hat er sich nicht. Wir haben einfach gemacht, was du gesagt hast. Wir sind hier runtergegangen und haben das Licht ausgeschaltet. Zwei Stunden später hab ich gehört, wie ein Wagen vorfährt. Ich hab Mireille eine Stelle in einem Lagerraum gezeigt, wo sie sich verstecken sollte. Dann hab ich ihr gesagt, sie soll keinen Mucks machen und auf keinen Fall rauskommen.»

«Hat sie dich verstanden?»

«Jedenfalls hat sie gemacht, was ich gesagt habe. Dann hat es oben an der Tür geklopft. Kurz darauf hab ich gehört, wie das Glas splitterte und jemand von innen abschloss. Er kam die Treppe runter, eine Silhouette, wie du gesagt hast. Aber ich konnte erkennen, dass er groß war.»

«Wie groß?»

«Richtig groß. Zwei Meter, mindestens. Er war bewaffnet. Ich hab versucht, den Atem anzuhalten, und gehofft, dass Mireille schlau genug war, nicht das leiseste Geräusch zu machen ... Ich hätte ihn auf der Stelle erschießen können, aber ich hab gehofft, er würde einfach umkehren. Was er leider nicht tat. Ich hab gehört, wie er nach dem Lichtschalter tastete. Da hab ich geschossen.»

«Hast du ihn getroffen?»

Sie nickt. «Ziemlich sicher. Er ist zurückgeprallt, aber nicht hingefallen.»

«Wahrscheinlich hat er auch eine Schutzweste getragen. Und dann?»

«Ich hab versucht nachzuladen, aber er war schneller und hat zweimal geschossen. Ich bin gestürzt und bekam keine Luft mehr. Mir war klar, dass er mich erschießen würde, wenn ich die geringste Bewegung mache, also hab ich mich nicht gerührt. Dann kam er auf mich zu. Ich dachte, ich wäre erledigt, aber plötzlich kam Mireille aus dem Raum, in dem sie sich versteckt hatte, und lief an ihm vorbei.»

«Ich dachte, du hättest gesagt, sie soll sich nicht rühren.»

«Sie hat versucht, ihn abzulenken und mich zu retten. Er hat einen Satz auf sie zugemacht, aber sie war zu schnell, ist die Treppe hochgerannt, er hinterher. Ich hab mich hochgerappelt und bin ihnen gefolgt, aber als ich oben war, hielt er sie schon am Arm. Sie wehrte sich, und ich konnte endlich nachladen, aber ich hatte Angst, sie zu treffen. Also schrie ich auf, um ihn abzulenken. Er drehte sich um und schoss noch mal auf mich. Es hat mich umgehauen, sodass ich die Treppe runtergefallen bin. Dann hab ich Mireille schreien gehört, und eine Autotür schlug zu. Kaum war er losgefahren, wurde bei mir alles dunkel. Wahrscheinlich hab ich mir auf der Treppe ordentlich den Kopf gestoßen.»

Mit der Hand berührt sie eine Stelle, an der Blut in ihrem gebleichten Haar klebt. «Wahrscheinlich kommt das ganze rote Zeug daher.»

«Ansonsten bist du nicht verletzt?»

«Ich hab Schmerzen im Brustkorb», sagt sie, als ich ihr aufhelfe. «Wahrscheinlich hab ich mir eine Rippe gebrochen.»

«Und Mireille? Hat er ihr etwas angetan?»

«Sie klang eher wütend als verletzt. Wenn du mich fragst, ist sie nicht unterzukriegen.»

*Nicht unterzukriegen.*

Das hatte Junebug über uns beide gesagt. «Wir sind nicht unterzukriegen, du und ich. Egal, wie schlimm es kommt, wir überleben.»

Sie hatte recht. So lange, bis es anders kam.

**49** «Willst du mir verraten, wer sie ist?», fragt Barb, als ich ihr die Treppe hinaufhelfe.

«Sie ist meine Tochter.»

Barb hält inne und starrt mich an.

«Deine *Tochter*? Und ihre Mutter?»

«Sie ist tot. Von demselben Dreckskerl ermordet, der auf dich geschossen und Mireille entführt hat.»

«Warum?»

«Keine Ahnung.»

Wir schaffen den Rest der Treppe, aber oben muss Barb sich einen Moment ausruhen. Mir wird klar, dass sie trotz ihrer draufgängerischen Art ziemlich erschüttert ist. Sie hält sich an meinem Arm fest. «Was sollen wir tun?»

Draußen rasen wieder Sirenen vorbei, die Wagen fahren den Hügel hinauf.

«Du hast gesagt, er war groß. Sonst noch irgendwas? Hast du sein Gesicht gesehen, als er das Licht angemacht hat?»

«Nur für einen winzigen Moment.»

«Und?»

Sie lässt sich Zeit. «Er sah komisch aus.»

«Inwiefern?»

«Sein Gesicht ... es wirkte so riesig, wie bei ... Bigfoot.»

«Bigfoot? Du meinst ... diesen zotteligen Riesen?»

«Was? Red keinen Unsinn. Nein, den Kickboxer. Silva, so heißt er.»

Dass Barb sich als MMA-Fan outet, ist noch die kleinste Überraschung des Tages.

«Er wird Bigfoot genannt», sagt sie. «Weil er so riesig ist. Irgendwas mit den Drüsen ... Jedenfalls hat der Typ ihm ähnlich gesehen.»

Meine Reaktion entgeht ihr nicht. «Du weißt, wer er ist?»

Ich nicke. Ich weiß es tatsächlich, und plötzlich ist alles noch schlimmer und viel komplizierter.

«Hör mir gut zu. Er hat drei Cops getötet, eine vierte Polizistin ist so gerade eben mit dem Leben davongekommen. Man wird glauben, ich hätte das getan. Und ich hätte auch Mireille entführt und ihre Mutter ermordet. Falls jemand auf die Idee kommt, du hättest etwas damit zu tun, du wüsstest irgendwas über meine Identität, über Sixteen, dann kommt eine ganze Menge auf dich zu. Und wenn der Mann, den du gesehen hast, wirklich der ist, für den ich halte, und er herausfindet, dass du noch lebst, könnte er noch mal hier auftauchen. Du hast ein Auto, richtig?»

Sie nickt. «Einen beschissenen Dodge Caravan, aber er fährt.»

«Gut. Kennst du jemanden? Kannst du irgendwo unterkommen?»

«Was meinst du genau?»

«Leute, die den Mund halten. Ich meine, ich hab mir zusammengereimt ...»

«Amateur-Tattoos und Einstichwunden, da hast du zwei und zwei zusammengezählt, hm?» Sie lacht. «Ja, ich hab noch ein paar lichtscheue Freunde, auch wenn die meisten inzwischen tot sind oder hinter Gittern sitzen. Ich hab sie lange nicht gesehen, und der Abschied war nicht bei allen freundschaftlich. Aber wenn sie wissen, dass ich Ärger habe, passen sie auf mich auf.»

«Brauchst du Geld?»

Sie schüttelt dem Kopf. «Was ich brauche, nehme ich aus der Kasse. Da, wo meine Freunde leben, schleppt man besser nicht viel mit sich herum, wenn du verstehst, was ich meine. Es führt die Leute nur in Versuchung.»

«Gut. Ich gebe dir ein Wegwerfhandy. Schalt es einmal pro Woche ein. Außer mir kennt niemand die Nummer. Wenn du siehst, dass jemand angerufen hat, ruf einfach unter der Nummer zurück. Ich geb dir Bescheid, wenn es hier wieder sicher für dich ist.»

«Und wenn der Anruf nie kommt?»

«Dann kommst du nie zurück.»

Einen Moment lang sieht es so aus, als wollte sie widersprechen, doch dann zuckt sie die Achseln.

«Scheiße, ich hab das Kaff immer gehasst. Hier hält mich nichts. Vielleicht will Gott mir sagen, dass es Zeit ist weiterzuziehen.»

Fünf Minuten später sitzt Barb am Steuer ihres Vans. Der Motor läuft, die Scheibenwischer kämpfen gegen den Regen an. Barb ist immer noch blutverschmiert und ein wenig unsicher auf den Beinen, aber sie hält eine Zigarette zwischen den Lippen, und ihr entschlossener Gesichtsausdruck verrät, dass mit ihr noch zu rechnen ist.

«Und, was hast du vor?»

«Ich hole sie zurück.»

«Und dann?»

«Das überlege ich noch.»

Barb zieht ein letztes Mal an der Zigarette.

«Das Kind hat das alles nicht verdient. Mir ist egal, was sie gemacht hat, ob sie abgedrückt hat oder nicht. Sie hat das nicht verdient. Ihre Mutter ist tot, also hat sie jetzt nur noch dich. Das ist weiß Gott nicht viel, aber wenigstens etwas.»

Sie schnippt den Stummel in eine Pfütze, wo er zischend erlischt.

«Damit will ich sagen» – mit einem dumpfen Geräusch legt Barb den Gang ein –, «dass ich dir rate, sie zu finden. Wenn nicht, finde ich dich. Und dann bringe ich meine Freunde mit. Klar?»

«Klar», sage ich.

Sie fährt los. Die abgefahrenen Reifen arbeiten sich durch die Pfützen in den Schlaglöchern, die Stoßdämpfer haben offenbar schon vor Jahren ihren Dienst eingestellt.

Als Barb auf den Highway einbiegt, sehe ich ihren Rücklichtern nach. Dann drehe ich mich zum Hügel um. Über der Stadt blinken immer noch die Streifen-, Rettungs- und Feuerwehrfahrzeuge, aber der Brand ist unter Kontrolle. Entweder haben die Einsatzkräfte ganze Arbeit geleistet, oder das Feuer ist einfach in sich zusammengefallen. Noch während ich die Szenerie betrachte, kommen die ersten blauen und roten Lichter den Hügel herunter.

Polizeiautos. Die Beamten haben ihre toten Kollegen gefunden und wollen Blut sehen. Als Erstes nehmen sie sich die Tankstelle vor, aber es kann nur Minuten dauern, bis sie auch hier auftauchen. Sie werden jedes einzelne Haus durchsuchen und Straßensperren errichten. Sie haben mich innerlich schon wegen des Mordes an Gracious und Mireilles Entführung verurteilt. Bald kommt noch dreifacher Polizistenmord dazu.

Irgendetwas geht hier vor, etwas Großes, etwas, das ich nicht verstehe und in das Kräfte verwickelt sind, die ich noch nicht ansatzweise erkenne. Aber mein Bauch sagt mir, dass ich in dem Moment, in dem ich wieder festgenommen werde, so gut wie tot bin, dass mich dann entweder die Cops erledigen oder jemand anders. Selbst wenn ich davonkomme, verringert sich mit jeder Stunde die Chance, Mireille zu finden.

Ich habe keine Zeit zu verlieren.

Ich laufe zum Jeep, zögere aber, als ich etwas aus dem Wasser eines Schlaglochs ragen sehe.

Ich bücke mich und ziehe es heraus.

Es ist Mireilles einäugiger Sockenaffe, durchweicht und schwer vom Wasser.

Ich bringe ihn ihr zurück, und wenn es das Letzte ist, was ich tue.

# TEIL IV

**50** Langsam glaube ich, dass der alte Drecksack tot ist.

Wieder klopfe ich gegen die dreckige Tür ohne Aufschrift zwischen einer zwielichtigen Import-Export-Firma und einer leer stehenden Boutique für Frauenkleidung, in deren Fenster umgekippte Schaufensterpuppen liegen. Es ist mindestens ein Jahrzehnt her, seit ich zuletzt hier war, aber das Klopfmuster, das mir damals zugewiesen wurde, hat sich in meine Hirnrinde eingebrannt. Eine ramponierte Überwachungskamera über der Tür starrt auf mich herab, aber es lässt sich nicht erkennen, ob sie noch funktioniert.

Irgendwo drinnen geht ein trübes gelbes Licht an. Eine Minute später wird die Klappe aus Karton angehoben, die das winzige Fenster in der Tür gegen Blicke abschirmt. Ein Augenpaar schaut durch das von jahrzehntealtem Schmutz überzogene Glas. Schließlich wird die Tür entriegelt, und ein kleiner, etwa achtzigjähriger Chinese steht vor mir.

Er starrt mich einen Moment an, als wolle er sichergehen, dass ich es auch wirklich bin.

«Verpiss dich», sagt er und versucht, die Tür zu schließen, aber ich schiebe meinen Fuß in den Spalt.

«Komm schon, Charlie. Sei nicht so.»

«Elf Jahre.»

«Ich weiß.»

«ELF JAHRE. Und du rufst nie an. Kein einziges Mal.»

«Ich hatte ziemlich viel zu tun.»

«Was willst du?»

«Das Übliche.»

Nicht mal Charlie kann sein Interesse verbergen. «Zeig mal.»

Ich grinse und zeige ihm meine Zähne. Irgendwann einmal waren sie perfekt, der perlweiße Traum jeder Zahnpasta-Werbung. Das hatte ich kosmetischen Zahnärzten in Beverly Hills zu verdanken, die alles reparierten und aufhübschten, wenn es mal wieder nötig wurde. Aber der letzte Termin ist ein Jahr her, und die Ereignisse seitdem haben sich nicht besonders positiv ausgewirkt.

Charlie lässt mich den Kopf nach hinten legen, damit er die oberen Schneidezähne und die Backenzähne sehen kann, dann nach vorn für den Unterkiefer. Schließlich gibt er mir mit einem Nicken die Erlaubnis, den Mund zu schließen. Ich merke, dass er immer noch sauer auf mich ist, aber noch saurer ist er wegen des Zustands meiner Zähne.

Er wackelt mit dem nikotingelben Zeigerfinger in meine Richtung. «Keine Sonderangebote mehr. Preis nach oben gegangen.»

51 Die Treppe führt hinunter in einen Kellerraum. Die Wände sind fleckig, die Ausrüstung dagegen Weltklasse. Ein großer Teil davon – das Röntgengerät, ein extravaganter motorisierter Stuhl – ist seit meinem letzten Besuch dazugekommen, was darauf schließen lässt, dass Charlie weiterhin gut im Geschäft ist. An zwei Wänden stehen schwarze Ledersofas, wie in modernen Aufnahmestudios. An die Wände sind Kameras montiert, die mit Flachbildfernsehern verbunden sind, auf denen die Besucher in Echtzeit in den Mund des Patienten schauen können.

Charlie gibt mir ein Zeichen, mich auf den Stuhl zu setzen, dann zieht er sich eine Plastikschürze über und macht sich ans Werk.

Nur damit wir uns verstehen: Charlie ist nicht *ein* Zahnarzt, sondern *DER* Zahnarzt. An Chinas führender Schule für Zahnmedizin ausgebildet, ist er Mitte der Siebziger nach Chicago gekommen und hat eine nicht lizensierte Praxis eröffnet. Sein Werkzeug hatte er im Handgepäck mitgebracht. Er musste hart um sein Auskommen kämpfen, bis eines Tages ein kräftig gebauter Mann mit Tattoos bei ihm auftauchte, der von zwei anderen kräftig gebauten Männern mit Tattoos begleitet wurde. Seine Vorderzähne waren ausgeschlagen, sein Kiefer gebrochen, anscheinend durch einen Schlagring oder einen Baseballschläger. Charlie war klug genug, keine Fragen zu stellen, aber aus den Gesprächsfetzen, die er während der Behandlung aufschnappte, schloss er, dass die Männer zur 14K-Triade gehörten, die ursprünglich in Guangzhou von Mitgliedern des antikommunistischen Widerstands gegründet worden war.

Charlie lieferte gute Arbeit, er hielt den Mund, und seine inoffizielle Kellerpraxis war vor neugierigen Blicken sicher. Schon bald standen Kriminelle mit eingeschlagenen Zähnen vor seiner Tür Schlange. Und nicht nur Triaden-Mitglieder, er wurde zur angesagten Adresse für alle möglichen Kriminellen aus dem In- und Ausland – Italiener, Sizilianer, Kalabrier, Jamaikaner, Russen, Puerto-Ricaner, Haitianer, Bloods, Crisps, Serben und so weiter. Nur von Skinheads ließ er die Finger, diesen Neonazi-Neandertalern, die sowieso keine chinesischen Hände in ihrem Mund geduldet hätten.

Charlies Arbeit ging bald über die Reparatur eingeschlagener Zähne hinaus. Weil er großzügig mit Novocain und sanft mit der Nadel war, wandten seine Kunden sich bald mit

Wünschen kosmetischer Art an ihn. Aufhellen, begradigen, Implantate und vor allem Grillz, denn es stellte sich heraus, dass Charlie (a) über eine künstlerische Ader verfügte und (b) Grillz anfertigte, von denen die Zähne nicht verfaulten. Ganz im Gegensatz zur Arbeit der Pfuscher, die in den Einkaufszentren der Sozialsiedlungen ihre Dienste zu Schleuderpreisen anboten.

Aber es ging nicht nur um Zähne.

Charlie war nie so dumm, so etwas wie ein Kundenverzeichnis anzulegen, aber die Liste in seinem Kopf war ein *Who's Who* der Drogendealer, Schwarzmarkt-Waffenhändler, Erpresser, Autodiebe, Kredithaie, Menschenschmuggler, Fälscher und aller anderen Arten Krimineller. Sein schäbiger Keller wurde eine Art Knotenpunkt, eine fensterlose Seidenstraße. Was immer man wollte – Charlie kannte jemanden, der es liefern konnte. Er stellte seine Dienste nie in Rechnung, bekam aber stets einen Anteil, um ihn bei Laune zu halten. Außerdem – verdammt! – *mochten* ihn die Leute. Ihn nicht zu mögen, war unmöglich.

Charlie wurde reich, auch wenn er es nie zeigte, und er nutzte seinen Reichtum, um eine Art Schattenbank aufzubauen. Wenn man jemandem Geld schuldete, konnte man es bei der Bank of Charlie hinterlegen, wo es den Gläubiger erreichte. Er verzichtete auf jede Buchführung und verließ sich, wenn es darum ging, wer bei ihm für wen wie viel eingezahlt hatte, auf sein fotografisches Gedächtnis. Charlies geheimer Liquiditätspool war so wichtig für die kriminelle Ökonomie, dass niemand es wagte, ihn anzurühren. Jeder, der versuchte, Charlie zu hintergehen, und das kam hin und wieder vor, bekam die geballte Rache der organisierten Kriminalität Chicagos zu spüren.

Die Cops ließen ihn in Ruhe, nicht zuletzt wegen der dicken braunen Umschläge, die jede Woche auf mysteriöse Weise ihren

Weg in die Spinde des Reviers fanden. Die Feds versuchten mehrmals, ihn hochzunehmen, aber außer illegaler Zahnarzttätigkeit war ihm nichts vorzuwerfen, was zufälligerweise weder eine schwere Straftat ist noch in den Zuständigkeitsbereich der Bundespolizei fällt.

Was noch wichtiger war: Weil Charlies sämtliche Kunden Kriminelle waren – mit Ausnahme von mir –, flog er komplett unter dem Radar der Geheimdienste. Was CIA, NSA oder die Antiterror- und Spionageabwehrabteilungen des FBI betraf, existierte er einfach nicht.

Das alles erklärt, warum ich jetzt hier bin. Denn sobald meine Zähne repariert sind, brauche ich eine Menge Ausrüstung. Allerdings werde ich derzeit für vier Morde, Flugzeugdiebstahl und Kindesentführung gesucht. Wenn mir irgendjemand etwas besorgen kann, ohne dass ich noch größere Probleme bekomme, dann Charlie.

**52** In einem Spiegel präsentiert Charlie mir meine Zähne, als hätte er mir gerade die Haare geschnitten.

«Großartig», sage ich und drehe den Kopf nach links und rechts, um sie zu begutachten. Sie sind tatsächlich großartig. Aber ansonsten sehe ich beschissen aus. «Hör mal, Charlie ...» Weiter komme ich nicht.

«Ich verstehe», sagt er und wackelt wieder mit dem Finger. «Du brauchst mich auf deinem Weg nach oben, weil ich nützlich bin. Aber wenn du ein Star bist, Mr. Seventeen, vergisst du mich. Du vergisst deinen Freund Charlie Wu, der deine Zähne repariert hat, als du ein kleiner Scheißer mit großen Plänen warst, der von nichts und niemandem etwas wusste.»

«Das ist nicht der Grund, weshalb ich nicht mehr zu dir gekommen bin, Charlie», sage ich. Er ist ernsthaft angepisst, und ich muss ihn auf der Stelle dazu bringen, kein bisschen angepisst zu sein. «Okay, du kommst mit den Cops in Chicago zurecht und kannst dir hin und wieder die Feds vom Leib halten. Aber glaubst du, du kannst auch mit der CIA umgehen? Mit der NSA? Was ist, wenn die Russen bei dir anklopfen? Oder die Nordkoreaner? Oder die Chinesen?»

Das Beste habe ich mir bis zum Schluss aufgespart, denn es gibt nicht viel, wovor Charlie Angst hat. Aber seine Verbindung zu 14K-Triade – das K steht für Kuomintang, die Opposition zu den Kommunisten; die 14 für die vierzehn Gründer, die gegen Maos Armee gekämpft haben – könnte ihn direkt ins Visier des chinesischen Geheimdiensts rücken, sobald er auf dessen Radar auftaucht.

«Diesen Stress kannst du nicht gebrauchen, Charlie», sage ich. «Deshalb bin ich weggeblieben.»

Charlie schüttelt den Kopf. «Blödsinn. Damals hast du mich gebraucht, weil du auf dem Weg nach oben warst. Jetzt brauchst du mich, weil du auf dem Weg nach unten bist.»

«Nicht nach unten, Charlie. Ich bewege mich seitwärts. Ich arbeite jetzt auf eigene Faust. Ich brauche ein paar Sachen, und ich brauche sie von Leuten, die keine Beziehungen in meine Welt haben.»

«Und wenn man es bis zu mir zurückverfolgt?»

«Das wird nicht passieren, Charlie. Ich garantiere es dir.»

Charlie schüttelt den Kopf. «Du lügst. Du kannst nichts garantieren.»

Ich hätte wissen müssen, dass Charlie Wu sich nicht verarschen lässt. Also stehe ich auf, wische mir übers Gesicht, werfe das blutige Lätzchen in den Müll und drehe mich zu ihm um.

«Sag mal, Charlie, hast du Kinder?»

Er schüttelt den Kopf, aber seine Bewegungen verraten mir, dass das Thema ihn nicht kaltlässt.

«Hattest du mal welche?», hake ich aus einer Eingebung heraus nach.

«Eine Tochter. Und eine Frau. In China. Sie starben während der großen Hungersnot. Hast du mal davon gehört?»

Ich schüttle den Kopf, nicht, weil ich nicht davon gehört hätte, sondern weil ich ihn zum Reden bringen will.

Seine Miene verdüstert sich.

«Sie nannten es *Dà yuè jìn*, den Großen Sprung nach vorn. Maos Idee. Die Bauernhöfe wurden kollektiviert. Wenn sie nicht genug erwirtschafteten, wurden die Leiter bestraft. Also logen die Leiter und erfanden Zahlen, nannten höhere Getreidemengen, als es tatsächlich gab. Aber das Getreide ging aus, niemand hatte noch zu essen. Abgesehen davon, dass das Getreide für die Städte aufgehoben wurde, nicht für die Landbevölkerung. In Sichuan waren die Getreidelager voll, aber die Menschen – meine Angehörigen, meine Familie, meine Frau, meine Tochter – verhungerten, weil den örtlichen Leitern nicht erlaubt wurde, die Türen zu öffnen.»

«Wo warst du, an der Universität?»

Charlie nickt. «Bei uns in der Stadt waren die Bäuche voll. Dass meine Familie vor dem Verhungern stand, habe ich erst erfahren, als es schon zu spät war.»

«Was hättest du getan, um deine Tochter zu retten, wenn du Bescheid gewusst hättest?»

Charlie starrt mich an. Ein feuchter Schimmer liegt auf seinen Augen.

«Alles. Alles.»

«Ich habe jetzt auch eine Tochter», sage ich. Mein Mund hat mit dem Wort immer noch Schwierigkeiten.

Er starrt mich mit verständlicher Verblüffung an. «Du?»

«Bis vor zwei Tagen wusste ich noch nichts von ihr. Jemand hat ihre Mutter ermordet und sie entführt. Ich muss sie finden. Deshalb bin ich hier, Charlie. Du bist der einzige Mensch in der Stadt, dem ich trauen kann. Es tut mir leid, dass ich dich zehn Jahre ignoriert habe, aber damit habe ich dich beschützt. Bitte.»

Charlie schaut mich über seine halbmondförmige Brille hinweg an, als versuchte er zu ergründen, ob ich ihn hinters Licht führen will.

«Na gut, du kleiner Scheißer. Was brauchst du?»

Je weiter ich mit meiner Liste komme, desto größer werden seine Augen. Als ich fertig bin, habe ich Angst, sie könnten ihm aus den Höhlen fallen.

«Und wie willst du das alles bezahlen?»

«Das ist der andere Punkt», sage ich. «Ich brauche Bargeld. Und zwar jede Menge.»


53 Charlie mag nicht mehr der Jüngste sein, aber die Bank of Charlie ist auf der Höhe der Zeit. Ein simpler, von außen nicht nachvollziehbarer Bitcointransfer zwischen zwei anonymen Wallets über einen Offshore-Finanzplatz, und alles ist geregelt. Charlie verschwindet für zwanzig Minuten und kommt buchstäblich mit Armen voller Bargeld in benutzten Scheinen zurück. In diesem Moment wird mir klar, dass er neben allem, was er sonst noch treibt, auch ein Top-Geldwäscher ist.

Bei einer Entführung – falls es tatsächlich darum geht – sind die ersten vierundzwanzig Stunden entscheidend. Den größten Teil davon habe ich schon verbraucht. Aber ich werde gesucht, bin unbewaffnet, und angesichts des Sturms, der über mich hereingebrochen ist, brauche ich sämtliche Ressourcen, die ich kriegen kann, wenn ich Mireille heil zurückhaben will.

Über die Alternative will ich gar nicht erst nachdenken.

Charlie lässt sich nicht hetzen, aber ich habe den Eindruck, die Dringlichkeit der Situation macht ihm ein wenig Feuer unter dem Hintern. Jedenfalls strömt während der folgenden sechsunddreißig Stunden eine scheinbar endlose Besucher- schar durch seinen Keller – jeder mit seinem eigenen Klopf- signal. Am Ende habe ich drei neue Identitäten, jeweils mit prallvollem Bankkonto, Reisepässen mit den korrekten bio- metrischen Daten (USA, Kanada, Deutschland), dazu Kredit- karten, Waffen, Munition, handgemachte Lederschuhe, einen maßgeschneiderten Ermenegildo-Zegna-Anzug (Prince of Wales *Centoquarantamila)*, einen todschicken neuen Haarschnitt in- klusive neuer Farbe, fünf Wegwerfhandys mit je zwei Prepaid- SIM-Karten und hunderttausend Dollar in bar.

An diesem Abend schlafe ich auf dem schwarzen Sofa ein, von mehreren Gläsern *Baijiu* betäubt, die Charlie als Gratis- zugabe spendiert hat. Beim Einschlafen denke ich an Mireille.

Gut, sie ist meine Tochter, aber was *bedeutet* das? Man soll seine Kinder bedingungslos lieben, so wie Junebug mich geliebt hat. Als wäre es eine Selbstverständlichkeit, etwas, das sich quasi automatisch einstellt. Aber abgesehen von den wenigen Stunden, die ich mit ihr verbracht habe, kenne ich Mireille überhaupt nicht. Von den Genen abgesehen verbindet mich nichts mit ihr. Ich habe ihr keine rosafarbenen Haarbänder be- sorgt. Ich habe nie eine Windel gewechselt, ihr nie aus einem Buch vorgelesen oder etwas von den anderen kleinen Dingen getan, die Eltern eben tun. Und wenn ich ein echter Vater *wäre*, würde ich verdammt noch mal aufpassen, dass keines meiner Kinder sich in meiner Nähe aufhält.

Trotzdem hat Gracious mir ihre Tochter anvertraut. Sie hat sich darauf verlassen, dass ich Mireille beschütze, und ich habe jetzt schon versagt. Ich *spüre* etwas, wenn ich an Mireille denke, aber ist das Liebe? Ist das der richtige Begriff? Bin ich dazu überhaupt in der Lage? Habe ich das Recht? Hat die reine Vaterschaft etwas zu bedeuten? Und wenn Mireille meine Tochter ist, wusste ihr Entführer davon? Ist sie deshalb verschwunden? Wenn nicht, warum könnte sie sonst so wichtig sein? Was bedeutet sie, für andere und für mich?

Die Gedanken überschlagen sich in meinem Kopf wie Wäschestücke im Trockner, bis ich irgendwann einschlafe.

Früh am nächsten Morgen erwache ich mit einem flauen Gefühl im Magen. Einen Wunsch hat Charlie mir noch nicht erfüllt, aber die Zeit ist abgelaufen.

«Charlie, ich muss hier weg. Der Entführer hat einen großen Vorsprung. Wenn ich nicht loslege, finde ich sie nie.»

«Das, worum du mich da gebeten hast, ist nicht leicht aufzutreiben», sagt er.

«Dann muss ein Ersatz her. Vielleicht etwas Gängigeres, Billigeres.»

«Nein, nein, nein», sagt Charlie. «Ein paar Stunden, länger dauert es nicht. Hab ich dich je im Stich gelassen?»

Richtig, das hat er nicht. Also setze ich mich wieder aufs Sofa und warte.

Neunzig Minuten später höre ich ein tiefes, wummerndes Geräusch, das den Boden erzittern und die Nierenschalen aus rostfreiem Stahl im Regal klappern lässt. Dann ertönt ein bestimmtes Klopfzeichen, und ich folge Charlie die schmale Treppe zur Haustür hinauf. Er hebt den Karton an, um sicherzugehen, dass das Gesicht vor der Tür dasselbe ist, das er unten auf seinem Monitor gesehen hat. Dann öffnet er die Tür und tritt beiseite, damit ich die schiere, ungetrübte Pracht dessen bestaunen kann, was draußen vor der ramponierten grauen Tür parkt.

**54** Es ist ein tintenschwarzes, unglaublich schlankes Trident-Iceni-Cabrio mit 6,6-Liter-Motor und einer Höchstgeschwindigkeit von dreihundert Stundenkilometern. Es ist eindeutig *nicht* das teuerste Superauto der Welt – aber hallo, für einen Mercedes-SUV können Sie mehr hinlegen –, aber mit Sicherheit das coolste und eines der seltensten. In Großbritannien entworfen und hergestellt, strotzt es vor Sex-Appeal und ruft mit seinen geschmeidigen, schlanken, fließenden Linien Erinnerungen an den Jaguar E-Type wach. Es wird ausgerechnet von einem Hochleistungs-Dieselmotor angetrieben, der für einen ausgewachsenen Pick-up entworfen, aber zu etwas gänzlich anderem weiterentwickelt wurde. Und weil er ein Diesel ist, verbraucht er zwischen dreieinhalb und vier Litern auf hundert Kilometer, was bedeutet, dass eine Tankfüllung für rund tausendfünfhundert Kilometer reicht – und das ist entscheidend, wenn man vermeiden will, häufiger als absolut nötig von den Überwachungskameras irgendwelcher Tankstellen beobachtet zu werden.

Das Ding ähnelt weniger einem Auto als einer ballistischen Rakete, mit mir als Sprengkopf.

Mein altes Ich hätte es gehasst. Es hätte sich für etwas Italienisches entschieden, in einer Primärfarbe und wahrscheinlich mit Rallye-Streifen. Scheiß auf mein altes Ich.

Ich drehe mich zu Charlie um. «Ich glaub's nicht. Du hast tatsächlich einen aufgetrieben.»

Charlie lächelt, was er sonst nie tut. Dabei zeigt er schiefe gelbe Zähne, denn er weigert sich, jemand anders an ihnen arbeiten zu lassen. Dann streckt er mir die Schlüssel entgegen.

Der Trident hat auch noch einen Kofferraum. Ich lade ein paar unauffällige, aber bemerkenswert schwere Reisetaschen ein. Charlie steht in seiner gepanzerten Stahltür und sieht zu. Als ich den Kofferraum mit dem teuren Klicken schließe, das nur Superautos bieten, die einen mittleren sechsstelligen Betrag kosten, drehe ich mich um, weil ich mich bedanken will. Aber er sagt nur:

«Find deine Tochter, Arschloch.»

Die graue Tür schließt sich.


55 Bis New York sind es weit über zwölfhundert Kilometer, aber der Trident schafft es mit einer einzigen Tankfüllung.

Das Treffen ist schon vorbereitet. Ich habe es mit einem der Wegwerfhandys arrangiert, als ich mir auf Charlies Sofa den Hintern wund gesessen und auf meine Ausrüstung gewartet habe. Dabei habe ich dieselbe Nummer gewählt, die ich Barb aufgeschrieben hatte, bevor ich sie und Mireille zurückließ. Ich hatte keinen Klingelton erwartet und auch keinen gehört. Aber zehn Minuten später summte mein Telefon, die Nummer auf dem Display war eine andere. Nach weiteren fünf Minuten hatte ich eine Uhrzeit und eine Adresse in Manhattan, begleitet von der deutlichen Warnung für den Fall, dass ich freiwillig oder unfreiwillig jemanden im Schlepptau haben sollte. In diesem Fall, so die unmissverständliche Ansage, würden wir alle sofort und für immer aus dem Verkehr gezogen.

Eigentlich hätte ich beleidigt reagieren müssen. Zwar bin

ich inzwischen aus dem Spiel, aber ich war lange genug in der Branche. Ich brauche keine Erinnerung, mich nicht beschatten zu lassen oder im Zweifel den Verfolger abzuschütteln. Dass meine Gesprächspartnerin es trotzdem für nötig hielt, war das Einzige, was mich in diesem Zusammenhang beunruhigte. Wieder so ein Auffrischen des Windes, das die Pferde auf der Koppel zum Galoppieren bringt und daran erinnert, dass, egal wie düster der Himmel schon sein mag, das eigentliche Unwetter noch bevorsteht.

Ich fahre auf die Interstate, schalte mich die unglaublich präzisen sechs Gänge des Trident hoch und rase an allem und jedem vorbei. Jetzt, wo ATF und FBI in den schwelenden Ruinen von Sixteens Haus herumkriechen und auf die verkohlten Überbleibsel seiner und meiner Waffen stoßen, werde ich sicher landesweit gesucht. Aber die Cops fahnden nach jemandem, der sich zu verstecken versucht. Das Letzte, womit sie rechnen, ist ein Vollidiot mit toller Frisur, der in einem Superauto durch die Gegend rast. Wenn sie mir ein Ticket ausstellen, werden sie nicht mal darauf achten, wer sich hinter der Neunhundert-Dollar-Sonnenbrille verbirgt, sondern spöttisch grinsen und sich aus dem Staub machen.

Genau darum geht es natürlich. Sicherheit durch komplette, totale Sichtbarkeit.

Ich fletsche die makellosen Zähne, mein Gesicht eine grinsende Grimasse, und schaue in den Rückspiegel. Wenn man die blauen Flecke außer Acht lässt, die ich Vermillion verdanke und jetzt provisorisch unter einer Schicht Make-up verborgen habe, sehe ich ziemlich gut aus. Die Kleidung, die Charlie mir besorgt hat, ist extravagant, luxuriös, perfekt. Der Trident fühlt sich wie eine Fortsetzung meines Körpers an, ein Science-Fiction-Universum auf vier Rädern.

Ich rufe mir in Erinnerung: *Genau das hast du gewollt. Du hast an all den Abenden dafür gebetet, als du vor dem Fenster standest und darauf gewartet hast, dass jemand dich aus dem Weg zu räumen versucht. Einen Anlass, wieder in den Krieg zu ziehen.* So laut wie möglich sollte ich in den Fahrtwind schreien: *Ich bin's! Hier kommt Seventeen, Baby! Ich bin WIEDER DA!* Aber das ganze Drum und Dran macht mir nicht mehr so viel Freude wie früher.

Manchmal ist nur eines schlimmer, als nicht zu bekommen, wonach man sich sehnt: es doch zu bekommen.

Sieben Stunden später fahre ich in die Parkgarage einer neuen Stahl-und-Glas-Konstruktion in Midtown Manhattan. In einer unglaublich geschmacklosen postmodernen Reminiszenz an New Yorks ikonische, eingestürzte Zwillingstürme winden sich die fünfzigstöckigen Wolkenkratzer umeinander, als wären sie in einer Art bisexueller Fick-Party ineinander verschlungen. Der Effekt wird durch die sechzig Meter lange Brücke zwischen ihnen nicht gerade gemindert, auf der ein der olympischen Norm entsprechendes Schwimmbad untergebracht ist (nur für Bewohner, was sonst). Der Boden des Pools ist gläsern, damit man die runzlige Leistengegend und die Titten der Reichen und Berühmten betrachten kann, wenn sie ihre Bahnen ziehen. Mit einem Teleobjektiv könnte man wahrscheinlich einen hübschen Porno für spezielle Vorlieben zusammenschneiden.

Aber ich bin nicht zum Schwimmen hier. Ich bin hier, weil ich die einzige Person treffen will, die möglicherweise wissen könnte, was überhaupt los ist. Und die gleichzeitig kein Motiv hat, mich zu töten.

Auch wenn ich in diesem zweiten Punkt nicht sicher bin.

**56** Der Mann vom Parkservice wirft dem Trident einen sehnsüchtigen Blick hinterher, als ich vorbeifahre. Weil es sein könnte, dass ich schnell einen Abgang machen muss, winke ich ihm bloß zu, suche mir selbst einen freien Parkplatz in der Nähe des Aufzugs und setze rückwärts hinein. Dieses sogenannte Combat Parking ist verräterisch. Es signalisiert, dass man entweder auf der Hut ist, was man ungern preisgibt, oder dass man ein Angeber ist, der andere glauben machen möchte, dass er auf der Hut ist – was noch schlimmer ist. Aber bei all dem Mist, der in den letzten Tagen passiert ist, kann ich mir keine Risiken leisten.

Ich nehme den Aufzug hinauf in die Lobby, wo ich dem Sicherheitsdienst einen Namen nenne und erkläre, warum ich hier bin. Die Frau reicht mir eine gänzlich unbeschriftete weiße Zugangskarte.

«Aufzug Nummer sieben. Fahren Sie hoch und warten Sie dort.»

Ich nehme die Karte und gehe Richtung Aufzüge.

«Nicht dort», ruft sie mir hinterher. «Bei den Toiletten. Große Tür, nicht zu übersehen.»

Ich folge den Schildern zur Herrentoilette. Gegenüber ist eine breite silberne Tür, wie bei einem Lastenaufzug. Es werden jedoch keine Stockwerke angezeigt.

Ich schiebe die Karte in einen Schlitz, die Tür gleitet zur Seite.

Drinnen ist es dunkel, aber als ich über die Schwelle trete, schließt sich die Tür hinter mir, und Leuchtstoffröhren erwachen flackernd zu Leben. Tatsächlich befinde ich mich in einem Aufzug, der auf der anderen Seite eine weitere Tür hat. Daneben sehe ich allerdings nur zwei Knöpfe. Der für die Lobby ist mit einem Stern markiert, der andere überhaupt nicht.

Was nicht das einzig Seltsame ist.

Es gibt eine moderne, fahrbare Krankentrage, dazu zwei Sauerstofftanks und einen tragbaren Defibrillator.

Ich drücke auf den nicht beschrifteten Knopf. Zuerst passiert nichts, dann fährt der Aufzug abrupt an. An der Art, wie mein Mittagessen Richtung Schuhe rutscht, merke ich, dass er schnell fährt. Zwanzig Sekunden später nimmt der Druck auf meine Fußsohlen ab, und mein Magen tritt die Reise Richtung Norden an. Dann hält der Aufzug.

Wieder passiert nichts.

Neben der Tür entdecke ich einen weiteren Schlitz, in den ich die weiße Karte schiebe. Die Türen gleiten auf, und das Tageslicht lässt mich blinzeln.

Ich befinde mich auf einem niedriger gelegenen Bereich des Dachs. Vor mir windet sich eine Rampe mit Betonwänden sanft in den Himmel. Der Ort ist perfekt für einen Hinterhalt, also nehme ich die Pistole aus dem verborgenen Holster, lade sie durch und gehe langsam, mit dem Rücken zur nach außen liegenden Wand, die Rampe hoch.

Ganz oben sehe ich endlich, wo ich bin.

Es ist ein Hubschrauberlandeplatz, flach und breit, rund sieben Meter über dem eigentlichen Dach. Deshalb die Trage und die Sauerstofftanks: für ältere Bewohner, die *tout de suite* ins Mount Sinai gebracht werden müssen. Weit unten liegt Manhattan, der Wind zerzaust meine Frisur. Weil niemand hier ist, stecke ich die Waffe wieder ein. In sechzig Metern Entfernung funkelt der zweite Turm im Sonnenlicht. Auch dort ist niemand auf dem Dach.

Ein Blick auf die Uhr verrät mir, dass ich eine Minute zu früh bin. Praktisch exakt sechzig Sekunden später höre ich das Wummern eines Airbus H175. Er folgt dem Hudson in südlicher

Richtung und schlägt dann einen Bogen Richtung Midtown. Aber statt zu landen, dreht er mehrere Schleifen um die beiden Gebäude. Beim zweiten Mal kommt er nahe genug, um mich zu sehen. Ich strecke die Arme aus, um zu demonstrieren, dass ich keine Waffe in der Hand halte. Trotzdem landet der Hubschrauber nicht. Ich öffne mein Sakko, zeige das Schulterholster, ziehe die Waffe vorsichtig heraus und lege sie auf den Boden.

Noch immer landet der Helikopter nicht.

Ich nehme das Magazin aus der Pistole und lege es auf den Boden.

Er landet noch immer nicht.

Ich nehme die Patronen aus dem Magazin und lege sie in eine Reihe.

Er landet noch immer nicht.

Hier geht jemand absolut kein Risiko ein.

Ich hole die letzte Patrone aus der Kammer und lege sie zu den anderen. Dann ziehe ich die Hosenbeine und die Rückseite meines Sakkos hoch, um zu zeigen, dass ich kein Knöchelholster trage und nichts im Hosenbund versteckt habe.

Offenbar ist das gut genug, denn der Hubschrauber setzt endlich zur Landung an.

Der Abwind der Rotoren reißt mich fast um, weht mir Staubpartikel in die Augen und lässt die Patronen über den Rand des Landeplatzes kullern. Völlig unbewaffnet sehe ich zu, wie der Hubschrauber auf dem weiten Betonfeld aufsetzt.

Als die Rotoren langsamer werden, öffnet sich die Tür, und jemand lässt eine Treppe herunter.

Der Pilot fordert mich mit einer Geste auf, näher zu kommen.

Ich hebe die Waffe und das leere Magazin auf und halte sie hoch.

Der Pilot nickt.

Ich schiebe das Magazin ein und stecke die nutzlose Waffe wieder unter mein Sakko. Dann halte ich die Jacke vor meiner Brust zusammen, gehe die Stufen hoch und steige ein. Ein kräftiger kahler Mann im dunklen Anzug und mit reglosem Gesicht, über dessen Schulter ein halbautomatisches Gewehr hängt, zieht die Treppe wieder hoch und schließt die Tür. Über uns drehen sich die Rotoren im Leerlauf, jederzeit zum Abheben bereit.

Die Frau mit dem perfekten Make-up, die in einem der gepolsterten Ledersessel sitzt, lädt mich mit einer Handbewegung ein, ihr gegenüber Platz zu nehmen.

«*Bonjour*, Seventeen», sagt sie und sieht zu, wie ich meine Frisur in Form zu bringen versuche.

«Was für ein Auftritt», sage ich anerkennend.

«Ich kann Ihnen versichern», sagt sie und zündet sich eine Zigarette an, «dass er absolut notwendig war.»


57 Nicole Osterman muss locker siebzig sein. Winzig und fast schon zerbrechlich wirkend, gehört sie zu den Frauen, die mit perfekter Anmut altern. Ihre grauen Haare sind millimetergenau geschnitten, ihre Kleidung piekfein und mit pariserischer Eleganz geschnitten. Zwar mag ihre Haut ein wenig schlaffer wirken als früher, aber ihr Knochenbau lässt immer noch erahnen, warum sie auf sechs Kontinenten Herzen gebrochen hat und es wahrscheinlich immer noch könnte.

Nicole ist ein alter Hase. Wahrscheinlich hat sie in der Welt, zu der wir beide gehören, am längsten überlebt. Sie ist mindestens ein Jahrzehnt länger dabei, als mein verstorbener und aus tiefstem Herzen unbetrauerter Manager und Agent

Handler es war. Nicole ist in den Zeiten auf der Bildfläche erschienen, als die CIA praktisch noch ein Jungsklub war und von Männern wie Wild Bill Donovan herumkommandiert wurde. Von einer Polioinfektion als Kind gezeichnet – sie geht bis heute am Stock –, hatte sie keine Chance auf eine Rolle als Führungsoffizierin, den Job also, in dem Handler brillierte und der es ihm später ermöglichte, sich einen Stall von Elite-Arschlöchern wie mir aufzubauen.

Sie kam direkt von der Akademie zur CIA, und zwar in der letzten, herzhaft paranoiden Phase von James Jesus Angleton, der damals Leiter der Spionageabwehr war. JJA, wie er genannt wurde, war zu der Überzeugung gelangt, dass die Agency auf allen Ebenen vom KGB infiltriert war und dass wichtige Spitzenpolitiker – darunter Pierre Trudeau in Kanada, Harold Wilson in Großbritannien, Olof Palme in Schweden, Gough Whitlam in Australien und Willy Brandt in Westdeutschland – russische Agenten waren. Mit ihrem brillanten Verstand, ihren Kenntnissen in Linguistik, Kryptografie, Psychologie und Forensik war Nicole ein perfektes Werkzeug für JJAs Paranoia.

Mehr als zehn Jahre lang machte Nicole ihr eigenes Ding und war nur dem CIA-Direktor persönlich Rechenschaft schuldig. Sie hatte die ausschließliche Aufgabe, Sicherheitsrisiken zu identifizieren und auszuschalten – nicht nur Maulwürfe, sondern auch potenzielle Maulwürfe, eine Art vorweggenommener *Minority Report*. Sie war die Erste, die rechnergestützte Linguistik einsetzte – computergestützte Sentimentanalyse von Briefen, Berichten und Mitschriften abgehörter Gespräche, dazu statistische Analysen anstelle von fehleranfälligen menschlichen Interpretationen und der Lügendetektor-Tests, die in der CIA damals gang und gäbe waren.

Was Nicole aber vor allem hervorstechen ließ, waren ihr

Instinkt, ihr Erinnerungsvermögen, ihr fotografisches Gedächtnis und ihre Fähigkeiten bei Verhören. Sie konnte an einem Schreibtisch sitzen und über Kontoauszügen, Kreditkartenabrechnungen, Spesenkonten und Steuererklärungen brüten und dabei auf einen Widerspruch zu etwas stoßen, das sie sechs Monate zuvor gelesen hatte. Ihre Verhöre verliefen gemächlich, ausnahmslos höflich und äußerst furchteinflößend. Die Befragten knickten nicht etwa ein, weil sie unter Druck gesetzt wurden, sondern weil Nicole offensichtlich schon alles wusste und begriff und jede weitere Lüge den Befragten nur weiter gedemütigt hätte.

Mit JJAs Pensionierung brach in der Agency ein neues Zeitalter an. Seine Paranoia hatte die Operationen der CIA gelähmt. Überläufer vom KGB waren abgewiesen worden – oder Schlimmeres –, weil man Angst hatte, sie könnten Lockvögel sein, die der Agency falsche Informationen unterjubelten. Plötzlich schwang das Pendel in die entgegengesetzte Richtung, und die Zeit der Cowboys begann – eine Zeit, in der Nicoles Büro an die Seite gedrängt wurde, was zur Folge hatte, dass Verräter wie Aldrich Ames, Robert Hanssen und andere über Jahre hinweg praktisch ungehindert agieren konnten.

Ihr Büro mochte an Bedeutung verloren haben, aber Nicole arbeitete weiter. Mitte der Achtziger hatte sie den Verdacht, dass eine CIA-Operation von einem hochrangigen nordkoreanischen Agenten innerhalb der Agency verraten worden war, was die Mitglieder eines Infiltrationsteams der CIA das Leben gekostet hatte. Als ihr Zwischenbericht in der Befehlskette nach oben gereicht wurde, starb ein Mitarbeiter ihres Teams bei einem Autounfall. Nicole war überzeugt – zu Recht, wie sich später herausstellte –, dass es sich um einen von der CIA selbst ausgeführten Mord handelte. Klug, wie sie war, begriff sie, dass kein Individuum sich mit einem staatlichen Geheimdienst anlegen und am Ende als Sieger daraus hervorgehen kann.

Am nächsten Tag schloss sie die Akte mit der Empfehlung, nicht weiterzuermitteln, reichte ihren Abschied ein und machte sich auf eigene Faust an den Aufbau einer Truppe von Agenten, nicht zuletzt als Lebensversicherung für den Fall, dass die Agency auf die Idee käme, sie ebenfalls umzubringen.

Der Mann, dem sie den Bericht übergeben hatte, war Handler gewesen. Später ging auch er. Auch draußen blieben sie Feinde, aber inzwischen verfügten sie beide über eine Truppe von Mördern. Sixteen gehörte zu Nicole, ich zu Handler, und als sich alles zum Schlechten entwickelte, tat ich ihr einen großen Gefallen, indem ich half, Handlers Abschied von dieser Welt voranzutreiben.

Deshalb ist sie die einzige Kontaktperson in die Welt perfekt getarnter, staatlich finanzierter Auftragsmorde und der damit verbundenen Agentenspielchen, der ich noch halbwegs traue.

**58** «Notwendig inwiefern?», frage ich.

«Sie wissen es nicht?»

«Ich weiß gar nichts. Ich bin seit einem Jahr raus.»

«Und warum sind Sie jetzt zurück?»

«Weil jemand versucht hat, mich umzubringen.»

«Nun ja, das ist nicht sonderlich überraschend, oder?», sagt sie und klopft die Asche ab. «Es war nur eine Frage der Zeit. Ein Aspirant auf den Titel Eighteen, nehme ich an? Alle haben nach Ihnen gesucht. Eine echte Hetzjagd.»

«Das war auch meine erste Idee. Aber so war es nicht. Geschossen hat ein neunjähriges Mädchen.»

Nicole blinzelt. Sie zu überraschen, ist nicht leicht, aber anscheinend habe ich es geschafft.

«Erzählen Sie.»

«Nicht nur das, ich bin auch ziemlich sicher, dass sie meine Tochter ist.»

«Sie haben eine *Tochter*?»

An diese Reaktion werde ich mich gewöhnen müssen, aber ich habe nichts anderes verdient.

«Mit wem, wenn Sie die Frage gestatten?»

«Mit Ali Olusi.»

Wieder blinzelt sie, zweimal sogar. «Ali Olusi. Sprechen Sie von *dem* Ali Olusi?»

«Es ist eine lange Geschichte», sage ich. «Ali hieß in Wirklichkeit Gracious und war eine Frau, und sie hatte eine Tochter, die offenbar auch meine ist. Jemand hat Gracious getötet und das Mädchen entführt. Ich werde wegen des Mordes gesucht, und wegen ein paar anderer. An unschuldigen Menschen, die nichts mit dem Spiel zu tun haben. Jetzt muss ich meine Tochter finden.»

«Verstehe», sagt Nicole in einem Ton, der für das Gegenteil spricht. «Und was glauben Sie, wie ich Ihnen helfen kann?»

«Irgendetwas ist im Gange. Etwas Großes. Ich spüre es. Ich muss nur den Kontext verstehen. Seit ich raus bin, ist eine Menge passiert, was ich nicht mitbekommen habe. Ich nehme an, wenn irgendwer Bescheid weiß, dann Sie.»

Nicole nickt, drückt ihre Zigarette aus und zündet sich die nächste an. Sie stößt den Rauch aus, sieht mich wieder an.

«Passiert ist», sagt sie, «dass wir uns im Krieg befinden.»

«Wer ist wir? Und warum gibt es Krieg?»

«Wegen Ihnen», erklärt Nicole und wackelt tadelnd mit einem perfekt manikürten Finger.

«Das verstehe ich nicht.»

Nicole seufzt, als spräche sie mit einem leicht zurückgebliebenen Schüler, womit sie vielleicht nicht ganz falschliegt.

«Als Handler starb, blieb ein Machtvakuum zurück. Nicht nur Handler war plötzlich nicht mehr da. Auch Sixteen. Und Sie. Niemand wollte jemanden zu Eighteen krönen, ohne dass er Ihren aufgespießten Kopf präsentieren konnte. Aber niemand konnte Sie finden.»

«Eine Pattsituation.»

Sie schüttelt den Kopf. «Schlimmer. Ohne euch drei gab niemand den Ton an. Keine Struktur, keine Hierarchie. Wissen Sie, was aus einem Wolfsrudel wird, wenn das Alphatier getötet wird?»

«Die Betas bekämpfen sich bis aufs Blut, um selbst Anführer zu werden.»

«Genau», sagt Nicole. «Da stehen wir im Moment. Die Situation ist nicht unbedingt entspannt.»

«Und deshalb trage ich jetzt eine leere Waffe mit mir herum, weil es sein könnte, dass mich jemand geschickt hat. Aus demselben Grund sitzen wir in einem Hubschrauber mit geschlossenen Türen und laufendem Motor, sodass niemand uns abhören oder unsere Lippen lesen kann.»

«Ich bin froh, dass Sie Verständnis haben.»

Ich denke einen Moment darüber nach. «Na schön. Sie sind im Krieg, okay. Aber Handler ist seit einem Jahr nicht mehr da. Wie ich auch. Und wie Sixteen. Trotzdem kommt das alles irgendwie sehr plötzlich. Warum passiert es ausgerechnet jetzt?»

«Wenn ich raten müsste», sagt Nicole, «würde ich auf Deep Threat tippen.»

«Sollte ich wissen, was das bedeutet?»

«Das weiß niemand. Es ist ein Kryptonym. Ein Codewort. Vor sechs Wochen haben wir zum ersten Mal davon gehört. Nichts Konkretes, nur vages Geflüster. Aber so hartnäckig, dass es um etwas Reales gehen muss.»

Nicole spielt mit ihrer Zigarette herum. Würde ich sie nicht besser kennen, bekäme ich den Eindruck, sie hätte Angst.

«Was verschweigen Sie mir?»

Sie schaut auf. «Sie sind zu jung, um sich zu erinnern. Aber ich habe im Kalten Krieg angefangen. Wir haben im Schatten der Bombe gelebt. Die meiste Zeit war ich bei der Agency. Die Leute wissen nicht, wie nah wir dem Armageddon waren, dem Ende von allem. Im November 83 war es fast so weit. Ein großes NATO-Manöver. Die Russen hielten es für eine Finte, mit dem von einem atomaren Erstschlag abgelenkt werden sollte. Also bereiteten sie selbst einen Erstschlag vor. Was zur Folge hatte, dass *wir* einen Erstschlag vorbereiteten. Eine ganze Woche lang ging niemand von uns nach Hause, niemand schlief. Wir durften uns nicht mal von unseren Familien verabschieden.»

«Worauf wollen Sie hinaus?»

«Ich will darauf hinaus, dass die Art, wie die Leute über Deep Threat reden, mich daran erinnert, wie wir früher über die Bombe geredet haben. In den Nachrichten, die wir abfangen, taucht immer wieder derselbe Ausdruck auf: ‹eine existenzielle Bedrohung für die Menschheit›. Alle haben Angst, alle wollen es haben. Aber niemand hat es oder *weiß* auch nur, wer es hat und was es genau ist.»

«Wenn Gracious also irgendwelche Informationen über dieses sogenannte Deep Threat gehabt hätte ...»

«Wäre jeder Geheimdienst der Welt hinter ihr her gewesen.»

«Sie wurde vor ihrem Tod gefoltert», sage ich. «Und der Folterer hat immer weitergemacht. Was bedeutet, dass er nicht bekommen hat, was er wollte.»

«Vielleicht hat sie es Ihrer Tochter gegeben.»

Ich nicke. «Das wäre eine Erklärung für ihre Entführung.»

Ich schweige einen Moment. Nicole weiß, was ich denke.

«Es tut mir leid», sagt sie. «Wenn es so unglaublich bedeutend ist, wie alle denken, lässt sich nicht vorhersehen, wie weit sie gehen werden, um es in die Finger zu kriegen.»

Der Pilot lehnt sich in die Kabine. «Wir sollten starten, Ma'am.»

«Fürchten Sie, dass man Sie hier attackiert?», frage ich. «Mitten in Manhattan?»

«Sie haben es noch nicht kapiert», sagt Nicole. «Es ist Jagdsaison. Und wenn die Leute glauben, dass Sie etwas über Deep Threat wissen ...»

«Fünf Minuten noch», sage ich. «Diese Sache ... Sie müssen doch irgendeine Vorstellung haben, was es ist. Einen Hinweis in den abgehörten Nachrichten. Ich meine, geht es um etwas Atomares? Oder eine Biowaffe? Wer hat sie entwickelt? Warum?»

Nicole seufzt. «Gerüchteweise ist es ein Zero-Day.»

**59** Im Jahr 2009 traten in der Urananreicherungsanlage im iranischen Natanz eine Reihe ernsthafter technischer Probleme auf. Anfang 2010 schienen mehr als tausend der zur Anreicherung benötigten Zentrifugen zerstört zu sein.

Schuld daran war Stuxnet, ein äußerst kompetent entwickelter Computerwurm, der die von Siemens gelieferten Steuerungssysteme angriff, die in der iranischen Anreicherungsanlage benutzt wurden. Laut *New York Times* steckte eine gemeinsame Operation amerikanischer und israelischer Geheimdienste dahinter, deren Ziel die Lahmlegung des iranischen Nuklearprogramms war. Außerdem traf der Wurm Infrastruktur in Nordkorea und Russland und befiel mehr als hunderttausend Industrieanlagen auf der ganzen Welt, in denen die Siemens-Systeme eingesetzt wurden.

Stuxnet war ein Zero-Day-Exploit.

Ein Zero-Day ist eine Schwachstelle, ein Hack, ein Riss in der Rüstung der Hard- oder Software eines Computersystems, wovon niemand etwas weiß, nicht mal der Hersteller oder der Programmierer. Der Name Zero-Day bedeutet, dass das Opfer des Angriffs null Tage Zeit für die Entwicklung einer Gegenmaßnahme hat. Es ist wehrlos und bietet dem Angreifer ein offenes Fenster, durch das er einsteigen und Schaden anrichten kann.

Ein Zero-Day hat für sich genommen keinen Effekt. Er ist nur ein Weg, in den ummauerten Garten des Computersystems zu gelangen. Was weiter passiert, hängt davon ab, wozu die Lücke genutzt wird. Und davon, welche Systeme attackiert werden. Stuxnet zum Beispiel kombinierte vier verschiedene Exploits, um die Schutzschichten der iranischen Anlage zu durchdringen und sie zu sabotieren, indem die Zentrifugen mit falschen Daten gefüttert wurden, die sie zum Versagen brachten.

Zero-Days sind eines der kostbarsten Mittel, die staatlichen Geheimdiensten zur Verfügung stehen. Sie können für so simple Dinge wie das Hacken Ihres iPhones benutzt werden, damit man Ihre Gespräche abhören oder verschlüsselte Daten stehlen kann. Aber das Potenzial reicht weit darüber hinaus. In einer

Welt, in der alles von Computern gesteuert wird, kann ein entsprechend eingesetzter Zero-Day Stromnetze, Eisenbahnen, Banken, Häfen, die Luftüberwachung, Kommunikationssysteme und Industrieanlagen lahmlegen.

Viele glauben, dass der nächste Weltkrieg im Cyberspace ausgetragen wird. Verfeindete Staaten könnten ihre Wirtschaft gegenseitig stilllegen, Wasseraufbereitungsanlangen kontaminieren, Computersysteme von Regierung, Militär und Geheimdiensten kapern, Nuklearanlagen zur Kernschmelze bringen und sogar Waffensysteme auf neue Ziele ausrichten oder ganz kontrollieren.

Kurz gesagt: Ein Zero-Day kann eine beängstigend wirkungsvolle Waffe sein.

Aber eine existenzielle Bedrohung für die Menschheit?

Ist das überhaupt möglich?

Wenn ja, dann muss er wirkungsvoller sein als alles, was wir bisher kennengelernt haben.

Und dann hätte Nicole tatsächlich jeden Grund, sich zu fürchten.

**60** «Ma'am ...» Wieder der Pilot.

«Ja, ja», sagt Nicole. Dann wendet sie sich an mich: «Sie gehen jetzt besser.»

Der fette Mann öffnet die Tür, ich klettere hinaus.

Als die Motoren wieder auf Touren kommen, drehe ich mich noch einmal um.

«Warten Sie», rufe ich. «Wenn es so ist, wie Sie sagen, und so ernst, wie es den Anschein hat, könnte ich Unterstützung gebrauchen. Infrastruktur, Ressourcen. Im Moment bin ich ganz auf mich gestellt. Falls Sie mir bei dieser Sache helfen, könnte ich mich revanchieren. Längerfristig, falls Sie Interesse haben?»

Nicole lehnt sich zur Tür heraus.

«Sie wollen aus dem Ruhestand zurückkommen?»

«Der hat mir sowieso nicht behagt.»

Sie lächelt, aber ich entdecke auch einen Anflug von Trauer.

«Ich fühle mich geschmeichelt», sagt sie. «Es gab Zeiten, da hätte ich, ohne zu zögern, zugegriffen. Aber ich bin zu alt und habe zu viel Mist gesehen. Inzwischen plansche ich lieber am flachen Ende des Pools. Für einen Kampf wie diesen habe ich nicht mehr die Nerven. Ich habe mit Malen angefangen, wussten Sie das? Stillleben, Blumen, solche Sachen. Ich brauche das alles nicht mehr. Ich will es nicht. Es tut mir leid wegen Ihrer Tochter. Ich hoffe, Sie bekommen sie zurück. Aber ich werde nicht alles aufs Spiel setzen, um Ihnen zu helfen.»

Sie will die Tür schließen, aber irgendetwas gefällt mir nicht. Nicole Osterman ist eine Legende, weil sie nie einem Kampf ausgewichen ist, den sie gewinnen konnte.

«Nicole», sage ich.

Sie dreht sich um.

«Blödsinn. Sie malen scheiß *Blumen*? Wollen Sie mir nicht den wahren Grund nennen?»

«Also schön», sagt sie.

Der Pilot gibt Gas. Sie muss die Stimme erheben, damit ich sie über den Lärm der Turbinen hinweg verstehen kann.

«Es ist Ihre Tochter. Selbst wenn Sie das Mädchen zurückbekommen, wird sie immer Ihre verwundbare Stelle sein. Sie sind Seventeen, aber wenn jemand Eighteen werden will, führt der Weg nicht mehr über Sie, sondern über Ihre Tochter. Ich hoffe, Sie bekommen sie zurück. Den alten Seventeen, ja ... vielleicht hätte ich ihn genommen. Aber den neuen? Das Risiko kann ich nicht eingehen. Es tut mir leid. Ich hoffe, Sie verstehen das.»

Sie schließt die Tür.

Der Motor heult auf. Ich schütze meine Augen, als der Airbus sich langsam in die Luft erhebt, vom Wind ein Stück seitwärts getrieben wird und sich in einem Bogen entfernt.

Er wendet sich gerade nach Osten Richtung Fluss, als ich ihn plötzlich sehe.

Einen anderen Mann, auf dem Dach des anderen Turms. Er hält etwas auf der Schulter, und plötzlich erkenne ich, was es ist. Instinktiv ziehe ich meine Pistole, doch dann fällt es mir wieder ein: keine Patronen.

Der Mann dreht sich einen Moment in meine Richtung und lächelt. Dann konzentriert er sich wieder auf den Hubschrauber und feuert.


**61** Die Rakete streift durch den Himmel über Manhattan und trifft den Airbus genau in der Mitte.
Der Treibstofftank explodiert, das Heck löst sich, der brennende Hubschrauber taumelt spiralförmig hinab in eine Querstraße zwischen Fourth und Fifth Avenue. Er streift ein Bürogebäude und zerschellt auf der Straße.


**62** Während ich den brennenden Helikopter in den Schluchten Manhattans verschwinden sehe, überfällt mich eine stille Wut. Nicole war die Chefin einer Killertruppe, aber auch einer der brillantesten und anständigsten Menschen, die mir je begegnet sind. Der Grund, aus dem sie sich selbstständig gemacht hatte, lag darin, dass ihr eigenes Leben in Gefahr gewesen wäre, wenn sie die Korruption innerhalb der CIA öffentlich gemacht hätte. Ich bin nicht so dumm zu glauben, dass es so etwas wie ein Goldenes Zeitalter der Spionage gegeben hat, aber Nicole war von einer Aura des *Noblesse oblige* umgeben. Falls ich jemanden als unbestechlich betrachtet habe, dann sie.

Und jetzt ist sie tot, genau wie Gracious. Aus Gründen, die ich noch immer nicht begreife.

Aber Wut hilft mir jetzt nicht weiter. Wenn der Mann mit dem Raketenwerfer es aufs Dach des anderen Gebäudes geschafft hat, sind auch Häscher auf dem Weg zu mir.

Ich sitze in der Falle und kann mich nicht wehren. Ich bin zwischen die Fronten eines Krieges geraten, der nicht meiner ist. Und noch immer weiß ich nicht, warum meine Tochter entführt wurde. Meine letzte Verbündete ist gerade verbrannt. Ich sprinte die Rampe zum Aufzug hinunter. Der Pfeil über der Tür zeigt an, dass die Kabine auf dem Weg nach oben ist.

Gleich neben dem Aufzug ist eine Tür zum Treppenhaus, aber sie lässt sich nur mit der Querstange an der Innenseite öffnen. Wahrscheinlich ist außerdem ein zweiter Killer auf dem Weg die Treppe herauf.

Ich laufe die Rampe wieder hoch und suche nach einem anderen Ausgang, aber der Landeplatz zieht sich bis an den Rand des Gebäudes. Von dort geht es fünfzig Stockwerke nach unten bis auf die Straßen Manhattans.

Über das Rauschen des Windes hinweg höre ich das Klingeln des Aufzugs, das Zischen, mit dem sich die Tür öffnet, das Poltern von Stiefeln auf der Rampe.

Ein letztes Mal schaue ich mich verzweifelt um, dann sehe ich über der Rampe einen Kopf auftauchen.

Seit ich ihn vor zehn Jahren das letzte Mal gesehen habe, ist er deutlich gealtert. Aber das übergroße, beinahe clownhafte Gesicht, der riesige Schädel und der vorstehende Kiefer, die ihm eine verblüffende Ähnlichkeit mit Marvels Thanos oder mit Boris Karloff in *Frankenstein* verleihen, lassen keinen Zweifel.

In dem Moment, in dem ich ihn sehe, weiß ich, wer Gracious ermordet hat.

# TEIL V

**63** Suleiman Abdi flog mit seiner Entourage nach Addis Abeba, traf sich zu einigen Gesprächen, hielt eine große, sehr positiv aufgenommene Rede und flog unbehelligt wieder ab.

Obwohl ich noch ihren Geruch an mir wahrnahm, war Gracious verschwunden. Indem sie einen Anschlag, für den sie bezahlt worden war, nicht ausgeführt hatte, hatte sie *die* in unserer Branche unverzeihliche Sünde begangen. Wer immer sie angeheuert hatte, musste auf Rache aus sein, was bedeutete, dass jetzt ein Preis auf ihren Kopf ausgesetzt war. Natürlich konnte sie verschwinden – Unsichtbarkeit war schließlich ihre Superkraft –, aber wenn ich nicht irgendetwas unternahm, würde sie für den Rest ihres Lebens ständig über die Schulter blicken müssen.

Was ich unternahm, war warten.

Am dritten Morgen nach Abdis Abreise trank ich im Atrium gerade den Kaffee, der nun von Gracious' Nachfolgerin zubereitet wurde, als ich ihn sah. Ich kannte Harkonnen vom Hörensagen, nicht vom Sehen. Aber mit seinen zwei Metern zehn und den Boxerschultern, die sein Sakko fast zum Zerreißen brachten, war er kaum zu verwechseln. Er war Finne und stammte aus der karelischen Seenlandschaft. Er war zum Scharfschützen ausgebildet worden, hatte zehn Jahre in russischen Spezialeinheiten auf dem Buckel und Wettkämpfe als Mixed-Martial-Arts-Profi bestritten. Auf Finnisch ließ er sich *Vasara* nennen, Vorschlaghammer. Vielleicht hatte er irgendwann gut ausgesehen, aber nach Hunderten von Kämpfen waren weite Teile seines Gesichts vernarbt, was ihm in Kombination mit der abnormen Größe von Nase, Augen und Kiefer das Aussehen eines tödlichen Shrek verlieh.

Er konnte nur aus einem Grund hier sein, in diesem Hotel, in dieser Stadt, zu diesem Zeitpunkt. Nämlich weil er den Auftrag bekommen hatte, Ali/Gracious zu finden und zu töten.

Mit leblosem, berechnendem Blick sah er sich um, dann betrachtete er mich. Aber er konnte weder wissen, wer ich war, noch damit rechnen, dass jemand wie ich in diesem Hotel wohnte. Er nahm seine Kreditkarte zurück und ging hinauf auf sein Zimmer. Das Gepäck – eine einzelne schwere Tasche – trug er selbst.

Jeder Mörder hat seine Signatur. Die von Gracious war eine perfekte, unsichtbare Technik. Meine war Dreistigkeit. Harkonnen zeichnete sich durch Brutalität aus. Er war ein stumpfes Instrument, das eine Blutspur hinter sich herzog. Schuld oder Unschuld spielten für ihn so wenig eine Rolle wie Kollateralschäden. Dabei war er beileibe kein Amateur, denn seine Jobs wurden zuverlässig erledigt. Aber das Maß, in dem anschließend hinter ihm aufgeräumt werden musste, machte ihn für die größeren Fische unter den Maklern – Leuten wie Handler oder Nicole Osterman – uninteressant.

Er hatte mich nicht erkannt, was bedeutete, dass es ein Leichtes gewesen wäre, ihn zu töten. Aber das wäre nur eine vorübergehende Lösung gewesen. Wenn er starb, würde jemand anders geschickt werden, und wieder jemand anders. Was ich wollte, war eine endgültige Lösung.

Wenn ich Gracious retten wollte, musste ich herausfinden, wer Harkonnen geschickt hatte.

**64** Als Harkonnen aus dem Aufzug auftaucht, wird der makellos blaue Himmel schon von einer Rauchwolke aus Nicoles abgestürztem Hubschrauber verunziert. Sobald der Kerl mich sieht, eröffnet er das Feuer. Da ich völlig unbewaffnet bin, kann ich nur nach rechts hechten und mich klein machen. Er hebt die Waffe über die Wand der Rampe und schießt weiter. Da er nicht ordentlich zielen kann, gehen die Schüsse weit vorbei, trotzdem bin ich hier oben schutzlos. Ich kann mich weit und breit nirgends verstecken und habe nichts, womit ich mich wehren könnte.

Wenn ich nichts unternehme, bin ich in wenigen Sekunden tot.

Das Einzige, was mir bleibt, ist ein irrwitziges Glücksspiel, aber die Alternative ist der Tod.

Während die Kugeln an mir vorbeizischen und vom Beton abprallen, renne ich, so schnell ich kann, zum Rand des Landeplatzes und stürze mich wie ein Vogel in die Luft.

Wenn ich Glück habe, ist unter dem Hubschrauberlandeplatz ein Anti-Suizid-Netz gespannt. Es wird meinen Sturz abfangen, sodass ich einen Weg zurück ins Gebäude finde, es irgendwie nach unten schaffe und entkomme.

Aber es gibt kein Netz.

Ich falle.


**65** An jenem Tag sah ich Harkonnen noch mehrmals im Hotel. Er gab sich wenig Mühe, sein Tun zu verbergen – Subtilität war nicht sein Stil. Bei seinen Gesprächen mit Kellnern, Hoteldienern und Zimmermädchen wanderte viel Geld von

Hand zu Hand, aber anscheinend erfuhr er wenig Hilfreiches. Abends tauchte er dann in der Bar auf und suchte sich einen Platz am Tresen, von dem er den ganzen Raum im Blick hatte.

Ich spielte wieder die Rolle des betrunkenen Arschlochs, mit einer Prostituierten in jedem Arm. Aber jetzt, wo Gracious weg war, stand mir nicht der Sinn nach weiteren Transaktionen. Wahrscheinlich merkten sie das, denn die Frau zu meiner Linken – sie nannte sich Sabrina, verfügte über den feinen Knochenbau der Sängerin Sade und einen Abschluss in Philosophie – entschuldigte sich höflich und wanderte hinüber zum Tresen, wo sie sich neben Harkonnen setzte.

Offenbar war der Riese nicht in der Stimmung für Small Talk, denn zehn Minuten später verließen sie gemeinsam die Bar. Ich sah ihnen hinterher und wandte mich der anderen jungen Frau zu, einer resoluten Äthiopierin, Mitte zwanzig, mit einem abgefahrenen Sinn für Humor, die sich nur halb ironisch Roxanne nannte.

«Schau später mal nach ihr.»

«Warum?», fragte Roxanne. «Weißt du etwas über ihn?»

«Nein», sagte ich. «Ich hab nur ein komisches Gefühl.»

Um den äußeren Anschein zu wahren, gab ich ihr Geld dafür, dass sie, falls jemand fragen sollte, behauptete, wir hätten miteinander geschlafen. Dann ging ich allein ins Bett.

Am nächsten Morgen wurde ich in aller Frühe von einem Hämmern an der Tür geweckt. Es war Roxanne. Kaum hatte ich die Tür geöffnet, schlug sie schon auf mich ein.

«Du hast Bescheid gewusst!», schrie sie. «Du wusstest, was er tun würde!»

Ich zog sie ins Zimmer und versuchte, sie zu beruhigen. «Was hat er getan? Hat er sie verletzt?»

«Schau sie dir doch selbst an.»

**66** Ich falle.

**67** Roxanne brachte mich auf einem Moped durch die Straßen von Addis Abeba, bis wir zu einem Haus mit einem zentralen Innenhof gelangten, wo die jungen Frauen, die in den Luxushotels arbeiteten, unter dem aufmerksamen Auge einer sechzigjährigen äthiopischen Puffmutter mit Augenklappe wohnten. Der Revolver an ihrer Seite komplettierte den Rooster-Cogburn-Look. Ich zweifelte keine Sekunde, dass sie das Ding benutzen würde, ohne zu zögern, falls jemand eines ihrer Mädchen verletzen oder sich in ihr Geschäft drängen wollte.

Ein halbes Dutzend ihrer Schützlinge beobachtete uns schweigend, als Roxanne mich zu einer Tür am anderen Ende des Hofs brachte.

Im Zimmer war es dunkel. Sabrina saß mit dem Rücken zur Wand auf einer Matratze und umklammerte ein Kissen. Roxanne zog den Stoff, der von dem einzigen hohen Fenster hing, beiseite, sodass ich sehen konnte, was sie gemeint hatte. Zu sagen, Sabrina wäre verprügelt worden, wäre schamlos untertrieben gewesen. Roxanne sagte, Harkonnen habe die Fäuste benutzt, aber es sah aus, als wäre sie mit einer Eisenstange geschlagen worden. Der Umstand, dass er sich nur auf einer Seite zu schaffen gemacht und den perfekten Wangenknochen und die makellose Haut auf der anderen unberührt gelassen hatte, machte es noch schlimmer. Ihr linkes Auge war zugeschwollen, die linke Seite ihres Munds völlig aufgebläht, das Haar an der Seite des Schädels blutverklebt.

Ihr offenes Auge starrte mich feindselig und verängstigt an. Ich hockte mich hin. «War er das? Der Riese aus der Bar?»

Sabrina nickte.

«Sie hat Schmerzen beim Sprechen», sagte Roxanne. «Aber er hat gedroht, dasselbe mit der anderen Seite ihres Gesichts zu machen, wenn sie ihm nicht die Informationen beschafft, die er haben will. Enat will ihn umbringen.» Damit meinte sie wahrscheinlich die Frau mit Augenklappe und Pistole. «Aber wir haben gesagt, wir wollten erst mit dir reden.»

«Gut so», sagte ich. «Was will er überhaupt wissen?»

«Er hat nach dem Mädchen gefragt, das den Kaffee gemacht hat. Die dir gefallen hat. Er wollte alles über sie wissen. Wo sie gewohnt hat, wo sie herkam, mit wem sie geredet hat.»

«Was hat sie ihm gesagt?»

«Nichts», sagte Sabrina selbst. Jetzt erst merkte ich, dass nicht Angst, sondern Wut in ihrem Blick lag. «Ich habe gesagt, ich würde so viel wie möglich rausfinden. Aber nur, damit ich ihn beim nächsten Mal, wenn ich ihn sehe, töten kann. Enat sagt, ich darf ihren Revolver benutzen.»

«Langsam», sagte ich. «Ich weiß, wer dieser Mann ist. Wenn du versuchst, ihn umzubringen, killt er dich. Ich hätte ahnen müssen, was er dir antut. Ich kann es nicht wiedergutmachen. Aber ich bezahle für deine Behandlung, für eine Operation, was immer nötig ist. Und noch extra für die Schmerzen. Aber du musst etwas für mich tun, okay? Ich schreibe eine Adresse auf. Ich will, dass du sie ihm gibst und sagst, sie hätte dort gewohnt. Schaffst du das?»

Sabrina betrachtete zweifelnd die Adresse, dann hob sie den Blick. Nur dass sie jetzt an mir vorbeischaute.

«Er muss leiden», sagte eine raue afrikanische Stimme. Ich drehte mich zu der Puffmutter in der Tür um.

«Keine Sorge», sagte ich. «Das wird er.»

**68** Ich falle.


**69** Ich machte mich auf den Weg zu Gracious' Apartment und hielt unterwegs nur bei einem Eisenwarenladen an. Ich knackte das billige Schloss, trat ein und schloss die Tür hinter mir ab. Ich musste mich nicht umsehen, um zu wissen, dass Gracious alles gründlich desinfiziert hatte. Harkonnen würde nichts Nützliches finden. Nur mich.

Aber Harkonnen war nicht dumm. Zuerst würde er das Apartment observieren, wahrscheinlich indem er einen der Nachbarn gegenüber dafür bezahlte, ihm sein Fenster als Beobachtungsposten zu überlassen. Natürlich würde er sich nach Gracious' Kommen und Gehen erkundigen. Ich brachte Vorhang und Rollo in eine Position, die ihm freie Sicht ins Apartment erlaubte. Nur direkt neben der Tür gab es einen Abschnitt von rund einem halben Meter Breite, den er nicht einsehen konnte.

Dort stand ich.

Ich wartete sieben Stunden und sah zu, wie die Schatten langsam durchs Zimmer zogen. Gegen halb sieben abends bemerkte ich, wie zwei helle Punkte über die Tür neben mir glitten. Offenbar benutzte jemand ein Fernglas, das die Sonne reflektierte. Eine halbe Stunde später hörte ich etwas auf dem Gang. Ein schwerer Mensch versuchte mit überschaubarem Erfolg, möglichst leise zu gehen. Dann nahm ich ein Geräusch an der Wand hinter mir wahr. Ich vermutete, dass er ein Mikrofon benutzte, das empfindlich genug war, um selbst kleinste Bewegungen eines Körpers wahrzunehmen.

Ich hielt vollkommen still und verzichtete sogar aufs Atmen. Zweieinhalb Minuten später, als meine Luft nur noch für wenige Sekunden gereicht hätte, verriet mir ein anderes Geräusch, dass er das Zimmer für leer hielt. Der Türknauf klapperte, als er versuchte, ihn zu drehen. Dann wurde die Tür eingetreten, so heftig, dass sie aus den Angeln flog.

Harkonnen trat mit gezückter Waffe ins Zimmer und wirbelte herum, um seine Flanke zu decken. In diesem Moment ließ ich die Brechstange, die ich im Eisenwarenladen gekauft hatte, so fest wie möglich auf seine Hände krachen. Ich schlug ihm die Waffe weg und brach seine Finger. Als er taumelnd versuchte, sie aufzuheben, schlug ich ihm die Stange gegen den Kopf. Er kippte seitwärts, blieb aber auf den Beinen und stürzte auf mich los. Ich trat zur Seite, holte mit aller Kraft aus und schlug ihm die Stange, so hart ich konnte, gegen die andere Seite des Kopfs. Diesmal ging er zu Boden.

Ich trat seine Waffe ans andere Ende des Zimmers, nahm das Klebeband, das ich zusammen mit der Brechstange und einigen anderen Werkzeugen gekauft hatte, aus der Tasche, fesselte ihn an Händen und Füßen und wickelte es ihm um den Mund. Eine neugierige Nachbarin, die den Lärm gehört hatte, streckte den Kopf zur Tür herein und sah, wie ich seine Fußgelenke fesselte. Als ich nur den Kopf schüttelte, zog sie sich zurück. Sie hatte kein Interesse daran, in den Kampf zweier durchgeknallter weißer Männer hineingezogen zu werden. Wofür ich ihr keinen Vorwurf machen konnte.

Ich hängte die Tür so gut wie möglich wieder ein. Dann zerrte ich Harkonnens gewaltige Masse über den Fußboden und lehnte ihn gegen die Wand.

Wäre es um irgendeinen anderen als Harkonnen gegangen, hätte ich ihm die Informationen auf traditionelle Weise entlockt, mit Bolzenschneider und Schweißgerät. Aber Harkonnen war eine harte Nuss, sodass es viel Zeit gekostet hätte und laut, blutig, möglicherweise sogar tödlich gewesen wäre. Für sich genommen kein Problem, aber wenn er mich angelogen hätte, wäre es nicht möglich gewesen, noch einmal für eine zweite Runde zurückzukommen.

Stattdessen griff ich also in seine Tasche, zog ein iPhone hervor, entsperrte es mit einem seiner riesigen zerschlagenen Finger und scrollte durch die Liste der Anrufe. Sie enthielt überwiegend amerikanische Nummern, die beiden letzten hatten Vorwahlen aus Florida und Kalifornien. Auch ein Großteil der anderen Anrufe war nach Florida gegangen, also versuchte ich es dort.

Eine Männerstimme meldete sich. Älter, ein Raucher. «Staley.»

Bei Staley konnte es sich nur um einen Mann handeln. Edgar Staley, missratener Milliardärssohn, der keinen Zugriff aufs Familienvermögen mehr hatte und von der Freigiebigkeit seiner Zwillingsschwester lebte, die sich um die familiären Finanzen kümmerte. Staley war ein Versager – Gerüchte über Alkohol-, Sex- und Spielsucht machten die Runde. Die US Navy hatte ihn rausgeworfen, nachdem er betrunken ein von ihm befehligtes Patrouillenboot versenkt hatte. Er kam um eine Anklage vor dem Militärgericht herum, indem er seine Schwester dazu brachte, ein Stipendium zu stiften, und landete schließlich in der Welt privater Spionage- und Militärdienstleister – ganz wie ein Betrunkener, der im Rosengarten landet, indem er vom Baum fällt und auf dem Weg nach unten von jedem einzelnen Ast gebremst wird.

Dass Harkonnen für Staley arbeitete, ergab Sinn: Niemand, der eine Spur sauberer gewesen wäre, hätte Harkonnen auch nur mit der Kneifzange angefasst. Staley dagegen konnte mit

Harkonnen im Gepäck gleich mehrere Gewichtsklassen höher antreten.

«Hark, sind Sie das?», fragte er und bekam nur Schweigen zur Antwort.

Ich stieß Harkonnen die Brechstange in die Seite. Er stöhnte hinter dem Klebeband auf.

«Was hast du gesagt?» Ich riss ihm das Band vom Mund.

«*Arschloch*», sagte er nur, verzog aber vor Schmerz das Gesicht.

«Was ist los?», fragte Staley. «Wer ist da? Was wollen Sie?»

Hinter Staleys Stimme hörte ich noch etwas anderes. Männerstimmen, etwas auf Französisch, dann ein Klappern, das langsamer wurde und verstummte. Ich brauchte einen Moment, um es einzuordnen, aber dann begriff ich, was es war. Ein Rouletterad. Staley war in einem Casino. Er war tatsächlich spielsüchtig, und dem Klang seiner Stimme nach zu urteilen, traf auch das Gerede über seine Trinkerei den Nagel auf den Kopf.

«Mein Name ist Seventeen», sagte ich. «Vielleicht haben Sie schon von mir gehört.»

# 70 Ich falle.

# 71 «Was läuft da?», fragte Staley. «Was wollen Sie? Wo ist Harkonnen?»

Mit der Brechstange zertrümmerte ich eine von Harkonnens Kniescheiben.

Er schrie nicht, war aber kurz davor.

«Er ist hier», sagte ich. «Wenn Sie ihn lebend zurückhaben wollen, lässt sich das machen. Aber er muss lernen, dass das Verprügeln unschuldiger Frauen von einer schlechten Berufsauffassung zeugt.»

Harkonnen drehte sich auf die Seite und fing an, zentimeterweise auf seine Waffe zuzurobben. Ich nahm das Handy und folgte ihm, die Brechstange locker in der anderen Hand.

«Wie schlimm sieht es mit ihm aus?»

«Mit der Schreibmaschine wird er eine Weile Probleme haben, ansonsten überlebt er es», sagte ich.

Harkonnen griff mit den gefesselten Händen nach seiner Waffe, aber ich schlug ihm das gegabelte Ende der Brechstange in die Hand. Er stöhnte vor Schmerz auf.

«Klar», sagte Staley in nervösem und misstrauischem Ton. «Ich will ihn zurück.»

«Okay», sagte ich. «Dann sollten wir über die Gegenleistung sprechen.»

«Was wollen Sie?»

«Ich will wissen, wer für den Anschlag auf Suleiman Abdi bezahlt hat.»

«Keine Ahnung, wovon Sie reden.»

«Verarschen Sie mich nicht, Staley», sagte ich. «Dass der Anschlag nicht stattgefunden hat, ist der einzige Grund, weshalb Big Boi hier ist. Was bedeutet, dass es über Sie gelaufen ist. Aber Sie waren nur der Vermittler. Ich will wissen, wer der Auftraggeber war.»

«Warum zum Teufel interessiert Sie das?»

«Ich will mit dem Kerl reden.»

«Ich gebe gern eine Nachricht weiter.»

Ich drehte die Brechstange in Harkonnens Hand und drückte fest zu. Er gab einen gurgelnden Laut von sich.

«Wissen Sie», sagte ich. «Harkonnen ist ein Tier. Aber er versteht seinen Job. Sie können von Glück sagen, dass Sie ihn haben. Ohne ihn wären Sie nichts, bloß irgendein zweitklassiger Blackwater-Abklatsch. Aber er macht sich schnell Feinde. Einige davon sicher, als er in Ihrem Auftrag unterwegs war. Was bedeutet, dass Sie ohne ihn ...»

Ich lehnte mich mit meinem ganzen Gewicht auf die Brechstange. Harkonnen schrie wie ein verletzter Keiler.

«... Ohne ihn wären Sie komplett schutzlos. Wie gesagt: Ich will direkt mit demjenigen sprechen, der den Anschlag beauftragt hat. Deal?»

«Deal», sagte Staley.

## 72 Ich falle.

## 73 Roxanne und ein paar andere Mädchen halfen mir, Harkonnen die Betontreppe hinunterzutragen und ihn in ein ramponiertes Taxi zu setzen. Auf dem Weg hinunter ließen sie ihn zwei- oder dreimal fallen, sicherlich aus Versehen. Zumindest beim ersten Mal.

Der Minibus brachte uns zu einem Privatflugplatz eine Stunde außerhalb von Addis Abeba, wo bereits eine Gulfstream mit einem medizinischen Team an Bord wartete. Sie bugsierten den immer noch mit Klebeband gefesselten Harkonnen in einen Rollstuhl, sedierten ihn und brachten ihn an Bord. Ich gab Roxanne die Schlüsselkarte für mein Hotel, verriet ihr die Kombination des Safes und dass darin das Geld – eine Menge Geld – für Sabrina lag. Dann ging ich an Bord und nahm mit der

Waffe auf dem Schoß gegenüber von Harkonnen Platz. Er war gefesselt und betäubt, aber Harkonnen war Harkonnen, und sein Blick ließ keinen Zweifel daran, dass er meine Gefälligkeiten doppelt zurückzahlen würde, sollte er jemals Gelegenheit dazu haben.

Vierundzwanzig Stunden später landeten wir auf einem anderen privaten Flugplatz in Florida. Das Gelände mutete militärisch an, wahrscheinlich war es die Operationsbasis von Staleys Truppe. Harkonnen wurde in ein Fahrzeug zur medizinischen Versorgung geladen, das sofort zu einem Krankenhaus raste, wo man ihn wiederherstellen würde – besser, stärker, schneller.

Ich stieg die Treppe zum Rollfeld hinunter, wo mich ein Mann von Mitte vierzig erwartete. Staley war etwas über eins achtzig und hatte mehr Fett als Muskeln. Er trug eine Baumwollhose und ein pinkfarbenes Poloshirt, das nach Aftershave stank. Sein militärischer Bürstenschnitt hätte eine Auffrischung gebraucht, die Ringe unter den Augen verrieten, dass die letzte Nacht lang gewesen war. Sein Atem roch nach Alkohol.

«Und?», fragte ich.

«Ich habe mit dem Auftraggeber gesprochen», brummte er. «Er ist mit einem Treffen einverstanden.»

«Verraten Sie mir, wer es ist?»

«Das erfahren Sie schnell genug», sagte er und deutete auf den Sikorsky UH-60, der startbereit auf dem Hubschrauberlandeplatz in seinem Rücken wartete.

Staleys Hubschrauber brachte uns durch den Luftraum über Miami nach Palm Beach, wo er Richtung Osten schwenkte, zum Meer hin. Zehn Minuten später kam vor uns ein Schiff in Sicht, und ich begriff, wer der Auftraggeber war, warum Edgar Staley den Mittelsmann spielte, warum Gracious statt Harkonnen als Attentäter ausgewählt worden war. Und vor allem: warum Suleiman Abdi hatte sterben sollen.

**74** Zwischen mir und dem Boden, der auf mich zurast, liegt die Brücke zwischen den zwei Türmen. Das große Schwimmbecken glitzert blau im Sonnenlicht, reiche Bewohner beider Türme ziehen träge ihre Bahnen.

Das ist die gute Nachricht.

Die schlechte: Ich werde ihn verfehlen.

Der Pool liegt auf halber Höhe des Turms, also gut achtzig Meter unter mir. Im freien Fall sind das vier Sekunden. Wenn ich ihn verfehle, pralle ich weitere zwei Sekunden später mit hundertfünfzig Stundenkilometern auf den Bürgersteig.

Ich greife nach beiden Seiten meines Sakkos und breite es wie Flügel aus. Mein Designeranzug wird zum Wingsuit. Der Wind zerrt an meinen Armen, was mir verrät, dass es funktioniert. Meine Flugbahn verändert sich und zielt jetzt direkt auf den Pool.

Das ist die gute Nachricht.

Die schlechte: Obwohl der Pool von oben offen aussieht, hat er nicht nur einen Glasboden, sondern auch ein Glasdach. Das Letzte, was ich vor meinem Aufprall wahrnehme, ist die verwunderte Miene einer älteren Matrone mit blütengemusterter Badekappe, die lässig auf dem Rücken schwimmt und die praktisch nagelneuen Ledersohlen eines Arschlochs mit Neunhundert-Dollar-Sonnenbrille und einem außergewöhnlich schicken Anzug auf sich zurasen sieht.

**75** Die Superjacht hieß *La Belle Dame Sans Merci* und gehörte Wendy Hipkiss, Edgar Staleys etwa eine Stunde älterer Zwillingsschwester. Sie war auch die Frau, die seine Operationen finanzierte.

Die Staley-Familie stammte ursprünglich aus England, war aber Ende des 19. Jahrhunderts nach Afrika ausgewandert, in die Kolonie Rhodesien, die später zu Simbabwe wurde. Dort wurden sie zu Kaffeebauern und erwarben sich den Ruf besonderer Brutalität gegenüber ihren Arbeitern, einheimischen Afrikanern, deren Land sie an sich rissen. Nach der Unabhängigkeit und einer kurzen Periode weißer Herrschaft kam 1980 Mugabe an die Macht. Die Staleys hatten sich mit ihrer Behandlung der Einheimischen keinen Gefallen getan und verschwanden mit ihrem Geld, solange es noch möglich war.

Statt zurück nach Großbritannien zu gehen, schlugen sie ihre Zelte in Florida auf. Staley senior baute einen Geflügelverarbeitungsbetrieb auf, der Supermärkte und Fast-Food-Ketten mit gefrorenen Hühnerteilen versorgte. Das Geschäft florierte, aber er brachte die Firma nie an die Börse. Als er starb, ging alles an die Kinder. Doch zu diesem Zeitpunkt hatte Staley junior sich schon als Versager entpuppt. Wendy erbte also den Großteil, und der relativ dürftige Anteil ihres Bruders floss in einen Treuhandfonds unter ihrer Verwaltung.

Wendy heiratete einen anderen Milliardär, den hasenfüßigen, achtzigjährigen Supermarkt-Magnaten Larry Hipkiss, der prompt starb und sie zu einer der reichsten Frauen Amerikas machte.

Eine der vielen Reichtum-zu-Reichtum-Geschichten. Alles bleibt in der Familie, hei didel di dei. Ungewöhnlich war nur eines: Die Staleys brachten ihre kolonialistischen, missionarischen Überzeugungen aus Afrika mit, und Wendy erbte auch sie. In ihrer Sichtweise litt die Familie unter der Bürde des weißen Mannes, den Wilden auf dem schwarzen Kontinent Seelenheil und Zivilisation beschert zu haben, bloß um dann von Mugabe und seinesgleichen von ihrem rechtmäßigen Besitz verjagt zu werden. Da man inzwischen in Florida lebte, wurde das Ganze mit einer speziellen Variante religiöser Perversion vermengt, die Armut dämonisierte. Demzufolge waren Menschen wie sie – weiß, begütert, Christen – nicht nur die natürlichen Führer der Welt, sondern hatten auch die heilige Pflicht, ihre Überzeugungen allen anderen aufzunötigen.

Das Ziel ihrer Familie war ein von Weißen geführtes Afrika gewesen. Wendys Ziel war nun ein von Weißen geführter *Planet*.

Wendys Name und ihr Ruf als religiöse Fanatikerin machten sie hinter verschlossenen Türen zur Zielscheibe des Spotts. Aber ihre gewaltigen Spenden an beide politischen Parteien verschafften ihr enormen Einfluss in Washington, D.C. Flüchtige Beobachter mochten sich von ihrer faden Kirchgängerinnen-Freundlichkeit über ihr wahres Wesen hinwegtäuschen lassen. Sie machte einen Bogen um jegliche Wahlkampagnen, aber ihre Allgegenwart in Washington ermöglichte ihr das Aufspüren von Gesinnungsgenossen, Männern und Frauen auf sämtlichen Etagen der Staatsgewalt. Wie sich herausstellte, ließen sich erschreckend viele vom Duft ihres politischen Einflusses und verschwenderischen Reichtums locken.

In ihrer Villa in Georgetown veranstaltete sie keine Dinnerpartys, sondern kirchentypische Essen, zu denen die Gäste ihre Speisen beitragen mussten. Über Brechbohnenkasserolle und Kartoffelsalat sortierte sie ihre Kontakte in Verbündete, die gehegt werden mussten, Neutrale, die ignoriert werden durften, und Feinde, die zu vernichten waren.

Das versuchte Attentat auf Abdi passte genau ins Bild, denn die Vereinigten Staaten von Afrika würden eine existenzielle Bedrohung für Wendys Vision darstellen. Wenn sie tatsächlich dabei war, ihre Aktivitäten von politischer Hintergrundarbeit auf gezielte Operationen auszuweiten, war das eine nicht zu unterschätzende Neuigkeit. Denn nicht zuletzt dank ihrer Freigiebigkeit verfügte ihr Bruder über eine Art globaler Privatarmee, mit Harkonnen als nuklear bestückter Interkontinentalrakete.

Der UH-60 landete, die Tür wurde geöffnet, und bewaffnete Sicherheitsleute nahmen meine Waffen an sich. Dann wurde ich in einen Besprechungsraum geführt, wo die Frau, die sich als künftige Führerin der Welt sah, am Ende eines langen Tischs saß.

76 Mit den Füßen voran bohre ich mich durch das Glas und drehe mich ein Stück seitlich, um die Macht des Aufpralls von den Fußgelenken über die Knie und Hüften bis zu den Schultern zu verteilen. Das Glas ist getempert, scheißhart, aber es zerspringt mit verblüffend lautem Knall in eine Milliarde winziger Splitter, die wie Hagelkörner in den Pool einschlagen.

Mein Sturz wird durch das Glas praktisch nicht gebremst. Ich schlage so heftig auf dem Wasser auf, als würde ich von einem Lkw gerammt. Dort, wo ich lande, ist das Wasser vielleicht einen Meter zwanzig tief, sodass ich hart auf den Boden knalle.

Nach Luft schnappend komme ich auf die Beine.

Panische Schwimmer eilen zu den Leitern, manche schreien, andere stemmen sich mit Muskeln, die seit Jahren nicht mehr so viel Einsatz zeigen mussten, auf den Beckenrand hoch.

Das Wasser um mich herum färbt sich rot. Ich schaue auf meine Hände, sie bluten. Aber nicht nur sie haben etwas abbekommen. Das Glas hat meinen Designeranzug in kleine Streifen geschnitten.

Blutend und zerfetzt, wie ich bin, ignoriere ich die Schreie, arbeite mich zum flachen Ende vor, taumele aus dem Wasser und laufe zum zweiten Turm. Als ich durch das Fußbecken und die Damenumkleide gestampft bin, erreiche ich die mit Teppich ausgelegte Lobby und den Aufzug.

Harkonnen hat mich springen sehen und muss auch mitbekommen haben, wie ich durch das Dach des Pools gekracht bin. Er wird über Funk ein Empfangskomitee ins Erdgeschoss beordern, was bedeutet, dass ich zum Überleben eine Waffe brauche.

Der Mann, der den Hubschrauber abgeschossen hat, dürfte kaum den Aufzug nehmen – zu viele Zeugen, zu viele Stopps. Falls er sich für die Treppe entschieden hat, bin ich – der Schwerkraft sei Dank – vor ihm hier unten.

Ich drücke mich an die Wand. Munition habe ich noch immer nicht, aber neben mir hängt ein Feuerlöscher. Ich schnappe ihn mir und warte. Als der Mann den Treppenabsatz auf der halben Etage erreicht und im Laufschritt auf mich zukommt, ramme ich ihm den Feuerlöscher mit aller Kraft ins Gesicht. Er geht sofort zu Boden, lässt den Raketenwerfer fallen, versucht aber, wieder auf die Beine zu kommen. Ich schlage noch einmal zu, fester, indem ich den Stahlbehälter über den Kopf hebe und dann auf ihn herunterkrachen lasse. Er zuckt kurz, dann rührt er sich nicht mehr. Von den Betonstufen tropft Blut wie in einem billigen Horrorfilm.

Einen Augenblick lang starre ich auf die Leiche. Die Cops in Vermillion habe ich leben lassen, also ist er der erste Mensch, den ich seit Beginn meines Sabbatjahrs getötet habe. Ich muss mir ins Gedächtnis rufen, dass er eben kaltblütig eine der klügsten Frauen ermordet hat, die mir je begegnet sind. Eine Frau, der ich mein Leben verdanke.

Der Lauf der Dinge.

Ich durchsuche ihn und finde eine Pistole samt Reservemagazin. Aber das ist nicht alles. Sein Mantel ist so geschnitten, dass er dort einen weiteren kleinen Gefechtskopf verstecken konnte. Ich schiebe ihn in den Raketenwerfer und hänge ihn mir über den Rücken.

Wenn ich schon untergehe, dann wenigstens nicht kampflos.

**77** Hipkiss saß am Ende eines langen Konferenztischs. Sie war Mitte vierzig, sah aber zehn Jahre älter aus und wirkte auf seltsame Weise eckig, ein bisschen wie Dustin Hoffman in *Tootsie* oder wie eine frustrierte Highschool-Direktorin im Mittleren Westen. Sie trug eine weiße Bluse, darüber einen hässlichen, lilafarbenen Blazer mit Schulterpolstern. Ihre Frisur hatte die Bezeichnung nicht verdient, außerdem waren die Haare pappkartonbraun gefärbt. Nichts an ihr lieferte den geringsten Hinweise darauf, dass man eine Milliardärin vor sich hatte. Wenn ich hätte raten müssen, hätte ich getippt, dass das komplette Outfit aus dem Kaufhaus und von der Stange stammte.

Hipkiss starrte mich eine ganze Minute wortlos an, was schräg und ein wenig verunsichernd war. In ihrem Blick lag etwas, das ich nicht ganz deuten konnte. Dann schoss mir ein bizarrer Gedanke durch den Kopf: *Sie zieht mich im Geiste aus.*

Ich versuchte, das absurde Bild beiseitezuschieben.

«Nun», sagte sie schließlich mit einem derart unechten und faden Lächeln, dass man es als Schmelzkäse hätte vermarkten können. «Was kann ich für Sie tun?»

«Sie haben einen Anschlag auf Suleiman Abdi angeordnet.»

Ihr Lächeln blieb fade und gab nichts preis.

«Sie verfügen über ... wie viel ... dreißig oder vierzig Milliarden Dollar?»

Sie zuckte die Achseln. «So ungefähr.»

«Was bedeutet, dass Sie jeden für den Mord hätten anheuern können. Sie hätten sich sogar *mich* leisten können. Was allerdings bedeutet hätte, dass eine dritte Partei ins Spiel gekommen wäre, in meinem Fall Handler. Also haben Sie es in der Familie belassen und Ihren Bruder als Vermittler benutzt. Auf diese Weise hat niemand erfahren, dass Sie ins Geschäft eingestiegen sind. Er hat Ali Olusi bezahlt, sodass Sie alles hätten abstreiten können. Nur dass der Anschlag erst gar nicht stattgefunden hat. Deshalb haben Sie Harkonnen losgeschickt, um nach dem Grund zu forschen. Und um dafür zu sorgen, dass niemand Sie noch einmal so versetzt.»

Hipkiss schrieb mit ihrem billigen Kugelschreiber etwas auf einen vor ihr liegenden Block. Ich las es auf dem Kopf, also könnte ich mich irren, aber ich bin ziemlich sicher, dass das Wort «süß» darin vorkam.

Sie blickte auf. «Nehmen wir einmal an, irgendetwas davon wäre zutreffend. Trotzdem verstehe ich immer noch nicht, was Sie von mir wollen.»

«Ich will einen Deal machen», sagte ich. «Einen ziemlich einfachen. Sie unternehmen nichts weiter gegen Ali Olusi.»

«Und was bekomme ich dafür?»

«Niemand erfährt, wer den Anschlag angeordnet hat. Denn falls jemals herauskommt, dass Sie politische Morde beauftragen, lassen Ihre Kontakte in der Politik Sie wie eine heiße Kartoffel fallen. Und sollte das Justizministerium dahinterkommen, dass Sie die Ressourcen Ihres Bruders zu politischen Zwecken missbrauchen, könnte es zu Kongressanhörungen, Geschworenenprozessen und was weiß ich nicht kommen.»

«Verstehe», sagte sie und notierte etwas. Diesmal konnte ich es nicht erkennen, aber es war länger. Schließlich hob sie den Blick.

«Sie bluffen.»

«Ich bluffe nicht.»

«Ich glaube nicht, dass Sie Skrupel hätten, an die Öffentlichkeit zu gehen. Aber Sie übertreiben, was die Folgen angeht. Das Einzige, was in der Politik zählt, ist das, was die Leute von einem bekommen können. Sie könnten das alles auf die Titelseite der *New York Times* bringen. Dann lässt sich zwar ein halbes Jahr lang niemand öffentlich mit mir blicken, und das Geld müsste über andere Kanäle fließen. Aber ändern würde sich nichts.»

Ihre Stimme klang so monoton, als hätte man ihr einen Persönlichkeits-Bypass gelegt.

«Also sagen Sie mir noch mal, warum ich Ali vom Haken lassen sollte.»

«Weil ich es als Kriegserklärung auffasse, wenn Sie es nicht tun.»

«Warum machen Sie sich Gedanken über Ali Olusi? Er ist Ihr Rivale, oder? Vielleicht sogar ein Kandidat für Ihre Nachfolge. Ich dachte, Sie wären froh, wenn Sie ihn los sind.»

Darauf fiel mir keine gute Antwort ein. «Ich habe meine Gründe.»

Sie schrieb einen Satz zu Ende, dann stieß sie den Stift so hart aufs Papier, dass er ein Loch hinterließ.

«Halten Sie mich für dämlich? Ali Olusi ist kein Er, er ist eine Sie. Das kleine Flittchen, das im Hotel als Zimmermädchen arbeitete und verschwand, kurz bevor Abdi anreiste. Die Woche davor hatte sie mit einem großkotzigen jungen amerikanischen Geschäftsmann verbracht, der, wie ich gehört habe, dem Mann, der gerade vor mir steht, erstaunlich ähnlich sieht.»

Ich zuckte die Achseln. «Ich wurde dafür bezahlt, sie aufzuhalten, nicht, sie zu töten. Ich habe meinen Job erledigt.»

«Und jetzt sind Sie hier, weil Sie sie beschützen wollen. Warum?»

«Wie gesagt, ich habe meine Gründe.»

Sie lehnte sich zurück und lächelte selbstgefällig. Ich wusste, was als Nächstes kommen würde.

«Weiß Handler, dass Sie hier sind?»

«Das ist eine Sache zwischen Ihnen und mir. Es sei denn, Sie wollen, dass öffentlich bekannt wird, dass Sie Morde in Auftrag geben.»

«Wie bequem. Denn es sähe nicht gut für Sie aus, wenn er herausbekommt, dass Sie Ali nicht nur nicht umbringen konnten, sondern hinter seinem Rücken versuchen, sie zu beschützen. Der legendäre Seventeen schläft mit seiner Feindin und führt sich auf wie ein Teenager. Das würde er als Zeichen der Schwäche betrachten, meinen Sie nicht?»

Ich ließ mir mit der Antwort Zeit. Das Problem war, dass sie recht hatte. Die Beziehung zwischen einem Killer wie mir und einem Vermittler wie Handler ist trügerisch. Solange sie an einen glauben, solange man sich der eigenen Publicity gemäß verhält und die Erfolgsserie andauert, ist alles bestens. Aber in dem Moment, wo man verliert oder ein Zeichen von Schwäche offenbart, riechen sie Blut. Denn wer einmal verliert, verliert wieder und wieder und wieder.

«Dann bekommen wir beide Probleme, wenn die Wahrheit ans Licht kommt.»

Endlich legte sie den Stift weg und sah mir in die Augen.

«Wollen Sie wissen, warum ich diesem Treffen zugestimmt habe?»

«Weil Harkonnen sonst nicht überlebt hätte. Sie brauchen Harkonnen.»

«Er bedeutet nichts», sagte sie. «Es gibt immer neue Harkonnens.»

Ihre Lippen öffneten sich leicht.

«Aber es gibt nur einen Seventeen.»

Ich blinzelte. Ich schwöre bei Gott, dass sie leicht errötete, ein rosafarbener Glanz überzog ihren Hals.

«Handler ist eine Schlange», sagte sie. «Und das wissen Sie.»

Wieder hatte sie recht. Aber genau darum ging es ja. Darum ging es bei Mittelsmännern, Verkäufern und Politikern. Es war ihr *Job*, eine Schlange zu sein.

Ohne ihre gespaltenen Zungen käme die Welt in kürzester Zeit knirschend zum Stillstand. Gott schütze ihre kleinen schwarzen Seelen.

«Am Ende wird er Sie verraten. Er verrät jeden.»

«Jeder verrät am Ende jeden», sagte ich.

«Und trotzdem sind Sie hier», bemerkte sie. «Und bitten um das Leben Ihrer Feindin.»

Darauf wusste ich nichts zu sagen.

«Wie würde es sich anfühlen, wenn Sie eine Stammkundin hätten, die Sie niemals verrät?», fragte sie. «Die Ihre Loyalität mit Loyalität erwidert? Und Sie, wenn ich das hinzufügen darf, reicher macht, als Sie es sich ausmalen können?»

«Wollen Sie mir einen *Job* anbieten?»

«Ich biete Ihnen viel mehr an», sagte sie. «Ich biete Ihnen ein *Leben*.»

**78** Zehn Stockwerke unter dem Swimmingpool höre ich Männerstimmen, die mir entgegenkommen – noch mehr von Harkonnens Soldaten. Auf dem nächsten Treppenabsatz schleiche ich durch die Tür in den Gang und warte außer Sichtweite, bis sie vorbei sind. Aus einer der Wohnungen tritt eine ältere Frau im Hidschab, um einen rattenhaften kleinen Hund auszuführen, der wie wahnsinnig zu bellen anfängt. Die Frau starrt mich an – ich bin blutverschmiert, klatschnass, mein Anzug hängt in Streifen an mir herunter, und ich trage einen geladenen Raketenwerfer mit mir herum –, aber wir sind in New York City. Sie ignoriert mich einfach und zerrt den kläffenden Chihuahua weiter.

Für den Fall, dass der Hund die Aufmerksamkeit der Männer im Treppenhaus geweckt hat, halte ich den Atem an. Aber sie sind weiter auf dem Weg nach oben. Ich setze meinen Abstieg fort, vorbei an der Lobby, bis hinunter in die Tiefgarage.

Unten angekommen, schiebe ich die Glastür auf. Nur zehn Meter von mir entfernt steht der Trident, unbehelligt, glatt und samtig. Ich renne los, höre aber auf halbem Weg das Aufheulen von Motoren. Mit quietschenden Reifen rasen von links und rechts zwei Autos auf mich zu. Das eine ist ein schwarzer Escalade, das andere ein großer Toyota-Pick-up.

Sie haben mich in der Zange, es gibt kein Entkommen.

Der Pick-up ist näher, also gebe ich mehrere Schüsse auf die Fahrerseite der Windschutzscheibe ab. Der Pick-up schlingert, kracht gegen einen Betonpfeiler und beschädigt ein Heizungsrohr. Während Wolken von superheißem Dampf den Wagen einhüllen, klettert oder fällt der Beifahrer auf der anderen Seite heraus. Er rappelt sich hoch und hebt seine Uzi, aber ich schieße ihm zwei Kugeln in den Oberkörper.

Ich wirbele herum und sehe, dass der Escalade mit Vollgas auf mich zukommt. Drinnen sitzen zwei Männer, aber ich habe wahrscheinlich nur noch eine Patrone in der Pistole, also lasse ich sie fallen und lege mir den Raketenwerfer auf die Schulter.

Harkonnen ist der Beifahrer. Kaum sieht er die Waffe auf meiner Schulter, stößt er die Tür auf und springt aus dem Wagen. Die Rakete zischt zwischen den geparkten Autos hindurch, schlägt in den Motorblock ein und explodiert. Der Cadillac überschlägt sich und bleibt knirschend und Funken sprühend auf der Seite liegen, die Räder zeigen in meine Richtung. Aus dem Motor schlagen Flammen. Der Fahrer klettert durch die zertrümmerte Fensterscheibe und schleppt sich davon. Er ist keine Gefahr mehr für mich.

Also bleibt Harkonnen, der sich hinter das Wrack des Escalade duckt und im dichten schwarzen Rauch verschwindet, der von dem SUV aufsteigt.

Ich habe ihn aus den Augen verloren.

Ich werfe den nutzlosen Raketenwerfer weg und überprüfe mein Magazin.

Es ist leer.

Mir bleibt nur noch die Patrone in der Kammer, und die muss ich sinnvoll nutzen.

79 Ich will Ihnen nichts vormachen. Das Angebot von Hipkiss hat mich in Versuchung geführt.

Ich machte mir nicht besonders viel aus Handler, und mit einer Milliardärin im Rücken würde ich ungeahnte Möglichkeiten haben. Hipkiss war klug genug, um zu erkennen, dass ihr Bruder ein nutzloser Loser war, während Harkonnen eine tickende Zeitbombe darstellte und weder ihr noch ihrem Bruder, noch irgendwem sonst außer sich selbst Loyalität entgegenbrachte.

Wenn ich den Job annahm, wäre Harkonnen der Erste, den ich töten müsste.

Das zweite Opfer wäre ihr Bruder, dessen Platz ich einnehmen würde. Sie würde ihn auszahlen, mit einer Summe, die ihm gestattete, sich auf jede erdenkliche Art zu Tode zu prassen, dann würde ich den Laden übernehmen. Vielleicht würde ich in ein paar Jahren den Außendienst aufgeben und nur noch meine eigene Killertruppe führen. Dann könnte ich Handler Konkurrenz machen und ihn schlagen.

Wie gesagt, die Vorstellung hatte ihren Reiz.

Aber nur für eine Pikosekunde.

Handler zu demütigen, wäre großartig gewesen, aber Hipkiss war eine religiöse Fanatikerin. Ich glaubte jedoch nicht an Gott, und selbst wenn er oder sie tatsächlich existieren sollte, glaubte ich nicht, dass wir uns jemals persönlich begegnen würden.

Außerdem war Hipkiss eine halsstarrige Rassistin, und auf den Lippen spürte ich noch Pfeffer, Salz und Blut von Gracious' Küssen. Dazu kam noch die seltsam kokette Art, mit der sie mich ansah und die mich den Eindruck gewinnen ließ, ihre Absichten mir gegenüber seien trotz ihrer Kirchendamen-Attitüde nicht ganz ehrenhaft.

Lieber würde ich Handler vögeln, der wenigstens eine schöne Frisur hatte.

Und als wäre das alles noch nicht genug, machte eine simple Überlegung die ganze Sache unmöglich.

Ich würde nie der Typ sein, der am Wochenende Golf spielte.

**80** Gebückt sprinte ich zum Trident, aber Harkonnen taucht hinter einem Pfeiler auf und eröffnet das Feuer. Ich hechte hinter einen ramponierten weißen Lieferwagen und höre, wie die Kugeln einschlagen.

Als ich einen Blick unter dem Lieferwagen her riskiere, bemerke ich Harkonnens Schatten vor dem Lichtschein des brennenden Escalade. Langsam und vorsichtig kommt er näher. Mein Puls geht schneller. Wenn ich mich aus der Deckung wage, könnte ich ihn umbringen, aber auch ich wäre tot, noch bevor er auf dem Boden aufschlägt.

Ich schleiche mich zum vorderen Bereich des Lieferwagens. Die Fenster stehen offen, vielleicht wegen des drinnen herrschenden Zigarettengestanks. Ich werfe einen Blick hinein, um zu sehen, ob der Schlüssel steckt. Pech gehabt. Ich drehe den Seitenspiegel an der Beifahrerseite, bis ich gerade eben das Heck des Escalade sehen kann. Die Flammen aus dem Motorraum haben sich nach hinten ausgebreitet und züngeln um den Benzintank herum. Harkonnen steht vier oder fünf Meter davon entfernt.

Wie ein Kunstschütze im Zirkus benutze ich den Spiegel, ziele auf den Tank des Escalade, schieße und werfe mich zu Boden. Unter dem Wagen hindurch sehe ich, wie Harkonnens Füße eine Pirouette drehen. «*Vittu!*», flucht er auf Finnisch. Als Sekundenbruchteile später der Tank explodiert, gerate ich ins Taumeln.

In Flammen gehüllt, taucht Harkonnen in meinem Blickfeld auf. Er wirft sich zu Boden und dreht sich um die eigene Achse, um die Flammen zu ersticken. Ich haste in den Trident, lasse den Motor an und gebe Gas. Schlingernd rase ich aus der Parklücke und halte direkt auf ihn zu.

Harkonnen, der immer noch teilweise, wenn nicht überwiegend in Flammen steht, blickt auf und springt zur Seite, ich verfehle ihn nur um Zentimeter. Als ich in den Rückspiegel schaue, sehe ich, dass er sich – immer noch qualmend – aufrappelt und auf mich zielt.

Vorsicht ist besser als Nachsicht, denke ich und rase so schnell auf die Ausfahrtsrampe hoch, dass der Trident auf dem Boden aufsetzt. Hinter mir zischen und jaulen die Einschläge von Kugeln. Ich fahre die Rampe hinauf ins Tageslicht. Sekunden später bin ich Teil des Verkehrs von Manhattan. Und irgendwie lebe ich noch.

**81** Hipkiss nahm meine Antwort schlecht auf. Ihre Miene versteinerte – der emotionalste Moment unserer bisherigen Begegnung –, und sie biss sich auf die Unterlippe. Für eine unbehagliche Sekunde glaubte ich, sie könnte in Tränen ausbrechen. Dann vertiefte sie sich in eine Notiz und unterstrich irgendetwas so fest, dass das Papier einriss. Schließlich stimmte sie mit dem Gesichtsausdruck eines Menschen, der gerade Alufolie verspeist hat, meinen Bedingungen zu.

Es kann nicht leicht für sie gewesen sein. Immerhin hatte ich eine sexuelle und kulturelle Gestaltwandlerin wie Gracious einer anständigen weißen christlichen Milliardärin wie ihr vorgezogen. Unter anderen Umständen wäre ich vielleicht sogar in der Lage gewesen, ein winziges bisschen Mitleid zu empfinden.

Aber zwei Monate später wurden Suleiman Abdi, seine Frau und ihre drei kleinen Kinder getötet, als die Beechcraft Bonanza, mit der sie flogen, beim Abflug von Kigali nach Ruanda verunglückte.

Ich hatte eine klare Vermutung, wer dahintersteckte, war aber zum Schweigen verpflichtet.

So kann es gehen.

**82** Streifen-, Kranken- und Feuerwahrwagen eilen mir entgegen. Mir bleiben vielleicht dreißig Minuten, bis der Trident so heiß wird, dass ich ihn loswerden muss. Aber ich brauche Zeit zum Nachdenken.

Es war Harkonnen, der Gracious umgebracht hat. Nicht nur, weil Barbs Beschreibung auf ihn passte, sondern weil er mit ähnlicher Brutalität vorgegangen ist wie bei Sabrina vor zehn Jahren, nur hundertmal schlimmer. Die beiläufigen Polizistenmorde, der Mordversuch an Barb, all das waren die bösartigen Kollateralschäden, die sein Markenzeichen sind. Vor allem hat er Rache für alles genommen, was nach Gracious' Abreise in Addis Abeba geschehen war.

Ich hatte mir eingebildet, sie zu beschützen, aber stattdessen unterzeichnete ich ihr Todesurteil.

Junebug, Gracious, Nicole.

Als würden sämtliche Frauen, die mir je wichtig gewesen sind, eine nach der anderen ermordet.

Vielleicht liegt es an mir.

Vielleicht bin ich ein Schadstoff, ein Gift.

Vielleicht hätte ich den Wink mit der einzelnen Patrone in der Kammer von Sixteens Revolver nicht ignorieren sollen.

Vielleicht sollte ich mich immer noch erschießen.

Aber ich habe keine Munition mehr, und Mireille ist immer noch verschwunden.

Harkonnens Mord an Gracious bedeutet, dass der zehn Jahre alte Waffenstillstand mit Hipkiss nicht mehr gilt. Nach allem, was ich weiß, ist sie immer noch Milliardärin, und Staley verfügt weiterhin über seine Privatarmee. Ich dagegen habe nicht mehr die Rückendeckung durch einen Handler oder eine Osterman. Und das Ausmaß, das die Geschichte annimmt, deutet darauf hin, dass es nicht nur um simple Rache wegen meiner Zurückweisung von Hipkiss' Angebot geht.

Etwas anderes steckt dahinter. Etwas Großes und Abgründiges.

Mir fällt wieder ein, wie Nicole sich im Zusammenhang mit Deep Threat geäußert hat.

«Eine existenzielle Bedrohung für die Menschheit.»

Ich trete das Gaspedal durch.

# TEIL VI

**83** Ich hasse ihn jetzt schon.

Das Café liegt an einer Ecke in Williamsburg, Brooklyn, ein echter Hipsterladen. Es heißt MOOG, in Großbuchstaben und einer Retro-Sans-Serif-Schrift. Durchs Fenster sehe ich, dass die Einrichtung auf aggressive Weise der Mode Mitte des letzten Jahrhunderts nachempfunden ist: gelbe Plastikstühle, Resopaltische, verchromter Stahl und tränenförmige Lampenschirme. Die junge Frau nimmt abwechselnd Bestellungen auf, bringt überteuerte Mahlzeiten – wahrscheinlich Bio-Produkte – an die Tische, bedient die Kasse und räumt das benutzte Geschirr ab.

Sie tut das mit einer Anmut und Präzision, die man eigentlich nur bewundern kann. Sie sieht ein bisschen älter aus, selbstsicherer, vielleicht ein bisschen dünner. Ihre Haare sind blau gefärbt, der Pony rasiermesserscharf geschnitten, was sie wie ein Mischung aus Uma Thurman in *Pulp Fiction*, Tokyo aus *Money Heist* und einer Anime-Waifu wirken lässt.

Nur Kaffee macht sie nicht. Dieser Job ist dem bärtigen Deppen mit Bun und Holzfällerhemd vorbehalten, der sie ständig herumkommandiert und Small Talk mit den Kundinnen hält, vor allem mit den hübscheren. Er ist groß und hat das muntere, nichtssagende Gesicht einer Ken-Puppe – auf eine Art gut aussehend, die schon fast wieder hässlich ist. Die Art, wie er sein künstliches Lächeln anknipst oder ein wenig zu lange braucht, um der weiblichen Kundschaft eine Tasse zu reichen, weist ihn als Arschloch der Extraklasse aus.

Der Trident steht in einem Parkhaus in Brooklyn. Der Helikopterabsturz, bei dem Nicole ums Leben kam, der Sprung in den Pool und die Schießerei in der Tiefgarage werden für einiges Aufsehen sorgen. Aber wenn alles in die Zeitung kommt, dürfte es als technisches Versagen, versuchter Selbstmord und Bandenkriminalität dargestellt werden. Die Geheimdienstszene lässt ihre Zwistigkeiten nicht an die Öffentlichkeit dringen, was auch für die von Privatfirmen in der Branche angerichteten Kollateralschäden gilt. Das breite Publikum muss nicht alles wissen.

Immer noch in den bizarren Lumpen des zerfetzten blutbefleckten Anzugs sitze ich auf dem gegenüberliegenden Bürgersteig, nach außen hin nur ein weiteres Großstadtwrack, das sich Schwierigkeiten eingehandelt hat, die eine Nummer zu groß waren. Was der Wahrheit wahrscheinlich näherkommt, als mir lieb ist.

Über die Straße hinweg sehe ich, dass der Besucherstrom im Café sich in Grenzen hält. Zwischen Passantenbeinen hindurch muss ich mitansehen, wie die Ken-Puppe besitzergreifend einen Arm um die Hüfte der jungen Frau legt. Mir wird übel. Ich muss mich zusammenreißen, um nicht hinüberzulaufen und ihn mit den Bändern seiner ungebleichten, von Hand gefertigten und bis zum Produzenten zurückverfolgbaren Schürze zu erdrosseln. Aber zwischen ihr und mir ist nichts mehr, das mich zu so etwas berechtigen würde. Und egal wie befriedigend es auch wäre, es würde das weitere Geschehen aufs falsche Gleis setzen.

**84** Kats grüne Augen waren das Erste, was mir bei ihr auffiel, dabei sind sie das am wenigsten Ungewöhnliche. Ihre nahezu völlige Angstfreiheit grenzt an Leichtsinn, und ihre Fähigkeit, schwachsinnige Phrasen als solche zu erkennen, führte dazu, dass sie einen professionellen Schwindler wie mich mit schöner Regelmäßigkeit auflaufen ließ.

Zufälligerweise ist sie außerdem Sixteens Tochter, wovon wir beide nichts wussten, bis ich mit dem Versuch, ihn zu töten, in ihr Leben hineingeplatzt bin. Am Ende waren wir drei Verbündete, aber sie kam nie dazu, sich von ihm zu verabschieden – oder ihn auch nur wirklich in ihrem Leben zu begrüßen. Im Chaos der darauffolgenden Tage rettete ich ihr das Leben, sie rettete meins, und wir verstrickten uns miteinander, zwei Fische im selben Netz.

Als alles vorbei war, übernahm sie die Tankstelle am Fuß des Hügels unterhalb des Hauses, aus dessen Fenstern ich jeden Abend starrte.

Ich weiß nicht, ob es für das, was in jenen Monaten zwischen uns war, einen Begriff gibt. Niemand hätte uns für ein Liebespaar gehalten: Die Sache war dorniger und zwanghafter. Vielleicht wie eine auf Eis liegende Ehe, in der die Phase der Verliebtheit längst Vergangenheit ist, die Partner aber weiterhin ineinander verkrallt sind und es nicht schaffen, sich voneinander loszureißen.

Manchmal kam Kat herauf, um die Nacht bei mir zu verbringen. Morgens desinfizierte ich dann gründlich das Haus und entfernte jeden kleinsten Hinweis darauf, dass sie überhaupt da gewesen war. Es war unvermeidlich, dass irgendwann jemand auftauchen würde, um mich aus dem Weg zu räumen, und Kat war, ihrer Angstfreiheit zum Trotz – ein Schwachpunkt. Ich selbst trug unauslöschlich eine Zielscheibe auf dem

Rücken, aber ihre schrubbte ich jedes Mal ab, wenn sie das Haus verließ.

Trotzdem wurde immer deutlicher, dass Kat ihres Vaters Tochter war. Im verwahrlosten Hof hinter der Tankstelle baute sie sich einen Schießstand, wo sie mit Waffen übte, die ich besorgte. Alles, von 9mm-Pistolen bis hin zu militärisch genutzten Maschinengewehren. Woche für Woche wurden ihre Trefferbilder besser. Eines Tages wollte ich tanken und fand an der Tür das Schild GESCHLOSSEN vor. Unangekündigt trat ich hinters Haus, wo sie vor einem Picknicktisch saß, auf dem die Einzelteile eines Barrett MRAD Kaliber .308 ausgebreitet waren. Sie hatte sich die Augen verbunden und trainierte, die Waffe zusammenzusetzen. Ihre Bewegungen wurden immer gleichmäßiger und automatischer, bis ihre schlanken Finger es schneller und präziser schafften als meine. Ich wusste nicht, ob ihr klar war, dass ich sie beobachtete, bis sie das Magazin einschob, die Augenbinde abnahm und mich anlächelte.

Ihr eigentlicher Name war Katherine, aber Kat passte besser zu ihr, weil sie über die Sinneswahrnehmungen einer Katze verfügte, womit ich nicht nur die physischen meine, sondern auch den essenziellen sechsten Sinn, der ihr vom allerersten Moment an verraten hatte, dass ich nicht der war, für den ich mich ausgab. Und dass ich sie, wenn sie sich wie ein Klette an mich heftete, aus dem Leben herausreißen würde, in dem sie gelandet war. Und sie etwas finden würde, das ihrem Wesen eher entsprach.

Kat behauptete, sich zur Selbstverteidigung mit Waffen zu beschäftigen, schließlich sei sie nun ein potenzielles Ziel. Ich erklärte, in diesem Fall müsse sie auch den Nahkampf trainieren, zumindest so weit, dass sie einen Angreifer außer Gefecht setzen und vor ihm fliehen könne. Ich war nicht überrascht, als sie zustimmte. Also brachte ich ihr bei, was ich konnte. Wo ich mehr Kraft und Übung hatte, war sie schneller und leichter. Und sie hatte einen weiteren Vorteil: den Mangel an jeglicher Romantik. Ich hielt mich bei meinen Schlägen zurück, woran sie umgekehrt im Traum nicht dachte. Als ich ihr einmal einen brutalen Würgegriff zeigte, der eine Arterie abklemmte und aus dem es praktisch kein Entkommen gab, ließ sie mich zum Dank fünf Minuten bewusstlos am Boden liegen. Als ich zu mir kam, sagte ich, sie hätte mich umbringen können. Daraufhin sah sie mir in die Augen und sagte: «Glaub nicht, der Gedanke wäre mir nicht gekommen.»

**85** Kat hatte Sixteens Gene, klar, aber auch die ihrer Mutter. Die Stunden in der Tankstelle, in denen keine Kundschaft kam, brachte sie mit Tuschezeichnungen zu: Illustrationen für eine Graphic Novel über die Beziehung zu ihrer toten Mutter. Sie zeigte mir nichts davon.

Ich merkte, dass sie herauszufinden versuchte, wer sie war oder sein konnte. Und einen Umgang damit zu finden, dass sowohl ihr Vater als auch ihr Liebhaber Mörder waren und auch sie selbst jemanden getötet hatte. Sie hatte, kurz gesagt, einiges zu verarbeiten, und da mein Beitrag ihr dabei kaum helfen würde, versuchte ich, mich rauszuhalten.

Die Situation spitzte sich zu, als sie eines Abends zum Haus heraufkam und wir beide ordentlich tranken. Sie war von dem Leben, das sie führte, genervt. Als ihre Mutter noch das Motel in der Stadt geführt hatte, war sie aufs College gegangen, aber die Krebserkrankung ihrer Mutter ließ sie zurückkommen. Jetzt bestand ihre Welt aus diesem winzigen Kaff, ihre einzige echte Freundin war Barb, die das Motel übernommen hatte und wie Kat zwischen mir, Sixteen und Handler ins Kreuzfeuer geraten war.

«Ich kann das nicht mehr», sagte sie.

«Was denn?»

«Das. Diesen Mist hier. Diese sogenannte Beziehung. Diese Stadt. Die Tankstelle. Das alles. Ich hab mir dieses Leben nicht ausgesucht. Ich wollte dieser Mensch nicht sein. Ich hab mir nichts von alledem ausgesucht. Und ich will es nicht mehr.»

«Was willst du denn?»

«Ich begreife nicht, warum wir hierbleiben müssen. Du hast Geld, mehr, als du jemals ausgeben kannst. Warum gehen wir nicht einfach weg? Egal wohin, ganz egal. Irgendwohin, wo uns keiner kennt. Wo wir ein richtiges Leben führen können.»

«Wir könnten nirgendwohin, wo ich nicht früher oder später aufgespürt werde. Und wenn du bei mir bist, verlierst du deinen einzigen Schutz, die Anonymität. Im Moment weiß niemand von unserer Verbindung. Hier im Haus gibt es keine Hinweise auf dich. Niemand sieht uns zusammen. Sobald sich das ändert, bist du in Gefahr.»

«Und wenn mir das nichts ausmacht?»

«Vielleicht macht es dir tatsächlich nichts aus. Aber mir. Ich werde dich nicht zur Zielscheibe machen.»

Sie war eine Weile still. Es war die Art Stille, die Ärger bedeutete.

«Mit anderen Worten: Wenn ich mit dir zusammen sein will, darf ich nicht mit dir zusammen sein?»

«Willst du das? Mit mir zusammen sein?»

«Ich weiß es nicht mal mehr.»

Wahrscheinlich hatte ich geahnt, dass es irgendwann hart auf hart kommen würde, deshalb hatte ich mir schon eine Antwort zurechtgelegt.

«Warum gehst du dann nicht einfach?», sagte ich. «Du hast recht. Ich hab Geld. Bis Sonntag kann ich es neunmal waschen lassen. Niemand wüsste, dass es von mir stammt. Du kannst gehen, wohin du willst, und tun, was du willst. Keine Bedingungen.»

«Scheißkerl», sagte sie.

«Wie bitte?»

«Das wäre verdammt einfach, oder? Du beruhigst dein Gewissen, als wäre ich dein kleines Projekt, dein Haustier. Was soll ich tun? Dir Postkarten und Zeichnungen schicken wie ein afrikanisches Waisenkind, für das du die Patenschaft übernommen hast?»

«Langsam. Als du in mein Leben getreten bist, wusstest du, wer ich bin.»

«Als *ich* in *dein* Leben getreten bin? Niemand hat dich darum gebeten, in meinem Motel aufzukreuzen.»

«Ich glaube, wir haben uns langsam genug Vorwürfe gemacht.»

Eine Weile saßen wir schweigend da. Ich dachte nach, und mir geisterte eine Idee durch den Kopf, die sich nicht abschütteln ließ. Mir war klar, dass ich den Mund hätte halten sollen, aber auch, dass ich das nicht schaffen würde.

«Vielleicht gibt es eine Möglichkeit.»

Sie sah mich misstrauisch an, wie sie es meistens tat, wenn ich irgendwelche Vorschläge machte.

«Du hast eine Menge Potenzial.»

«Potenzial wofür?»

«Komm schon, Kat, stell dich nicht dumm. Du schießt so gut wie ich. Du kämpfst wie ein Profi. Du hast schon jemanden getötet, und zwar nicht irgendwen, sondern jemanden aus dem obersten Regal.»

«Meine Güte. Glaubst du etwa, ich will so werden wie du?»

«Nein, nicht wie ich. Und vielleicht willst du es ja wirklich nicht. Aber du machst dir etwas darüber vor, wessen Tochter du bist. Himmel, du kannst ein Scharfschützengewehr blind auseinandernehmen und wieder zusammenbauen. Du hast mich auf der Matte im Keller bewusstlos liegen lassen, nachdem du mich gewürgt hattest. Glaubst du, das ist alles *Zufall*?»

«Und? Willst du Charlie sein, und ich bin dein Engel? Oder eher Mr. und Mrs. Smith?»

Sie prustete vor Lachen.

«Ich sage nur, dass wir als Team alles und jeden aufmischen könnten.»

«Ich dachte, du hättest diesen Mist hinter dir.»

«Wir könnten bei den Aufträgen wählerisch sein.»

«Ach, du meinst, wir sind Killer, aber *woke*?»

«Lass gut sein», sage ich. «Ich meine nur, dass du in der Lage wärst, den Job zu machen. Wenn es dir wirklich wichtig ist, mit mir zusammen zu sein, und du das Leben hier nicht mehr erträgst, wäre es eine Möglichkeit.»

Einen Moment lang betrachtete sie mich schweigend. Ich merkte, dass langsam ein Gedanke Form annahm.

«Warum würdest *du* es tun? Um mit mir zusammen zu sein? Oder weil du dich insgeheim genauso schrecklich langweilst wie ich? Glaub nicht, ich hätte dich nicht am Fenster stehen sehen. Oder ich wüsste nicht, warum du das machst.»

«Weil ...» Ich hielt inne, denn ich war nicht ganz sicher, welcher der beiden Gründe ausschlaggebend war.

Sie schüttelte den Kopf. «Du bist schon eine Nummer, ist dir das klar? Ich versuche, mir Gedanken über eine Zukunft zu machen, die in dieser emotionalen Wüste aus Vögeln und anschließendem Hausputz, die wir Beziehung nennen, einen Rest

Lebendigkeit bewahrt. Und deine Antwort lautet: ‹Hey, ich hab eine Idee. Werde wie ich und sei eine verdammte Mörderin›?»

«Nicht *wie* ich. *Mit* mir.»

Ausnahmsweise sagte sie nichts.

«Es ist der einzige Weg zur Quadratur des Kreises», beharrte ich. «Und du wärst in dem Job verdammt gut.»

Eine Weile saß sie nachdenklich da. Wirklich nachdenklich. Dann hob sie den Blick und sagte:

«Wie wär's, wenn ich dir morgen früh Bescheid gebe?»

Sie blieb über Nacht.

Manchmal, wenn sie über Nacht blieb, vögelten wir, und manchmal machten wir Liebe. In manchen Nächten machten wir nichts. Aber diesmal war es nichts von alledem.

Ich könnte nicht sagen, was es war. Es war süß und bitter und zärtlich und hart und bedeutete nichts und bedeutete alles. Zwischendurch schafften wir es, sämtlichen Alkohol im Haus zu trinken. Am Ende hatten wir uns gegenseitig nichts mehr zu geben. Wir lagen einfach da, nackt wie am Tag unserer Geburt, und starrten Hand in Hand schweigend zur Decke.

Ich weiß bis heute nicht, was es war.

Ich weiß nur, dass ich, als ich morgens aufwachte, allein war.

**86** Ich putzte das Haus. Ich desinfizierte die Gläser. Ich zog neue Bettwäsche auf und verbrannte die alte hinter dem Haus. Ich saugte die Kissen des Sessels, auf dem sie gesessen hatte. Ich nahm die Flaschen, die sie angefasst hatte, aus dem Müll und wischte sie ab. Ich ging mit Bleichmittel durchs komplette Badezimmer, schraubte die Abflüsse von Waschbecken und Dusche auf, entfernte die Haare und gab für alle Fälle noch Drano hinterher. Ich löschte die Kameraaufnahmen, die sie beim Kommen und Gehen zeigten. Dann fuhr ich hinunter zur Tankstelle, aber innerlich wusste ich schon, was mich erwartete.

Ein Schild in der Eingangstür verkündete: GESCHÄFTS-AUFGABE, DANKE FÜR IHRE TREUE. ZU VERPACH-TEN – INFORMATIONEN … Dann folgte die Telefonnummer von Vern, dem das Gelände gehörte. Er sagte mir, Kat habe vor Morgengrauen bei ihm angerufen und die Nachricht hinterlassen, sie werde aufhören. Sie habe ihre Kaution aus der Kasse genommen und keine Nachsendeadresse hinterlassen.

Ich fuhr zum Motel, wo Barb mir dieselbe Geschichte erzählte. Einzige Ausnahme: Sie wusste, wo Kat war, hatte aber nicht die Absicht, es mir zu verraten. Angesichts der Lage sei es das Beste. Mit fester Stimme fügte sie hinzu, ich solle Kats Entscheidung respektieren.

Mit einem seltsamen Geschmack im Mund kehrte ich ins Haus zurück. Barb hatte recht: Es war das Beste für uns beide. Kat hatte entschieden, wer sie sein wollte, und das war nicht die junge Frau, die Tochter eines Serienmörders und Geliebte eines anderen Serienmörders war. Sie hatte kein Interesse an einem alles in den Schatten stellenden Bonnie-&-Clyde-Duo. Sie wollte ihr Leben leben, ich sollte keine Rolle darin spielen und würde die Last los sein, sie beschützen zu müssen.

In gewisser Weise empfand ich es als Erleichterung. Ich würde wieder allein sein, aber daran war ich gewöhnt.

Als ich das Haus betrat, übergab ich mich ins Waschbecken.

Ich redete mir ein, es läge am Kater, aber das stimmte nicht. Am Abend stellte ich mich vor das große Fenster mit Blick aufs

Tal und sah zu, wie die Sonne hinter dem Horizont versank und der Tag in die Nacht überging. Als der Himmel richtig schwarz war, machte ich etwas, das ich noch nie getan hatte, das ich fortan aber täglich wiederholen würde. Bis zu dem Abend, an dem Mireille im Wald ihren Schuss abgab.

Ich schaltete hinter mir die Lampen ein und präsentierte mich als Zielscheibe.

**87** Das Paar in der Nische am Fenster packt endlich seine Sachen zusammen und geht zum Ausgang – er ist ein schicker Schwarzer mit Bürstenschnitt und kariertem Halstuch, sie eine blasse Weiße im Trainingsanzug, mit der kantigen Zerbrechlichkeit eines Models. Irgendwie haben sie es hingekriegt, ihre Macchiatos zu trinken, sich ein Avocado-Alfalfa-Burrito zu teilen und dabei die ganze Zeit Händchen zu halten. Als sie verschwinden und das Café leer zurücklassen, verfluche ich sie für ihre offensichtliche Verliebtheit. Dann überquere ich die Straße, warte, dass Kat mir den Rücken zukehrt, betrete den Laden und setze mich in die frei gewordene Nische.

Als Kat sich von Bun-Man losreißt und herüberkommt, um das Geschirr abzuräumen, beginnt mein Puls zu rasen. Sie ist schon fast am Tisch, als sie mich sieht. Sofort bleibt sie stehen und mustert mich volle dreißig Sekunden. Was immer ihr durch den Kopf geht, scheint eine Menge und ziemlich abwechslungsreich zu sein. Dann schüttelt sie es ab, nimmt die leeren Teller, Becher und die zerknüllten Servietten und kehrt zum Tresen zurück, als wäre ich nicht da.

Ich stehe auf, schließe die Tür ab, drehe das Schild auf «Geschlossen» und setze mich wieder auf meinen Platz.

Kat kehrt mir demonstrativ den Rücken zu, aber ich merke, dass sie mein verzerrtes Spiegelbild im Milchaufschäumer betrachtet. Bun-Man bekommt von alldem nichts mit. Er füllt mit einer Hand die Bohnen in der Espressomaschine nach und checkt mit der anderen sein Handy. Also klopfe ich mit den Fingerknöcheln laut auf den Tisch, um seine Aufmerksamkeit zu wecken.

Bun-Man schaut sich um und sieht mich am Tisch sitzen.

«Wir haben Selbstbedienung.»

Ich klopfe noch einmal.

Jetzt bemerkt er, dass das Schild umgedreht ist.

Er sagt etwas zu Kat, die den Kopf schüttelt und mich weiterhin keines Blickes würdigt.

Bun-Man zieht die Schürze aus, kommt hinter dem Tresen hervor und nähert sich mir. Er ist nervös, was er zu verbergen versucht. Sein dämlich gut aussehendes Gesicht wird eine Spur blasser, als er meine zerfetzte Kleidung, die Blutflecken und die Schnittwunden an meinen Händen bemerkt.

Ich weiß jetzt schon, dass ich ihm nicht wehtun muss, zumindest nicht körperlich.

«Was kann ich für Sie tun?», fragt er.

«Ich muss mit Kat reden», sage ich und deute zu ihr hinüber.

«Sie meinen Kate?»

«Wie sie sich inzwischen nennt, ist mir egal. Ich muss mit ihr reden.»

«Kennt sie Sie?»

«Hey, Kat», rufe ich über seine Schulter hinweg. «Soll ich es ihm erzählen, oder willst du das tun?»

Kat kehrt mir weiterhin den Rücken zu, wendet den Blick aber nicht vom Milchaufschäumer ab.

«Es tut mir leid, aber ich muss Sie bitten zu gehen.»

«Es tut mir leid, aber ich muss Nein sagen. Jedenfalls, bis ich mit Kat geredet habe.»

Bun-Man zieht sein Handy aus der Tasche.

«Sie haben dreißig Sekunden Zeit, hier zu verschwinden. Dann rufe ich die Polizei.»

Er tippt 9–1–1 ein und dreht mir demonstrativ das Display zu.

Ich ziehe die Pistole des Kerls mit dem Raketenwerfer aus dem Holster und lege sie auf den Tisch. «Mach ruhig. Aber überleg dir gut, wie eine Schießerei in dem Laden sich auf die Laufkundschaft auswirkt. ‹Oh, Schatz, trinken wir einen Kaffee bei ... wie heißt es noch. Du weißt schon, das Café, in dem sechs Cops erschossen wurden.›»

«Sie bluffen», sagt er, aber seine Stimme zittert.

Ich lade mit theatralischer Geste durch. «Frag Kat, ob das meine Art ist.»

«Schon gut», sagt Kat. Bun-Man dreht sich um und sieht sie direkt hinter sich. «Er ist ein Großmaul, aber er tut mir nichts.»

«Was ist das für ein Kerl? Woher kennst du den?»

«Lange Geschichte», sagt Kat und setzt sich mir gegenüber.

Bun-Man rührt sich nicht vom Fleck. «Geh ein paar Bohnen mahlen», fordere ich ihn auf.

Er schaut Kat fragend an.

«Wie lange wird es dauern?», fragt sie mich.

«Maximal eine halbe Stunde.»

«Du hast fünf Minuten.» Sie stellt den Timer auf ihrem Handy und wendet sich Bun-Man zu. «Ist schon in Ordnung, wirklich.»

Er verzieht sich.

Sie drückt bei ihrem Timer auf START.

**88** «Also?»

«Also», sage ich und lasse die Einsamkeit und Verbitterung zu. «Ein Typ mit Bun, hm? Will er später Regisseur werden?»

«Das reicht», sagt sie und steht auf.

«Scheiße, gib mir eine Chance.»

«Ich schulde dir nichts», zischt sie, setzt sich aber wieder hin. «Was zum Teufel glaubst du eigentlich? Dass du einfach so in meinem Leben auftauchen kannst? Hast du dir etwa eingebildet, ich empfange dich mit offenen Armen? Dass ich mich für dich aufspare? Geht es darum?»

«Ich mache mir keine Illusionen, glaub mir.»

«Gut. Denn du bist der Letzte, der sich ein Urteil über mich erlauben sollte. Aber gut, dann erzähle ich dir von ihm. Er ist kein Mörder. Wo er auftaucht, sterben keine Leute.»

«Du legst die Messlatte ziemlich tief.»

«Immer noch zu hoch für dich.»

«Schon gut», sage ich. «Es ist dein Leben. Glaub mir, ich wäre nicht hier, wenn ich andere Optionen hätte.»

Sie nimmt meinen Zustand gründlicher unter die Lupe.

«Lass mich raten: der Hubschrauberabsturz?»

«Was sagt die Presse?»

«Technisches Versagen. Acht Tote, die ganze Crew plus Passagiere. Geht das auf dein Konto?»

Ich schüttle den Kopf. «Nicole Osterman war an Bord. Sie wollte mir helfen.»

«Wobei?»

«Meine Tochter zu finden.»

Kat sieht mich entgeistert an. «Du hast eine …»

Sie bringt nicht mal den Satz zu Ende.

«Das ist eine lange Geschichte», sage ich. «Ich erzähle sie

dir, versprochen. Aber deswegen bin ich nicht hier. Du bist in Gefahr. Sie wollten mich umbringen, was bedeutet, dass sie Angst vor mir haben, was bedeutet, dass sie nicht zögern werden, über dich an mich heranzukommen.»

«Wer will dich umbringen? Warum?»

«Die unmittelbare Gefahr heißt Harkonnen. Zwei Meter zehn und Bilderbuch-Soziopath. Er hat meine Tochter entführt und ihre Mutter ermordet. Das Letzte, was ich weiß, ist, dass er für einen gewissen Staley gearbeitet hat, dessen fanatisch religiöse Schwester die Welt in eine Art White-Power-Disneyland verwandeln will. Irgendwie geht es um eine Computer-Malware namens Deep Threat, die allen eine Todesangst einjagt. Außerdem werde ich wegen Mordes gesucht. Genauer gesagt, wegen mehrerer Morde.»

Kat lehnt sich zurück. Sie scheint sich zu amüsieren.

«Klingt ziemlich unkompliziert. Sollte ich sonst noch irgendwas wissen?»

«Sie haben versucht, Barb umzubringen.»

«Sie haben *was*?» Ihre grünen Augen lodern, was genau meine Absicht war.

«Harkonnen wollte sie erschießen, als er meine Tochter entführt hat.»

«Geht es ihr gut?»

«Erstaunlich gut. Aber sie musste verschwinden.»

«Barb ist ein guter Mensch», stellt Kat fest.

«Ja.»

«Das hat sie nicht verdient.»

«Nein, hat sie nicht», sage ich.

Kat schweigt einen Moment. Vielleicht begreift sie langsam den Ernst der Situation.

«Hast du verstanden, was ich sagen will? Sie wollten Barb

umbringen, sie wollten mich umbringen. Das bedeutet, dass du auch in Gefahr bist.»

«Warum?», fragt Kat und senkt die Stimme. «Wir waren so verdammt vorsichtig. Das war ein Grund, warum ich abgehauen bin. Ich hab dieses Leben nicht mehr ertragen. Es gibt nur eine Möglichkeit, wie sie von mir erfahren haben könnten, nämlich, wenn du sie direkt zu mir geführt hättest. Was du übrigens gerade getan hast, falls dir jemand gefolgt ist.»

«Niemand ist mir gefolgt. Das ist nicht der Grund, warum sie von dir wissen.»

Sie starrt mich an. Plötzlich fällt der Groschen.

«Mein Gott. Du hast mir *nachspioniert*?»

«Ich musste wissen, ob es dir gut geht.»

«Blödsinn! Du hast mir nicht mal zugetraut, mein eigenes Leben zu führen, ohne dass du mich wie eine Helikoptermutter im Auge behältst. Dabei lebst du wie ein analoger Mönch ... kein Internet, kein Handy. Was hast du gemacht? Bist du in die örtliche Bibliothek gegangen, um mich auf Facebook zu suchen?»

«Es war nicht gerade die *örtliche* Bibliothek.»

«Ich achte bei meinen Social-Media-Aktivitäten auf maximale Privatsphäre.»

«Aber einige deiner Freunde nehmen es mit ihren Sicherheitseinstellungen nicht besonders genau.»

Kat schüttelt den Kopf. «Du bist eine echte Nervensäge, das ist dir hoffentlich klar?»

«Hab ich schon mal gehört.»

«Moment. Hast du das getan, weil du dir Sorgen um mich gemacht hast? Oder weil du wissen wolltest, ob ich mit jemandem zusammen bin? Sag mir die Wahrheit, sonst kannst du dich darauf verlassen, dass ich selbst die Polizei rufe.»

«Die Wahrheit? Ein bisschen von beidem.»

Sie lehnt sich zurück. «Ich glaub's nicht. Hoffentlich hast du dich wenigstens gut amüsiert.»

«Nicht besonders», sage ich. Die Untertreibung des Jahrzehnts.

«Gut.» Dann kommt ihr ein neuer Gedanke. «Aber niemand wusste, wo du warst. Wie sollte also jemand über dich an mich herankommen?»

«Ich schätze, dass sie mich schon eine ganze Weile im Auge haben. Was wahrscheinlich bedeutet, dass sie von dir wissen.»

Kats Handy beginnt zu plärren.

«Die Zeit ist um.»

«Ich bin noch nicht fertig.»

«Doch, bist du. Schön, mal wieder gequatscht zu haben. Mach dir ein nettes Leben. Oder was noch davon übrig ist.»

Sie schaltet den Alarm aus, nimmt das Handy und steht auf.


# 89 Ich greife nach ihrem Handgelenk.
«Lass mich los, VERDAMMT!»

Ich lasse sie los. «Hast du mich nicht verstanden? Du bist in Gefahr.»

«Ich weiß, was du vorhast», erwidert sie. «Du glaubst, wenn du mir Angst machst, ziehst du mich wieder mit rein. Aber ich habe keine Angst. Mit der Scheiße, in die du dich reingeritten hast, hab ich nichts zu tun. Und wenn jemand das Gegenteil glaubt, soll er ruhig kommen. Ich hab meine Entscheidung getroffen. Und bin zufrieden damit. Mit den Konsequenzen muss ich leben.»

«Wie kommst du auf die Idee, dass es nur um dich geht?»

Ich schaue hinüber zu Bun-Man, der mit grimmigem Eifer

die Dampfdüse einer Espressomaschine reinigt und uns misstrauische Blicke zuwirft.

«Er hat nichts damit zu tun», sagt Kat.

«Du hast ihm offensichtlich nicht von mir erzählt. Weiß er, wer dein Vater war? Und dass du vor gerade mal sechs Monaten jemanden mit einer Kettensäge umgebracht hast?»

«Das hab ich gemacht, um dir das Leben zu retten, du undankbarer Scheißkerl.»

«Prima. Dann erzählen wir es ihm, auf der Stelle.»

Jetzt packt sie mein Handgelenk. Sie setzt sich wieder und zieht mich mit nach unten.

«Er muss nichts davon wissen. Dieser Teil meines Lebens liegt hinter mir.»

«Glaubst du, so funktioniert das? Du verabschiedest dich einfach so? Du bist in dem Moment ins Spiel eingestiegen, als du dich mit mir eingelassen hast. Du wusstest, wer ich war. Du hast eine Entscheidung getroffen. Du hattest die Möglichkeit, dich herauszuhalten, und hast dich dagegen entschieden.»

«Was zum Teufel glaubst du, was ich hier mache?», fährt sie auf.

«Das hab ich mich tatsächlich schon gefragt.»

«Ich sag es dir. Ich versuche, etwas aus meinem Leben zu machen, ohne dass ich Leute töten muss. Du kannst dich gern über mich lustig machen, über ihn, über alles Mögliche. Aber glaub mir, es ist tausendmal besser als alles, was du mir je zu bieten hattest.»

«Du gehörst zum Spiel», wiederhole ich. «Und das bedeutet, dass er auch dazugehört. Nur dass er das nicht weiß, weil du Angst hast, ihm zu sagen, wer du wirklich bist. Er ist das unschuldige Opfer, nicht du. Wenn du sein Blut nicht an den Händen haben willst, hast du zwei Möglichkeiten. Entweder sagst du ihm die Wahrheit darüber, wer du bist und wer ich bin und was im Moment läuft ...»

«Oder?»

«Oder du hilfst mir, meine Tochter zu finden und die Sache zu Ende zu bringen.»

Kat sieht zu Bun-Man hinüber, der ein paar Tische weiter mit einem Löffel herumspielt und uns verständnislos und argwöhnisch beobachtet.

«Angenommen, ich stimme zu», sagt Kat vorsichtig. «Was genau brauchst du?»

«Das Erste, was ich brauche», sage ich, «ist ein Platz zum Schlafen.»

Kat senkt den Blick und schaut dann zur Ken-Puppe hinüber.

«Oh», sage ich. «Oh, nein. Oh, du willst mich verarschen.»

**90** Als ich ihr an seinen Tisch folge, steht Bun-Man mit angespannter Miene auf.

«Das ist Jones», sagt sie. Sie hat mich nie bei einem anderen Namen genannt als dem blödsinnigen Decknamen, mit dem ich mich am Tag, als wir uns kennenlernten, im Gästebuch ihres Motels eintrug.

«Okay», sagt er verdutzt.

Aus der Nähe ist seine Ähnlichkeit mit Ken fast schon surreal.

«Er wird für eine Weile bei uns wohnen», sagt Kat.

«Hi», sage ich und strecke ihm die immer noch blutverschmierte Hand entgegen. «Und du bist ...?»

«Ken», sagt er und schüttelt mir unvorstellbar schlaff die Hand.

«Nein, ernsthaft», sage ich. «Wie heißt du wirklich?»
Frostig erwidert er: «Ich heiße tatsächlich Ken.»

Ganz klar, dass wir keine Freunde werden.

**91** Echt Ken ist Geschäftsführer des Cafés und will tatsächlich Regisseur werden. In der Wohnung über dem Laden, die er zusammen mit Kat bewohnt, liegen überall Storyboards für einen Slacker-Horrorfilm herum, den er drehen will, sobald er das nötige Geld zusammenhat. Ich verkneife mir die Bemerkung, dass es nie dazu kommen wird, weil er von A bis Z nur Scheiße im Kopf hat.

Mein Bild von ihm wird noch dadurch getrübt, dass Echt Ken derjenige ist, der im Augenblick das Bett mit Kat teilt, nicht ich. Außerdem bin ich ziemlich sicher, dass sie in der ersten Nacht, in der ich auf dem Sofa der Wohnung schlafe, mit Absicht so laut vögeln, dass ich sie höre.

Die mit Tusche gezeichneten Storyboards selbst sind großartig, was weder für das Konzept noch für die Handlung gilt. Die Zeichnungen stammen von Kat. Sie arbeitet tagsüber im Café und studiert abends am Community College Grafik. Im Moment überarbeitet sie ihre Graphic Novel anhand von Anmerkungen, die Echt Ken gemacht hat. Ich verkneife mir die Bemerkung, dass die Story dadurch schlechter statt besser wird.

Ich bin nicht gekommen, um in ihrem Leben herumzupfuschen, sondern um meine Tochter zu suchen. Falls das bedeutet, dass ich jede Nacht zuhören muss, wie Kat und Echt Ken zur Sache gehen, dann sei es so.

Am nächsten Morgen, nachdem sie ihren Standpunkt noch einmal bekräftigt haben, geht Echt Ken nach unten, um das Café zu öffnen. Verständlicherweise will Kat alles genauer wissen. Nachdem ich Kens Schrank nach mehr oder weniger passender Kleidung durchwühlt habe, erzähle ich es ihr, so gut ich kann.

Addis Abeba, Ali Olusi, Gracious, wie sie zu Ali wurde, die verdammte/verzauberte gemeinsame Woche, die letzte Nacht, ihr Verschwinden, Harkonnens Auftritt, Staley, das Treffen mit Hipkiss. Die Kugel im Fenster, die Wölfe, Mireille, das Motel in Vermillion, die Bruchlandung mit dem Flugzeug des Sheriffs, die toten Polizisten in Sixteens Haus, die angeschossene Bar, DER Zahnarzt, Nicole, alles.

Kat hört aufmerksam zu, ohne mich aus ihren grünen Augen zu lassen. Sie stellt eine Menge gute Fragen zu Gracious, von denen ich einige beantworten kann, andere nicht. Danach ist sie eine Weile still. Ich weiß nicht, welche Gedanken ihr durch den Kopf gehen und werde es vielleicht auch nie erfahren.

Ich bin nicht so dumm oder naiv, dass ich glauben würde, sie hätte irgendein Interesse daran, unser früheres Verhältnis wieder aufleben zu lassen. Aber offensichtlich sorgen meine Worte über Gracious – vielleicht auch die Tatsache, dass ich für *irgendjemanden* so tiefe Gefühle aufbringen konnte – für einen Moment der Verblüffung.

«Also zur Sache!», sagt sie und schüttelt ihre Gedanken ab. «Harkonnen arbeitet für Hipkiss, weshalb du glaubst, dass sie Mireille hat. Irgendwie geht es um Deep Threat, hinter dem alle so gierig her sind, dass sie dafür in Motelzimmern Frauen foltern, Cops umbringen oder am helllichten Tag in Manhattan Hubschrauber abschießen. Und was immer es genau sein mag: Es bedeutet für die Menschheit das, was ein Asteroid für die Dinosaurier war.»

«Ziemlich gut zusammengefasst», bemerke ich.

«Aber warum hat sie keinen Kontakt zu dir aufgenommen? Warum sollte sie das Kind entführen, ohne irgendein Lösegeld zu fordern?»

«Es ging nicht um Lösegeld. Sie haben geglaubt, Gracious hätte das, was sie haben wollen, Mireille gegeben. Aber offenbar haben sie es nicht gefunden und sind daraufhin in mein Haus gekommen. Wo es auch nicht war. Das bedeutet, dass sie jetzt wahrscheinlich verhandeln wollen. Was wiederum bedeutet, dass ich ihnen eine Möglichkeit geben muss, mich aufzuspüren.»

Ich nehme eines der Wegwerfhandys aus der Tasche. Aus einem anderen ziehe ich die Batterie und eine SIM-Karte.

«Was bedeutet, dass ich das Ding hier einschalten muss.»

Kats Miene wirkt besorgt. «Können sie es nicht aufspüren? Deinen Standort triangulieren?»

«Kein Problem», sage ich. «Der Zahnarzt hat einen Weiterleitungsdienst eingerichtet, zu einem anderen Weiterleitungsdienst.»

Ich schalte das Handy ein.

Wir warten vier Stunden.

Es klingelt nicht.


In diesem Moment höre ich ein Geräusch an der Tür. Es ist Echt Ken, der mit seinem Telefon in der Hand aus dem Café hochkommt und außergewöhnlich verwirrt aussieht.

«Wie bitte? *Wen?*», fragt er.

Dann reicht er mir das Handy.

«Eine Frau ist dran», sagt er. «Sie will jemanden sprechen, der ‹Seventeen› heißt.»

«Ich dachte, sie wüsste nicht, dass du hier bist», zischt Kat.

«Das wusste sie auch nicht», sage ich und starre Echt Ken wütend an. «Jedenfalls bis eben.»


**92** «Sie ist hübsch», sagt Hipkiss. Ihre Stimme klingt älter und härter als damals. «Das Mädchen, meine ich. Sie hat ein sonniges Gemüt, wenn man bedenkt, was sie durchgemacht hat. Sie ist Ihre Tochter, stimmt's?»

«Lebt sie?»

«Natürlich.»

«Soll ich mich da ausschließlich auf Ihr Wort verlassen?»

«Ich habe mir schon vieles anhören müssen, aber als Lügnerin bin ich noch nie bezeichnet worden.»

«Mich haben Sie angelogen. Der Deal war, dass Sie Gracious nicht anrühren.»

«Harkonnen hätte ihr kein Haar gekrümmt, wenn sie ihm gegeben hätte, was er verlangt hat. Stattdessen hat sie es dem Mädchen gegeben. Aber sie hat es nicht mehr. Was bedeutet, dass Sie es entweder haben, wissen, wo es ist, oder es finden können.»

«Ich weiß nicht, wovon Sie reden.»

«Und ich denke, Sie lügen. Aber das ist letztlich egal. Sie müssen es nur bei uns abliefern, dann wird das Mädchen freigelassen.»

«Sie haben jemanden ermordet, den ich geliebt habe. Und trotzdem glauben Sie, ich spiele einfach mit?»

«Entweder das, oder Ihre Tochter stirbt. So kompliziert ist das nicht.»

«Bis vor ein paar Tagen wusste ich nicht mal, dass sie existiert. Wirke ich auf Sie wie ein Familienmensch?»

Sie lacht freudlos und nasal. «Nein. Ich halte Sie für einen

Romantiker. Vor all den Jahren waren Sie bei mir, um ihre Mutter zu retten. Wenn das Mädchen Ihnen egal wäre, würden Sie gar nicht mit mir reden.»

«Nehmen wir mal an, ich finde das, was Sie suchen. Dafür brauche ich ein bisschen Zeit. Mindestens zehn Tage.»

«Ausgeschlossen.»

«Um Himmels willen», sage ich. «Für wen halten Sie mich? Houdini? Ich werde wegen vier Morden und Kindesentführung gesucht. In meinem Haus wimmelt es von CIA- und FBI-Leuten. Die wissen, wer ich bin und dass ich wieder aktiv bin. Jetzt rechnen Sie noch die Scheiße gestern in Manhattan dazu und den Umstand, dass ich nicht mal weiß, wonach ich suchen soll. Entweder wollen Sie, dass ich es finde, oder Sie wollen es nicht.»

«Drei Tage», sagt sie schließlich. «Für einen Mann mit Ihren Fähigkeiten müsste das Zeit genug sein. Ich gebe Ihnen eine Nummer, die Sie anrufen, wenn Sie es haben. Wenn ich nichts von Ihnen höre, überlasse ich Ihre Tochter Mr. Harkonnen. Er hat ein paar ... problematische Erinnerungen an Ihre gemeinsame Zeit in Afrika. Ich bin sicher, Sie verstehen, was ich sagen will.»

Eine Weile ist nur statisches Knistern zu hören.

«Ich möchte, dass Sie etwas begreifen», sage ich, als ich meine Stimme wiederfinde. «Sollte ihr irgendetwas zustoßen ...»

«Oh, bitte», sagt sie. «Handler ist tot. Osterman ist tot. Sixteen ist tot. Die Mutter des Mädchens ist tot. Sie haben weder nennenswerte Unterstützer noch ausreichend Ressourcen. Ich hingegen verfüge über eine Menge Geld, die Sicherheitskräfte meines Bruders und Quellen in den obersten Etagen der fähigsten Geheimdienste weltweit. Sie würden maximal ein paar Wochen überleben.»

«Das würde mir reichen», sage ich.

«Vielleicht. Aber Ihre Tochter wäre trotzdem tot.»

**93** «Nur um es klarzukriegen», sagt Kat. «Es gibt zwei Möglichkeiten: Entweder du spürst eine existenzielle Bedrohung für die Menschheit auf und gibst sie einer religiösen Extremistin, die sich einen weißen Planeten wünscht. Oder ein neunjähriges Mädchen, das zufälligerweise deine Tochter ist, stirbt.»

«Ich wünschte, so einfach wäre es», sage ich. «Selbst wenn ich ihr gebe, was sie will, lässt Harkonnen mich niemals am Leben. Wenn er mich aus dem Weg räumt, darf er sich Eighteen nennen. Das und was immer sich hinter Deep Threat verbirgt, würde dazu führen, dass Hipkiss nicht mehr aufzuhalten ist.»

«Also rettest du Mireille?»

«Die Frau ist Milliardärin und hat ihre eigene Privatarmee. Ich habe buchstäblich niemanden. Ich weiß nicht, wo Mireille versteckt ist, und selbst wenn ich es wüsste, würden sie dort auf mich warten. Mich von Harkonnen abschlachten zu lassen, würde niemandem helfen.»

«Was folgt daraus?»

«Ich brauche Informationen. Sofort. Ich tappe immer noch im Dunkeln. Was *ist* Deep Threat? Wie hat Hipkiss davon Wind bekommen? Woher wusste sie, dass Gracious es hatte? Wenn ich ein paar dieser Fragen beantworten könnte, hätte ich vielleicht einen Ansatzpunkt.»

«Okay, wie wäre es damit?», sagt Kat. Während wir geredet haben, hat sie etwas gegoogelt, jetzt dreht sie ihren Laptop so, dass ich auf den Monitor schauen kann. Es ist ein in der *New York Times* erschienenes Porträt von Staleys Firma Whitecastle.

«Im dritten Absatz wird es gut», sagt Kat.
Ich überspringe den Anfang des Textes.

Als längerfristig etablierte, mittelgroße Firma in der privaten Sicherheits- und Nachrichtendienst-Szene hat Edgar Staleys Firma Whitecastle ihre Aktivitäten kürzlich auf die verschwiegene Welt von Malware und Zero-Days ausgeweitet. Nach dem Einkauf einer erstklassigen israelischen Hackergruppe gilt die Firma inzwischen als einer der entscheidenden Akteure in diesem Bereich.

Aber der Erwerb von Malware ist für staatliche Dienste wie CIA und FBI ein heikles Terrain. Exploits im eigenen Haus zu entwickeln, ist das eine, aber kriminelle Hacker dafür zu bezahlen, ein ganz anderes Thema.

Firmen wie die von Mr. Staley bieten einen Puffer gegen die Risiken, die mit der Zahlung gewaltiger Summen an Hackerteams einhergehen, die in der Vergangenheit durch Angriffe mit Ransomware oder den illegalen Zugriff auf Telefonverbindungen aufgefallen sind.

Das Geschäftsmodell ist simpel. Bei internationalen Sicherheitskonferenzen wie Black Hat, DEF CON oder Ekoparty kaufen Whitecastle und andere Zwischenhändler Zero-Days von Hackern und verkaufen sie dann den Nachrichtendiensten, oft mit einem Preisaufschlag von mehreren Hundert Prozent.

«So also hat Hipkiss von Deep Threat erfahren», sage ich zu Kat. «Staleys Firma hat davon Wind bekommen und Hipkiss Bericht erstattet. Sie muss es unbedingt gewollt und gleichzeitig Angst gehabt haben, dass jemand anders davon erfährt. Schließlich ist nicht mal sie in der Lage, einen Staat zu überbieten. Deshalb hat sie beschlossen, eine Abkürzung zu nehmen.»

«Aber du weißt noch immer nicht, worum es geht und was genau du suchst», sagt Kat.

«Nein», sage ich. «Aber ich kenne jemanden, der es weiß.»


**94** Vilmos ist Hacker, aber der Begriff wird ihm eigentlich nicht gerecht. Seine Exploits sind legendär, nicht nur wegen ihrer brutalen Schlichtheit, sondern wegen der Dreistigkeit, die ein echtes *Enfant terrible* auszeichnet. Jedes Mal, wenn Sie hören, dass eine kritische nachrichtendienstliche Information an die Öffentlichkeit gelangt sind, können Sie davon ausgehen, dass Vilmos dahintersteckt. In seiner Anfangszeit hat er den E-Mail-Server der Defense Intelligence Agency gehackt und jede Nachricht, die über ihn gelaufen ist, mit Pornografie verziert. Seine späteren Exploits, die allenfalls eine Spur weniger kindisch ausfielen, brachten eine geheime Backdoor der NSA in einem hochprofessionellen Verschlüsselungsprogramm ans Tageslicht. Für ihn endete die Aktion in einem Hochsicherheitsgefängnis. Inzwischen hält er sich an einem unbekannten Ort auf, aber zum Glück hat die Zeit im Gefängnis ihn kein bisschen mürbegemacht.

Die Nummer, auf der ich ihn anrufe, ist über die Jahre hinweg dieselbe geblieben, aber sie läuft über eine sich ständig ändernde Reihe von Relays, VPNs und Netzwerk-Proxys. Für meinen Anruf nutze ich eines der Wegwerfhandys, aber ich rechne nicht damit, dass er drangeht. Im besten Fall ruft er zurück.

Nach zehn Jahren passiert es zum ersten Mal, dass der Anruf ins Leere geht.

Ich rufe Vilmos' Twitter-Account auf, eine wilde Mischung aus Software- und Hardware-Hacking, *Star Wars*-Weisheiten, *Dungeons and Dragons*-Klatsch, Computerspiel-Speedruns, zynisch-idealistischen politischen Kommentaren, LGBTQ+-Themen und veganer Propaganda. Im Schnitt setzt er seit 2007 täglich fünfzig bis hundert Tweets ab, an guten Tagen bis zu zweihundert.

Aber der Account ist nicht mehr da.

Auch die Website, die er betreibt, existiert nicht mehr.

Vilmos ist verschwunden. Der Umstand, dass er seinen Account dichtgemacht hat, legt den Schluss nahe, dass er sich nicht einfach zurückgezogen hat, sondern auf der Flucht ist. Die aufgeschreckten Kommentare seiner Follower lassen erkennen, dass er eine Woche vor Beginn dieser ganzen Geschichte von der Bildfläche verschwunden ist.

Vilmos ist einer der besten Hacker der Welt.

Deep Threat ist eine Art kanzeröse Malware.

Sein Abgang kann einfach kein Zufall sein.


**95** Vilmos' Twitter-Account existiert nicht mehr, aber die Wayback Machine verfügt über ein tägliches Archiv seiner Hauptseite. Kat sucht dort nach Hinweisen, während ich an einem Python-Skript bastle, das eine Heatmap der Häufigkeit seiner Posts, der jeweiligen Tageszeit und der wechselnden Verteilung im Verlauf eines Monats liefern soll.

Zusammen starren wir auf Zehntausende von Punkten auf dem Monitor.

«Sieht cool aus», sagt Kat. «Aber ich weiß nicht, was uns das sagen soll.»

«Achte darauf, wann er *nicht* postet», sage ich. «Das dürften die Zeiten sein, in denen er schläft. Im Winter schickt er die letzten Posts gegen 20 Uhr Eastern Standard Time. Angenommen, er geht spätestens um ... 3 Uhr morgens ins Bett, dann wäre er an einem Ort, wo es 3 Uhr ist, wenn es hier 20 Uhr ist. Das ergibt einen Unterschied von sieben Stunden. Er wäre also auf derselben geografischen Länge wie meinetwegen Ungarn.»

«Okay», sagt Kat. «Aber das sagt noch nichts darüber aus, wie weit nördlich oder südlich er sich aufhält. Wir wissen nicht mal, auf welcher Erdhalbkugel er sich rumtreibt.»

«Doch», sage ich. «Im Sommer sind es nur wenige Stunden, in denen keine Aktivität herrscht, ungefähr von 6 bis 7 Uhr abends EST. Das bedeutet, dass die Nächte deutlich kürzer sind.»

«Dann wäre er weit nördlich des Äquators. Also Nordeuropa?»

«Das würde ich vermuten», sage ich. «Hast du irgendwas gefunden?»

«Vielleicht», sagt Kat. «Er hat jeden westlichen Geheimdienst gegen sich aufgebracht. Alle würden ihn gern in die Finger kriegen. Aber er behauptet, er halte sich in einem Land ohne Auslieferungsabkommen mit den USA auf. Wenn er im nördlichen Europa ist, dann kämen Russland, Belarus oder die Ukraine infrage.»

Ich schüttle den Kopf. «Ich glaube, er lügt.»

«Warum?»

«Weil die Ukraine Kriegsgebiet ist, und die beiden anderen schwulenfeindlich. Und schwul zu sein, ist für ihn zentraler Bestandteil seiner Identität. Wahrscheinlich hält er sich in einem Land auf, das Homosexuellen gegenüber positiv eingestellt ist, aber nahe genug an der russischen Grenze, um sich im Zweifelsfall dort in Sicherheit zu bringen.»

«Also ein Staat mit einer Grenze zu Russland und liberaler Gesetzgebung, was Schwulenrechte angeht. Was bedeutet ...?»

«Finnland. Oder der nördliche Zipfel von Norwegen.»

Kat lehnt sich mit skeptischer Miene zurück.

«Ich habe das Gefühl, wir spekulieren bloß.»

«Das tun wir auch», sage ich. «Aber wir haben keine Wahl. Was wissen wir sonst noch?»

«Er ist ständig online. Was bedeutet, dass er Highspeed-Internet braucht. Nicht nur Highspeed, sondern Super-Highspeed.»

«Und sonst?»

«Er ist Ungar, jedenfalls dem Namen nach. Also muss es ein Ort sein, an dem Ausländer leben können, ohne allzu viele Fragen gestellt zu bekommen», sagte Kat.

«Also eine Art internationale Gemeinschaft. Eine Universität vielleicht, mit Technik-Schwerpunkt.»

«Helsinki», sagt Kat mit einem Blick auf Google Maps. «Das muss es sein. Die Technische Universität liegt zwei Stunden von der russischen Grenze entfernt.»

Ich starre auf die Karte, die sie aufgerufen hat.

«Das gefällt mir nicht. Der Grenzübergang ist ziemlich groß und bestens überwacht. Wenn man auf der Flucht ist, sind zwei Stunden eine lange Zeit. Bis er die Grenze erreicht, kann er locker abgefangen werden.»

«Aber ich sehe keine anderen größeren Städte mit Technik-Zentren», sagt Kat.

«Worauf hat er in letzter Zeit seinen Schwerpunkt gelegt?»

«Digitaler Anarchismus», sagt Kat. «Informationen wollen frei sein und so weiter. Er hat eine kolossale Tirade über ein Start-up vom Stapel gelassen, das ein Netzwerk von Überwachungssatelliten installiert hat.»

«Militärisch?»

«Nein, zivil.» Sie ruft die Website der Firma auf. «Sie nehmen die ganze Erdoberfläche auf, mit allen Verfahren von Infrarot bis UV. Man kann die Daten abonnieren, aber es ist scheißteuer. Er sagt, wenn die Daten frei zugänglich wären, könnten Bauern sofort erkennen, wenn ihre Ernten in Gefahr sind. Jeder wäre in der Lage, Truppenbewegungen oder Waldrodungen zu erkennen, all das, worüber heute nur CIA und NSA und solche Leute Bescheid wissen.»

Ich lasse es einen Moment sacken. Dann kommt mir die Erleuchtung.

«Verdammt», sage ich. «Ich weiß genau, wo er ist.»


**96** Ich zoome an eine Insel heran, die nördlich der Nordspitze Norwegens liegt, weit jenseits des Polarkreises.

«Spitzbergen. Das muss es sein. Offiziell gehört es zu Norwegen, aber es gibt einen Vertrag, der den Russen Schürfrechte einräumt. Es gibt zwei größere Ansiedlungen. Longyearbyen ist international – *richtig* international –, und Barentsburg ist fast komplett russisch, es gibt dort sogar ein Konsulat. Um dorthin zu ziehen und dort zu arbeiten, braucht man kein Visum. Wir reden mehr oder weniger über den Wilden Westen. Die russische Insel Nowaja Semlja ist das am nächsten gelegene Stück Land.»

«Warum hab ich den Eindruck, ich hätte schon mal davon gehört?»

«Die Globale Pflanzensamenbank liegt dort. Millionen von Samenproben aus der ganzen Welt. Für den Fall, dass ein Neustart des Planeten nötig wird. Aber das ist es nicht, was Vilmos interessiert.»

Ich zoome an ein Netzwerk von Kuppeln auf einem Plateau oberhalb von Longyearbyen heran.

«Siehst du? Das ist die SvalSat-Satellitenstation. Eine von nur zweien, die Satelliten in einer polaren Umlaufbahn beobachten können. Darauf steht Vilmos. Die NASA, die ESA, alle leiten ihre Daten über SvalSat. Um diese Daten aufs Festland zu bringen, ist unter Wasser ein Fiberglaskabel verlegt worden, was bedeutet, dass Spitzbergen über eine der schnellsten Internetverbindungen der Welt verfügt. Auf der Liste von Daten, die Vilmos allen zugänglich machen will, steht das, was die Satelliten liefern, ziemlich weit oben. Wenn es ihm gelänge, sich dort hineinzuhacken, würde sein Traum wahr. Und falls es zu heiß für ihn wird, sind es nur dreißig Kilometer bis zu einem russischen Konsulat. Er müsste nicht mal eine Grenze überqueren.»

Kat lehnt sich mit skeptischer Miene zurück. Den Blick kenne ich. *In Deckung!*

«Okay, schön», sagt sie. «Alles ganz clever, ganz nett. Aber du hast keinen einzigen Beweis. Was ist, wenn du dich irrst? Wenn du nach Spitzbergen fliegst, und er ist nicht da? Oder er ist da, hat aber nicht die geringste Ahnung von Deep Threat? So oder so bist du gearscht, und dann ist es zu spät. Glaubst du wirklich, du nutzt deine Zeit am sinnvollsten, indem du auf gut Glück irgendeinem Nerd hinterherjagst?»

«Ein Mensch, den ich geliebt habe, ist tot. Und meine Tochter wurde entführt, weil ich sie allein bei einer Zivilistin gelassen hab, statt sie selbst zu beschützen. Im Augenblick habe ich eine einzige Spur. Eine einzige Chance, sie zurückzubekommen. Und zwar diese. Wenn du eine bessere Idee hast ...»

«Das ist der andere Punkt», sagt Kat. «Du hast keinen Beweis, dass sie wirklich deine Tochter ist. Du hast nur ein paar

Stunden mit ihr verbracht, du *kennst* sie praktisch nicht, aber du willst um jeden Preis dein Leben für sie aufs Spiel setzen? Das ergibt einfach keinen Sinn.»

«Warum? Weil ich ein Arschloch bin?»

«Das ist eine mögliche Bezeichnung.»

«Sie ist ... ein Teil von mir», sage ich und suche nach den richtigen Worten. «Wenn ich nicht wäre, würde sie nicht existieren. Das bedeutet, dass das, was sie gerade durchmacht, auf meine Rechnung geht. Das arme Mädchen hat sich das alles nicht ausgesucht. Dabei ist es völlig unwichtig, was ich fühle.»

«Nämlich?»

«Ich weiß nicht. Vielleicht gibt es keinen Begriff dafür. Vielleicht muss es auch keinen geben. Gefühle helfen ihr im Moment nicht weiter. Worauf es ankommt, ist, was ich *tue*.»

Kat schaut mich an. Zum ersten Mal, seit sie aus meinem Leben verschwunden ist, wirkt es nicht so, als würde sie jemanden anschauen, den sie hasst.

«Weißt du», sagt sie. «Wenn ich dich nicht besser kennen würde, könnte ich den Eindruck bekommen, du entwickelst ein *Gewissen*.»

**97** Inzwischen ist es fast zwei Uhr morgens. Das Café hat schon vor Stunden dichtgemacht, aber von Echt Ken ist nichts zu sehen.

«Er hat ein Meeting», sagt Kat in einem verteidigenden Tonfall, der mich die Antennen ausfahren lässt. «Es geht um den Film. Er trinkt etwas mit einem Schauspieler, den er vielleicht besetzen möchte.»

Wenn sie einem Thema ausweichen wollen, schauen die meisten Leute weg. Kat nicht. Sie starrt einem genau in die Augen, als wolle sie sagen: Trau dich doch. Im Moment wirft sie mir genau diesen Blick zu.

«Schauspieler oder Schauspielerin?», frage ich.

Nachdem ich ihn im Café beobachtet habe, als sie ihm den Rücken zuwandte, kann ich mir die Frage eigentlich selbst beantworten.

«Was zum Teufel geht dich das an?»

«Ich nehme an, es ist nicht das erste Mal. Glaubst du, er kommt heute noch nach Hause, oder ...?»

«Na schön», sagt sie. «Willst du die Wahrheit hören? Wir führen eine offene Beziehung. Wenn er mit anderen Leuten bumsen will, kann er das tun. Und ich auch.»

«Machst du es?»

«Vielleicht hab ich keine Lust dazu.»

«Mensch, Kat. Du hast was Besseres verdient.»

«Was denn? Dich vielleicht?»

«Nein, nicht mich. Nur ... etwas Besseres als jemanden, der nicht mal ansatzweise zu schätzen weiß, was er an dir hat.»

«Oh, spricht da der Experte?»

Ich schüttle den Kopf. «Eigentlich brauchst du nicht mich, um dir das zu sagen. Vielleicht bin ich ein Mörder und alles, was du mir sonst noch vorwirfst. Aber als ich in dein Motel gekommen bin, hast du gesehen, wie in deinem Leben eine Tür aufging. Du bist mit Volldampf durch diese Tür marschiert. Jetzt willst du sie wieder schließen, und das macht dich fertig. Meine Güte, Kat, hier in der Wohnung eines Schwachkopfs zu sitzen und darauf zu warten, dass er nach Hause kommt, nachdem er es mit einer anderen getrieben hat? Ist es das, was du vom Leben willst?»

«Halt's Maul», sagt sie. «Du kannst einfach nicht ertragen, dass ich ein Leben habe, in dem du nicht vorkommst. In dem keine Leute ermordet werden. Und dass du nichts tun kannst, um mich zurückzubekommen.»

«Schön», sage ich. «Soll ich es zugeben? Ja, ich kann den Gedanken nicht ertragen, dass du mit einem anderen zusammen bist. Und nein, seit du gegangen bist, gab es keinen Tag, an dem ich nicht an dich gedacht hätte. Aber ich mache mir keine Illusionen darüber, dass ich dich jemals zurückhaben könnte. Das ist hoffnungslos. *Ich* bin hoffnungslos. Du aber nicht.»

«Ist dir nie der Gedanke gekommen, dass ich es vielleicht so *will*?»

«Willst du es denn?»

Sie antwortet nicht.

«Es geht mich nichts mehr an, wohin du gehst, was du machst, mit wem du dich zusammentust. Aber ich merke, wenn mich jemand belügt, sogar bei dir. Du musst mir einfach nur sagen, dass es für dich in Ordnung ist, dass es das ist, was du willst, dass dieses Leben dich glücklich macht. Dann verspreche ich dir, für immer den Mund zu halten.»

Kat kaut auf ihren Wangen, und einen Moment lang glaube ich, sie könnte weinen, was sie sonst nie tut. Dann steht sie plötzlich auf.

«Es macht mich glücklich, okay? Es macht mich richtig, richtig glücklich. So glücklich, dass ich kotzen könnte.»

Sie geht ins Schlafzimmer und knallt die Tür hinter sich zu.

**98** Echt Ken trudelt gegen halb sechs ein. Ich höre den Schlüssel in der Tür, dann versucht er, an mir vorbeizuschleichen, ohne mich zu wecken. Aber er ist betrunken und stolpert über die Teppichkante. Ich höre, wie er die Tür zum Schlafzimmer aufmacht und wieder schließt.

Ich horche auf die Geräusche von Sex im Schlafzimmer, aber ich höre nichts.

**99** Ich bin hellwach, und den Luxus des Schlafs kann ich mir nicht leisten, also mache ich Kaffee.

Das Problem ist: Kat hat recht, ich kann mir keinen Irrtum leisten. Also widme ich mich noch einmal Vilmos' Twitter-Archiv. Eine Stunde später entdecke ich etwas, das ich bei meiner ersten Suche übersehen habe, weil ich nicht weit genug zurückgegangen bin. Vor drei Jahren gab es in seinen Tweets eine unerklärliche Lücke von vier Tagen. Es war das einzige Mal, dass er länger als zwölf Stunden nicht gepostet hat.

Es hat etwas zu bedeuten, aber ich weiß nicht, was.

Bei Google starte ich eine Suche nach Zeitungsartikeln über SvalSat aus dem fraglichen Zeitraum. Gleich auf der ersten Trefferseite finde ich es.

Leise klopfe ich an die Schlafzimmertür. «Kat! Kat!»

Verschlafen und in ein Laken gewickelt, kommt sie zur Tür. Hinter ihr liegt Ken – völlig weggetreten, Kopf zurück, Mund offen.

«Ich hab einen Beweis entdeckt.»

Sie folgt mir ins Zimmer und setzt sich neben mich aufs Sofa. Ich versuche zu ignorieren, dass sie unter dem Laken praktisch nackt ist und den warmen moschusartigen Geruch des Schlafs mitgebracht hat.

«Schau dir das an. Vor Jahren hatte ein grönländischer Krabben-Trawler ungefähr acht Kilometer vor der Küste von Spitzbergen einen Motorschaden. Im näheren Umkreis des Kabels darf niemand ankern, aber wenn sie das nicht getan hätten, hätten sie das Schiff und vielleicht auch die Besatzung verlieren können. Also haben sie den Anker ausgeworfen, der ein Stück über den Meeresboden geschleift wurde und beide Kabel durchtrennt hat. Viereinhalb Tage war Spitzbergen vom Internet abgeschnitten, bis ein Kabelleger rausfahren und den Schaden reparieren konnte. Jetzt schau dir Vilmos' Twitter-Archiv an ...»

Ich rufe es auf.

«Es sind genau die Daten, an denen er Funkstille hat. Das Kabel wird um 16 Uhr 45 Ortszeit repariert. Buchstäblich zwei Minuten später, um 16 Uhr 47, setzt er den nächsten Tweet ab.»

«Wow», sagt Kat.

«Glaubst du mir jetzt?»

Sie nickt.

Durch die offene Schlafzimmertür höre ich, wie Echt Ken furzt und sich auf die andere Seite dreht.

Kat sieht mich an.

«Ich komme mit.»

# TEIL VII

**100** Spitzbergen ist atemberaubend schön. Um diese Jahreszeit gibt es ungefähr sechs Stunden Tageslicht, aber die Sonne hebt sich nie weit über den Horizont. Sie taucht die spitzen Berggipfel in eindrucksvolle Orange- und Rosatöne, bevor sie wieder versinkt und die Insel in ein Zwielicht hüllt, das nie richtig zur Nacht wird. Siebenundzwanzig Stunden und drei Anschlussflüge nach unserem Start von JFK sinken wir durch horizontal verlaufende Sonnenstrahlen in den blauen Schatten der schneebedeckten Berge rings um Longyearbyen.

Überall sind Pipelines, Baustellen, verlassene Fahrzeuge und längst außer Dienst gestellte Pfeiler, an denen einst per Seilbahn Kohle transportiert wurde. Am Stadtrand stehen Schilder: Ab hier ist es wegen der Gefahr, von Eisbären angegriffen zu werden, gesetzlich verboten, ohne Feuerwaffe weiterzugehen.

Oberhalb der Stadt decken weiße, an Golfbälle erinnernde Konstruktionen die Satellitenschüsseln von SvalSat ab. Direkt darunter befindet sich der an eine Festung erinnernde Zugang zur Globalen Pflanzensamenbank. Ein zweiter Zugang zur selben Mine gehört zum Arctic World Archive, das die weltgrößte Softwaresammlung beherbergt. In digitale Filmrollen gebrannte Bits und Bytes, die mindestens fünfhundert Jahre überdauern werden.

Gut zweitausend Menschen leben hier, dazu einige Hundert in der Satellitenstation über der Stadt, das ist alles. Jeder kennt hier jeden, und ein Exzentriker wie Vilmos dürfte sich kaum über längere Zeit verstecken können.

Kat reist mit ihrem regulären Pass. Meiner weist mich als Kanadier namens Jack Sitoski aus. Longyearbyen ist ein sich schnell entwickelndes Touristenziel – es gibt ein Radisson Blu und ein Museum für Arktisforschung –, aber wir brauchen ein etwas flexibleres Versteck. Also haben wir die beiden noch zu habenden spartanischen Zimmer im Svalbard Artists Centre gemietet, einer ehemaligen Fischfabrik gleich am Hafen.

Ein Hilux-Taxi mit Vierradantrieb bringt uns eine schmale Schotterstraße hinauf zu einem länglichen Gebäude mit Blechwänden. Dort begrüßt uns die Leiterin des Künstlerzentrums, Sarah Pybus, mit dem munteren Enthusiasmus eines Labradors. Sie ist eine herzliche Amerikanerin, geschieden. Ihre riesigen, semiabstrakten, blau-weißen Leinwände mit arktischen Landschaften hängen an mehreren Stellen des höhlenartigen Fabrikgebäudes. Als wir die Taschen ins Haus tragen, hat sie uns schon mit der Geschichte der Stadt und ihrer Bewohner, dem Sozialleben, einer guten Portion Klatsch und den besten Tipps zum Essen und Trinken vertraut gemacht.

Wann immer sie kurz zu Wort kommt, gibt Kat unsere Tarngeschichte zum Besten. Sie ist Künstlerin, ich Schriftsteller. Wir haben einen Vorschuss von einem unabhängigen Verlag im Staat New York für eine Graphic Novel über die globale Erwärmung und das fragile Ökosystem der Arktis bekommen. Ihre Vorstellung ist absolut überzeugend, die Details präzise und gleichzeitig so vage, dass sie unmöglich nachzuprüfen sind (*welcher* unabhängige Verlag genau, und wer kennt ihn schon?). Fast überzeugt sie auch *mich*.

«Sie ist nett», sagt Kat, als Pybus sich mit einem Winken ihrer mit Farbe bekleckerten Hand zurückzieht.

«Sie arbeitet für die CIA», sage ich.

«*Was?*»

«Hast du gemerkt, dass sie überhaupt keine Fragen gestellt und nur über sich gesprochen hat?»

«Würde eine Spionin nicht genau das Gegenteil tun?»

«Nicht, wenn sie gut ist», erwidere ich. «Du hast ihr praktisch unsere komplette Geschichte erzählt, ohne dass sie auch nur einmal gefragt hätte. Im Moment googelt sie uns.»

«Nur weil sie gern über sich redet, muss sie noch keine Spionin sein.»

«Hast du ihre Biografie gecheckt?»

«Klar», sagt Kat. «Sie ist Künstlerin. Jede Menge Ausstellungen, hat an der Corcoran studiert.»

«Und ihr Mann?»

«Sie ist geschieden.»

«Genau. Und der frühere Mr. Pybus war Diplomat. Sie haben zwanzig Jahre in den früheren Satellitenstaaten verbracht. Ihre Abschlussarbeit an der Kunstakademie hatte Rodtschenko zum Thema. Viele Besuche in Moskau. Nach der Trennung von dem Diplomaten hat sie ein Jahr lang in Karelien Landschaften gemalt. Gleich an der russischen Grenze, nahe dem Übergang, an dem die Briten den Überläufer Oleg Gordijewski im Kofferraum eines Autos rausgeholt haben, nachdem er aufgeflogen war.»

«Warum führt sie dann hier ein Künstlerzentrum?»

«Weil die russische Atom-U-Boot-Flotte durch die Barentssee muss, und falls es zu einer Konfrontation zwischen der NATO und Russland kommt, ist das Gebiet hier binnen Tagen unter russischer Kontrolle. Das Künstlerzentrum ist eine Tarnung für Leute wie uns, die hier rumschnüffeln wollen und einen guten Vorwand brauchen, um Diagramme zu zeichnen, Notizen zu machen und zu fotografieren.»

Kat schaut sich um, plötzlich wirkt sie erschreckt. «Glaubst du, der Laden ist verwanzt?»

«Auf keinen Fall», sage ich. «Falls irgendjemand eine Wanze findet, fliegt ihre Tarnung auf. Im Augenblick glaubt sie, dass wir die sind, für die wir uns ausgeben. Aber sie wird heute Abend einen Bericht schicken, und Langley wird nicht lange brauchen, um zwei und zwei zusammenzuzählen. Sie werden die Norweger lieber nicht informieren, sodass uns vierundzwanzig Stunden bleiben, bevor hier ein Team eintrifft.»

«Denkst du wirklich, sie hat uns die Geschichte geglaubt?»

«Du hast sie jedenfalls großartig verkauft.»

Zum ersten Mal auf dieser Reise lächelt sie, und ich muss mich – nicht zum ersten Mal – daran erinnern, dass es hier nicht darum geht, was zwischen uns sein oder nicht sein könnte. Es geht um meine Tochter, und wenn ich Hipkiss nicht bringe, was sie von mir will, wird Mireille sterben.

**101** Während draußen der Tag ausklingt und in Zwielicht übergeht, sitzen wir auf dem Bett und schmieden Pläne. Wir haben Vilmos' Twitter-Archiv nach kleinsten Hinweisen auf persönliche Informationen durchforstet. Aber er war außergewöhnlich vorsichtig: Die einzige Nachlässigkeit, die er sich geleistet hat, fand sich auf dem Foto eines kommerziellen Routers, den er zerlegt und dessen Funktionsweise er analysiert hatte. Auf einem schwarz glänzenden Computergehäuse war die Reflexion einer Hand und eines Stücks Ärmel zu erkennen. Als ich das JPEG mit Photoshop öffnete, heranzoomte und den Kontrast nachjustierte, wurden eine Falte im Handgelenk und Wurstfinger sichtbar.

Auf Twitter erwähnte Vilmos immer wieder seinen Körperumfang. Fat Pride schien für seine Identität eine ebensolche Rolle zu spielen wie die sexuelle Orientierung. Bis ich das Bild sah, war ich nicht sicher, ob er damit eine falsche Fährte legen wollte, die zu seinen ausgefeilten Sicherheitsvorkehrungen gehörte. Aber nein, er war so dick, wie er immer behauptete.

Das Auffälligste war allerdings sein Hemdsärmel. Zwar waren die Farben durch die Bearbeitung in Photoshop verfälscht, aber er hatte unverkennbar ein Blumenmuster im typischen Stil der Siebziger.

Einen anderen Hinweis haben wir nicht. Er muss reichen.

Im Laden in der Stadt mieten wir bei einem wahren Grizzlybär von Mann Schneemobile mit langen Kufen, Schneeanzüge, Funkgeräte für den Notfall und Repetiergewehre, die wegen der Eisbären vorgeschrieben sind. Der Ladenbesitzer ist ein Russe, der früher Bergarbeiter in der direkt an der Küste gelegenen, inzwischen stillgelegten Siedlung Pyramiden war. Er unterhält uns mit Geschichten darüber, wie er einmal mit einem norwegischen Bergmann, den er beim Angeln kennengelernt hat, ein Dutzend Flaschen Wodka gegen eine Casio-Armbanduhr getauscht hat. Oder ein Paar Stiefel gegen norwegische Verbrauchermagazine, die vom KGB als feindliche Propaganda konfisziert wurden.

Er bietet sich als Führer an, aber wir erklären, wir wollten die Gegend selbst erkunden und könnten auf uns aufpassen.

Komplett ausgestattet gehen wir hinaus in die Nacht und vergnügen uns zwanzig Minuten, indem wir mit den Schneemobilen auf dem Parkplatz Kringel drehen.

«Also wohin?», fragt Kat schließlich und nimmt den Helm ab. Von ihren schweißnassen Haaren steigt Dampf in die eiskalte Nacht.

«Vilmos kann noch nicht allzu lange vor Ort sein. Hier herrscht ein ständiges Kommen und Gehen … Ingenieure, Wissenschaftler, Forscher. Aber neue Gesichter fallen auf. Und ich würde ihn nicht gerade als unscheinbar bezeichnen. Selbst wenn er sich inzwischen versteckt hält, dürfte er bei seiner Ankunft bemerkt worden sein. Ich schlage vor, wir gehen dorthin, wo sich die Einheimischen treffen.»

Kat grinst. «Also in die Kneipe. Damit kann ich leben.»

**102** Der Pub ist winzig, mit alten Schwarz-Weiß-Bildern von Bergarbeitern dekoriert und voller Einheimischer, manche bärtig und schroff, andere frisch geschrubbt und gebadet. Wir finden einen Platz am Tresen, zwischen einem grauhaarigen Veteranen und einem Paar junger Deutscher mit weißen Rollkragenpullovern, die aussehen, als wollten sie dem Barkeeper jeden Moment ein Electro-Wave-Mixtape in die Hand drücken.

«Toll hier», sagt Kat. «CIA, Russen, vorbeifahrende Atom-U-Boote. Als wäre der Kalte Krieg nie zu Ende gegangen.»

«Ist er auch nicht», sage ich. «Der Westen hat die Mauer fallen sehen und sich dann vom Irak und von Afghanistan ablenken lassen. Der KGB hat sich jedoch nie aufgelöst, sondern sich bloß einen neuen Namen gegeben. Der FSB hat die Aufgaben im Inneren übernommen, während die GRU im Ausland weitermacht. Die alten Raketen sind immer noch auf Washington und Moskau gerichtet. Aber die vorderste Front erlebst du nur hier.»

Die deutschen Electro-Wave-Zwillinge küssen sich. Der alte Sack auf anderen Seite wirft ihnen einen wütenden Blick zu und murmelt etwas vor sich hin.

Der Barkeeper, ein groß gewachsener Kerl mit schwarzem Strick-Beanie und Holzfällerhemd, bekommt es mit.

«Das reicht, Olavi», sagt er auf Englisch. «Raus.»

Olavi flucht auf Estnisch und rührt sich nicht vom Fleck. Er ist einen knappen Meter breit und hat Hände wie Teller. «Scheiß Schwule», sagt er auf Englisch. «Sollen sie doch einen eigenen Laden aufmachen.»

«Raus, hab ich gesagt.» Aber der Barkeeper ist schmal wie ein Zweig, den Olavi mit einer Hand durchbrechen könnte.

Einer der besten Lehrer, die ich je hatte, war ein Ex-Colonel im estnischen Geheimdienst. Abgesehen von einem Dutzend ganz anderer Fähigkeiten hat er mir auch die Grundzüge seiner Sprache beigebracht. Ich tippe dem Riesen sanft auf die Schulter, er schaut mich überrascht an.

«Olavi», sage ich leise. «Er ist ein Winzling, er kann dir nichts. Aber ich könnte dich derart vermöbeln, dass du nie wieder richtig gehen kannst.»

Olavi wendet mir seinen mächtigen Brustkorb zu und versucht offenbar, seine Chancen abzuwägen.

Ich greife ihm zwischen die Beine und quetsche ihm die Eier, so fest ich kann.

Vor Schmerz springen ihm beinahe die Augen aus den Höhlen.

«Wie wär's, wenn du einfach tust, was er sagt? Abgemacht?»

Olavi nickt, ich lasse ihn los. Er schüttet den Rest seines Drinks herunter, setzt sich mit majestätischer Langsamkeit die Mütze auf und verschwindet mit dem breitbeinigen Gang eines Cowboys nach draußen.

«Danke», sagt der Barkeeper und schiebt uns eine weitere Runde herüber.

«Für die Alten ist es schwer. Wenn in den Bergarbeitercamps auf der russischen Seite zwei Männer zusammen entdeckt werden, kann es für beide tödlich enden. Inzwischen haben wir Gay-Pride-Paraden, im Sommer war die erste.»

Kat starrt eines der Fotos an. «Entschuldigung, darf ich mir das mal anschauen? Das Foto?»

Er nimmt es von der Korkwand und reicht es ihr.

«Hast du etwas entdeckt?»

Kat deutet auf eine der Gestalten bei der Parade. Es ist ein Mann von seltsamer Statur, die an einen Apfel auf zwei Zahnstochern erinnert. Seine dichten Locken fallen bis auf die Schultern, er trägt eine schwarze Helly-Hansen-Windjacke und eine übergroße Paris-Hilton-Sonnenbrille.

«Das ist er», sagt sie. «Vilmos. Das ist er.»


**103** «Du meinst, nur weil er in der Pride-Parade mitläuft und ein bisschen stämmig ist, muss es Vilmos sein?»

«Nicht deswegen», sagt Kat. «Schau mal.»

Sie zieht ihr Handy aus der Tasche, ruft die Kamera auf und zoomt heran. Der Reißverschluss der Windjacke steht gerade so weit offen, dass darunter ein Hemd zu erkennen ist. Es trägt ein Blumenmuster, dasselbe, das wir auf dem Bild auf Vilmos' Twitter-Account entdeckt haben.

Ich schaue zum Barkeeper hinüber.

«Meine Freundin glaubt, Sie kennen den Kerl hier. Haben Sie eine Ahnung, wo wir ihn finden können?»

Der Barkeeper nimmt das Foto, mustert es gründlich und reicht es uns zurück.

«Hier kommen im Sommer eine Menge Leute durch. Wahrscheinlich ist er einfach ein Tourist.»

Eine Hälfte des Electro-Wave-Duos beugt sich herüber.

«Wir sind auch in der Parade mitgegangen. Dahinten. Vielleicht kennen wir ihn.»

Er nimmt das Foto und zeigt es seinem Doppelgänger. Sie stecken die Köpfe zusammen, dann dreht er sich wieder zu uns um.

«Ja, wir können uns erinnern. Keiner kannte ihn, aber er wirkte nicht wie ein Tourist.»

«Hat er vielleicht erwähnt, wo er übernachtet?»

Der Deutsche schüttelt den Kopf. «Ich kann mich mal umhören, wenn ihr wollt. Was soll ich denn sagen, wer nach ihm sucht?»

«Gar nichts», sagt Kat mit einem Lächeln. «Es soll eine Überraschung werden.»

Er nickt, gleitet von seinem Stuhl herunter und geht zu einem anderen Tisch. Es dauert nicht lange, da wird das Foto im ganzen Pub herumgereicht.

Kat trinkt nachdenklich ihren Cognac.

«Da ist noch etwas, das ich dich fragen wollte.»

«Okay.»

«Hast du sie geliebt? Mireilles Mutter? Ich meine, *so richtig*?»

Ich wende den Blick ab. «Hat das eine Bedeutung?»

«Ja», sagt Kat. «Ja, irgendwie schon.»


**104** Für einen winzigen Moment bin ich wieder in Äthiopien. Ich höre Gracious atmen, während draußen der Verkehr vorbeirauscht, und frage mich, ob ich den Mumm habe, sie zu töten. Dann blitzt ein Bild von ihrer Leiche auf dem Motelbett auf, kein Mensch mehr, nur noch ein Ding.

Ich muss warten, bis die Erinnerung verschwindet.

«Ich glaube schon.»

«Wenn du es *glaubst*, dann hast du sie nicht geliebt.»

«Okay, ja. Ich hab sie geliebt. Zufrieden?»

«Wahrscheinlich hab ich nicht geglaubt, dass du dazu in der Lage bist.»

«Ich auch nicht», sage ich wahrheitsgemäß. Damals hatte ich keine Worte dafür, aber nach Junebugs Tod hatte ich mich von allen Gefühlen verabschiedet. Es war nicht so, als hätte ich nichts *gespürt*, aber die Gefühle drangen nicht richtig zu mir durch. Und nicht aus mir heraus. Ich war eine menschliche Rohrbombe. Der Druck wurde größer und größer und größer, bis er in einem unkontrollierbaren Anfall explodierte und mich unausweichlich in eine schlimmere Situation als zuvor brachte. In meiner kindlichen Perspektive hatte die Welt mir das Schlimmstmögliche angetan, und ich hatte keine andere Wahl, als diese Nettigkeit zu erwidern.

«Warum *sie*? Warum Gracious und niemand sonst?»

Ich musste kurz nachdenken. «Wahrscheinlich wusste ich die ganze Zeit, dass sie nicht nur dieses reine, unschuldige, jungfräuliche Mädchen im weißen Kleid war, das mich beim ersten Date in eine Kirche führte. In ihr gab es etwas, das sie stark und hart gemacht hatte. Als ich dann herausfand, wer sie wirklich war, musste ich nichts erklären. Ich musste mich nicht rechtfertigen. Sie hatte auf die einzige Art und Weise überlebt, die sie kannte, und das galt auch für mich.»

«Warum hast du nachher nie versucht, sie aufzuspüren?»

«Ich weiß nicht.»

«Ich schon», sagt Kat.

«Willst du mich erleuchten?»

«Willst du es hören?»

«Ich komm schon damit klar.»

«Okay», sagt Kat. «Du hast nie versucht, sie aufzuspüren, weil die ganze Sache eine Fantasterei war. Eine Art Urlaubsliebe. Du hattest vorher nie eine Beziehung gehabt, also hast du dich heftig verliebt. Das geht allen so. Es war zeitlich begrenzt und bittersüß, wie erste Lieben es immer sind, und dann war es vorbei. Aber du hast dich nie weiterbewegt. Du hast sie idealisiert, mythologisiert. Und jetzt, wo sie tot ist, wird sie für immer dein Ideal bleiben. Jemand, der lieber Selbstmord begangen hätte, als dich zu töten. Das Fantasiebild, das du dir von ihr gemacht hast, kann nie von ihrer wahren Persönlichkeit befleckt werden.»

«Wie meinst du das, von ihrer wahren Persönlichkeit?»

«Stört es dich nicht, was sie mit deiner Tochter gemacht hat? Sie wie ein Ersatzteil durch ganz Europa zu schleppen. Ihr das Gesicht zu bemalen, einen Tarnanzug anzuziehen und sie zu zwingen, auf einen Mann zu schießen, von dem sie nicht mal wusste, dass er ihr Vater ist. Glaubst du wirklich, dass du als Sohn einer Junkie-Mutter nicht schon vor ihrem Tod versaut warst? Jetzt stell dir vor, was Mireille mitgemacht hat, was sie *immer noch* mitmacht. Und was das für ihre Persönlichkeit bedeutet. Hast du nie über diese Fragen nachgedacht?»

«Meine Mutter hat mich geliebt», sage ich. «Ich glaube auch, dass Gracious Mireille geliebt hat.»

«Liebe, Liebe, Liebe», sagt Kat. «Das ist nur ein Wort. Du hattest recht. Niemand schert sich um deine Gefühle. Sie sind irrelevant. Weißt du, was das bedeutet? Schau dir einfach an, was du *tust*. Was *sie* früher getan hat.»

«Sie hat das Beste für Mireille getan», sage ich. «So wie Junebug für mich. Vielleicht war ihr Bestes nicht toll. Vielleicht war es weit schlechter als toll. Aber du musst die Umstände bedenken.»

Kat streicht mit dem Finger durch den Ring von Kondens-wasser, den ihr Glas auf dem Tresen hinterlassen hat.

«Okay», lenkt sie ein. «Sag mir eines. Hättest du sie umge-bracht, wenn sie nicht gegangen wäre?»

«Ich weiß nicht.»

«Aber du würdest es nicht ausschließen.»

«Ausschließen kann man nichts. Ich bin kein großer Fan von Absolutheiten.»

«Dann lass mich zusammenfassen: Du bist Romantiker genug, um dich in sie zu verlieben, aber nicht genug, um aus-zuschließen, dass du sie ermordest.»

«Es hieß sie oder ich.»

«Trotzdem.»

Ich trinke einen kräftigen Schluck. «Okay. Du hast deine Antwort bekommen. Warum ist es für dich so wichtig?»

«Weil meine Antwort anders ausgefallen wäre.»

«Du hättest dich von ihr umbringen lassen?»

«Nein», sagt Kat. «Ich hätte sie getötet und keinen weiteren Gedanken an die Frage verschwendet.»

«Das kannst du nur sagen, weil du nicht dabei warst. Abs-trakt darüber nachzudenken ist kein Kunststück. Wenn ein Mensch nackt neben dir liegt und du seinen Geruch noch am eigenen Körper spürst, liegt die Sache anders.»

«Vielleicht», sagt Kat. «Vielleicht aber auch nicht.»

«Dann würdest du mich also umbringen», stelle ich fest.

«Ich liebe dich nicht», sagt Kat.

«Du weichst meiner Frage aus.»

«Im Gegenteil», sagt sie. «Ich hab sie gerade beantwortet.»

**105** Ich frage mich immer noch, wie sie das gemeint hat, als der Deutsche mit dem weißen Rollkragenpullover plötzlich mit dem Foto neben mir steht.

«Der Kerl hier. Jemand hat mit ihm gesprochen und ihn zu einer Party eingeladen. Aber er hat erklärt, er müsse zurück nach Barentsburg.»

«Er wohnt in *Barentsburg*?», frage ich.

«Das hat er jedenfalls gesagt.» Er geht zu seinem Zwilling hinüber.

Kat bemerkt mein Stirnrunzeln. «Barentsburg? Was ist so seltsam daran?»

«Sämtliche Häuser gehören entweder dem russischen Staat oder Arktikugol, der russischen Bergbaugesellschaft. Man kann dort praktisch nicht wohnen, wenn man nicht beim einen oder anderen arbeitet.»

«Warum hat er gelogen?»

«Vielleicht hat er nicht gelogen. An der ganzen Küste stehen immer wieder verlassene Betriebe oder Anlagen. Vielleicht benutzt er Barentsburg nur zum Einkaufen. Was bedeutet, dass jemand da draußen ihn kennt.»

«Wie weit ist es?»

«So ungefähr fünfzig Kilometer. Aber es gibt keine Straßen.»

Kat runzelt die Stirn. «Wie kommen wir dann hin?»

«Jetzt weißt du, warum wir die Schneemobile gemietet haben.»


**106** Bei Tagesanbruch ist der Himmel klar, aber die Wettervorhersage klingt mies. Eine Schlechtwetterfront kommt auf uns zu, die eine Woche mit Schnee, Nebel und wirklich arktischen Temperaturen verspricht. Wenn sie wieder abgezogen ist, wird das kurze Fenster des Dämmmerlichts vorbei sein. Dann herrscht in Spitzbergen mehrere Monate lang praktisch ständige Dunkelheit.

Und was viel entscheidender ist: Mireille wird tot sein.

Das Wetter ist nicht unsere einzige Sorge. Wenn ich Sarah Pybus richtig einschätze, ist schon ein CIA-Team aus London oder Berlin auf dem Weg hierher. Wir wollen nicht preisgeben, wie weit wir sind und dass wir möglicherweise nicht ins Künstlerzentrum zurückkehren. Also lassen wir unsere Taschen und alles, was wir nicht unbedingt brauchen, zur Ablenkung zurück. Dann ziehen wir unsere Schneeanzüge an und gehen mitsamt Gewehren, Helmen und Funkgeräten hinaus zu den Schneemobilen.

Mit röhrendem Motor verlassen wir die Stadt und fahren bergauf. Die Straße folgt der Küste, aber die Berge ragen schroff über den Fjorden auf, sodass der schnellste Weg über die Gipfel führt, wobei wir uns nur an einem Streifen alter Schneemobilspuren orientieren können. Kat rast voran, jagt den Motor hoch, genießt die Power der Maschine und lässt links und rechts Schnee aufspritzen. Die vereinzelten Zirruswolken vor uns leuchten dank der hinter dem Horizont versunkenen Sonne rosafarben auf. Von hinten allerdings folgt uns eine Unheil verkündende Wand dunkler Kumuluswolken.

«Fahr nicht zu weit vor», warne ich Kat über das im Helm integrierte Funkgerät. «Wir müssen Sichtkontakt halten. Das schlechte Wetter kann uns jeden Moment einholen. Wenn wir die Spur verlieren, sind wir aufgeschmissen.»

Sie fährt langsamer, um mich an ihre Seite zu lassen. So rasen wir eine Stunde lang weiter. Der Wind frischt auf und passt sich unserem Tempo an, denn der Schnee um uns herum scheint sanft zu schweben, als kämen wir kaum von der Stelle. Dann fällt der Boden plötzlich ab, vor uns tauchen Natriumlampen auf und schimmern durch Schnee und Dämmerlicht.

Wir fahren hinunter in die Stadt und befinden uns an einem der seltsamsten Orte der Erde.

**107** Barentsburg ist eine Zeitkapsel, eine während der Sowjetzeit gebaute Bergarbeiterkolonie, die nie den Anschluss an die Geschichte gefunden hat. Der größte Platz wird von einer riesigen Büste Stalins beherrscht, der herausfordernd über den Kai für die Massengutfrachter blickt, die in den Sommermonaten bis heute hierherkommen. Hinter ihm führt eine riesige Rinne vom Zugang zur Kohlenmine in den Bergen nach unten: Unter einem fünfzackigen Stern prangt – ähnlich dem HOLLYWOOD-Zeichen in L.A. – der alte sowjetische Slogan Миру Мир – *Friede der Welt!* Er wird ein wenig von einem ähnlich riesigen Schriftzug auf dem Gebäudekomplex konterkariert, der uns in Erinnerung ruft: *Unser Ziel ist der Kommunismus.*

Wir fahren zum Hafen und setzen die Helme ab. Trotz des Rauchs aus dem Schornstein über dem Elektrizitätswerk wirkt der Ort gespenstisch verlassen. Er verfügt über die Ausstrahlung einer postapokalyptischen, von Seuchen heimgesuchten Stadt.

«Unheimlich hier», bemerkt Kat. «Ich warte schon auf die Zombies. Und was zum Teufel ist *das*?»

Sie deutet auf ein rostiges Fahrzeug auf dem Anleger. Es hat die eleganten Kurven eines Autos aus den 1950ern, mit einer Kabine irgendwo zwischen einem VW Käfer und einem zweisitzigen Flugzeug. Statt Rädern verfügt es über den Kiel eines

Boots, und am Heck rahmen die beiden Schwanzflossen einen eindrucksvollen Druckpropeller.

Ich lasse den Motor aufheulen und nähere mich. «Irre. Das ist eine Tupolew.

«Eine was?»

«Eine Tupolew A-3. Sie wurde Luftschlitten genannt, weil sie über Schnee gleiten oder auf dem Wasser fahren konnte. Eine Art fliegendes Boot ohne Flügel. Damit wurden in Sibirien Post und Pakete ausgeliefert. In Osteuropa wurde sie für Grenzpatrouillen oder medizinische Evakuierungen eingesetzt, solche Sachen halt.»

Der Wind wird stärker und peitscht uns Schneeflocken ins Gesicht. Auf dem Fjord hat sich eine Eisschicht gebildet, einzelne Schollen schieben sich ans Ufer.

«Du hattest recht», sagt Kat. «Man könnte glauben, wir wären mitten im Kalten Krieg.»

«Vielleicht fängt er wieder an.»

Ich deute auf ein riesiges bunkerartiges Gebäude, das ein Stück abseits des großen Platzes steht. Es ist modern, geschwungen, aus roten Backsteinen gebaut und von einem hohen, mit Scheinwerfern und Kameras gespickten Drahtzaun umgeben. Darüber weht die russische Trikolore im Wind.

«Das russische Konsulat. Siehst du den hinteren Bereich? Keine Fenster, riesige Antennen? Da ist die GRU untergebracht, der russische Militärgeheimdienst. Im ganzen Gebäude gibt es wahrscheinlich drei oder vier richtige Konsulatsmitarbeiter, wenn es hochkommt. Die anderen sind Spione mit direktem Draht nach Moskau. Wenn es hart auf hart kommt, verwandelt sich das Gebäude binnen Tagen in eine militärische Einrichtung. Wahrscheinlich haben sie auch Leute in Longyearbyen.»

«Wie den Typen, bei dem wir unsere Ausrüstung gekauft haben.»

«Der Gedanke ist mir auch schon gekommen.»

«Das könnte heißen, dass unsere Schneemobile permanent geortet werden.»

«Ich würde nicht dagegen wetten.»

«Kümmert es uns? Ich meine, okay, jemand will dich umbringen, aber ist die GRU, solange er nicht im selben Team wie dein Verfolger spielt, für uns gefährlich?»

«Vilmos ist nicht ohne Grund abgetaucht, sondern höchstwahrscheinlich, weil er etwas über Deep Threat weiß. Falls die GRU dahinterkommt, wen wir suchen, wird sie das gewaltig interessieren.»

«Wie sollen wir ihn denn aufspüren, ohne uns zu verraten?»

«Das können wir nicht», sage ich. «Wir müssen ihn einfach vor ihnen finden.»

**108** Wenn Vilmos Vorräte braucht, bleibt ihm nur eine einzige Möglichkeit: der kleine Lebensmittelladen der Stadt. Drinnen herrscht purer Sowjetchic aus der Prä-*Glasnost*-Ära. Linoleumboden, kahle, gestrichene Wände, eine sterile Holztheke und eine rechteckige Leerstelle an der Wand, wo wahrscheinlich ein Porträt von Wladimir Iljitsch gehangen hat.

Hinter der Theke steht eine Frau mittleren Alters mit dichtem lockigem Haar und fleckiger Schürze und beobachtet uns. Ihre geschürzten Lippen erinnern an einen Hundearsch. Schon bevor wir ihr das Foto zeigen, ist mir klar, dass sie uns nicht helfen wird. Noch schlimmer: Sie wird uns verpfeifen, kaum dass wir durch die Tür sind. Aber die Zeit wird knapp, also frage ich trotzdem. Als sie behauptet, Vilmos nicht zu erkennen, äußere ich meine Zweifel auf Russisch.

«Kommen Sie schon, ich weiß, dass er herkommt. Ich weiß, dass Sie ihn gesehen haben. Sagen Sie mir einfach, wo er wohnt.»

«Goran!», ruft sie. Ein großer Mann jenseits der sechzig mit breiter Brust, kahlem Kopf und Oberarmen wie Schinkenkeulen taucht aus einem Hinterraum auf. Er trägt eine blutverschmierte Schürze und hält noch das Messer mit der Dreißig-Zentimeter-Klinge in der Hand, das er gerade zum Ausnehmen der Fische benutzt hat. Seine Ärmel sind hochgerollt, unter dem Blut auf seinen mächtigen Unterarmen kommen aufwendige Tattoos zum Vorschein.

«Sag ihnen auf Englisch, sie sollen sich verpissen», sagt sie auf Russisch.

«Verpisst euch», sagte Goran auf Englisch und hämmert das Messer mit der Schneide nach oben auf die Theke.

«Hören Sie, Goran», sage ich und zeige ihm das Foto. «Mir ist klar, was hier läuft. Er bezahlt Sie dafür, mit niemandem zu reden, der nach ihm fragt, stimmt's? Einschließlich der Drecksäcke auf dem Hügel.»

Goran schaut durchs Fenster hinaus zu den Lichtern des Konsulats. Unter Putin liegt die wahre Macht im russischen Staat nicht bei den Oligarchen oder dem Militär, sondern bei den verhassten *Silowarchen*, den Sicherheitsdiensten, die ihm persönlich Bericht erstatten.

«Wahrscheinlich wären sie ziemlich aufgebracht, wenn sie erfahren würden, dass Sie dafür Geld nehmen, wenn Sie ihnen Dinge verschweigen. Dass Sie Serbe und kein Russe sind, könnte die Lage noch komplizierter machen, nicht wahr?»

Goran lehnt sich gegen den Tresen, sein Kopf ist nur Zentimeter von meinem entfernt. Die Tattoos auf seinen Armen zeigen grob gearbeitete Tiger, darunter die Buchstaben СДГ.

«Wer behauptet, wir hätten ihnen nichts gesagt?», fragt Goran.

«Haben Sie ihnen auch erzählt, was Sie in Vukovar gemacht haben?», erwidere ich.

Goran starrt mich verblüfft an, in seinem Blick lese ich eine Mischung aus Hass und Angst.

«Ich weiß nicht, wovon Sie reden.»

«Doch, das wissen Sie. Und Ihre Frau? Die Männer im Konsulat? Wie sieht es mit den Ermittlern in Den Haag aus? Wollen wir es herausfinden?»

Gorans Hand schießt vor, um meinen Schneeanzug zu packen, er drückt mir das Messer an die Kehle.

«Lass ihn los», sagt Kat in meinem Rücken.

Goran hebt den Blick und sieht das auf ihn gerichtete entsicherte Gewehr, Kats Finger liegt am Abzug.

Langsam lässt er mich los. Seine Frau rührt sich nicht. Sie beobachtet die Szene mit verschränkten Armen, als spielte sie sich im Fernsehen ab.

«Er heißt hier *Tolstij Otschelnik*, der fette Einsiedler», sagt Goran. «Kommt alle paar Wochen in die Stadt.»

«Aus welcher Richtung?»

«Westen.»

«Was liegt im Westen?»

«Nichts.»

«Irgendwas muss es da geben.»

«Was wollen die?», fragt seine Frau auf Russisch.

«Sie wollen wissen, woher der fette Einsiedler kommt. Ich hab ihnen erklärt, dass in der Richtung nichts liegt.»

«Doch», sagt sie. «Die alte Mine.»

«Die liegt im Osten.»

«Nein, nicht die alte Mine. Die *alte* alte Mine.»

**109** Auf dem Weg zu den Schneemobilen fragt Kat: «Was sollte das eben?»

«Er ist ein Kriegsverbrecher», sage ich. «1990/91, nach dem Zerfall von Jugoslawien. Die Tiger waren eine serbische paramilitärische Einheit. Sie haben Hunderte Menschen massakriert. Der Internationale Strafgerichtshof hat den Anführer, Arkan, angeklagt, aber er wurde vor dem Prozess ermordet. Die anderen sind geflohen und haben versucht unterzutauchen. Falls er Interpol in die Hände fällt, dürften ihn bei all dem Blut, das an seinen Händen klebt, vierzig Jahre Gefängnis erwarten. Vorausgesetzt, er hält so lange durch.»

«Und das haben dir die Tattoos verraten?»

«Und die Initialen. S D G, Serbische Freiwilligenbrigade.»

«Was wäre passiert, wenn ich nicht mit dem Gewehr dazwischengegangen wäre?»

Ich drehe mich zu ihr um. «Ich wusste, dass du das tun würdest.»

«Du hast mir vertraut?»

«Du hättest ihn doch erschossen?»

Sie nickt.

«Jetzt vertraue ich dir.»

Auf dem Sitz des Schneemobils breite ich eine topografische Karte aus. Mit einem Finger folge ich der Westküste. Dann entdecke ich sie, eine Gruppe von Gebäuden an einer kleinen Bucht, knapp zehn Kilometer von hier.

«Wie sollen wir sie finden, wenn es keinen Weg gibt?»

«Wir halten uns dicht an der Küste.»

«Und wenn wir die Küste nicht *sehen* können?»

Ich hebe den Kopf und betrachte die immer tiefer sinkenden Wolken. Das Unwetter kommt schnell näher, der peitschende Wind wirbelt Schneehosen auf. Plötzlich bemerke ich eine Reihe von Hochspannungsmasten, die von den rotweißen Schornsteinen des Elektrizitätswerks wegführen. Ich wende mich wieder der Karte zu und sehe eine dünne Linie aus schwarzen Punkten.

«Da ist eine Stromleitung.»

«Glaubst du, sie führt den ganzen Weg bis dorthin?»

Hinter Kat sehe ich eine Gestalt aus dem Lebensmittelladen treten. Es ist Gorans Frau, die sich gegen den Wind stemmt und den großen Platz zum Konsulat überquert, um uns zu melden.

«Wir müssen los», sage ich. «Egal, wie weit die Stromleitung führt.»

**110** Die Strecke von Longyearbyen war relativ eben gewesen, weil schon andere Schneemobile den Boden verdichtet hatten. Jetzt aber fahren wir durch jungfräulichen, an einigen Stellen meterhoch angewehten Schnee. Eine Stunde hinter Barentsburg führt die Stromleitung in einer steilen Rinne beinahe senkrecht nach oben. Wir versuchen es mit Vollgas, haben aber keine Chance. Also umfahren wir den Hügel seitlich. Doch in dessen Windschatten ist der Schnee tief und weich. Als Kat versucht, eine flachere Böschung an der Rückseite des Hügels zu erklimmen, bleibt ihr Schneemobil stecken.

«Scheiße! Scheiße!», höre ich sie rufen. Immer wieder jagt sie den Motor hoch, versucht es im Rückwärtsgang, dann wieder vorwärts, aber die lange Kufe gräbt sich mit jedem Mal tiefer in den Schnee.

Ich steige ab und versuche, das Schneemobil mit den Händen freizubekommen, aber es steckt fest. In dem Kasten hinter meinem Sitz finde ich ein Abschleppseil, das ich vorne an Kats Fahrzeug befestige. Aber sobald es sich anspannt, spüre ich, wie mein eigenes Schneemobil einzusinken beginnt.

«Es bringt nichts», rufe ich. «Ich kann es nicht rausziehen. Wir müssen es hierlassen.»

Nach kurzem Zögern stapft Kat durch den hüfthohen Pulverschnee auf mich zu, steigt hinter mir auf und schlingt die Arme fest um meinen Oberkörper.

In meinem Ohrstöpsel höre ich ihre Stimme.

«Bild dir nichts ein.»

«Zu spät», sage ich und gebe Gas.


Das Unwetter verschluckt jegliches Restlicht. Ich starre nach vorne, um im Scheinwerferkegel des Schneemobils den nächsten Mast zu entdecken. Die Benzinanzeige steht bedenklich niedrig. Den Punkt, an dem wir nicht mehr zurückkönnen, haben wir längst hinter uns. Der Treibstoff dürfte noch eine halbe Stunde reichen. Dann werden wir mit ziemlicher Sicherheit erfrieren.

Plötzlich merke ich, dass der Motor leichter läuft. Die Strecke beginnt sich zu senken, jeder Mast liegt ein Stück niedriger als der letzte. Ich schalte den Scheinwerfer aus, damit meine Augen sich an die Dunkelheit gewöhnen. Vor uns, am Fuß eines steilen Abhangs, schummrig und flackernd wie eine Kerze, ist das gelbe Licht einer menschlichen Ansiedlung zu erkennen.

«Halt dich fest», sage ich zu Kat, und sie schlingt die Arme wieder um mich.

Wir fahren im Slalom abwärts wie ein Skifahrer bei einer extremen Abfahrt, bis wir schließlich auf einem schmalen Plateau landen. Im Windschatten des Hügels hat der Blizzard weniger Kraft, sodass die Umrisse einer Geisterstadt zu erkennen sind, das zerfallende Gerippe einer vor langer Zeit aufgegebenen Bergarbeitersiedlung. Hässliche rechteckige Gebäude mit kaputten Fenstern und zerdrückten Asbestdächern. Einige sind zusammengestürzt; die Trümmer der Häuser ziehen sich den Hügel hinunter, der unten wahrscheinlich direkt im Meer ausläuft. Das größte Gebäude ist um den Zugang zur Mine herum an einer so steilen Stelle errichtet, dass es vorn auf Pfeilern ruht. Aber das Licht kommt nicht von dort, sondern aus einem wenige Hundert Meter entfernten Lagerhaus.

«Und jetzt?», höre ich Kats Stimme in meinem Helm. «Gehen wir einfach hin und klopfen?»

«Hast du eine bessere Idee?»

Hat sie nicht. Also gebe ich nochmals Gas, um das letzte Stück bis zum Gebäude zu fahren. Klopfen müssen wir allerdings nicht. Als wir näher kommen, wird die Tür aufgestoßen, und eine wilde Gestalt mit einer Remington-Pumpgun im Anschlag stürzt heraus. Der Mann ist korpulent, hat eine wirre Frisur und trägt das blumengemusterte Hemd, das wir vom Foto kennen. Dazu eine lila Unterhose mit weißem Bund und ein uraltes, übergroßes Paar weißer Sorel-Schneestiefel.

Ich nehme den Helm ab und will «Vilmos!» rufen, aber bevor ich den Mund aufbekomme, fängt er an zu schießen.

111 Kat und ich hechten hinter das Schneemobil, von dessen Karosserie und Windschutzscheibe Schrotkugeln abprallen.

«Vilmos!», brülle ich gegen den Wind an. «Ich bin's! Seventeen!»

«Verpisst euch!», ruft er zurück und schießt noch einmal.

Ich stehe mit erhobenen Händen auf.

«Ich will nur reden! Ich will dir nichts tun!»

«Wer ist bei dir?», ruft er zurück.

«Nimm den Helm ab», sage ich zu Kat. «Er soll dich sehen.»

Sie nimmt den Helm ab und stellt sich mit erhobenen Händen neben mich. Der Schnee peitscht ihr ins Gesicht.

«Sie heißt Kat», rufe ich. «Sie ist okay. Sie gehört zu mir.»

«Legt eure Waffen ab», ruft er. «Keine Schusswaffen!»

«Okay, okay!» Ich nehme das Gewehr ab.

«Bist du sicher?», fragt Kat so leise, dass er es nicht hören kann.

«Schon in Ordnung», sage ich. «Er ist harmlos. Mach einfach.»

Sie legt ihr Gewehr ebenfalls in den Schnee. Beide heben wir wieder die Hände.

«Komm schon, Vilmos», rufe ich. «Wir haben eine ziemlich lange Reise hinter uns.»

«Keiner hat euch hergebeten. Haut ab.»

«Wir haben kein Benzin mehr. Selbst wenn wir wollten, könnten wir nicht weg.»

«Nicht mein Problem», brüllt er.

Kat hat die Nase voll. Wütend stapft sie ein paar Schritte auf ihn zu und wirft ihren Helm in den Schnee.

«Jetzt hör mal zu, du Arschloch. Du glaubst vielleicht, du bist der scheiß supercoole Hacker, der sich hinter VPNs und Proxys und allem verschanzt. Aber weißt du, wie lange wir gebraucht haben, um dich aufzuspüren? Zwei Tage. Und warum? Weil du twittersüchtig bist und nur ein einziges Hemd besitzt.»

«Fickt euch», sagt Vilmos beleidigt und schaut auf seinen Ärmel. «Das Hemd ist geil.»

Ich trete neben sie. «Sie hat recht, Vilmos. Wenn wir dich finden, können das auch andere. Du kannst dich nur schützen, indem du uns hilfst.»

Er scheint zu frieren, jedenfalls zittern seine nackten Beine in der Kälte.

«Wobei?»

«Meine Tochter zurückzubekommen. Sie ist neun, und der Entführer hat ihre Mutter ermordet. Und einige andere. Außerdem will er mich töten.»

«Buu-huu», sagt Vilmos. «Und was genau hat das mit mir zu tun?»

«Deep Threat», sage ich. «Da liegt die Verbindung.»

«Keine Ahnung, wovon du redest.»

Ich schüttle den Kopf. «Red keinen Stuss, Vilmos. Wenn es um Malware geht, weißt du Bescheid. Du bist in dem Moment von der Bildfläche verschwunden, als der ganze Mist losging. Und du hast dermaßen Angst, dass du hier in Unterwäsche rumballerst, ohne zu wissen, wer wir überhaupt sind.»

Über das Heulen des Windes hinweg ruft er: «Wenn es um Deep Threat geht und ich dir helfen soll, brauche ich einen verdammt besseren Grund als ein erfundenes Rührstück über deinen verlorenen Samen.»

«Zum Beispiel?»

Er überlegt einen Moment. Schneeflocken wirbeln um seinen Kopf.

«Du musst mir helfen, es zu zerstören.»

**112** Vilmos knallt die Tür hinter uns zu und verriegelt sie. Dann zieht er eine gelbe Cord-Schlaghose an und setzt Wasser für Kaffee auf. Währenddessen sehe ich mich überrascht um. Das Lagerhaus ist komplett entkernt, Dach und Wände sind mit Stahlträgern verstärkt. Die Seite, auf der wir uns befinden, dient Vilmos als Wohn- und Arbeitsfläche. Seine persönliche Habe ist mehr als überschaubar – ein Feldbett, ein offener Koffer, eine Küchenzeile voll offener Dosen und leerer Tiefkühlpizza-Kartons. Ganz anders sein Arbeitsbereich, in dem sich – überwiegend zerlegte – Computer und Kommunikationsgeräte stapeln. Über der Tür, durch die wir hereingekommen sind, hängen mehrere Monitore und zeigen die Bilder diverser Überwachungskameras, die im Dunkeln mit Infrarotlicht arbeiten.

Ein Stück weiter hängen UV-Lampen über Hydrokulturen mit horrenden Mengen an Gras und einer gesunden Gemüseauswahl. Noch ein Stück weiter wird ein riesiges Gestell mit exotischen Bodenstromaggregaten von einem gigantischen Gebläse gekühlt – wahrscheinlich Vilmos' legendäres Bitcoin-Mining-Rig. Es halten sich hartnäckige Gerüchte, dass Vilmos hinter Satoshi Nakamoto steckt, dem Pseudonym des Bitcoin-Erfinders, der 2010 verschwand. Was Vilmos immer abgestritten hat. Wie auch immer, er ist Bitcoin-Milliardär.

Aber das alles verblasst hinter dem, was noch tiefer in der Halle liegt: eine Reihe gewaltiger Satellitenschüsseln, einige davon in riesigen Aufhängungen, die hydraulisch gesteuert und von mächtigen Motoren getrieben werden. Ganz am Ende des Gebäudes sehe ich eine Doppeltür wie bei einem Flugzeughangar, aber sonst erkenne ich nicht viel.

Vilmos dreht sich vom Herd zu uns um. Wir haben zwar über Jahre hinweg kommuniziert, aber ich sehe ihn zum ersten

Mal in Fleisch und Blut. Er hat etwas Tapsiges, Exzentrisches, Onkelhaftes an sich, ein Art Mittelding zwischen dem Apple-Mitbegründer Steve Wozniak und einem bartlosen Hagrid, aber unterfüttert mit rebellischer Zielstrebigkeit. Die Vorstellung, dass er in einem Hochsicherheitsgefängnis gelandet ist – und wieder dort landen könnte –, fällt mir nicht sonderlich schwer.

Misstrauisch mustert er Kat. «Wer ist sie? Was will sie hier?»

«Ich bin hier, weil man diesem Arschloch ab und zu das Leben retten muss», sagt Kat und liegt nicht völlig daneben.

«Es ist in Ordnung, Vilmos. Sie ist in Ordnung. Ich verbürge mich für sie.»

«Dann seid ihr zwei …»

Er schiebt seinen Zeigefinger durch das O, das er mit der anderen Hand formt.

«Im Augenblick nicht», sage ich.

Kat wirft mir einen bösen Blick zu.

«Und wahrscheinlich auch nicht in Zukunft», füge ich hinzu und mache eine schnelle Kopfbewegung in Richtung der Satellitenschüsseln. «Dann hackst du also die Satellitenstation?»

«Nicht die Station», sagt Vilmos. «Das Netzwerk ist hochprofessionell gesichert. Außerdem dürfte die Bandbreite, die man benötigt, wenn man den Datenverkehr abfängt, in Millisekunden einen Alam im Netzwerk auslösen.»

«Also …?»

«Die Satelliten sind winzig und ihre Prozessoren langsam. Aber sie müssen jedes Mal, wenn sie vorbeiziehen, eine Riesenmenge Daten herunterschicken. Das bedeutet, dass der überwiegende Teil nur einfach verschlüsselt ist, weil die Verschlüsselung Rechenleistung in Anspruch nimmt. Aber das macht den Betreibern keine Sorgen, denn wer wäre schon so dämlich, an einem Ort wie Spitzbergen eine *zweite* Satellitenstation aufzubauen? Und selbst wenn, wie sollte man das geheim halten?»

Grinsend deutet er auf seine Schüssel. «Ta-da!»

«Du zapfst illegal Satellitenfernsehen an», sage ich. «Im größtmöglichen Maßstab.»

«Genau», sagt Vilmos.

«Aber wie willst du die Daten rausbringen?»

Der Kessel pfeift. Während Vilmos Kaffee macht, stößt er mit dem Fuß gegen einen mittelgroßen Karton. «Hast du eine Ahnung, wie viele billige Ein-Terabyte-Festplatten da reinpassen? Fünfhundert. Nehmen wir an, ich gebe sie einem Mann auf einem Boot, das zwölf Stunden bis Norwegen braucht. Wie ist die Bandbreite?»

«Elf Gigabyte pro Sekunde», sagt Kat wie aus der Pistole geschossen. Offenbar ist Kopfrechnen ihre Stärke. Schau an.

«Genau», sagte Vilmos. «Achtzigmal mehr als die schnellste Internetverbindung in den USA. Mit dem Hubschrauber *siebenhundertmal* schneller. Und immer, wenn man die Geschwindigkeit verdoppeln will ...»

«Gibst du ihm einfach einen zweiten Karton», sage ich.

«Genau.» Vilmos kommt mit dem Kaffee herüber. Draußen wird der Sturm immer heftiger. Der Wind heult um die Stromleitung, Schnee hämmert so laut gegen die Gebäudewand, dass es wie Hagel klingt.

«Also», sagt Vilmos. «Habe ich dein Versprechen? Wenn du die Chance bekommst, wenn du die *allerkleinste* Chance bekommst, Deep Threat zu zerstören, dann tust du es?»

Ich nicke.

Vilmos beugt sich vor. «Weißt du, was ein Zero Day ist?»

«Klar. Eine Malware, die eine bis dahin unbekannte Schwachstelle in einem Computersystem nutzt. Was bedeutet, dass ein Außenstehender die Kontrolle über dein ganzes Netzwerk, vielleicht sogar deine gesamte Infrastruktur bekommt. Du weißt nichts davon und kannst dich also auch nicht schützen.»

«Und was ist der gemeinsame Nenner solcher Attacken?»

«Ein Fehler. Ein Bug oder eine Schwachstelle im Code, die sich ausnutzen lässt.»

«Genau», sagt Vilmos. «Such die Schwachstelle in deinem Code, reparier sie, bring dein System auf den neuesten Stand, dann bist du geschützt. Aber was ist, wenn du den Code anschaust, und es gibt keinen Fehler? Da *ist* kein Bug, keine Schwachstelle? Wie schützt du dich *dagegen*?»

Ich runzle die Stirn. «Das ergibt keinen Sinn. Wie kann es einen Bug geben, wenn es keinen Bug gibt?»

«Der Grund ist, dass du an der falschen Stelle suchst», sagt Vilmos. «Was passiert mit deinem Code in der Zeit, wo du ihn fertig geschrieben hast, er aber noch nicht aktiv ist?»

«Er wird kompiliert», sagt Kat. «Von einem Compiler in ein Programm übersetzt, das der Computer ausführen kann.»

Als Mathematiknerd kannte ich Kat noch nicht, aber ich habe kein Problem damit.

«Genau», sagt Vilmos. «Der Compiler ist allerdings auch nur ein Programm. Es könnte also sein, dass der Code, den du unter die Lupe nimmst, perfekt ist. Wenn aber der *Compiler* schadhaft ist, würdest du nichts bemerken.»

«Kann man sich nicht den Code für den Compiler ansehen?»

Vilmos wendet sich mir zu. «Klar. Aber was ist, wenn du da auch keinen Bug findest?»

«Dann ... war vielleicht der Compiler, der den Compiler kompiliert hat, nicht in Ordnung.»

Ich weiß nicht mal, ob das, was ich da rede, irgendeinen Sinn ergibt. Aber Vilmos nickt.

«Vielleicht», sagt er. «Oder der davor. Oder der *davor*. Kannst du dir vorstellen, wie viele Generationen es gibt, bis zurück in die Sechzigerjahre? Fast jedes größere Computersystem der Welt stammt von einem dieser ganz frühen Tools ab. Falls es in einem von diesen einen Bug gibt, dann wäre das ein genetischer Fehler, der von Generation zu Generation weitergetragen wird. Bis ins Energieversorgungsnetz, ins Banking, ins Internet, das ganze Internet der Dinge ... dein Auto, deine Mikrowelle. Züge, Flugzeuge, Navigationssysteme, Produktion, Kommunikation, Waffensysteme. *Alles* wäre verwundbar.»

«Und das ist Deep Threat?», frage ich.

«Nein», sagt Vilmos. «Deep Threat ist *schlimmer*.»


**113** «Wie sollte es noch schlimmer sein als *das*?», fragt Kat.

«Atomwaffen», sagt Vilmos. «Jede Nuklearmacht hat ihre eigenen Kommando- und Kontrollsysteme. Sie sind unglaublich gut gesichert. Dazu wurden eigens Programme entwickelt, deren Codes genauestens überprüft sind. Aber die gesamte Infrastruktur geht letztlich auf einige Compiler zurück, die aus den Sechzigern stammen. Wenn man dort eine Schwachstelle findet ...»

«... ist das weltweite nukleare Waffenarsenal verwundbar», stellt Kat fest.

«Nicht nur verwundbar», sagt Vilmos. «Kontrollierbar. Das Schöne ist, dass man sie nicht mal alle kontrollieren müsste. Die Kontrolle über ein einziges reicht schon aus. Stell dir vor, du kaperst ein Raketensystem in China, das auf die Vereinigten Staaten zielt. In dem Moment, in dem du die Rakete abfeuerst, starten die USA ihren Gegenschlag. Aber du steuerst den Angriff über ein Netzwerk des russischen Militärgeheimdiensts, das du auch übernommen hast. China weiß nicht, dass es die Rakete abgeschossen hat, und macht Russland verantwortlich. Aber Russland findet heraus, dass sein Netzwerk von einer IP-Adresse in San Diego angegriffen wurde. Simsalabim! Schon sind wir mitten im nuklearen Armageddon.»

«Und das ist Deep Threat?»

«*Das* ist Deep Threat», sagt Vilmos. «Eine zur Waffe umfunktionierte Computer-Schwachstelle, die es dir gestattet, nach Belieben einen weltweiten Atomkrieg auszulösen.»

«Mein Gott», sage ich. «Wer hat sich das ausgedacht? Du?»

Vilmos starrt mich entsetzt an. «Was? Nein. Scheiße, nein. Ich meine, die Möglichkeit war mir bewusst. Als intellektuelle Herausforderung war es interessant. Aber es wirklich tun? Nie und nimmer.»

«Aber du weißt, wer es getan hat?»

Vilmos nickt. «Sein Hackername war Alvelous. So heißt er natürlich nicht wirklich. Wir haben immer nur über eine sichere Nachrichten-App kommuniziert. Mit einer Ausnahme. Er kannte meinen Ruf und hat meinen Rat gesucht. Ich hatte den Eindruck, dass er jung, aber brillant war. Er war über eine alte Forschungsarbeit gestolpert, die über diese Möglichkeit spekulierte. Dann fing er an, sich in alte Codes zu vertiefen und die Stammbäume aller möglichen Systeme nachzuvollziehen. Die allermeisten konnte er zu einem einzigen Programm zurückverfolgen. Das hat er auf Schwachstellen überprüft, eine gefunden und zur Waffe entwickelt.»

«Hat er begriffen, was er da erschaffen hat?»

«Klar. Er wollte es verkaufen, reich werden. Aber in der Malware-Szene sprach sich herum, dass er etwas Großes haben könnte. Er wurde paranoid, fühlte sich verfolgt. Zu dem Zeitpunkt hat er Kontakt zu mir aufgenommen. Er wusste, dass ich eine Menge Scheiße erlebt hatte. Er hatte Angst und wollte sich schützen.»

«Was hast du ihm gesagt?»

«Ich hab ihm gesagt, er solle es veröffentlichen.»

«*Was* hast du ihm geraten? Soll demnächst *jeder* einen Atomkrieg vom Zaun brechen können?»

Vilmos schüttelt den Kopf. «Man neutralisiert einen Exploit, indem man ihn öffentlich macht. Es wirkt wie UV-Licht auf Bakterien. Sobald alle davon wissen, können sie sich schützen. Dein geheimer Angriff ist plötzlich nicht mehr geheim. Sie können ihre Systeme patchen und einfach weitermachen.»

«Aber warum sollte er es nicht einfach *richtig* zerstören?», fragt Kat. «Die Dateien löschen und alle Spuren beseitigen?»

«Das ist keine Lösung», erklärt Vilmos. «Wenn dieser Junge darauf gekommen ist, können andere das auch.»

«Wie hat er reagiert?»

«Er hat sich geweigert. Daraufhin ist es mir gelungen, mit ihm zu reden. Über eine verschlüsselte Telefonverbindung. Er hat ziemlich viel geweint. Er sagte, er würde Geld brauchen, und es gebe ein Problem in seiner Familie, das ich nicht verstehen würde. Seine Schwester sei in einer schwierigen Situation, etwas in der Art. Viel Sinn ergab das alles nicht.»

Plötzlich kam mir ein bizarrer Gedanke.

«Hatte er einen Akzent?»

«Wir haben Englisch gesprochen. Ich kann keine Akzente unterscheiden. Aber ich glaube nicht, dass er Muttersprachler war.»

Ich nehme einen Stift und einen Pizzakarton von Vilmos' sagenhaft unaufgeräumtem Schreibtisch.

«Wie ist noch sein Deckname? Alvelous, stimmt's?»

«So hat er sich genannt», bestätigt Vilmos. «Aber vor seinen Decknamen hat er ein ‹Mister› gesetzt.»

Ich reiche ihm den Karton. «Schreib es mir auf.»

Vilmos wirft mir einen merkwürdigen Blick zu, tut aber, was ich verlange.

Kat nutzt die Pause zu einer Frage: «Was hast du ihm empfohlen, wie er sich schützen soll?»

«Ich habe gesagt, er brauche ein Zwei-Schlüssel-System. Wie diese Tresore, die sich nur mit zwei Schlüsseln öffnen lassen. Man behält einen, jemand anders bekommt den zweiten. Keiner von beiden kann ihn dann auf eigene Faust öffnen.»

«Wie lässt sich das auf Software übertragen?»

«Eine Datei ist eine Aneinanderreihung von Bits. Einsen und Nullen. Man splittet sie auf. Das erste Bit wandert in eine Datei, das zweite in die andere. Das dritte in die erste, das vierte in die zweite und so weiter. Wie die Zähne eines Reißverschlusses. Für sich genommen sind beide Dateien nutzlos, aber wenn man die Zähne wieder zusammenfügt, hat man das Original. Ich hab ihm gesagt, er solle die eine Hälfte bei sich behalten und die andere einem Menschen geben, dem er vertraut. Sobald er überzeugt sei, dass ein Deal abgeschlossen und er in Sicherheit sei, sollten sie die beiden Hälften übergeben. Falls ihn jemand aufspüren und unter Druck setzen würde, könne er nur die eine, für sich allein wertlose Hälfte in die Finger bekommen.»

«Hat er es so gemacht?»

«Keine Ahnung», sagt Vilmos. «Die nächste Nachricht kam von seinem Partner. Er nannte sich Raevan und sagte, er sei nach Hause gekommen und habe die Wohnung durchwühlt vorgefunden. Alvelous sei verschwunden. In der Wohnung sei

Blut gewesen. Die komplette Computerausrüstung und alles, was mit Deep Threat zu tun hatte, sei verschwunden.»

«Daraufhin bist du abgetaucht?»

«Sollte er es geschafft haben, die Malware aufzusplitten, wäre es ziemlich plausibel gewesen, dass er die zweite Hälfte mir geschickt hätte. Falls sein Mörder nur die eine Hälfte bekomme hatte, würde er auch den Rest haben wollen. Und er hätte nicht geruht, bis er ihn gefunden hätte. Nur dass Alvelous mir nichts geschickt hat.»

«Nein», sage ich. «Aber ich weiß, wem er es geschickt hat.»

Ich halte den Pizzakarton hoch, auf dem Vilmos den Namen notiert hat: *@MrAlvelous*.

Ich nehme den Stift, bringe die Buchstaben in eine andere Reihenfolge. Sie ergeben einen mir vertrauten Namen.

# 114 *Marvellous*

# 115 Vilmos starrt auf den Pizzakarton. «Wer zum Teufel ist Marvellous?»

«Gracious' Bruder», sage ich. «Alles passt zusammen. Er ist jung und wahrscheinlich mit Hausa als Muttersprache aufgewachsen, sodass sein Englisch einen Akzent haben dürfte. Außerdem hat Gracious gesagt, er sei gut mit Computern. Er muss an Deep Threat gearbeitet haben, und Hipkiss hat irgendwie Wind davon bekommen. Sie hat Harkonnen geschickt, um es Marvellous abzunehmen, aber Harkonnen hat nur die eine Hälfte bekommen. Wahrscheinlich hat er Marvellous gefoltert, um zu erfahren, wer die andere Hälfte hat, nämlich seine

Schwester. Gracious ist geflohen, aber sie hatte Mireille bei sich. Sie hat den Anschlag auf mich inszeniert, damit Mireille entkommt und ich gezwungen bin, sie zu beschützen.»

Vilmos schüttelt den Kopf. «Das ergibt keinen Sinn. Vielleicht hast du recht damit, dass ihr Bruder dahintersteckt. Aber warum hätte sie es dir nicht einfach sagen und dich um Hilfe bitten sollen?»

«Ich weiß nicht. Darüber habe ich immer und immer wieder nachgedacht. Ohne Ergebnis. Sie hätte es mir locker erzählen oder mir eine Notiz zukommen lassen können, irgendwas. Vielleicht hatte sie keine Zeit mehr. Vielleicht hatte sie Angst, ich würde ihr nicht glauben. Oder sie hat einfach gedacht, ich würde Nein sagen.»

Das anschließende Schweigen verrät mir, dass beide nicht überzeugt sind. Ich übrigens auch nicht.

«Blödsinn», sagt Kat dann auch.

«Wie bitte?»

«Vilmos hat recht. Das ergibt alles keinen Sinn. Aber etwas anderes würde mir einleuchten: Sie hat dir nichts gesagt, weil sie verdammt gut wusste, dass du versucht hättest, *sie* zu beschützen, wenn du erfahren hättest, dass Harkonnen sie umbringen will. Aber das hätte Mireille in Gefahr gebracht. Du solltest dich ausschließlich auf das Kind konzentrieren, nicht auf sie.»

«Glaubst du, ich hätte das Leben meiner Tochter riskiert, um sie zu retten?»

«Ich würde sagen, du hast einen Messiaskomplex und einen Hang zur Selbstüberschätzung. Außerdem warst du immer noch in sie verliebt. Oder in dein Idealbild von ihr. Das wusste sie, weil du sie nicht mal töten konntest, um dein eigenes Leben zu retten. Sie wollte einfach nicht riskieren, dass du wieder in die Sir-Galahad-Rüstung steigst, um sie zu retten. *Deshalb* hat sie dir nichts gesagt. Und sie hatte recht, oder?»

Ich kann nichts einwenden, sie hat den Nagel auf den Kopf getroffen.

«Kein Wunder, dass sie dich aufgespürt hat», sagt Vilmos in die Stille hinein. «Wenn ihr Bruder gut genug war, um Deep Threat zu erschaffen, muss es ein Kinderspiel gewesen sein, deine Spur zu finden.»

«Warum hat sie die Datei nicht einfach selbst zerstört?», fragt Kat.

«Weil es ein Ticket aus diesem Leben hinaus war», sage ich. «Ich schätze, sie hat zehn Jahre lang in kleinerem Maßstab die Drecksarbeit für andere erledigt, und das mit einem Kind im Schlepptau. Deep Threat hätte Mireille die Chance auf ein anständiges Leben eröffnet. Gracious hätte ihre Hälfte an Google verkaufen oder bei der CIA gegen eine neue Identität eintauschen können. Aber vorher musste sie Harkonnen loswerden, der ihr immer näher kam. Also gab sie die Datei Mireille. Vielleicht hat sie auch bewusst Harkonnens Aufmerksamkeit auf sich gezogen, damit Mireille mit dem Schlüssel zu einer besseren Zukunft entkommen konnte. Mit einer Art Erbe.»

«Warte mal», sagte Vilmos. «Ich dachte, du hättest gesagt, Harkonnen hätte es bei dem Kind nicht gefunden.»

«Hat er auch nicht.»

«Wenn Gracious es nicht hatte und Mireille auch nicht, und auch du hast es nicht», sagt Kat. «Wo ist es dann?»

«Ich hab nie behauptet, ich hätte es nicht. Bis eben war ich mir allerdings nicht sicher.»

Aus dem Schneeanzug ziehe ich den einäugigen Sockenaffen, der meinen Namen trägt.

**116** Vilmos opfert den Affen auf dem Alter der Wissenschaft. Drinnen ist bloß die Füllung, also bleibt nur das Knopfauge. Er nimmt es mit an seinen Arbeitstisch, legt es unter eine Lupe mit Beleuchtung und dreht es mit einer Pinzette hin und her.

«Es ist in der Mitte durchgeschnitten und mit Harzkleber wieder geschlossen worden. Ich weiß nicht, ob ich es öffnen kann, ohne es zu zerstören.»

«Wir müssen es versuchen.»

Vilmos nimmt ein leeres Glas und füllt es mit einer klaren Flüssigkeit.

«Isoprobanol», erklärt er. «Manchmal hilft es, den Harzkleber zumindest weich zu machen.»

Er lässt den Knopf ins Glas sinken. Angespannt sehen wir zu.

«Wie lange wird es dauern?», frage ich so beiläufig wie möglich.

Vilmos nimmt das Glas und dreht sich mit seinem Stuhl zu uns um. «Ist das wichtig?»

«Ich glaube, wir sind sicher, bis der Sturm wieder abklingt», sage ich. «Aber ...»

«Moment», sagt Vilmos. «Du *glaubst*, wir sind sicher?»

Ich werfe Kat einen mahnenden Blick zu. *Sag ihm nichts.*

«Wir mussten uns in Barentsburg nach dir erkundigen», sagt sie. «Die Frau im Lebensmittelladen hat der GRU im Konsulat einen Tipp gegeben. Sie wissen, dass wir Richtung Westen wollen. Sie werden nicht lange brauchen, um dahinterzukommen, wo wir sind.»

«Ihr habt sie bis vor meine verdammte *Haustür* geführt?»

«Komm schon, Vilmos», sage ich. «Wenn ich es dir gesagt hätte, wären wir jetzt Eisbärenfutter. Abgesehen davon hatte

Kat recht: Wenn wir dich finden konnten, können sie das auch. Und Harkonnen. Es war nur eine Frage der Zeit.»

Vilmos schnappt sich einen Hammer und hebt ihn wütend über das Glas. «Ich sollte einfach ...»

In diesem Moment platzt der Knopf im Glas auf wie ein Maiskorn in der Pfanne.

Mit der Pinzette zieht Vilmos einen schwarz-goldenen Plastikchip heraus. «Eine nCard», sagt er. «Sieht aus wie die Nano-SIM-Karte in deinem Handy, hat aber viel mehr Speicherplatz.»

«Kannst du sie lesen?»

Vilmos greift nach einem Smartphone, nimmt die SIM-Karte heraus und legt die nCard ein. Dann verbindet er das Handy mit einem ramponierten, mit Stickern von Comic-Börsen verzierten Laptop.

Das Display füllt sich mit Hieroglyphen.

«Binäre Daten», sagt Vilmos.

Kat tritt näher und starrt auf den Bildschirm. «Ist es das, was wir glauben?»

«Ohne die andere Hälfte lässt sich das nicht sagen.»

«Aber wenn ja», frage ich, «was ist es dann wert? In Dollar?»

Vilmos nimmt die Karte aus dem Handy.

«Wenn du es mit der anderen Hälfte kombinierst, kannst du einen Atomkrieg auslösen. Was ist das wert? Eine Milliarde Dollar? Zwei? Zehn? Hundert? Sag du es mir.»

Vilmos lässt die Karte in einen Ziploc-Beutel gleiten und streckt ihn uns entgegen.

«Aber du hast mir versprochen, es öffentlich zu machen, klar?»

«Klar», sage ich und nehme den Beutel.

In diesem Moment hören wir etwas. Ein Schneemobil, weit weg noch, aber schnell näher kommend.

Dann ein zweites, und ein drittes, und ein viertes.

# TEIL VIII

**117** Die Infrarot-Aufnahme auf dem Monitor über der Tür zeigt blasse Schemen vor dem schwarzen Hintergrund der Frostnacht: graue Körper, strahlend weiße Motoren, die Umrisse von umgeschnallten Waffen. Ich zähle die Gestalten. Neun, zehn ... ein glattes Dutzend.

«GRU», sage ich. «Anscheinend haben sie beschlossen, das Unwetter nicht abzuwarten.»

Unsere Jagdgewehre liegen draußen im Schnee, wie Vilmos es von uns verlangt hat. Selbst wenn wir sie hier hätten, könnten wir mit insgesamt zehn Patronen wenig gegen einen kompletten Trupp mit automatischen Gewehren ausrichten.

«Hast du irgendwelche Waffen?», fragt Kat. «Außer der Schrotflinte?»

«Nur ein Gewehr, so wie ihr», sagt Vilmos. «Ein paar Patronen, weil es vorgeschrieben ist.»

«Wenn wir hierbleiben, sind wir tot», sage ich. «Wie kommst du nach Barentsburg? Mit dem Schneemobil?»

Er nickt. «Hin und wieder.»

«Selbst wenn wir uns zu dritt auf ein Schneemobil quetschen, hängen wir sie niemals ab», sagt Kat.

«Es gibt noch eine andere Möglichkeit», sagt er. «Folgt mir.»

Er schnappt sich die Flinte und eine Schachtel Patronen und läuft an den Satellitenschüsseln vorbei in den rückwärtigen Teil des Gebäudes, Kat und ich hinterher. Ich drehe mich um und werfe noch einen Blick auf den Monitor. Die Schnee-mobile kommen in einem Pulk zum Stehen, Männer steigen ab und schwärmen aus, um eine breite Kette zu bilden.

«Vilmos, wenn wir hier nicht in dreißig Sekunden raus sind ...»

Bssst! Als er einen Messerschalter umlegt, der gerade-wegs aus einem Horrorfilm zu stammen scheint, bildet sich ein Lichtbogen. Grelle Deckenlampen flackern auf und be-leuchten einen Arbeitsbereich mit Werkzeugen zur Herstellung von Blechverkleidungen, Ausrüstung für Autoreparaturen und Flugzeugteilen. An der Wand steht ein Schneemobil. Und mit-tendrin befindet sich zwar nicht Frankensteins Monster, aber etwas fast so Erstaunliches.

Es ist ein Tupolew-Luftschlitten. Im Gegensatz zu dem ver-rostenden Restposten in Barentsburg ist dieser hier in nahezu perfektem Zustand. Der Rumpf glänzt silbern, schwarz-rote Streifen ziehen sich von der Nase bis zum Heck, vorn sind drei mächtige Scheinwerfer angebracht. Die Seitenruder sind mit einem fünfzackigen Stern plus Hammer und Sichel verziert, der riesige Acht-Zylinder-Sternmotor treibt zwei gegenläufige Propeller an. Die offenen Flügeltüren lassen an einen zum Ab-heben bereiten Vogel denken.

Die Maschine ist auf verblüffende Weise wunderschön.

«Hast du sie restauriert?»

Vilmos nickt.

«Und sie fährt? Alles funktioniert?»

Vilmos streckt mir einen Schlüsselbund entgegen.

«Kommst du nicht mit?»

«Die Wahrscheinlichkeit, dass sie euch schnappen und töten, liegt bei neunzig Prozent», erklärt Vilmos. «Sie konzen-trieren sich auf euch, ich verschwinde in die andere Richtung.

Aber vergiss nicht, was du versprochen hast. Im schlimmsten Fall musst du es zerstören, bevor es ihnen in die Hände fällt. Und wenn du durch irgendein Wunder die kompletten Daten in die Finger bekommst, vergiss einfach, was sie wert sind. Mach sie öffentlich. Okay?»

Ich greife nach den Schlüsseln, aber er zieht die Hand zurück. *«Okay?»*

«Okay», sage ich. Dann nehme ich die Schlüssel und steige ein.

Die Bedienelemente sind unkompliziert. Bremse, Gas, Licht, Funkgerät, Steuerhorn. Ich drücke den Zündschalter. Ein Druckluftsystem setzt die Propeller in Bewegung, der Motor springt an. Vor uns legt Vilmos einen weiteren der zahlreichen Schalter um.

Ein Motor an der Decke setzt eine Kette in Bewegung, und das große Hangar-Tor öffnet sich. Aus der Dunkelheit weht Schnee herein.

Ich gebe Gas, die Tupolew gleitet vorwärts, Duraluminium-kufen schaben über den Boden, das ganze Fahrzeug vibriert. Als wir an Vilmos vorbeifahren, wirft er Kat unerwartet die Remington samt Munition zu. Sie fängt beides auf.

Wir schließen die Flügeltüren und fahren mit heulendem Motor ins Unwetter hinaus.

**118** Als wir das Gebäude verlassen, hören die Russen das Dröhnen des Flugzeugmotors. Im Seitenspiegel sehe ich, wie sie zu ihren Schneemobilen zurücklaufen und die Verfolgung aufnehmen.

Der Lärm im Cockpit der Tupolew ist ohrenbetäubend, die ruckelnde, hopsende Fahrt auf dem gefrorenen Boden nicht angenehmer. Aber als wir Tempo aufnehmen, hebt sich die Nase wie bei einem Rennboot, und die Fahrt wird ruhiger.

Kat lädt die Schrotflinte und sieht nach hinten. «Sie kommen näher.»

Wieder schaue ich in den Spiegel. Einige Verfolger haben ihre Schlitten zurückgelassen und fahren als Heckschützen bei anderen mit.

«Das Ding hat eine Höchstgeschwindigkeit von hundertzwanzig Stundenkilometern», brülle ich. «Die Dinger hinter uns dürften hundertfünfzig bis hundertsechzig schaffen.»

Einer der Beifahrer eröffnet mit einem Automatikgewehr das Feuer. Ich höre, wie mehrere Patronen vom Rumpf abprallen. Wenn sie eine Treibstoffleitung treffen oder einen Propeller zerschießen, ist das hier vorbei, ehe es richtig angefangen hat.

«Was ist der Plan?», ruft Kat.

«Halt sie auf Abstand, bis mir einer einfällt.»

Sie wirft mir einen vielsagenden Blick zu und entriegelt die Türluke.

Der Sturm tobt inzwischen mit aller Macht. Die Scheibenwischer der Tupolew kommen kaum noch mit, im Scheinwerferlicht erkenne ich nur wirbelnden Schnee. Kat stößt die Tür auf und stützt sich am Rumpf ab, halb drinnen, halb draußen. Der Fahrtwind peitscht ihr Eis und die eigenen Haare ins Gesicht.

Sie eröffnet das Feuer. Die vordersten Schlitten lassen sich zurückfallen, aber auf diese Distanz stehen die Chancen auf einen Treffer schlecht.

Vom Schnee geblendet, habe ich nur ein vages Gespür dafür, wo wir sind und wohin wir fahren. Falls wir es hinauf zur Überlandleitung schaffen, könnte ich der Trasse zurück nach

Barentsburg folgen, aber die GRU-Leute würden über Funk ein Empfangskomitee für uns organisieren. Abgesehen davon wird der Flugschlitten, sobald es aufwärtsgeht und die Propeller gegen Wind und Schwerkraft ankämpfen müssen, deutlich langsamer.

Womit exakt eine Alternative bleibt.

Wieder lösen sich zwei Schneemobile aus dem Pulk, um einen Angriff zu starten. Kat schießt und zwingt sie zum Rückzug. Aber die sechs Patronen in ihrem Magazin sind schnell verbraucht. Sie lässt sich zum Nachladen auf ihren Sitz fallen und zieht die Tür zu.

Ihre Haare sind schon halb gefroren, die weißen Wangen zeigen erste Zeichen von Erfrierungen, ihre Hände sind so taub, dass sie die Patronen kaum ins Magazin bekommt. Falls die Tupolew eine Heizung hat, habe ich sie noch nicht entdeckt. Dafür gibt es auf der Ladefläche ein Funkgerät und eine mit dem russischen Wort für NOTFALL beschriebene Kiste.

Hinter uns sind erneut zwei russische Fahrzeuge ausgeschert, um uns, während Kat nachlädt, von der Seite anzugreifen.

«Kat», sage ich, aber sie fummelt an der Remington herum und hört mich nicht. «KAT.»

Sie schaut auf.

«Wie lange kannst du sie noch auf Abstand halten?»

«Nicht mehr lange», sagt sie. Ihre Zähne klappern so heftig, dass sie die Worte kaum herausbringt.

«Einmal noch, okay? Egal, was du tust, sie dürfen uns nicht überholen.»

Sie nickt. «Und dann?»

«Schließ die Tür und halt dich sehr gut fest.»

Sie schiebt die letzten Patronen in die Remington, öffnet

wieder die Tür und steht auf. Der Schlitten auf ihrer Seite kommt schnell näher, viel näher als zuvor. Eine Hand am Steuer, hebt der Fahrer mit der anderen eine automatische Waffe, aber Kat ist schneller. Ruckartig fällt er zurück, schießt einen Hang hinauf, der Schlitten schleudert wirbelnd durch die Luft und verschwindet aus unserem Blickfeld. Das Letzte, was ich sehe, ist der Fahrer, der durch den Schnee rollt.

Kat dreht sich um, aber die Flügeltür versperrt ihr die Sicht auf den Schlitten auf der anderen Seite. Um freies Schussfeld zu haben, klettert sie aus dem Cockpit hoch auf die Einstiegsschwelle und hält sich mit einer Hand fest, während die Tupolew über das Schneefeld schlingert.

«Kat, nein!», rufe ich.

«Fahr langsamer», brüllt sie zurück.

Ich nehme Gas weg. Der Fahrer auf meiner Seite taucht neben dem Fenster auf und überzieht uns mit Schüssen, die in den Metallrumpf einschlagen. Kat nutzt das Dach als Stütze für die Flinte und schießt, aber das Auf und Ab der Tupolew lässt den Schuss vorbeigehen. Kurz weicht der Fahrer zurück, dann setzt er wieder zum Überholen an. Kat lässt sich Zeit, und diesmal trifft sie ihn. Der Mann überschlägt sich, aber sein Schneemobil hat eigene Pläne, kreuzt hinter uns den Weg eines dritten Schneemobils, rammt es mit voller Kraft und setzt den Fahrer ebenso wie den Schützen außer Gefecht.

Doch in diesem Moment pflügt die Tupolew in eine Schneewehe hinein, Kats Füße verlieren den Halt. Sie klammert sich mit einer Hand fest, hält in der anderen die Schrotflinte und versucht verzweifelt, sich wieder nach drinnen zu kämpfen. Ich beuge mich hinüber, strecke ihr eine Hand entgegen und steuere mit der anderen. Aber sie ist entschlossen, die Waffe nicht fallen zu lassen.

«Lass sie los», rufe ich. «LASS SIE LOS!»

Stattdessen lässt sie mit der anderen Hand los und greift nach meiner. Unsere Hände finden sich, aber nicht richtig. Mit aller Kraft versuche ich, sie hereinzuziehen, spüre aber, wie mir ihre eiskalte Handfläche entgleitet.

Wenn einer von uns loslässt, ist sie tot.

Dann aber wirft sie die Schrotflinte in den Fußraum und zieht sich mit der freien Hand heran. Mit vereinten Kräften zerren wir sie ins Cockpit, sie schließt die Tür hinter sich.

«Was zum Teufel sollte das?», schreie ich sie an und versuche, die Tupolew wieder unter Kontrolle zu bringen.

«Bitte schön», sagt Kat mit Mühe. Sie hat die Arme um ihren Oberkörper geschlungen, die Haare sind noch immer mit einer Eiskruste überzogen.

«Na schön», sage ich. «Du bist eine Heldin. Und jetzt halt dich fest.»

Ich reiße das Steuerhorn nach rechts. Die Tupolew schlittert seitlich und nimmt dann Fahrt auf.

«Was hast du vor?»

«Auf flacher Strecke können wir sie nicht abhängen. Aber wenn wir die Schwerkraft nutzen ...»

Ein Tsunami aus Schnee legt sich auf die Windschutzscheibe, der Sturm wirft uns nach links und rechts wie ein kleines Flugzeug im Seitenwind. Noch immer sind uns sieben Schneemobile auf den Fersen, aber wir nehmen Fahrt auf. Jede Schneewehe lässt uns abheben.

«Da geht's runter zum Meer», ruft Kat.

«Das ist genau der Plan. Wir sind amphibisch. Die nicht. Auf dem Wasser können sie uns nicht folgen.»

Kat starrt mich an. «Und wenn das Ding nicht schwimmt? Wenn ...»

Sie bringt den Satz nicht zu Ende, denn in diesem Moment hebt die Tupolew wieder ab. Kat muss sich an der Instrumententafel abstützen, damit ihr Kopf nicht gegen die Decke kracht. Als wir wieder aufsetzen, ist der Hang plötzlich viel steiler.

«Jetzt haben wir keine Wahl mehr», rufe ich. «Selbst wenn ich wollte, könnte ich nicht anhalten.»

Die Tupolew rast wie eine Rakete. Die GRU-Leute hinter uns sind kaum noch zu sehen, nur hin und wieder tauchen sie aus einem Vorhang von Schnee auf. Immer noch gewinnen wir an Tempo, bei jedem Abheben drohen wir gegen die Decke zu stoßen, jede Landung stößt uns zurück in die harten russischen Sitze. Die Steuerung reagiert nicht mehr, die Eigendynamik der Tupolew ist so stark, dass sie einfach nach links oder rechts dreht wie ein auf dem Eis schlitterndes Auto.

Plötzlich hören alle Vibrationen auf, ich spüre, wie ich leicht werde.

Ich sehe Kat über ihrem Sitz schweben, schwerelos wie ein Astronaut.

**119** Anderthalb Sekunden sinken wir im freien Fall, die Nase der Tupolew senkt sich hinab.

«FESTHALTEN!», rufe ich, und Kat umklammert mit der einen Hand den Sitz, mit der anderen einen Haltegriff. Ich verschränke die Arme über dem Steuerhorn und lehne die Stirn dagegen. Für den Bruchteil einer Sekunde sehe ich durchs Schneetreiben den Boden brutal und unaufhaltsam auf uns zurasen.

*Das überleben wir niemals.*

Aber wir tun es doch. Der Aufprall schüttelt unsere Knochen durch, aber wir landen nicht auf Fels oder gefrorener Erde, sondern auf dem Meereis. Es zertrümmert die Windschutzscheibe, eiskaltes Wasser dringt ein. Wir sinken hinab in die Dunkelheit, aber die Schwimmer der Tupolew lassen uns wieder aufsteigen wie einen ramponierten Aluminiumkorken. Der Wind dreht uns mit dem Bug zum Ufer.

Der Kälteschock lässt mich nach Luft schnappen, und ich sehe, dass Kat zusammengekrümmt dasitzt, den Kopf zwischen den Knien. Ich nehme ihre Hand, aber sie würgt Meerwasser heraus und sagt: «Ich bin okay, ich bin okay.»

Hinter uns stottert der Motor, dann fällt er ganz aus, die Propeller kommen zum Stillstand. Um uns herum tost weiterhin der Sturm. Jetzt, wo die Fenster nicht mehr da sind, peitschen uns die Böen nadelscharfes, blendendes Eis ins Gesicht. Mit den Händen schirme ich die Augen ab so gut wie möglich und sehe, dass die verbliebenen russischen Schneemobile serpentinenartig die Hügel bis zum Meer herunterkommen, wobei sie den steilen Hang vermeiden, den wir genommen haben.

Wir leben noch, aber die Situation ist katastrophal. Wir sind klatschnass und durchgefroren. In der Tupolew steht das Wasser dreißig Zentimeter hoch, und bei dem durch die Kabine fegenden Wind kann es nicht lange dauern, bis wir unterkühlt sind. Außerdem sind wir ein leichtes Ziel, weil der Motor der Tupolew uns nicht mehr schützt.

In hundert Metern Entfernung sammeln sich die Schneemobile. Der Trupp berät sich mit dem Anführer, dann nehmen die Männer ihre Gewehre von den Schultern.

«Halt sie zurück, so gut es geht», rufe ich Kat zu, während ich versuche, den Motor wieder anzulassen.

Kat müht sich mit ungeschickten Fingern, die Schrotflinte mit Patronen zu laden, die aus der Schachtel ins Meerwasser des Fußraums gefallen sind. Ihre Hände sind so kalt, dass sie die Patronen kaum ins Magazin einschieben kann, aber irgendwie gelingt es ihr doch. Sie richtet die Waffe durch die Trümmer der Windschutzscheibe, woraufhin die Russen Deckung suchen.

Ich drücke den Startknopf. Der Motor dreht sich, keucht, zündet aber nicht. Er ist für kalte Regionen konstruiert, in denen Batterien gern ihren Geist aufgeben, und wird stattdessen durch Druckluft aus einem Tank gestartet. Ich habe keine Ahnung, wie viele Versuche uns bleiben, bis er leer ist – oder ob der Motor überhaupt noch intakt ist. Aber wir haben keine andere Chance.

Die Russen am Ufer erwidern das Feuer und benutzen Schlitten als Deckung. Während Kat nachlädt, kauern wir uns hinter die Instrumententafel, und ich versuche es noch mal. Diesmal springt der Motor an, keucht dann aber und bleibt erneut stehen. Mir ist klar, dass der Druck im Tank geringer wird.

Kat angelt im Fußraum nach weiterer Munition, findet aber nicht genug.

«Vier Patronen. Oder meine Hände sind so taub, dass ich sie nicht spüre.»

«Gib dein Bestes. Jeder Schuss muss zählen.»

Für einen Moment drücken wir uns die Hände. Dann richtet sie sich wieder auf. Das Ufer ist jetzt weiter entfernt, der Wind drückt uns hinaus aufs Meer. Während sie schießt, drücke ich den Startknopf. Wieder springt der Motor an, um kurz darauf auszugehen.

Als die Russen das Feuer erwidern, kauert Kat sich zusammen. Aber ich hatte recht, der Wind treibt uns aus ihrer Schussweite. Der Kommandant des Trupps begreift, dass er die Initiative verliert. Er brüllt einen seiner Männer an, der auf sein Schneemobil steigt, einen Halbkreis nach hinten schlägt und dann Vollgas gibt. Er rast über den verschneiten Strand und hinaus aufs Meer, wo das Schneemobil wie ein Jetboot über die Oberfläche fliegt. Er hebt die Waffe und will schießen, aber Kat feuert zuerst, und er kehrt in Schlangenlinien zum Ufer zurück.

Von seinem Beispiel angespornt, setzen zwei weitere Russen vom Ufer zurück und kommen mit Vollgas über das gefrorene Wasser auf uns zu. Wieder schießt Kat, einmal, zweimal, was sie verjagt, aber diesmal geben beide Schüsse ab, die im Rumpf der Tupolew landen.

Kat lässt sich auf den Sitz fallen. «Das war's. Ich hab keine Munition mehr.»

Am Ufer machen sich die nächsten vier Russen bereit. Inzwischen haben sie den Dreh raus, nehmen so weit wie möglich Anlauf und nutzen den Hang zum Beschleunigen. Dann stehen sie auf, beugen sich auf den Schneemobilen weit zurück und ziehen den Bug wie bei einem Motorrad-Wheelie so weit wie möglich hoch.

Sie kommen näher, und nichts wird sie aufhalten.

**120** Noch einmal versuche ich zu starten. Der pneumatische Anlasser verfügt praktisch über keine Druckluft mehr, und die Propeller drehen sich nur träge und unter gelegentlichem Keuchen und Stottern. Zwei unserer Verfolger eröffnen das Feuer. Weil sie mit einer Hand schießen und aufpassen müssen, nicht im eiskalten Wasser zu versinken, zielen sie nicht besonders präzise, trotzdem schlagen die Kugeln ins Metallgehäuse der Tupolew ein. Kat hockt im Fußraum, ich mache mich klein und halte den Zündknopf diesmal gedrückt, weil es keinen Sinn mehr hat, mit der verbliebenen Druckluft sparsam umzugehen.

Das gibt offenbar den Ausschlag, denn der Motor erwacht stotternd zum Leben, zumindest auf einigen der acht Zylinder. Die Bewegung der Propeller reicht aus, um die Tupolew mit den Seitenrudern um hundertachtzig Grad zu drehen. Unvermutet nimmt der nächste Zylinder die Arbeit auf, und noch einer, und plötzlich heult der riesige Motor auf. Ich ändere das Mischungsverhältnis, und der Luftschlitten setzt sich in Bewegung – weg vom Ufer und hinein in den Schneesturm. Dabei lässt er einen Regen aus Eis und salziger Gischt auf das Quartett hinter uns niedergehen. Einer der Russen verliert den Schwung und gerät ins Taumeln, sein Schneemobil sinkt ein. Ein anderer Verfolger wendet, um ihm zu helfen, verliert aber dabei an Geschwindigkeit und geht selbst unter. Der dritte dreht ab, gibt die Verfolgung auf und kehrt ans Ufer zurück.

Der vierte Mann verfolgt uns weiter, schießt sein komplettes Magazin leer, sieht schließlich ein, dass er auf verlorenem Posten steht und tritt ebenfalls den Rückzug an. Er verschwindet in der Nebelschicht, die über dem Eis liegt.

Die GRU sind wir los, aber es sieht nicht gut für uns aus. Das Ufer liegt irgendwo im frostigen Nebel, der Wind pfeift ungebremst durch die leere Fensteröffnung herein, der Wellengang wird schwerer, je tiefer das Wasser wird. Ich versuche es mit weniger Gas, doch die Tupolew ist nur für flaches Wasser konstruiert. Wenn ich es nicht schaffe, die Nase hochzuhalten, werden wir überflutet oder kentern. Unsere klatschnasse Kleidung friert buchstäblich fest. An den Säumen und Falten bilden sich Eiskristalle, der Stoff wird bretthart. Meine im Wasser stehenden Füße sind taub, die Tupolew bekommt

Schlagseite. Wahrscheinlich hat der Aufprall auf dem Eis oder eine Kugel – oder beides zusammen – einen der Schwimmer beschädigt.

«Was sollen wir machen?», fragt Kat. Ihr Gesicht ist fast blau, sie zittert vor Kälte, hat die Arme um die Knie geschlungen und die Füße aus dem Wasser gehoben.

«Ans Ufer zurück können wir nicht», sage ich. «Sie sehen uns zwar nicht, aber sie würden uns hören. Drei oder vier von ihnen sind immer noch übrig, wahrscheinlich haben sie auch Verstärkung gerufen. Wir sind wehrlos. Hierbleiben können wir auch nicht, weil sie unsere ungefähre Position kennen und wahrscheinlich ein Boot angefordert haben. Wir müssen versuchen, es irgendwie nach Longyearbyen zu schaffen.»

Kat starrt in den um uns herumwirbelnden Sturm. «Woher weißt du die Richtung?»

Ich greife in meinen Schneeanzug, ziehe das Handy heraus, rufe Google Maps auf und reiche ihr das Gerät.

«Funktioniert das GPS?», frage ich sie.

«Anscheinend ja, aber wir haben keinen Empfang.»

«Bevor wir aufgebrochen sind, habe ich eine Karte abgespeichert. Kannst du Longyearbyen sehen?»

Kat verkleinert die Ansicht mit ihren gefrorenen Fingern. «Ja.»

«Kannst du einen ungefähren Kurs bestimmen?»

«Ich glaube schon», sagt Kat.

«Dann beeil dich. Die Akkuanzeige sagt dreißig Prozent, aber in dieser Kälte dürfte er in ein paar Minuten leer sein, bestenfalls.»

«Okay», sagt Kat. «Im Moment fahren wir nordwestlich, wir müssen aber nach Osten.»

Ich ändere den Kurs.

«Ein bisschen mehr noch. Mehr. Okay, zu viel. Ja. Jetzt sind wir auf dem richtigen Kurs.»

Sie schaltet das Gerät aus, um den Akku zu schonen, nimmt ihre Position wieder ein und drückt das Gesicht auf die Knie. Dann höre ich, dass der Motor Probleme macht. Ein Zylinder setzt aus, dann ein zweiter. Ich ändere das Mischungsverhältnis noch einmal und versuche, den Motor so gleichmäßig wie möglich laufen zu lassen.

Als Kat die Fehlzündungen hört, blickt sie mit besorgter Miene auf.

«Alles in Ordnung», sage ich. «Versuch einfach, dich möglichst klein zu machen. Und schlaf nicht ein. In ein, maximal zwei Stunden sollten wir da sein.»

Sie legt den Kopf wieder auf die Knie.

Das Problem ist, dass ich sie angelogen habe.

Obwohl wir auf dem richtigen Kurs sind und ich versuche, den Seitenwind miteinzuberechnen, sind wir am Arsch. Auch wenn uns die wogende See nicht zum Kentern bringt, der Motor durchhält, der Treibstoff reicht und wir nicht erfrieren, haben wir praktisch keine Chance, Longyearbyen in dem inzwischen dichten Seenebel auszumachen. Bis dahin ist der Akku des Handys längst leer, und den Hafen per Koppelnavigation in nahezu vollständiger Dunkelheit zu finden, hat schon nichts mehr mit einer Nadel im Heuhaufen zu tun. Eher könnten wir ein Steinchen auf dem Mond suchen.

Während ich noch darüber nachdenke, wie ich den Mut aufbringen soll, ihr reinen Wein einzuschenken, passiert es.

Ein gewaltiges, ohrenbetäubendes Nebelhorn durchdringt die Nacht.

Wenn es so klingt, als wäre es nur wenige Meter entfernt, dann liegt es daran, dass es nur wenige Meter entfernt ist.

Ein Schiffsbug bricht aus der Nebelwand heraus und hält mit hoher Geschwindigkeit – zwanzig oder dreißig Knoten – direkt auf uns zu. Wir haben keine Zeit zu reagieren. Das Schiff kracht in uns hinein, bringt uns zum Kentern und begräbt uns in der tintenschwarzen, eisigen Dunkelheit des Ozeans.

**121** Im eiskalten Wasser unter dem riesigen Kiel überschlagen wir uns wieder und wieder. Ich sehe nichts und höre nur das Dröhnen der Schiffsschraube und das Knirschen und Scheppern der Kollision. Ich halte mich am Steuerhorn fest und taste mit der freien Hand nach Kat, kann sie aber nicht finden. Der Lärm der Schiffsschraube wird immer ohrenbetäubender, je mehr wir uns dem Heck nähern. Dann gräbt sich die Schraube in den Boden der Tupolew, wirbelt uns abermals umher und spuckt uns im Kielwasser wieder aus.

Das Dröhnen wird leiser, ich kämpfe mich an die Oberfläche und schnappe nach Luft. Das Heck des Schiffs – ein Trawler ohne Positionslampen – verschwindet bereits im Nebel. Ich schaue mich nach Kat um, entdecke sie aber nirgends.

Dann sehe ich nach unten.

Aus irgendeinem Grund leuchten die Scheinwerfer der Tupolew noch immer. Sie sinkt mit der Nase nach oben, vom Gewicht des riesigen Motors hinabgezogen, gegen das die beschädigten Schwimmer wenig ausrichten können.

Plötzlich wird mir klar: *Kat ist noch da drin.*

Ich hole tief Luft, tauche ins Dunkle ab und nähere mich dem Licht. Im Schein des angestrahlten Seewassers kann ich das Cockpit ausmachen und eine Gestalt: Kat. Durch die zerstörte Windschutzscheibe ziehe ich mich nach innen. Sie sitzt in der Falle, ein Arm ist von der Flügeltür eingeklemmt.

Ich versuche, sie freizubekommen, aber die vom Aufprall demolierte Tür sitzt fest. Meine Lunge droht zu explodieren, die Muskeln sind von der Kälte geschwächt. Ich drehe die Hüfte, bis ich die Beine auf den Sitz bekomme. Dann klemme ich die Hände beiderseits von Kats Arm unter den Rand der Tür und versuche, sie mit der Kraft meiner Oberschenkel ein Stück weit zu lockern. Zuerst passiert nichts, aber dann spüre ich, wie sie ein paar Zentimeter nachgibt und Kats Arm freigibt.

Ich packe Kat unter beiden Achseln, ziehe sie durchs Fenster hinaus und kämpfe mich Richtung Oberfläche. Die Lichter der Tupolew verschwinden in der Dunkelheit. Zusammen durchbrechen wir die Oberfläche, wieder atme ich tief ein. Im Gegensatz zu Kat.

Sie atmet nicht.

Ich trete Wasser, schlinge meine Arme um ihr Brustbein und drücke fest zu, zweimal pro Sekunde. Ich presse wieder und wieder und wieder und strample gleichzeitig mit den Beinen, um uns beide oben zu halten. Aber inzwischen spüre ich in der Kälte kaum noch etwas. Ich bin erschöpft, fix und fertig, habe nichts mehr zuzusetzen. Und wozu soll das alles auch gut sein? Von dem Trawler ist nichts mehr zu sehen. Selbst wenn ich Kat wiederbelebe, würde uns nur das gemeinsame Ertrinken bleiben. Vielleicht wäre es gnädiger, sie einfach loszulassen, die Welt ohne uns weitermachen zu lassen und zusammen in die Umarmung des Ozeans zu sinken. Meine Sinne schwinden, bis ich merke, dass ich mit meiner Herzdruckmassage noch nicht aufgehört habe. Denn plötzlich hustet Kat und spuckt Wasser aus. Einmal, zweimal. Sie lebt und schnappt nach Luft.

«Alles in Ordnung, ich hab dich», keuche ich. «Atme. Atme einfach.»

Im nächsten Moment tauchen aus dem Nebel Lichter auf. Es ist der Trawler, der mit gedrosselter Geschwindigkeit auf uns zukommt. Ein Fischer im Überlebensanzug sucht mit einem Millionen-Candela-Schweinwerfer die Oberfläche ab. Bevor sie uns entdecken, werde ich bewusstlos.

**122** Kat und ich gleiten durchs Wasser hinunter, es ist warm, ich halte sie in den Armen. Um uns herum füllt sich der Ozean mit Licht. Sie wendet sich mir zu, die grünen Augen glitzernd und weit aufgerissen, ihr Haar schwebt um den Kopf herum wie Seegras. Sie küsst mich, wir fließen ineinander, tiefer und tiefer. Für einen Moment scheinen wir eine einzige Person zu sein, oder zwei Personen, die so miteinander durchmischt sind wie die silbrigen Fischschwärme um uns herum, die im Sonnenlicht schimmern, das in strahlenden Säulen von oben herab das Wasser durchdringt. Und plötzlich spüre ich einen tiefen Frieden, eine Ruhe, die ich nie zuvor erlebt habe. Es fühlt sich an, als wäre ich mit einem Mal ganz, als wären alle Wunden geheilt, die mir das Leben zugefügt hat, zurück bis in jenes Motelzimmer in Stockton und vielleicht noch weiter.

Ich denke: *So fühlt es sich also an, glücklich zu sein.*

Aber dann löst Kat sich aus meiner Umarmung. Ob sie mich wegstößt oder ich sie loslasse, kann ich nicht sagen. Als ich nach ihr greifen will, bekommen meine Hände nur Meerwasser zu fassen. Sie schwebt zur Oberfläche hinauf, eine Meerjungfrau in einem Glorienschein aus Licht. Ich dagegen sinke tiefer, tiefer hinab in die Dunkelheit. Jetzt friere ich wieder, aber gleichzeitig spüre ich einen brutalen Schmerz, als würden meine Gliedmaßen über einem offenen Feuer gebraten. Ich versuche zu schreien, huste aber nur und kämpfe gegen unbekannte Hände an, die mich unten halten wollen.

Dann bin ich nicht mehr unter Wasser, sondern auf einem Tisch. Ich starre in eine Leuchtröhre in einem irgendwie industriell wirkenden Raum. Ein Mann beugt sich über mich und checkt meine Pupillen.

«Wer zum Teufel bist du?», bringe ich prustend heraus.

«Sigurd Olafsson», sagt der Mann. «Und du?»

Sein Englisch ist gut, die Konsonanten klingen weich und isländisch.

«Jones», behaupte ich.

«Ist das dein Vor- oder dein Nachname?»

«Ja.»

«Welches Jahr haben wir?»

«Zweitausendfickdich.»

«Okay. Lasst ihn los», sagt Sigurd.

Die stämmigen bärtigen Männer, die mich festgehalten haben, treten zurück. Sigurd entlässt sie mit einer Kopfbewegung. Mühsam setze ich mich auf und entdecke, dass ich nur eine rote Decke am Körper trage. Ich ziehe sie fester um mich. Dann schaue ich mich um und stelle fest, dass ich mich in der Messe des Trawlers befinde, deren Esstisch als Krankenbett dient.

«Wir haben dich vor zwei Stunden aus dem Wasser gefischt», sagt Sigurd. «Du warst unterkühlt. Deine Körpertemperatur war auf dreißig Grad gesunken. Fünfundachtzig Fahrenheit für euch Amerikaner. Du hast Glück, dass du noch lebst. Wir mussten dich in der Dusche aufwärmen. Als du zu dir gekommen bist, hattest du mehrere Anfälle. Ich musste zwei Leute von der Besatzung holen, um dich festzuhalten. Hier.»

Er wirft mir Kleidung zu, die nicht meine ist. Arbeitshose, T-Shirt, dicker Pullover. Ich ziehe sie an.

«Du bist der Schiffsarzt, oder was?»

Er lacht. «Bei einem Boot dieser Größe? Nein, ich bin der Kapitän. Aber Unterkühlung ist ein Berufsrisiko. Damit kennen wir uns besser aus als die Ärzte.»

Er reicht mir einen Becher.

«Kaffee. Mit viel Zucker.»

Ich nehme ihn. Dann fällt es mir ein. Panisch frage ich: «Was ist mit dem Mädchen? Habt ihr auch eine junge Frau herausgezogen?»

«Kat? Ja, ihr geht's gut. Sie ist in meiner Kajüte. Sie ist zäh, stimmt's?»

«Sie war eine Zeit lang unter Wasser», sage ich. «Sie hat nicht mehr geatmet.»

Sigurd nickt. «Wenn es nicht so kalt gewesen wäre, hätte ein Hirnschaden zurückbleiben können. Aber eiskaltes Wasser hat seltsame Wirkungen. Manchmal zieht man Leute heraus, die eine halbe Stunde oder noch länger unten waren, und ihnen ist nichts passiert. Kinder oder Leute mit kleinen Knochen. Sie kühlen schnell aus und wärmen schnell wieder auf.»

Ich trinke den süßen Kaffee und fühle mich langsam wieder wie ein Mensch.

«Und?», sagt er. «Willst du mir verraten, warum ihr mitten im Unwetter in einer russischen Blechdose durch den Fjord getrieben seid?»

«Lieber nicht», sage ich.

«Wir müssen euch irgendwo an Land bringen, verstehst du, und euch den Behörden melden. Bei einer Kollision auf See gibt es Vorschriften, die wir befolgen müssen.»

Das ist so ungefähr das Letzte, was ich brauche.

«Sigurd, stimmt's? Dann ist das ein isländisches Boot? Woher, aus Reykjavik?»

«Genau. Und?»

«Ihr seid bei Nacht und im Nebel ohne Positionslampen gefahren. Was ich nur so verstehen kann, dass ihr nicht gesehen werden wolltet. Was wiederum bedeutet, dass auch euer Transponder ausgeschaltet war. Und dass ihr illegal in norwegischen Gewässern gefischt habt.»

Sigurd lacht. «Ich kann dir versichern, dass isländische Schiffe bei Spitzbergen fischen dürfen.»

«Das gilt auch für die Europäer und die Grönländer. Aber insgesamt nur vier Schiffe zur gleichen Zeit, richtig? Wie stehen die Chancen, dass ihr Nummer fünf wart und das Unwetter genutzt habt, um unauffällig ein bisschen Kabeljau zu fischen?»

«Krabben», sagt Sigurd mit einer Miene, als hätte er gerade eine verdorbene verzehrt.

«Wie hoch wäre die Strafe? Oder wird nur das Boot konfisziert?»

Er gibt mir keine Antwort.

«Okay, ich schlage Folgendes vor: Ihr fahrt mit eurem Fang nach Reykjavik zurück. Wir gehen als Besatzungsmitglieder von Bord. Für Außenstehende ist nichts von alldem hier passiert. Kat und ich sind ertrunken. Ihr seid beim Fang nicht mal in die Nähe von Spitzbergen gekommen.»

«Ich könnte dich auch wieder reinwerfen, du undankbarer kleiner Scheißer. Und die Frau gleich mit. So würde ich mir eine Menge Ärger ersparen. Glaubst du, ich hätte unbedingt umkehren und euch rausfischen müssen?»

Irgendwie habe ich das Gefühl, dass er nicht blufft.

«Okay», lenke ich ein. «Sagen wir, ich komme für den Wert

des Fangs auf. Jeder Mann an Bord kommt mit dem Doppelten dessen nach Hause, was er erwartet hat.»

«Woher soll ich wissen, dass du mich nicht betrügst? Du könntest einfach von Bord gehen, und ich sehe dich nie wieder.»

«Sobald wir in Reykjavik sind, haben wir Handyempfang. Ich transferiere die Bitcoins noch an Bord. Keine Steuern, nichts. Was du der Besatzung erzählst, überlasse ich dir. Wie viel du ihnen abgibst, wie viel du für dich behältst. Du lässt uns erst von Bord, wenn ich alles erledigt habe.»

Sigurd streicht sich durch den Bart. Dann sagt er: «Deal.»

Ich stehe auf. Meine Beine zittern. «Kann ich sie sehen? Kat?»

**123** Auf dem Weg zu Sigurds Kajüte frage ich nach meinen Klamotten. Er bringt mich in den Maschinenraum, wo sie trocknen. In den Taschen suche ich nach meinem Ziploc-Beutel, aber er ist weg. Plötzlich überkommt mich die Horrorvision, mein einziges Druckmittel könnte aus der Tasche gefallen sein, als ich Kat gerettet habe. Es könnte in der Dunkelheit verschwunden sein, in der ich im Traum selbst versunken bin. Aber dann sagt Sigurd über das Hämmern des Schiffsmotors hinweg: «Suchst du das hier?» Ich drehe mich um und sehe, wie er den Beutel in der Hand hält.

Ich strecke die Hand aus, aber er gibt ihn mir nicht.

«Irgendwie hab ich das Gefühl, dass das hier viel mehr wert sein könnte als das Geld, das wir verdienen, wenn wir euch nach Reykjavik bringen.»

Hinter ihm steht ein stämmiger Mechaniker und beobachtet uns. Über das Dröhnen der Dieselmotoren hinweg kann er nicht hören, was wir sagen. Aber er spürt, dass es ein Problem gibt. Und er hält einen Schraubenschlüssel in der Hand, der so lang wie mein Unterarm ist.

«Hast du Familie?», frage ich.

«Klar.»

«Söhne? Töchter?»

«Einen Sohn, eine Tochter.»

«Sind sie dir wichtig?»

«Natürlich sind sie mir wichtig.»

Ich nicke. «Du hast recht. Es ist mehr wert. Für die richtige Person jedenfalls. Aber wenn die falsche Person es in die Finger bekommt, kostet es dich das Leben, mich auch, alle auf diesem Schiff und alle, die dir je wichtig waren, auch deine Kinder. Wenn du also nicht verdammt sicher bist, wer die richtige oder die falsche Person ist, rate ich dir, mir den verdammten Beutel zu geben.»

«Vielleicht sollte ich ihn auch über Bord werfen.»

«Klar», sage ich. «Und dann erklärst du der Mannschaft, warum du sie um ihren Anteil von dem Geld betrogen hast, das ich euch zahlen wollte. Sie haben sicher Verständnis.»

Sigurd schaut sich um. Der Mechaniker mit dem Schraubenschlüssel starrt uns mit finsterer Miene an.

«Alles in Ordnung, Boss?», ruft er über den Lärm des Maschinenraums hinweg.

«Klar», sagt Sigurd. «Alles bestens.»

Er reicht mir den Beutel.

«Eine Sache noch», sage ich. «Ich brauche ein Satellitentelefon.»

**124** Sigurds Kajüte ist nur eine Spur weniger armselig als die Mannschaftsmesse, aber immerhin hat er eine anständige Koje und einen Schreibtisch mit einem uralten Dell-Computer. An den Wänden hängen Karten und Diagramme neben längst überholten Tabellen über die zulässigen Größen von Krabben.

Kat sitzt auf dem Bett und trägt Männerkleidung, die auf skurrile Art an ihr herabhängt. Sie ist blass und hält einen Becher umklammert, dessen Flüssigkeit wahrscheinlich schon vor einer halben Stunde abgekühlt war.

«Dürfen wir …?», sage ich mit Blick auf die Tür.

Sigurd wirft mir einen säuerlichen Blick zu und geht hinaus.

Kat starrt mich schweigend an, während ich bis dreißig zähle, damit Sigurd sich verziehen kann.

«Wie geht's dir?»

Sie zuckt die Achseln, aber ich merke, dass etwas nicht stimmt.

«Willst du darüber reden?»

«Willst du mir sagen, was passiert ist?»

«Wir sind von einem Schiff gerammt worden. Einem Boot. Oder wie immer das genau heißt. Von einem Krabbentrawler.»

«Das weiß ich», sagt sie. «Ich meine danach.»

«Die Tupolew ist untergegangen.»

«Was mit *mir* passiert ist.»

Die Art, wie sie mich mit ihren grünen Augen ansieht, hat etwas Schwermütiges.

«Du bist mit untergegangen. Dein Arm war unter einer Tür eingeklemmt.»

«Wie bin ich rausgekommen?»

«Ich hab dich rausgezogen.»

«Hab ich noch geatmet?»

«Du warst unter Wasser.»

«Antworte einfach auf meine Scheißfrage, okay? *Hab ich noch geatmet?*»

«Nein.»

«Hatte mein Herz ausgesetzt?»

«Ich weiß es nicht. Vielleicht. Aber als du an die Oberfläche kamst, hab ich es mit Herzdruckmassage versucht, so gut ich konnte. Da hast du wieder zu atmen angefangen.»

Sie legt das Kinn auf die kalte Kaffeetasse, in Gedanken versunken, über die ich nur spekulieren kann.

«Was ist los, Kat? Hast du etwas gesehen? Während du ... Ich meine Lichter. Eine außerkörperliche Erfahrung? Oder was? Was hat dich so durcheinandergebracht?»

Ich bin kurz davor, ihr von meinen eigenen Halluzinationen zu erzählen. Wie ich mit ihr ins Licht gesunken bin, wie sie mir entrissen wurde. Dann schaut sie auf.

«Nichts. Es ist nichts. Nur dummes Zeug. Dann hast du mir also das Leben gerettet?»

«Ich hab durch das, was ich getan hab, schon zu viele Leute verloren. Dich wollte ich nicht auch noch verlieren.»

Sie ringt sich ein klägliches Lächeln ab. «Ich schätze, dann sind wir quitt.»

«Wir sind noch nicht fertig», erinnere ich sie.

Ihr Lächeln verschwindet. «Und was jetzt?»

Es klopft an der Tür.

Es ist Sigurd, er hat ein Iridium-Satellitentelefon dabei.

Ich nehme es, aber Sigurd geht nicht hinaus.

«Das ist mein Schiff», sagt er. «Ich muss wissen, was hier gespielt wird.»

«Ich möchte dich an unser letztes Gespräch erinnern. Je weniger du weißt, desto besser. Für alle.»

Er brummt, dreht sich aber um und schließt die Tür hinter sich.

Ich wähle die Nummer, die Hipkiss mir gegeben hat.

**125** Hipkiss gibt sich ganz geschäftsmäßig.
Der Deal ist nicht besonders kompliziert. Sie nennt mir den Namen einer Stadt. Dort übergebe ich die Speicherkarte persönlich an einen Repräsentanten von Hipkiss, der die Echtheit mit einem MD5-Hashwert überprüft, einem digitalen Fingerabdruck der Datei, der ihre Identität garantiert. Wenn der Hashwert stimmt, wird Mireille an eine dritte Person meiner Wahl übergeben. Ich werde sie als Geisel ersetzen. Dann wird der Inhalt der Datei mit der Hälfte der Malware kombiniert, die sie schon besitzen.

Wenn alles passt, werde ich freigelassen.

«Ich brauche ein Lebenszeichen», sage ich.

«Ich habe gerade einen Videoanruf mit dem Mädchen offen. Ich kann ihr jede Frage stellen, die Sie wünschen.»

Ich denke einen Moment nach.

«Fragen Sie sie nach dem Namen ihres Sockenaffen.»

In der Leitung bleibt es einen Moment still. Dann ist Hipkiss wieder da und nennt meinen Namen.

*Mireille lebt noch.*

«Eine Sache noch», sagt Hipkiss. «Ein Vögelchen in einem Nachrichtendienst mit drei Buchstaben hat mir gezwitschert, dass Sie ... wo war es noch ... in Spitzbergen aufgetaucht seien. Jetzt gibt es Gerüchte über eine GRU-Operation dort oben. Ein

Amphibienfahrzeug, irgendeine Verfolgungsjagd. Ich nehme an, das waren Sie?»

«Und wenn ja?»

«Laut den Berichten waren *zwei* Passagiere an Bord. Die zweite Person war die junge Frau, stimmt's? Aus Brooklyn?»

Zum ersten Mal gewinnt ihr Ton eine gewisse Schärfe, die geschäftsmäßige Maske verrutscht ein Stück.

«Vielleicht.»

«Ist sie noch bei Ihnen?»

Ich schaue zu Kat hinüber. «Nein.»

Kat runzelt die Stirn. *Was ist los?*

«Also, wo ist sie?», fährt Hipkiss mich an. «Ich mag keine losen Enden.»

«Wir wurden von einem Trawler gerammt. Als sie mich aus dem Wasser gefischt haben, war ich halb tot. Man hat sie nicht gefunden. Vielleicht wurde sie von der Schiffsschraube zerhackt, vielleicht ist sie mit der Tupolew untergegangen, vielleicht hat man sie in der Dunkelheit und dem Nebel auch einfach nicht gesehen. Wie auch immer, sie ist tot.»

Nach einem kurzen Moment der Stille fragt Hipkiss: «Hat sie Ihnen etwas bedeutet? War sie vielleicht eine Geliebte?»

Wieder nehme ich die gruselige Heiserkeit in ihrer Stimme wahr.

«Vor langer Zeit einmal», sage ich.

«Mein herzliches Beileid.»

«Nicht nötig», sage ich mit einem Blick zu Kat. «Sie war sowieso nicht mehr nützlich.»

**126** Kat weiß, dass ich lüge. Meine Worte machen sie trotzdem nicht glücklich, aber sie schluckt es hinunter.

«Und? Du gehst auf den Deal ein, stimmt's? Es geht um das Leben deiner Tochter.»

Ich halte den Beutel hoch. «Wenn ich einer Frau wie Hipkiss die Macht gebe, einen Atomkrieg auszulösen, in welcher Welt muss Mireille dann leben?»

«Hipkiss würde es einfach dem Höchstbietenden verkaufen, oder nicht?»

«Sie ist Milliardärin. Sie braucht kein Geld. So wie sie hinter Deep Threat her ist, scheint es ihr um etwas anderes zu gehen. Ich halte sie nicht für einen rational denkenden Menschen. Ihr die Karte zu geben ... Mein Gott, ich kann mir nicht mal vorstellen, was das bedeuten würde. Oder wozu sie sie benutzen würde.»

«Es ist ein Entweder-oder», sagt Kat. «Kopf oder Zahl. Du kannst nur das eine oder das andere tun.»

Die nächsten fünf Minuten denke ich schweigend nach. Ich versuche, die losen Fäden des Problems irgendwie sinnvoll zusammenzufügen. *Es muss einen Weg geben.* Dann kommt mir eine Idee. Ich schaue auf.

«Und wenn es nun *kein* Entweder-oder wäre?»

«Ich verstehe dich nicht», sagt Kat.

«Wie stehen die Chancen, wenn du eine Münze wirfst?»

«Fifty-fifty. Ich verliere übrigens jedes Mal.»

«Und wenn sie auf der Kante landet?»

«Wie wahrscheinlich ist das?»

«Dass sie auf der Kante landet? Ungefähr eins zu sechstausend.»

Kat überlegt kurz. «Was willst du damit sagen?»

«Vielleicht gibt es eine Möglichkeit zur Quadratur des Kreises. Mireille zu befreien *und* Deep Threat zu neutralisieren. Wir werfen die Münze, und wenn alles gut läuft, landet sie auf der Kante.»

«Und wenn nicht?»

«Dann kommen wir wahrscheinlich beide nicht lebend aus der Sache raus.»

Kat schweigt. Es ist ein seltsames Schweigen, als hätte ein Gefühl von den Ausmaßen eines Gorillas sie im Griff. Sie wendet sich ab und tut so, als wäre sie auf eines der Fischereidiagramme konzentriert. Von allen Menschen, die mir jemals begegnet sind, kann sie ihre Gefühle am besten verbergen. Aber man muss kein Hellseher sein, um ihre Gedanken zu lesen.

«Okay, ich hab's kapiert. Es gibt kein ‹Wir›. Das ist nicht dein Kampf. Du wärst im Wasser fast gestorben, und wir wären beide schon tot, wenn du nicht auf die Russen geschossen hättest. Ich hatte kein Recht, dich um so etwas zu bitten. Ich kann von Glück sagen, dass du bis hierhin mitgemacht hast. Den nächsten Part schaffe ich allein.»

«Nein», sagt Kat und dreht sich zu mir um. «Du verstehst es nicht. Ich hab nicht die Wahrheit gesagt.»

«Die Wahrheit? Worüber?»

«Übers Totsein. Ich hab gesagt, da wäre nichts gewesen. Aber es war nicht nichts.»

«Wie meinst du das?»

Sie atmet tief durch.

«Ich war unter Wasser, aber nicht in der Tupolew. Es war … tief, wie im Marianengraben oder so. Und es war nicht dunkel, sondern hell und warm, und um uns herum strömte Sonnenlicht herab.»

Nie im Leben habe ich mich seltsamer gefühlt.

«Um *uns* herum?»

«Sie nickt. Du hast mich in den Armen gehalten und ich dich, und wir sind einfach zusammen durchs Wasser geschwebt. Und dann ...»

Sie hält inne.

«Was dann?»

Kat zögert, dann steht sie auf und kommt zu mir herüber. Sie nimmt mein Gesicht in beide Hände und küsst mich auf den Mund. Ein langer, guter Kuss. Vielleicht der beste seit dem, der nach Pfeffer und Honig und Blut geschmeckt hat.

Vielleicht sogar der allerbeste.

Dann lässt sie mich los und tritt zurück.

«Es kam mir vor, als wären wir eine einzige Person. Als wären wir wie Seegras ineinander verschlungen. Als könnte ich nicht sagen, wo du aufhörst und ich anfange.»

Sie lächelt, aber dann verfinstert sich ihre Miene. «Dann wurdest du von mir weggerissen. Ich stieg zur Oberfläche auf, du sankst nach unten, und ich wusste, ich würde dich nie wiedersehen. Es fühlte sich an, als hätte ich einen Teil von mir verloren, den ich niemals zurückbekommen würde.»

Sie dreht sich um. Sie weint nicht, aber es kostet sie eine gewaltige Anstrengung.

«Ich weiß, ich weiß, das klingt alles ziemlich bescheuert», sagt sie. «Ich meine, ich war hypoxisch, mein Hirn hat sich alles Mögliche eingebildet. Aber ich war am *Sterben*, ich war *tot*. Das muss doch etwas zu bedeuten haben.»

Fast behalte ich es für mich, so verrückt, wie es klingt. Aber ich weiß, dass ein Moment wie dieser vielleicht nie wiederkommt, wenn ich es jetzt nicht sage.

«Ich hatte denselben Traum.»

Sie starrt mich ärgerlich an.

«Sag das nicht. Verarsch mich nicht. Das ist zu wichtig für dämliche Witze.»

«Alles, was du gesehen hast, hab ich auch gesehen. Alles was du gefühlt hast, hab ich auch gefühlt.»

«Nein», sagt sie. «Das ergibt keinen Sinn. Es ist unmöglich. Das ist Zufall.»

«Ich glaube nicht an Zufälle.»

«Ich auch nicht», sagt Kat.

Einen Moment lang stehen wir uns schweigend gegenüber. Keiner sagt etwas, weil es nichts zu sagen gibt. Dann legt sie die Hand auf meine Brust, über meinem Herzen, als wolle sie es schlagen fühlen.

«Aber dein Plan, wenn du ihn allein durchziehst ... Es kann nur auf eine Weise enden, oder?»

«Das ist eine Sache zwischen Mireille und mir. Sie wird überleben.»

Kat schüttelt den Kopf. «Ich muss immer wieder daran denken, wie ich mich gefühlt habe, als du von mir weggerissen wurdest. Dieses Gefühl will ich nie wieder haben.»

«Das heißt?»

«Diese Sache, dieses Du und Ich, dieses *Wir*, was immer es ist, was immer es bedeutet ... Von jetzt an ziehen wir es bis zum Ende durch, okay? Bis zum bitteren Ende.»

«Bis zum bitteren Ende», sage ich.

Und dann küsse ich sie noch mal.

# TEIL IX

**127** Wie ein Besatzungsmitglied gekleidet gehe ich allein von Bord. Sigurd sieht mir von der Brücke des Trawlers nach, um Zehntausende Dollar reicher. Sobald ich das Hafengebiet hinter mir gelassen habe, mache ich mich auf den Weg ins Zentrum von Reykjavik, wo ich eine dreistündige Tour beginne, um potenzielle Verfolger abzuschütteln. Ich beginne mit der riesigen, über der Stadt thronenden Kathedrale und lande zum Schluss im Phallusmuseum. Dort starre ich bewundernd auf die Genitalien von Walrossen, Bullen, dem kompletten isländischen Handballteam, einem Elfen, einem Pottwal und – kein Witz – dem Unsichtbaren Mann.

Von dort gehe ich zum Laugardalslaug, dem geothermischen Schwimmbadkomplex, wo sich an verlängerten Wochenenden anscheinend ganz Island versammelt. Von Chlorgeruch und isländischen Großmüttern umgeben, hole ich mir einen Rucksack, den ich während einer Mission vor drei Jahren hier in einem der praktischen Verstecke deponiert habe, die mir in unzähligen brenzligen Situationen gute Dienste geleistet haben.

In dem Rucksack befinden sich frische Kleidung, ein amerikanischer Reisepass auf einen neuen Namen, Bargeld in Dollar, eine Kreditkarte, ein Wegwerfhandy und ein gefüllter Kulturbeutel. Keine Waffe, nichts, was darauf hindeutet, dass es sich um mehr handelt als um das Gepäckstück eines amerikanischen Touristen. Im Umkleideraum ziehe ich mich nicht nur um, sondern verändere mit Bleichpulver und Peroxid aus dem Kulturbeutel auch meine Haarfarbe.

Ich kehre in die Stadt zurück, kaufe zwei teure Koffer, die Kleidung, um sie zu füllen, und schlüpfe in die Rolle eines Geschäftsmanns. Dann nehme ich eine Limousine zum Flugplatz in Keflavik. Von dort aus fliege ich in der Business Class – mit einer Finnair A320 nach Heathrow, einer British Airways 380 nach Miami und weiter mit einer American Airways 787.

Dreißig Stunden später sitze ich auf der Rückbank eines Uber Premium, der von einer geschwätzigen Frau mittleren Alters gefahren wird, deren Name natürlich Eva ist. Durch das Rauchglas sehe ich die Gated Community von Ezeiza Partido vorbeiziehen und fahre geradewegs in den gähnenden Schlund der Falle, die mich erwartet.

**128** Ich checke in einem Apartment-Hotel in der umgestalteten Hafengegend von Buenos Aires ein, einem von wohlhabenden jungen Argentiniern bewohnten, schillernden Viertel voller gewagter moderner Architektur. Das Hotel gehört zu keiner Kette, ist unauffällig und garantiert mehr Privatsphäre als die Protzbauten, die sich am Dock 1 drängen. Vor allem aber habe ich vom Balkon aus einen Panoramablick auf den Rio de la Plata, vom Containerhafen im Norden bis zum ausgedehnten Naturschutzgebiet im Süden.

Mit einem Fernglas, das ich im Duty-free-Shop gekauft habe, verschaffe ich mir einen Überblick über den inneren Hafen. Ich zähle drei Schiffe der argentinischen Marine, zwei riesige Kreuzfahrtschiffe, einen Dreimaster mit Rahsegeln, eine ganze Reihe Schlepper und Lotsenboote, einige Maxijachten – die Dinger, mit denen man vorliebnimmt, wenn man sich keine richtige Megajacht leisten kann – und ein orange gestrichenes Antarktis-Forschungsschiff, das wahrscheinlich unterwegs in den Südatlantik ist.

Sie alle interessieren mich nicht, also warte ich. In drei Tagen soll ich dieselbe Nummer anrufen wie beim letzten Mal, dann erfahre ich Zeit, Ort und weitere Instruktionen. Wenn alles gut läuft, wird Mireille freigelassen, und ich trete an ihre Stelle.

Eigentlich rechne ich nicht damit, dass ich überlebe.

Aber bis dahin kann noch alles Mögliche passieren.

Am nächsten Tag gleitet *La Belle Dame Sans Merci II* in den äußeren Hafen. Die Frühlingssonne der südlichen Hemisphäre glitzert auf ihrem hochglanzpolierten stählernen Rumpf. Ihre Vorgängerin, das Boot, auf dem ich Hipkiss damals begegnet bin, war eine alte Nullachtfünfzehn-Superjacht, die inzwischen ausgemustert und für 'n Appel und 'n Ei verkauft wurde. Aber das hier ist eine ganz andere Geschichte. Eine der teuersten Megajachten, die je gebaut wurden. Äußerlich soll sie an eine Kriegswaffe erinnern. Als hätte Philippe Starck einen nuklearen Sprengkopf entworfen. In Wirklichkeit allerdings ähneln ihre hundertdreißig Meter rostfreien Stahls eher einem riesigen seetauglichen Dildo.

Gerüchteweise verfügt die neue *La Belle Dame* über Anti-Paparazzo-Abschirmungen, ein Alarmsystem gegen Bedrohungen unter Wasser, eine uneinnehmbare Festung in ihrem Rumpf und ein einsatzfähiges Kleinst-U-Boot. Die Vorräte reichen für mehrere Monate auf See, und notfalls kann die Jacht sich ihren Weg durchs Polareis bahnen. Ein zweites Boot folgt im Kielwasser, ein kleines Versorgungsboot namens *La Jolie Fille Sans Merci*, auf dessen Helikopterdeck ein Bell-525-Militärhubschrauber steht.

Bei all diesen Sicherheitsmaßnahmen und einem schwer bewaffneten Leibwächterteam unter Harkonnens Führung wäre eine Ein-Mann-Attacke auf die Jacht sinnlos und selbstmörderisch. Hipkiss ist viel zu klug, um Mireille an Bord zu haben: Ein simpler anonymer Anruf bei den argentinischen Behörden und ein Hinweis auf potenziellen Menschschmuggel könnten dazu führen, dass die Jacht beschlagnahmt wird, ein Suchteam an Bord kommt und ein hässlicher internationaler Zwischenfall droht. Ich bin sicher, dass Mireille von einem separaten Team an einem entlegenen Ort festgehalten wird. Bis sie frei ist, bleibt mir keine andere Wahl, als mitzuspielen. Oder wenigstens so zu tun.

La Belle Dame legt nicht an, sondern ankert ein Stück vom Ufer entfernt, während das kleinere Boot zum Kai fährt, um Vorräte aufzunehmen. Zwei Stunden später kehrt es zurück. Durch das Fernglas sehe ich, wie ein automatisches Tor am Heck ein noch kleineres Beiboot ausspuckt – ein zum Dildo der Megajacht passender Buttplug. Es nähert sich dem Versorgungsboot. Eine Gestalt in Schwarz klettert an Bord und geht zum Hubschrauber. Es ist Edgar Staley, zehn Jahre älter und zehn Jahre schwerer, ansonsten aber unverkennbar. Der Bell-Helikopter hebt ab, wendet und nähert sich dem Zentrum von Buenos Aires. Dann verschwindet er hinter den Wohntürmen direkt am Ufer.

Auf meinem Handy rufe ich eine Flight-Tracking-Website auf, die mir in Echtzeit alle Flugbewegungen über dem Hafen und dem Stadtzentrum zeigt. Ich filtere den Hubschrauberverkehr heraus. In den meisten Fällen sind die Luftfahrzeugkennzeichen vermerkt, einmal ist allerdings nur ein Klecks zu sehen, der sich im Mantel der Anonymität vom Hafen entfernt. Die nächsten zwölf Minuten sehe ich zu, wie der Klecks über Buenos

Aires zieht, über Vororte und Industriegebiete und Bahnhöfe hinweg, bis die Stadt in eine eher ländliche Region übergeht.

Dort beginnt der Hubschrauber zu kreiseln. Er verliert an Höhe und verschwindet dann ganz vom Bildschirm, was bedeutet, dass der Transponder abgestellt wurde.

Als ich das Satellitenbild auf Google Maps aufrufe, sehe ich nur freies Feld.


**129** Aus Gründen, die niemand genau benennen kann, hat Argentinien einige der besten Hacker der Welt hervorgebracht. Offensichtlichster Ausdruck dieses Umstands ist die jährliche Ekoparty Security Conference, eine internationale Zusammenkunft von Black-Hat- und White-Hat-Programmierern und Cyberpunks, die in Buenos Aires einfallen, um an Hacking-Wettbewerben teilzunehmen, neue Hardware- und Software-Exploits bekannt zu geben oder sich von den weltweit führenden Sicherheitsfirmen und Nachrichtendiensten anwerben zu lassen.

Das alles spielt sich in einer wilden Partyatmosphäre ab, mit Bars, Nachtklub-Bereichen und sogar einem Dating-Service für Nerds, die einen Partner oder eine Partnerin für die Nacht suchen. Trotzdem ist Ekoparty eine ernsthafte Angelegenheit. Der richtige Ort, um eine Malware an den Meistbietenden zu verkaufen. Aber das spielt sich nicht an den offiziellen Tagungsorten ab, sondern in Hotelzimmern, Privatsuiten und – jetzt kommen wir auf den Punkt – Dildos à la Starck, die im Fluss des Silbers ankern. Es ist kein Zufall, dass Hipkiss die Stadt gewählt hat: *La Belle Dame* ist geschäftlich hier, damit Staley Zero-Days abstauben oder Deals zwischen Malware-Autoren und staatlichen Geheimdiensten vermitteln kann.

Ekopartys Nervenzentrum ist das Ciudad Cultural Konex, ein ehemaliges Industriegebäude im angesagten Stadtteil Balvanera. Mit einem gestohlenen Teilnehmerausweis, der mich als angehenden Doktoranden der Universidad de la República in Uruguay ausweist, verschaffe ich mir Einlass. Das Gebäude ist riesig und düster. Es nimmt rund ein Viertel eines städtischen Straßenblocks ein und verfügt über diverse Auditorien und Besprechungsräume. Junge Leute drängeln sich um Laptops, Monitore und Arduino-Boards. Fast alle tragen Jeans und T-Shirt, einige junge Frauen laufen mit kurz geschnittenen blauen Haaren sogar in Anime-Kostümen und Matrosenanzügen herum, manche auch in Plüschkostümen.

Es ist mitten am Nachmittag, für die Teilnehmer also früher Morgen. Eine Gruppe von Flüchtlingen aus Kiew will später eine Schwachstelle in Apples Endpoint-Authentifizierung verkünden. Ein Exploit auf dieser Basis könnte eine siebenstellige Summe wert sein und sie zur Hauptattraktion der ganzen Konferenz machen.

In diesem Jahr gibt es mehr als dreitausend registrierte Teilnehmer, von denen, wenn ich mich nicht irre, die meisten schon im Gebäude sind. Aber ich suche nach einer speziellen Person. Ich weiß weder Namen noch Geschlecht, Nationalität oder irgendetwas anderes. Nur den Decknamen, den Vilmos mir genannt hat: Raevan. Wenn man berücksichtigt, wie gründlich Hacker ihre Identität abschirmen, dürften hier nur sehr wenige wissen, wer Raevan ist. Und wenn ich herumfrage, oute ich mich als Spion oder Journalist, zwei gleichermaßen verhasste Berufsgruppen.

Aber Raevan hat Gracious' Bruder nahegestanden. Angesichts der Ausgereiftheit seiner Malware und der hermetischen Abgeschlossenheit der Hacker-Community dürften beide über außerordentliche Fähigkeiten verfügen. Was bedeutet, dass Raevan möglicherweise nicht unter den Besuchern, sondern unter den Veranstaltern zu suchen sein könnte.

Ich gehe das Programm durch, um mir die Namen näher anzuschauen. Es gibt Papers über die Vermeidung von Strafverfolgung, Bug-Bounty-Programme, Physical-Penetration-Testing, Hardware-Hacking, Cyberfinanzen, Lockpicking, Radio Experimentation, Telekommunikationssysteme, das Hacken von Mobiltelefonen und vieles mehr. Aber nichts springt mich an.

Ich laufe durchs Gebäude, bis mir die Füße wehtun, versuche, in den Gesichtern zu lesen und die Nadel im Heuhaufen zu finden. Kurz bevor ich die Hoffnung aufgabe, drückt mir ein Mann in einem Disco-Elysium-T-Shirt etwas in die Hand.

Es ist ein Flyer mit inoffiziellen Präsentationen, die es entweder nicht durch den Auswahlprozess der Veranstalter geschafft haben oder aus freien Stücken nicht die ganz große Bühne suchen. Vieles davon erscheint mir abstrus oder konspirativ, aber eine Veranstaltung sticht mir ins Auge. Das Thema lautet: *Die Implementierung eines Turing-vollständigen Compilers in einen Xerox-Kopierer unter Nutzung des Zustandsautomaten in einem proprietären Fontformat.* Es ist der Begriff «Compiler», der meine Aufmerksamkeit erregt. Doch dann lese ich den Namen.

Dr. Rachel van Werden.

*Raevan.*

**130** Die Präsentation findet in einem Vortragsraum im mathematischen Institut statt, gut fünf Kilometer von hier. Allerdings dürfte sie fast schon zu Ende sein. Ich laufe hinaus ins Sonnenlicht. Der Verkehr in Buenos Aires ist zum Stillstand gekommen. Ich könnte einen Roller oder ein Motorrad klauen, aber Ärger mit der Polizei ist das Letzte, was ich jetzt brauche. Also renne ich los.

Zweiundzwanzig Minuten später komme ich völlig verschwitzt und außer Atem an. Ein verblüffter Student zeigt mir den Weg zum Vortragsraum. Junge Leute mit Ekoparty-Ausweisen strömen mir entgegen.

Ich dränge mich durch sie hindurch und betrete den Raum durch eine Schwingtür.

Er ist leer.

*Scheiße.*

Ich gehe zurück auf den Gang. Bis auf ein Grüppchen von drei Leuten ist er leer. Ich sage Leute, aber das gilt eigentlich nur für zwei von ihnen. Die dritte Gestalt ist ein großer blauer Fuchs mit buschigem Schwanz und einem Laptop.

Ich trete näher. Das Pelztier erklärt etwas zum Thema Fontformate.

«Rachel?», sage ich.

Der Fuchs dreht sich zu mir um.

«Du bist Raevan, stimmt's?»

Ich spüre die Angst, auch wenn ich ihr Gesicht nicht sehe.

«Ich weiß nicht, wovon du redest», sagt sie und wendet sich wieder dem jungen Mann und der jungen Frau zu.

«Vilmos hat mir alles erzählt», sage ich.

Wieder hält sie inne. «Entschuldigt mich», sagt sie zu dem Paar. «Ein Problem mit einem Studenten. Ich muss mich darum kümmern.»

Sie nicken und ziehen gemeinsam davon.

«Wer zum Teufel bist du?», fragt sie.

«Könnten wir ohne das ...» Ich deute auf ihren Fuchskopf.

Sie blickt sich um. «Nicht hier.»

**131** Rachel wohnt in einem umgewandelten Loft, der kaum Zugeständnisse an die Bequemlichkeit macht und stattdessen mit einer bunten Mischung aus Laptops, Uralt-PCs und einem DEC PDP-1 Minicomputer ausgestattet ist, der sechzig Jahre alt sein muss. Sie kommt mit feuchten Haaren und in Jeans und einem weißen T-Shirt aus dem Bad zurück. Den Fuchsanzug hängt sie zu diversen anderen auf einer Kleiderstange. Sie ist Anfang fünfzig und verfügt ohne Pelz über einen gewissen Generation-X-Rockstar-Chic. Wie Aimee Mann mit einer Prise Patti Smith.

«Deine Tarnung, stimmt's? Der Anzug?», frage ich, während sie uns Kaffee macht.

«Wie kommst du darauf?»

Ich zucke die Achseln. «Für die Gesichtserkennung ist man damit unsichtbar, vielleicht auch für die Ganganalyse.»

Sie lächelt. «Das ist nur ein Bonus. Für mich geht es darum, der Biologie zu entkommen. Bis ich den Kopf abgenommen habe, wusstest du nicht, wie ich alt bin, ob ich schön oder hässlich, schwarz oder weiß bin. Also Tarnung auf einer rein menschlichen Ebene. Wir geben über unsere Gesichter und Stimmen und Körper Informationen preis. Auf diese Weise kann ich das einschränken. Und wenn die Leute glotzen, na und? Sie sehen nur den Anzug.»

Dann verschwindet ihr Lächeln. «Und jetzt sag mir, wer du bist und was zum Teufel du willst.»

Ich erzähle ihr die ganze Geschichte.

Am Ende sagt sie nur: «Wie kann ich dir helfen?»

«Erzähl mir von ihm. Von Marvellous.»

«So hat er sich selbst nicht genannt. Ich dachte, er hieße Luis, bis ich ihn irgendwann in der Datenbank gefunden habe.»

«Dann war er also dein Student?»

«Am Anfang. Aber es zeigte sich schnell, dass er, obwohl er Autodidakt war, mehr wusste als ich oder irgendjemand sonst in der Fakultät. Also brach er ab. Seitdem ...»

Sie macht eine Pause.

«Ich weiß, was du denkst. Die ältere Frau und ein Junge aus Nigeria, der halb so alt ist. Aber er war kein Kind mehr. Er war sechsundzwanzig. Alt genug, um zu wissen, was er tat. Und auch wenn das jetzt wie ein Klischee klingt: Er war innerlich ziemlich erwachsen. Und nicht nur der klügste, sondern auch der liebenswürdigste Mensch, der mir je begegnet ist.»

«Du hast ihn geliebt.»

Sie nickt und kämpft gegen die Tränen an. «Und er mich.»

«Wie war er?»

«Hier», sagt sie und zeigt mir ein Foto. «Das hier habe ich der Polizei gegeben.»

Das Foto zeigt einen jungen Mann mit rundem Gesicht, der breit in die Kamera lächelt. Er trägt ein altes Atari-T-Shirt, das ihm ein wenig zu klein ist.

Rachel lächelt traurig. «Dieses T-Shirt ... Er hatte es schon als Kind. Er hat sich geweigert, es auszusortieren oder sich ein größeres zu kaufen.»

«Sein Gesicht wirkt ein bisschen aufgedunsen. Liegt das an Steroiden?»

Sie nickt. «Er war seit Jahren in Remission, aber vor ein paar Monaten kam der Krebs zurück. Ich hab versucht, ihm

Mut zu machen, aber er hatte Angst, dass er ihn diesmal nicht besiegen würde. Ich glaube, deshalb hat er so viel gearbeitet.»

«Weil er das Gefühl hatte, die Zeit wird knapp?»

Rachel nickt.

«Dann weißt du also, woran er gearbeitet hat?»

«Ich hab ihm den Ken-Thompson-Aufsatz von 1984 über die Vertrauenswürdigkeit von Software gezeigt, die Turing-Award-Vorlesung, ‹Reflections on Trusting Trust›. Von dem Moment an hat er alles vor sich gesehen. Es ging nur noch darum, die Schwachstelle zu finden und die Einzelheiten auszuarbeiten. Ich hab ihn immer aufgezogen, indem ich ihn Amadeus genannt hab, weil der Code so mühelos aus ihm herausfloss wie die Musik aus Mozart. Ihm ist nie in den Sinn gekommen, wie gefährlich das alles werden könnte. Als ich ihn warnen wollte, hat er mich Salieri genannt. Aber ich hab ihm geraten, es nicht zu verkaufen, sondern es öffentlich zu machen, damit die Welt sich dagegen schützen kann.»

«Warum hat er das nicht getan? Aus Gier?»

Amüsiert schüttelt sie den Kopf. «Geld hat ihn nicht interessiert, jedenfalls nicht für sich selbst. Dieses alte T-Shirt war nur die Spitze des Eisbergs. Einmal musste ich ihn fast zwingen, neue Schuhe zu kaufen, weil er Löcher in die Sohlen der alten gelaufen hatte.»

«Was war dann der Grund?»

«Seine Familie. Er hat gesehen, wie sie ermordet wurde. Nur noch seine Schwester und deren Kind waren ihm geblieben. Sie hatte ihre eigene Zukunft geopfert, um ihm das Leben zu retten. Sie wurde Kindersoldatin und gab sich als Mann aus. Er hatte diesen Traum, sie zu retten und wieder mit ihr zusammen sein zu können. Und dafür zu sorgen, dass ihre Tochter ein anderes Leben haben würde als sie beide. *Dafür* war das Geld gedacht. So wie er darüber sprach, hatte er einen Schatz gefunden, wie jemand, der im Staub über einen Diamanten stolpert. Er wollte es nicht aus der Hand geben. Er sah es als Mireilles Erbe.»

«Habt ihr beide nicht an Kinder gedacht?»

«Er hätte es mehr als alles andere gewollt. In meinem Alter wäre das nur durch künstliche Befruchtung möglich gewesen, und unter großen Risiken. Aber als wir uns testen ließen, stellte sich heraus, dass *er* unfruchtbar war. Die Ärzte meinten, es liege wahrscheinlich an der Krebstherapie. Danach sprach er nur noch von Gracious und Mireille. Ich zeige Ihnen etwas.»

Sie führt mich zu einer Kommode und öffnet eine Schublade voller Mädchensachen, alle neu und akkurat gefaltet.

«Der Plan war, dass sie kommen und bei uns wohnen sollten», sagt Rachel, nimmt ein T-Shirt heraus, faltet es vorsichtig wieder zusammen und legt es zurück. «Wann immer er aus dem Haus ging, kam er mit Klamotten für sie zurück. Ich hab gesagt, sie ist herausgewachsen, bevor die beiden hier sind. Aber es ging zum einen Ohr rein und zum anderen wieder raus.»

Sanft und traurig schließt sie die Schublade.

«Weißt du, was ihm zugestoßen ist? Vilmos sagt, du hättest nur Blut gefunden.»

Ihr Gesicht verzieht sich ein wenig. «Vor ein paar Tagen wurde im Fluss eine Leiche entdeckt. Kopf und Hände waren abgetrennt, um die Identifizierung zu erschweren. Der Tote war zusammen mit Ziegelsteinen in einen Koffer gesteckt worden, damit er sank. Aber der Koffer ging auf, und die Leiche trieb nach oben.»

«Hast du ihn identifiziert?»

Sie nickt und fasst sich an die Seite. «Er hatte hier seitlich eine Narbe, wo ihm einmal ein Stent eingesetzt wurde. Er war es. Die Polizei meinte, es wäre um eine Auseinandersetzung zwischen Banden gegangen. Aber ich weiß, dass es nicht so war.»

Sie hält einen Moment inne. «Glaubst du wirklich, dass es diese Leute waren?»

Ich nicke. «Höchstwahrscheinlich Harkonnen. Er ist ein Dreckskerl. Ein Killer.»

«Und du? Auch ein Killer?»

«Nur wenn es nötig ist.»

Sie nickt.

«Was kann ich für dich tun?»

**132** Rachel hört zu, aber am Ende schüttelt sie den Kopf. «Du verstehst es nicht. Ich bin keine Hackerin, sondern Akademikerin. Ich beschäftige mich mit der Theorie. Ich wüsste nicht mal, wo ich anfangen soll.»

«Aber du kennst Leute», beharre ich. «Die Welt der Hacker ist eine Gemeinschaft. Bei Ekoparty spürt man das. Vielleicht würden einige helfen, wenn sie wüssten, dass einer von ihnen ermordet wurde und sie Rache nehmen können. Aber der Vorschlag müsste von jemandem kommen, dem sie vertrauen.»

«Sie wissen schon Bescheid», sagt sie. «Jedenfalls einige. Dass er ermordet wurde. Und warum. Nur nicht, von wem.»

«Und?»

«Alle haben eine Riesenangst, die Nächsten zu sein. Das sind überwiegend Jugendliche. Mit Gewalt hatten sie bestenfalls in Videospielen zu tun. Manche von ihnen kommen von der Straße, aber sie sind diejenigen, die den Absprung geschafft haben, nicht die, die mit den Cops gekämpft haben oder mit Banden rumgezogen sind. Die meisten haben noch nie Blut gesehen, waren nie in eine Schlägerei verwickelt. Ja, sie sind wütend. Aber ihre Angst ist größer als die Wut. Ich weiß nicht, was ich ihnen sagen soll.»

«Erklär ihnen, dass sie ihre Rache bekommen, wenn sie mir helfen», sage ich. «Wenn die Welt davon erfährt, traut sich niemand mehr an sie heran. Und wenn es schiefgeht, bekomme ich die Schwierigkeiten, nicht ihr.»

«Ich weiß nicht, ob das reicht.»

«Dann erzähl ihnen von Deep Threat. Wenn irgendjemand begreift, was das für die Welt bedeutet, dann sie.»

Sie nickt. «Okay.»

«Da ist nur noch ein Punkt», sage ich.

«Nämlich?»

«Uns bleiben nur drei Tage.»

Die Bemerkung bringt sie zum Lächeln. Als ich dieses ironische, schiefe Lächeln sehe, wird mir auf der Stelle klar, wie ein junger Mann wie Marvellous sich in eine Frau von über fünfzig in einem Tierkostüm verlieben konnte.

«Drei Tage. Das macht es leichter, nicht schwieriger.»

«Wie kommt's?»

«Weil es die Sache zum Spiel macht. Sie wollen immer gewinnen.»


**133** Seit meiner Ankunft verlasse ich das Apartment täglich um 10 Uhr morgens und mache mich auf den Weg zum brutalistischen Museo de Arte Latinoamericano. Ich verbringe eine Stunde in der Cafeteria, trinke Kaffee und lese *La Nación*. Dann zahle ich und gehe.

Am Tag, nachdem *La Belle Dame* in den Hafen eingefahren ist, nimmt eine Frau, die ich nicht kenne, mir gegenüber Platz.

Sie hat umwerfendes schulterlanges, kupferrotes Haar, dazu trägt sie einen knallroten Lippenstift. Sie schleppt Papiertaschen von drei der teuersten Bekleidungsläden in Buenos Aires mit sich herum und trägt ein gepunktetes Sommerkleid, bei dem man unwillkürlich an Audrey Hepburn denkt. Ihre Nägel sind manikürt, und als sie endlich die Dua-Lipa-Sonnenbrille abnimmt, kommen ihre saphirblauen Augen zum Vorschein.

Ich brauche einen Moment, bis ich meine Stimme wiederfinde.

«Meine Fresse», bringe ich schließlich heraus.

«Sicherheit durch komplette, totale Sichtbarkeit», sagt Kat mit einem Lächeln. «Du hast recht. Es funktioniert.»


**134** Wir sitzen im Sonnenlicht auf der Terrasse, und sie bringt mich auf den neuesten Stand. Ich habe sie auf dem Trawler in Reykjavik zurückgelassen. Einen Tag später setzte Sigurd sie an einem verlassenen Strand auf Mainland ab, der Hauptinsel der schottischen Orkneys. Sie lief die fünfzehn Kilometer bis zum winzigen Hauptort Stromness und nahm eine vom Wind gepeitschte Fähre nach Thurso an der schottischen Nordspitze. Mehrere unbequeme Zugreisen später gelangte sie über Edinburgh nach Manchester und flog von dort aus unter ihrem eigenen Namen nach Montreal, weil sie korrekterweise davon ausging, dass die CIA, falls Pybus uns tatsächlich verraten hatte, keine Informationen an die Briten oder die Kanadier weitergeben würde.

In Montreal mietete sie ein Auto und überquerte an einem dieser kleinen Übergänge, wo, solange man ein freundliches, weißes Gesicht hat, nicht mal die Pässe kontrolliert werden, die Grenze nach Vermont. Weiter ging es nach Chicago, wo

DER Zahnarzt ihr einen neuen Pass und Kreditkarten besorgte. Den vierundzwanzigstündigen Aufenthalt nutzte sie, um sich ihre neue Rolle zurechtzulegen («Trust-Fund-Barbie mit dem gewissen Extra») und mithilfe eines persönlichen Einkaufsberaters von Neiman Marcus glaubhaft in sie hineinzuschlüpfen. Von Chicago flog sie weiter nach Dallas und dann Buenos Aires.

Eigentlich hätte ich mich bei Kat längst nicht mehr wundern dürfen, aber jetzt sitzt sie mir als komplett neue Person gegenüber, die ich wahrscheinlich nicht mal erkannt hätte, wenn sie nicht an meinen Tisch gekommen wäre.

«Du siehst ...», sage ich, aber dann fehlen mir einfach die Worte.

«Ich weiß», sagt sie. «Gewöhn dich nicht dran. Sind sie hier?»

Ich nicke. «Seit gestern, im Moment liegen sie vor Anker. Der Hubschrauber ist gegen 18:30 abgeflogen. Ich hab die Route verfolgt, aber dort, wo er gelandet ist ... ist seltsamerweise gar nichts. Zumindest auf Google Earth.»

«War der Sohnemann an Bord?»

Ich nicke. «Er ist nach vier Stunden zurückgeflogen.»

«Irgendetwas muss es dort geben», sagt Kat.

Ich nicke. «Lass es uns herausfinden.»


135 Mit einem geliehenen Roller knattern wir durch Buenos Aires. Das Sonnenlicht fällt durch die Jacarandabäume an den Rändern der Boulevards. Wir wirken wie ein ganz normales verliebtes Paar. Kat sitzt hinten, hält die Arme um mich geschlungen, die roten Haare unter einem Kopftuch verborgen. Nach und nach gehen die Vororte in Ackerland über. Die Strecke, die Google uns vorgeschlagen hat, führt über eine

Staubpiste, an deren Rändern zerfallende Scheunen und «Zu verkaufen»-Schilder stehen. Vereinzelte neue Gebäude sind die Vorposten der sich ausdehnenden Stadt.

Schließlich erreichen wir den Punkt, an dem der Transponder des Hubschraubers abgeschaltet wurde. Zuerst entdecke ich nichts außer einer Baumreihe. Erst als wir darauf zufahren, bemerke ich, dass die Staubstraße von den Reifen schwerer Baufahrzeuge zerwühlt ist. Ein hohes schmiedeeisernes, elektrisches Tor kommt in Sicht. Ich halte außer Sichtweite der Sicherheitskameras, aber nahe genug, um einen Blick durch den Zaun werfen zu können.

Ich sehe eine gesichtslose Protzvilla auf einem erst halb bepflanzten Grundstück, aber auf der linken Seite liegt ein breiter Streifen halb toten Rasens, an einem Mast hängt ein schlaffer Windsack.

«Deshalb war es nicht auf Google Maps», sage ich. «Ein Neubau. Die Satellitenbilder sind drei Jahre alt.»

«Ist es das, was wir suchen?»

«Ich denke schon. Aber du bist diejenige, die das herausfinden muss.»

«Wann?»

«Der Austausch soll in zwei Tagen über die Bühne gehen. Bis dahin musst du an Bord sein. Also morgen Abend.»

«Und wenn wir bis dahin nicht haben, was wir brauchen?»

«Dann sind wir am Arsch», sage ich.

«Wenn du dich gegen Mireille austauschen lässt, bringen sie dich um.»

«Ich weiß.»

«Ich will nicht, dass du stirbst», sagt sie und schlingt die Arme fester um mich.

Ein Teil von mir möchte einfach so losfahren und verschwinden, nur wir beide. Mireille befreien, Hipkiss geben, was sie will, und auf die Konsequenzen pfeifen. Es ist nicht unsere Schuld, dass die Welt kopfsteht – warum sollten wir also den Preis dafür bezahlen?

Nur dass es der Welt scheißegal ist, was Sie oder ich oder wer auch immer verdient hätte. Wenn die Rechnung fällig wird, fragt das Universum nicht, ob du die Zinsen zahlen kannst. Es zieht sich den Schlagring an und macht sich an die Arbeit.

Ich gebe Gas, wir wenden und fahren zurück in die Stadt.

**136** Drei Blocks vom Hilton entfernt, wo sie eine Suite genommen hat, setze ich Kat ab. Ich sehe ihr hinterher, wie sie mit erhobenem Kopf davongeht, und begreife plötzlich, dass sie das Spiel trotz allem genießt.

Vom Balkon meines Zimmers aus beobachte ich *La Belle Dame* durchs Fernglas. Gegen 21 Uhr wiederholt sich das Schauspiel vom Tag zuvor: Das Beiboot bringt Edgar zum Versorgungsboot, der Helikopter macht sich auf den Weg, und ich verfolge auf dem Handy, wie er dasselbe Ziel ansteuert. Wieder wird der Transponder deaktiviert. In der Nacht zuvor hat die App ihn gegen 2:30 Uhr zurückkommen sehen, diesmal ist es 3 Uhr.

Eine halbe Stunde liege ich wach und denke an Kat. Plötzlich pingt und leuchtet das Handy neben meinem Bett. Ich richte mich auf. Eine Nachricht von Rachel, ein einziges Wort: *Komm.*

Ein Taxi bringt mich durch die menschenleeren nächtlichen Straßen zu ihrem Loft. Als sich der klapprige Lastenaufzug öffnet, werde ich von einem eindrucksvollen Anblick begrüßt:

Mindestens dreißig Leute sitzen vor ihren Laptops, überall stehen Router, Drucker und sonstige Netzwerk-Ausrüstung. Jede Tischplatte, jeder Stuhl ist zugestellt. Ein Fünferteam arbeitet auf dem Bett, andere befinden sich in der Küche, und ungefähr ein Dutzend Hacker sitzt mit gekreuzten Beinen auf dem Boden. Alles ist voller Pizzakartons, Red-Bull-Dosen, außerdem entdecke ich Bier, Wein und Sushi.

Rachel trägt dieselbe Kleidung wie bei meinem letzten Besuch. Ich habe nicht den Eindruck, dass sie – oder irgendjemand sonst – geschlafen hat.

«Du hattest recht», sagt sie. «Es gab so viele Freiwillige, dass ich Leute wegschicken musste. In zwei anderen Wohnungen wird noch parallel gearbeitet.»

«Habt ihr schon etwas gefunden?»

Lächelnd deutet sie auf einen kleinen, stämmigen jungen Chinesen in der Gruppe auf dem Fußboden. Er steht auf und kommt zu uns herüber. Ich schätze ihn auf neunzehn.

«Das ist Wen», sagt sie. «Wen, das ist ...»

Plötzlich hält sie inne. «Ich kenne nicht mal deinen Namen.»

«Seventeen.»

«Ein Künstlername?», fragt Wen. Sein Englisch ist gut, mit leichtem kalifornischen Akzent.

«So ungefähr. Was hast du gefunden?»

Wen stellt den Laptop auf eine Anrichte und ruft eine Website auf.

«Okay», sagt er. «Mit Super- und Megajachten wird ein gewaltiger Umsatz gemacht. Aber wenn man sich die Zahl der Jachten und vor allem die Zahl der Hersteller ansieht, reden wir über eine ziemlich kleine Welt. Bei den Teilsystemen – Sicherheit, Automation, Zugangskontrolle – ist alles noch spezialisierter. Das Hyper-High-End-Segment wird praktisch von einer einzigen Firma beherrscht. Sie entwickelt Soft- und Hardware, installiert, überwacht und wartet sie. Diese Leute sind gut. Die Systeme der Boote sind besser abgeschirmt als beim Militär. Gehärtet, von Firewalls geschützt, verschlüsselt und voller digitaler Stolperdrähte. Nichts, was wir in drei Tagen hacken könnten.»

«Aber?»

«Diese Dinger sind als schwimmende Festungen konstruiert», sagt Wen. «Damit sie im Notfall wochenlang auf See bleiben können. Aber was passiert, wenn ein System ausfällt? Du bist ein Oligarch und stehst auf einer Sanktionsliste, bist zwei Wochen von einem Hafen entfernt, wo du nicht verhaftet wirst, und plötzlich funktionieren die automatischen Türen nicht mehr. Oder die Alarmanlage schrillt ohne Ende. Natürlich hast du einen Techniker an Bord, aber er hat nicht die nötigen Fähigkeiten, um es zu reparieren. Also *muss* es einen Weg geben, das von außen zu tun.»

«Du meinst, dass die Leute, die das System entwickelt und installiert haben, auch auf See Zugang haben?»

«Genau. Sie können sich von außen einloggen, die Software reparieren, Einstellungen ändern, alles wieder ans Laufen bringen.»

«Was heißt das? Du knackst das Passwort und ...»

Wen schaut mich an, als wäre ich ein Kind. «Alles läuft über VPN, verschlüsselt und über einen privaten Kommunikationssatelliten. Es gibt keinen Berührungspunkt mit der öffentlichen Infrastruktur.»

«Also?»

«Wir haben uns ins Kontrollzentrum gehackt.»

«Von der Sicherheitsfirma?»

Wen nickt. «Wir konnten auf zwei Zero-Days zurückgreifen. Lücken, von denen sie nichts wissen konnten. Auf dem Markt wahrscheinlich eine sieben- oder achtstellige Summe wert, aber scheiß drauf. Wir haben sie gekoppelt, und damit sind wir reingekommen.»

«Und jetzt habt ihr direkten Zugriff auf die Jacht?»

Wen grinst, als hätte er den Witz des Jahres in petto.

«Nein», sagt er. «Wir haben Zugriff auf *sämtliche* Jachten.»

**137** Als Kat eintrifft, ist es hell. Inzwischen sind nur noch Rachel, Wen und ich übrig. Den Rest des Teams haben wir nach Hause geschickt, vorgeblich, damit sie alle ein bisschen Schlaf bekommen, aber vor allem geht es bei dem, was wir besprechen müssen, um äußerste Diskretion.

«Wir haben also Zugriff auf die Überwachungskameras an Bord», sagt Kat. «Worauf sonst noch?»

«Auf die wichtigsten Sicherheitssysteme», erklärt Wen. «Das bedeutet, wir können elektronische Türschlösser deaktivieren, das Nebelsystem auslösen ...»

«Was ist das?»

«Es bläst chemischen Dunst in kritische Bereich wie das VIP-Deck, die Suiten der Besitzer und so weiter», sage ich. «Es soll Entführer, Diebe und sonstige gefährliche Eindringlinge so lange desorientieren, bis die Angegriffenen sich in der Zitadelle verschanzt haben.»

«In welcher Zitadelle?»

«Das ist ein Schutzraum unter Deck. Gepanzert, von innen abschließbar und autark. Er verfügt über eigenen Strom, eigene Luftzufuhr, eigenes Essen, alles. Außerdem lassen sich einige Systeme der Jacht von dort steuern.»

«Darauf hat unser Exploit keinen Zugriff», stellt Wen fest. «Sobald sie da drin sind, haben wir keine Kontrolle und können nicht mal etwas sehen.»

«Über der Zitadelle liegen die Mannschaftsquartiere. Schlafräume, Küche, Messen», sage ich und deute auf einen Grundriss. «Daneben die Gästequartiere. Darüber die beiden Suiten der Besitzer. Suiten und Gästeräume sind mit gesicherten Zugängen geschützt. Die Mannschaftsräume sind ein bisschen durchlässiger.»

«Na gut», sagt Rachel. «Du kennst unsere Möglichkeiten. Du kennst den Grundriss und die Zugangskontrollen. Möchtest du uns vielleicht in deinen Plan einweihen?»

«Ja», sage ich. «Dazu wollte ich gerade kommen.»


**138** Kat kennt den groben Plan, hört aber aufmerksam zu, als ich Rachel und Wen die Details der Operation erläutere. Im Prinzip ist es ganz einfach. Wir haben eine Hälfte von Deep Threat, Hipkiss die andere. Wenn wir ihr unsere Hälfte geben, kann sie beide kombinieren und die Malware rekonstruieren. Wenn wir jedoch an *ihre* Hälfte kommen, haben wir dieselbe Möglichkeit. Wenn wir Deep Threat erst hätten, könnten wir es publizieren, was bedeuten würde, dass die Schwachstellen in den nuklearen Arsenalen der Welt geschlossen würden.

Sobald das geschieht, ist Deep Threat wertlos, Schnee von gestern. Und die Welt in Sicherheit.

Die groben Umrisse sind simpel, die Einzelheiten ganz und gar nicht. Mir entgehen die skeptischen Blicke nicht, die Wen und Rachel sich immer wieder zuwerfen.

Als ich fertig bin, lehnt Rachel sich zurück und sagt: «Das kann nie und nimmer funktionieren.»

Ich werfe Wen einen fragenden Blick zu. «Technisch ist es machbar, oder?»

«Ja, aber ...»

«Wo liegt dann das Problem? Kat und ich sind es, die die Risiken auf sich nehmen. Außer uns gerät niemand in die Schusslinie.»

«Vielleicht hast du recht», sagt Rachel. «Aber wir hängen mit drin, ob dir das nun gefällt oder nicht. Marvellous ist schon tot. Und Gracious auch. Wenn es den Bach runtergeht, werden wir uns für den Rest unseres Lebens ständig über die Schulter schauen. Ihr beide seid so etwas vielleicht gewöhnt. Aber wir leben so nicht.»

«Das verstehe ich», sage ich. «Aber du solltest dir eine Frage stellen: Wenn Marvellous hier wäre und unseren Plan hören würde, wenn er wüsste, was sie Gracious angetan haben und mit Mireille vorhatten, wenn er sich ausmalt, was Hipkiss mit Deep Threat anstellen könnte – was würde er sagen?»

Rachel schaut schweigend zu Wen hinüber.

«Komm schon, Rachel», sagt der. «Du weißt verdammt gut, was er sagen würde.»

«Sieh es mal so», sagt Kat. «Was sind die Alternativen? Entweder stirbt Mireille, oder Hipkiss bekommt den Schlüssel zum nuklearen Königreich. Natürlich willst du uns nicht auf dem Gewissen haben, aber könntest du mit den anderen Szenarien leben?»

«Nein», sagt Rachel. «Ihr habt recht. Wir haben keine Wahl.»

Wen beugt sich vor und studiert die ausgedruckten Pläne. «Woher willst du wissen, wo die Malware aufbewahrt wird? Außerdem brauchst du eine Schlüsselkarte, eine Kombination oder eine biometrische Identifizierung, um da reinzukommen. Wie sollen wir das anstellen?»

«Hipkiss ist verrückt, aber nicht dumm», sage ich. «Die Daten sind ihr wichtigster Besitz, sie wird sie in ihrer Nähe behalten. Auf dem Grundriss ist ein Tresor eingezeichnet. Da müssen sie sein. Eine Schlüsselkarte lässt sich stehlen, eine biometrische Erkennung lässt sich überlisten. Deshalb benutzt sie höchstwahrscheinlich eine Kombination. Wenn ich *unsere* Hälfte von Deep Threat abliefere, muss sie den Safe öffnen, um *ihre* Hälfte herauszuholen und sie zu kombinieren. Euer Team könnte die Überwachungskameras nutzen, um sie bei der Eingabe zu beobachten. Glaubst du, ihr kriegt das hin?»

«Die Leute sind gut», erklärt Wen. «Wenn es jemand schafft, dann sie.»

«Mir ist klar, wie du an Bord kommst», sagt Rachel. «Was ich nicht verstehe, ist, wie Kat es schaffen soll.»

«*La Belle Dame* ist wegen Ekoparty hier», sage ich. «Nicht nur wegen Mireille. Staley handelt mit Malware. Kat muss ihm ein Angebot machen, das er nicht ablehnen kann und das sich nur an Bord demonstrieren lässt.»

«Moment mal», sagt Wen. «Erwartest du etwa, dass wir innerhalb von zwölf Stunden *noch* einen Exploit finden?»

«Nicht nötig», sage ich. «Wir sehen ihn gerade vor uns.»

In diesem Moment ertönt der Türsummer. Es ist ein Kurier, der ein Päckchen von Big Shop abliefert, dem größten Spielzeugladen von Buenos Aires.

Ich fahre mit dem Aufzug hinunter und kehre mit einer großen, in Geschenkpapier verpackten Kiste zurück.

«Okay», sagt Rachel. «Trotzdem braucht Kat irgendeine Empfehlung.»

«Dafür hab ich das hier gekauft», sage ich und reiße das Geschenkpapier ab.

Den Rest des Tages bringen wir damit zu, hektisch die letzten Unebenheiten des Plans auszubügeln. Wen trommelt eine Gruppe von Hackern zusammen, die sich intensiv mit dem Kamerasystem der Jacht auseinandersetzen und dabei die Aufnahmen der letzten vierundzwanzig Stunden durchgehen. Kat und ich prägen uns anhand der Grundrisse die Örtlichkeiten der *La Belle Dame* ein, bis wir einander buchstäblich mit geschlossenen Augen durchs Schiff führen könnten. Den Rest des Nachmittags beschäftigen wir uns mit dem Inhalt der Kiste. Wir gehen eine Permutation nach der anderen durch, eine Eventualität nach der anderen, bis unsere Augen sich wie Flipperkugeln anfühlen. Anfangs macht Kat sich noch Notizen, bis sie feststellt, dass es keinen Sinn hat: Sie muss sich auf ihr Gedächtnis verlassen.

Zwischendurch fährt draußen eine weiße Limousine vor. Der Fahrer akzeptiert zwei Monatsgehälter in bar als Gegenleistung dafür, dass er uns seine Uniform dalässt und loszieht, um es sich mit seiner Beute in einer nahe gelegenen Bar gut gehen zu lassen.

Um 18 Uhr erklärt Kat, es könne losgehen. Wir fahren zurück zu meinem Hotel, wo sie sich im Schlafzimmer umzieht. Fünfundvierzig Minuten später kommt sie zurück, wieder völlig verwandelt. Sie trägt ein ärmelloses schwarzes Minikleid mit am Rücken gekreuzten Trägern, ein Perlenhalsband und ein Paar Stiefel mit niedrigen Absätzen. Mit ihrem kupferfarbenen Haar und dem roten Lippenstift könnte sie als CEO einer Technikfirma, als Luxusnutte oder als international tätige Auftragsmörderin durchgehen.

«Was sagst du?», will sie von mir wissen.

«Ich weiß nicht, ob ich mich bei dir bewerben, dich vögeln oder mich auf eine Kugel in den Kopf gefasst machen soll.»

«Danke», sagt Kat, «Ich denke darüber nach. Und jetzt?»

«Jetzt warten wir.»

**139** Vom Balkon aus behalte ich *La Belle Dame Sans Merci* im Auge. Mit Kat an meiner Seite. Sie ist still, aber die Tatsache, dass sie in Windeseile eine halbe Schachtel Zigaretten raucht und sich dabei eine an der anderen ansteckt, verrät ihre Nervosität. Ich beginne schon zu glauben, dass unser Plan scheitert, als aus der Heckklappe der Jacht endlich Licht fällt und das Beiboot auftaucht. Kurz darauf wird die Beleuchtung des Helikopters eingeschaltet, ein Pilot steigt ein und prüft die Instrumente.

«Ich glaube, es geht los», sage ich zu Kat und setze meine Chauffeursmütze auf.

«Glaubst du, ich kann das durchziehen?», fragt sie.

Ich kann mir ein Lächeln nicht verkneifen. «Wahrscheinlich würdest du es im Schlaf hinkriegen.»

Ihre Miene wird ernst.

«Wie weit soll ich gehen?»

Vom Hafenbecken dringt das Motorengeräusch des Hubschraubers herüber.

Ich schlucke den galligen Geschmack hinunter und versuche, die Bilder aus meinem Kopf zu vertreiben. Was soll ich sagen? *Klar, fick ihn, wenn wir dadurch Mireille zurückbekommen und Deep Threat unschädlich machen!* Wie könnte ich ihr überhaupt irgendwelche Vorschriften machen? Es ist ja nicht so, dass ich so etwas nicht hundertmal selbst gemacht hätte.

Und trotzdem, trotzdem, trotzdem. Es geht um Kat, und schon bei dem bloßen Gedanken könnte ich kotzen.

Schließlich finde ich meine Stimme wieder. «Du solltest nicht ausgerechnet mich fragen», sage ich.

«Soll ich es dir sagen?», fragt Kat. «Du weißt schon, falls ...»

Ich schüttle den Kopf. «Sag mir nur, was ich wirklich wissen muss. Der Rest ... ist deine Entscheidung.»

Ich wende mich wieder dem Hafen zu und fühle mich unsauber. Kat legt den Kopf einen Moment lang an meine Schulter und schiebt ihre Hand in meine. Dann aber heulen die Motoren des Hubschraubers auf, und er löst sich vom Boden, was das Versorgungsboot leicht zum Schaukeln bringt. Dann macht er sich auf den Weg, seine Lichter spiegeln sich in den Fenstern der am Ufer gelegenen Häuser.

Ich checke mein Handy.

Er nimmt dieselbe Strecke wie an den Abenden zuvor.

Ich drehe mich zu Kat um.

«Also los.»

**140** Auf meiner Fahrt durch die dunkle Stadt betrachte ich Kat im Rückspiegel. Sie sitzt hinten, starrt nach draußen, ihr Gesicht spiegelt sich in der Scheibe. Ja, sie ist furchtlos, aber Furchtlosigkeit ist manchmal die Tochter der Ignoranz, des Nichtbegreifens von bevorstehenden Gefahren. Oder des bewussten Ausblendens dieser Gefahren.

Was sie tun muss, erfordert etwas anderes, nämlich Mut.

Ich verlasse die Hauptstraße und biege in die unbefestigte Straße, die zum Tor der Villa führt. Sie ist jetzt hell erleuchtet, und hinter dem Schmiedeeisen parken überall teure Autos. Lamborghinis, höhergelegte Bentleys, eine Maserati-Limousine, ein paar alte Porsches und eine Luxusvariante der G-Klasse.

Als ich zum Tor vorfahre, treten zwei riesige Türsteher mit rasierten Köpfen rechts und links an den Wagen. Beide tragen kurzläufige AR-15 über ihren Smokingjacken. Der Gorilla auf meiner Seite klopft an die Scheibe. Ich lasse sie herunter.

«Hinten auch», brummt er auf Spanisch.

Ich lasse auch Kats Fenster herunter. Der Gorilla betrachtet sie anerkennend.

*«Para quién es la puta?»*, fragt er mich.

«Wie bitte?»

*«La puta.* Die Nutte», sagt er auf Englisch, nachdem er meinen Akzent gehört hat. «Für wen ist sie?»

Im Rückspiegel sehe ich das wütende Funkeln in Kats Augen.

Ich starre den Kerl an.

«Haben Sie Señor Staleys Geschäftspartnerin gerade als Prostituierte bezeichnet?»

Der Gorilla erblasst.

«Señora, ich bitte um Entschuldigung. Ich wollte Sie nicht ...»

Kat beugt sich vor, Alpha-Zicke in Reinkultur. «Señorita, du Trottel. Wenn dir etwas an deinem Job liegt, solltest du langsam das verdammte Tor aufmachen.»

«Aber sicher, Señorita.» Er tritt zurück und verbeugt sich, wobei er einem Kollegen, der den Schalter bedient, Kommandos zuruft.

Das elektrische Tor öffnet sich.

Ich fahre die Zufahrt hinauf und halte am Eingang, dann steige ich aus und öffne Kats Tür. Beim Aussteigen geht sie dicht an mir vorbei.

«Wünsch mir Glück», flüstert sie leise.

«Noch ist Zeit, deine Meinung zu ändern», sage ich und bewundere die Krümmung ihres Halses.

«Wie gut kennst du mich eigentlich?», fragt sie und geht ohne einen Blick zurück die Treppe zur halb geöffneten Tür hinauf.

Ich schließe die Tür und steige wieder ein. Beim Wenden entdecke ich zwei Gestalten im Hubschrauber der *La Belle Dame*: den Piloten und einen klobigen Riesen.

Harkonnen.

Ich wäge meine Optionen ab. Hier parken schon andere Limousinen, aber die Fahrer sind ausgestiegen und stehen rauchend und plaudernd neben dem Haus an der Seite. Wenn ich hier stehen bleibe, kann ich Harkonnen im Auge behalten und Kat möglicherweise beschützen, falls etwas schiefgeht. Aber wenn ich im Wagen bleibe, falle ich auf und erwecke seine Aufmerksamkeit. Mich unter die anderen Fahrer zu mischen, wäre noch gefährlicher.

Also fahre ich zum Tor hinunter und weiter über die Staubpiste, bis sie nach etwa hundert Metern eine Kurve macht. Dort halte ich an, greife zum Fernglas und beobachte durch den Drahtzaun und eine Reihe verkümmerter, dürrer Zedern hindurch den Eingang.

Die Übelkeit, die ich schon auf dem Balkon gespürt habe, kehrt zurück. Nicht nur wegen des Gedankens, was Staley tun oder von Kat wollen könnte. Sondern wegen der Vorstellung, dass Kat unbewaffnet in einem Haus ist, von dem wir nur ansatzweise ahnen, was sie dort erwartet. Dass sie einen komplizierten Plan ausführen will, den sie weder gründlich durchdenken noch ansatzweise trainieren konnte.

Auf Aktionen wie dieser beruht meine ganze Karriere,

aber Kat ist neu im Geschäft, und die Last liegt allein auf ihren Schultern.

Während ich dort sitze und das Geschehen beobachte, gebe ich mir selbst ein Versprechen.

Die Chancen, dass wir beide lebend davonkommen, gehen praktisch gegen null.

Aber falls nur einer von uns überlebt, muss sie es sein.

# TEIL X

**141** Kat atmet tief durch, sie spürt die brennende Säure in ihrem Magen. Ihr Leben lang hat sie versucht, keine unerwünschte männliche Aufmerksamkeit auf sich zu ziehen. Aber jetzt ist das genaue Gegenteil gefordert.

Vor den Stufen hinauf zum Portikus zögert sie einen Moment. Das alles erscheint ihr völlig irreal. Kurz wünscht sie sich nach Williamsburg zurück. Bis sie sich an das eklige Gefühl des Verratenseins erinnert, das sie gespürt hat, als Echt Ken zum ersten Mal nicht nach Hause kam. An die Verachtung für die erste seiner beschissenen Entschuldigungen. Sie hätte ihn gleich auf der Stelle plattmachen sollen, aber zu der Zeit tat sie noch, als wäre sie nicht die Frau, die kürzlich einen anderen Menschen mit einer Kettensäge zerteilt hatte.

Kat und ihre Mutter hatten sich nie sonderlich nahegestanden, aber ihre Mom hatte diesen Spruch, den sie noch brachte, als sie bereits mit Krebs im Sterben lang: *Wenn du vor etwas Angst hast, renn darauf zu.* Das, die grünen Augen und das Talent zum Zeichnen sind ungefähr die einzigen Dinge, die sie von ihr geerbt hat, aber vielleicht reicht das aus.

Sie steigt die Stufen zur halb offenen Tür hinauf. Als sie davorsteht, öffnet sie sich komplett. Dafür ist ein kleiner, halsloser Chinese mit zapfenförmigem Kopf verantwortlich, der ebenfalls in einem Smoking steckt. Neben seinem linken Arm zeichnet sich die Wölbung eines Schulterholsters ab.

Die Vorhalle ist hell erleuchtet und mit grellem Gangster-

Chic ausgestattet: viel Gold und ein paar schlecht gemalte Bilder halb nackter Schönheiten. Ein paar junge Frauen sitzen auf einer Chaiselongue, warten auf Kunden und halten Ausschau nach potenzieller Konkurrenz. Kat schenkt ihnen ein Lächeln, von dem sie hofft, dass es gleichzeitig Solidarität und die Zusicherung ausdrückt, ihnen den Lebensunterhalt nicht streitig zu machen.

Hinter einer gläsernen Doppeltür zu ihrer Rechten entdeckt sie die Bar. Eine Bedienung tritt mit einem Tablett voller Drinks heraus und geht zur gegenüberliegenden Tür. Als sie eintritt, kann Kat einen kurzen Blick in den Raum erhaschen.

Sie spürt, wie ihre Spannung ein winziges bisschen nachlässt. Ihre Vermutung war richtig.

«Señorita?»

Es ist der Mann mit dem Zapfenkopf. Aus ihrem Handtäschchen zieht Kat eine J.P.-Morgan-Reserve-Kreditkarte hervor, die ihr DER Zahnarzt beschafft hat. Der Zapfen kennt sich aus – *nur für ausgewählte Kunden, 10 Millionen Dollar verwaltetes Vermögen* – und deutet mit dem Kopf auf das gepanzerte Fenster in Kats Rücken, hinter dem eine winzige ältere Chinesin sitzt.

Kat geht hinüber und schiebt die Karte in den Schlitz unter dem Glas.

*«Cien mil, por favor.»*

Nickend greift die Frau nach der Karte. *«Pesos?»*

*«Dólares.»*

Die alte Frau schiebt die Karte zurück.

*«No es posible.»*

Kat schiebt ihr die Karte wieder zu. *«Cien mil. Dólares.»*

Die alte Frau drückt auf einen Knopf unter dem Tresen. Kat hört, wie ein Code eingetippt wird und die Tür hinter der

Frau sich mit einem Piepen öffnet. Ein Mann mit hispanischen Zügen, nach hinten gegeltem Haar und einem schicken Business-Anzug taucht auf. Er könnte als beliebiger Hotelmanager durchgehen, wäre da nicht die lange Narbe, die von einer Schläfe bis zum Mundwinkel verläuft und seine Züge zu einem schiefen Grinsen verzieht.

Die Chinesin flüstert ihm etwas zu, wobei sie auf die Kreditkarte und auf Kat deutet. «Es tut mir leid, Señorita», sagt er auf Englisch. «Der Betrag, um den Sie gebeten haben, ist leider nicht möglich. Solche Summe zahlen wir nur an Stammkunden aus. Ich kann Ihnen nur zehntausend Dollar anbieten.»

Kat runzelt die Stirn. «Señor Staley hat gesagt, es sei kein Problem.»

Der Mann im Anzug blinzelt und setzt ein Lächeln auf. «Ich bitte um Entschuldigung. Eine Freundin des Señors. In diesem Fall ...» Er flüstert der alten Frau etwas zu und verschwindet durch die Tür. Die Kassiererin zählt hunderttausend Dollar in Chips ab und füllt sie in einen schwarzen, samtenen Beutel mit Kordelzug. Kat nimmt ihn und dreht sich um.

Wieder atmet sie tief durch. *Showtime.* Dann schreitet sie durch die Doppeltür, als wäre es keine große Sache, mit hunderttausend Dollar in der Hand ein illegales Spielcasino der Triaden zu betreten.

**142** Der Raum ist komplett verraucht. Die Croupiers und Saalchefs sind Chinesen, viele tätowiert, und die Kundschaft besteht zur Hälfte aus Asiaten, aber Kat schnappt auch spanische, portugiesische, russische und arabische Gesprächsfetzen auf.

Die Spieler sind fast ausnahmslos Männer, oft mit deutlich

jüngeren Frauen an ihrer Seite. Einige Gesichter sind von früheren Schlägereien und Knochenbrüchen gezeichnet – Männer, die sich buchstäblich von der Straße hochgekämpft haben. Andere sind Geschäftsleute, still und zurückhaltend, wieder andere fast noch Kinder, die das Selbstbewusstsein und die nervöse Energie von Draufgängern ausstrahlen, die es zu etwas gebracht haben – vielleicht im Sport, in der Musik oder mit Kryptowährungen.

Alle möglichen Glücksspiele sind im Gange. Craps, Poker, Baccara, *Pai Gow, Sic Bo*. Im Zentrum steht ein französischer Roulettekessel. Darauf hat Kat sich vorbereitet. Aber als sie unter den Spielern am Tisch das Gesicht sucht, das sie auf den Fotos studiert hat, verlässt sie der Mut.

*Er ist nicht hier.*

Dann aber entdeckt sie ihn doch. Ein wenig älter und beleibter als auf den Bildern, tritt er aus der Herrentoilette. Er trägt die Uniform der Ex-Militärs: Poloshirt und Chinos. Sein Bauch hängt über dem dehnbaren Gürtel, die lichter werdenden Haare sind kurz geschnitten und an den Schläfen grau. Sein Gesicht ist rot und schwabbelig, sein Gang und der Tumbler mit Scotch, der ihn an seinem Platz erwartet, lassen darauf schließen, dass er schon eine ganze Weile trinkt. Als er wieder sitzt, entzündet er seine Zigarre aufs Neue und widmet sich dem Spiel.

Es gibt keinen freien Sitzplatz, bis einer der anderen Spieler, ein stämmiger Filipino, seine letzten Chips auf Rot setzt und verliert. Er flucht, steht auf, stolziert davon und überlässt seinen Platz Kat.

«*Haga sus apuestas*», sagt der Croupier.

Staley sieht auf und bemerkt Kat. Er mustert sie eine Weile, als zöge er sie aus. Kat erwidert den Blick mit ausdrucksloser

Miene. Als er sie anlächelt, reagiert sie nicht. Er zuckt die Achseln und schiebt einen Stapel Chips auf Rot.

*Folg dem Plan, mehr musst du nicht tun,* ruft sie sich in Erinnerung. Sie nimmt Chips für fünftausend Dollar und schiebt sie auf Schwarz. Wieder blickt Staley auf. Sie setzt dieselbe Summe wie er, nur auf die entgegengesetzte Möglichkeit. Absicht oder Zufall?

Kat lächelt vage.

«*No más apuestas.*»

Der Croupier wirft die Kugel. Für einen Moment scheint sie auf der 12 liegen zu bleiben, dann aber springt sie ins nächste Fach. «*Treinta y cinco. Negro.*»

35, Schwarz. Er schiebt Staleys Chips zu Kat hinüber, zusammen mit ihren eigenen.

«*Haga sus apuestas.*»

Diesmal schaut Staley erwartungsvoll, was Kat tun wird. Sie bleibt still sitzen. Er wartet, bis die Kugel im Spiel ist und am äußeren Rand des Zylinders entlangrollt. Dann setzt er fünftausend auf Gerade. Kat schiebt dieselbe Summe auf Ungerade.

Die Kugel senkt sich. Klapper, klapper, klapper, *klack*.

23, Ungerade.

Der Croupier schiebt Kat ihre Chips zurück, dann die von Staley.

Kat wirft Staley einen zufriedenen Blick zu. Er versucht, seinen Ärger zu verbergen. Sie weiß, dass sie Anfängerglück gehabt hat und es so nicht weitergehen kann, aber besser hätte es zum Auftakt nicht laufen können.

**143** Ich habe im Schutz der Bäume geparkt, beobachte die Eingangstür durchs Fernglas und weiß von alledem noch nichts. Aber ich kenne den Plan, den Kat und ich am Tag zuvor ausgeheckt haben – mithilfe des Plastik-Roulettes, das der Bote gebracht hat, und eines Wikipedia-Artikels über Roulette-Einsätze. Ich hatte Angst, die Zeit würde nicht reichen, aber mit ihrem Hang zur Mathematik hat Kat das System schnell begriffen.

Staley war gerüchteweise immer schon spielsüchtig gewesen. Dass er an seinem ersten Abend in Argentinien zu einem illegalen Casino geflogen ist, hat das bestätigt. Sein Spiel war Roulette – bei meinem ersten Telefongespräch mit ihm habe ich es im Hintergrund gehört –, aber seine Motivation ist mir ein Rätsel geblieben. Spielsucht hat eine körperliche und eine seelische Komponente: der Adrenalinrausch des Risikos, die Endorphinausschüttung bei einem Gewinn. Aber sechs- oder gar siebenstellige Summen zu gewinnen – oder zu verlieren –, bedeutete Staley nichts. Angesichts seines Vermögens waren Risiko oder Belohnung praktisch unbedeutend. Der Kick, den ihm das Rollen der Kugel verschafft, musste einen anderen Grund haben.

Und der war nicht schwer zu erahnen.

Staley lebte im Schatten seiner Schwester. Nach außen hin demonstrierten sie Geschlossenheit, aber sie war das Alphatier, Staley stand hintenan. Im Casino allerdings nahm er wegen seines Reichtums automatisch die Alpha-Rolle ein. Seine Gleichgültigkeit gegenüber Verlusten bedeutete, dass er Spieler demütigen konnte, die nicht mithalten konnten. Und dass er selbst sich derart gewaltige, aber eben auch leichtsinnige Einsätze leisten konnte. Es kümmerte ihn nicht, wenn sie verloren gingen, denn wonach er sich sehnte, war die ehrfürchtige

Bewunderung der Zuschauer. Zehn irrwitzige Einsätze, die den Bach runtergingen, waren einen einzigen Einsatz wert, der sich auszahlte und den Mann ihm gegenüber demütigte oder die Zuschauer zum Aufstehen und Applaudieren brachte.

Staleys Welt waren die illegalen Casinos, in die Profis niemals einen Fuß setzten. Die Männer, die er beeindruckte oder erniedrigte, waren gefährlich, aber genau darum ging es. Allen war klar, dass sie ein schnelles und schmerzhaftes Ende durch den stets in der Nähe lauernden Harkonnen erwartete, falls sie auch nur die Hand gegen Staley erhoben.

Deshalb lautete unsere Theorie, dass man, um Staley zu schlagen, einfach nur die entgegengesetzte Strategie wählen musste. In einem von zehn Fällen würde er einen riesigen Gewinn einfahren und den Rausch eines alles übertrumpfenden Erfolgs genießen, aber in den anderen neun Fällen würde man in bescheidenem Umfang besser abschneiden. Das würde ihn zu immer riskanteren Einsätzen anstacheln, während man selbst die Verluste in Grenzen halten konnte.

Unser Ziel war es jedoch nicht, ihn zu schlagen oder zu demütigen. Es ging nur darum, seine Aufmerksamkeit zu erwecken.

Immerhin standen die Chancen, dass uns beides gelingen würde, nicht schlecht.

Die Möglichkeit, dass Kat dabei ums Leben kam, ließ sich allerdings nicht wegdiskutieren.


**144** Nach seinen anfänglichen Fifty-fifty-Wetten auf Schwarz oder Rot, Gerade oder Ungerade begreift Staley inzwischen das Spiel, das zwischen ihm und Kat läuft. *Welchen Einsatz er auch macht, sie hält dagegen.*

Aber die Wetten im Roulette gehen über das simple Entweder-oder hinaus. Es gibt Wetten auf Kolonnen, Dutzende, Querreihen, doppelte Querreihen oder andere Möglichkeiten, bei denen die Chips auf bestimmten Stellen des grünen Tuchs platziert werden müssen. Staley geht sie alle durch und testet, wie gut Kat sich mit dem Spiel auskennt. Auf lange Sicht gewinnt beim Roulette niemand – dafür sorgt die Null, die dem Casino einen Vorteil verschafft. Aber Staleys Wetten werden immer riskanter, seine Gewinne und Verluste immer höher, während Kats Vorrat relativ stabil bleibt. Ein- oder zweimal kommt Kat ihrem Limit nahe, dann liegen nur noch zehn- oder zwanzigtausend in Chips vor ihr. Aber Staley tut ihr jedes Mal den Gefallen, einen riskanten Einsatz zu verlieren und sie wieder ins Spiel zu bringen.

Als er alle Tischwetten gespielt hat, geht Staley zu Ansagen über – komplexen Kombinationen von Zahlen und Bereichen auf dem Roulette-Zylinder, für die es keine Entsprechungen auf dem Spieltisch gibt. Man sagt sie einfach dem Croupier an. *Voisins du zéro* zum Beispiel setzt auf die Null und die auf dem Zylinder benachbarten Zahlen. *Tiers du Cylindre* bezeichnet eine bestimmte Kombination von Zahlen, die ein Drittel des Zylinders ausmachen. Es gibt noch viele andere Möglichkeiten. Kat hat sie im Kopf, aber das reicht nicht. Für jede Wette, die Staley ansagt, muss sie im Kopf ein entsprechendes Gegenstück finden. Staley hat die ganze Zeit über getrunken, sein Blick wirkt glasig, aber immerhin ist er noch wach genug, um mit seiner Ansage jedes Mal zu warten, bis die Kugel rollt, und Kat damit so gut wie möglich unter Druck zu setzen.

Andere Spieler haben von ihrem seltsamen Privatduell Notiz genommen. Die Spitzen der Unterwelt von Buenos Aires versammeln sich, genießen den Stress, unter dem Kat steht, und applaudieren, wenn sie Staleys Ansagen eine entsprechende Wette entgegensetzt.

«*Haga sus apuestas*», sagt der Croupier. Inzwischen spielt außer Staley und Kat niemand mehr. Als die Kugel rollt, wartet Staley einen Moment, ruft «*Orphelins*» und schiebt dem Croupier zwanzigtausend Dollar hinüber.

Kat schließt die Augen und versucht, sich die Notizen in Erinnerung zu rufen, die sie auf dem Fußboden von Rachels Loft gemacht hat.

*Eine Fünferwette. Jeweils viertausend Dollar auf die 1 sowie die Paare 6/9, 14/17, 17/20 und 31/34.*

Sie öffnet die Augen. «*Voisin du zéro, tiers du cylindre*», sagt sie, als die Kugel sich fast schon vom Rand nach unten senkt, und deckt damit alle anderen Zahlen ab. Sie sieht zu, wie die Kugel über die Messingrauten springt und zu ihrer großen Enttäuschung bei der 17 liegen bleibt. Ein großer Gewinn für Staley. Die Sympathie der Zuschauer gehört indessen ihr – es ist offensichtlich, wer hier die große Nummer und wer der Underdog ist –, sodass vereinzeltes Stöhnen und «Ooohs» zu hören sind. Im allerletzten Moment allerdings springt die Kugel noch einmal aus der 17 heraus und landet im Fach nebenan, auf der 25.

Von einigen Umstehenden kommen Jubelrufe und Applaus.

Staley verzieht das Gesicht. Kat beobachtet ihn. Wir haben recht gehabt. Es geht nicht ums Geld. Was er sucht, ist Dominanz. Sein Gesicht ist rot angelaufen, auf seiner Stirn haben sich Schweißperlen gebildet, sein Hemdkragen ist feucht, wo er den Hals berührt.

«*Haga sus apuestas*», sagt der Croupier. Er will die Kugel gerade ins Rollen bringen, als Staley ihn aufhält und dem Croupier einen riesigen Stapel Chips hinüberschiebt, fast alle, die er hat.

«23, Full Complete.»

«Señor …» Der Croupier ringt um Fassung.

«Sie haben doch gehört, was ich gesagt habe», beharrt Staley.

Es ist die Mutter aller Risiken, die nukleare Option, eine verrückte Zwölffachwette, die sämtliche Tischwetten kombiniert, in denen die 23 vorkommt. Bei einem Tischlimit von zehntausend Dollar hat Staley gerade vierhunderttausend gesetzt.

Falls seine Zahl fällt, ist der Gewinn riesig, fast vier Millionen.

Falls irgendeine andere Zahl in der Nähe fällt – zwischen 19 und 27 –, gewinnt Staley deutlich weniger, bleibt aber im Plus. Bei sämtlichen anderen Zahlen geht er leer aus.

Die Menge drängt sich dicht an uns heran. Der Anzugmann aus der Kabine der Kassiererin nähert sich, offenbar von einem Saalchef herbeigerufen, beinahe im Laufschritt. Der Croupier schaut panisch zu ihm hinüber – *Akzeptieren wir die Wette?* Der Anzugmann betrachtet die neugierige Menge. Kat kann seine Gedanken fast hören – *was immer es kosten mag, dieser Nervenkitzel ist unbezahlbar.* Er nickt dem Croupier zu.

«23, Full Complete», bestätigt der Croupier. «Madame?»

Kat lächelt. Sie kann dem Drang kaum widerstehen, den Leuten etwas zu bieten. Also nickt sie. *Drehen Sie das Rad.*

Der Croupier dreht das Rad und rollt die Kugel in die entgegengesetzte Richtung.

Das Publikum reckt die Köpfe. Allgemeines Gemurmel setzt ein. *Einer Vierhunderttausend-Dollar-Wette kann sie nichts entgegensetzen. Wie wird sie reagieren?*

«Danke», sagt Kat. «Ich bin raus.»

Sie füllt ihre Chips in den schwarzen Samtbeutel und steht auf.

«*No más apuestas!*», sagt der Croupier.

Die Menge teilt sich, und Kat geht, ohne einen Blick zurückzuwerfen. Ihr Herz rast, aber sie ist entschlossen, sich nichts anmerken zu lassen. Als sie die Tür erreicht, hört sie das Klacken der Kugel, die mehrmals von den Fächern zurückspringt. Kurz hält sie inne, um zuzuhören.

«*Seis, negro*», verkündet der Croupier.

Sechs, Schwarz. Staley hat verloren.

Dann folgt ein äußerst merkwürdiges Geräusch.

*Lachen.*

Sie spricht kein Spanisch, aber das ist nicht entscheidend – sie versteht auch so, was die Männer sagen, als sie Staley auf den Rücken klopfen.

*Dumm gelaufen, Kumpel. Die hat's dir gezeigt!*

Sie geht in die Vorhalle hinaus und gibt am Schalter ihre Chips zurück. Die Chinesin bucht ihren Gewinn auf die Kreditkarte und reicht sie Kat, die sich umdreht und damit rechnet, Staley zu sehen. Aber sie kann ihn nirgends entdecken.

*Scheiße.*

Als eine Gruppe Spieler aus dem Saal herauskommt, schaut sie durch die Tür, aber der Roulettetisch ist leer. Auch sonst keine Spur von Staley.

Hat sie alles verpatzt, indem sie ihn gedemütigt hat?

*Vertrau auf den Plan.*

Sie geht zum Ausgang. Der Mann mit Schulterholster und Zapfenkopf hält ihr mit einem kleinen Lächeln die Tür auf, das ihr zeigt, dass er Staleys Erniedrigung so sehr genossen hat wie alle anderen.

Einen Moment lang bleibt sie auf der obersten Stufe stehen und genießt, immer noch vom Qualm der Zigaretten und Zigarren umhüllt, die kühle Nachtluft.

«Was *zum Teufel* war das?», fragt eine Stimme.

Staley. Er steht am Fuß der Treppe und raucht.

**145** Kat steigt die Stufen mit einer Selbstsicherheit hinunter, die sie eigentlich nicht empfindet.

«Gibt es ein Problem?»

«Das Problem ist, dass Sie mich gerade eine knappe halbe Million Dollar gekostet haben.»

«Dann scheine ich ja jetzt Ihre Aufmerksamkeit zu haben?»

Staley lacht in sich hinein. Es trifft ihn nicht so hart, wie er vorgibt. Dann deutet er mit dem Kopf auf ihr Kleid. «Die hatten Sie schon vor Ihrem ersten Einsatz.»

«Vielleicht lag mir daran, dass Sie mit dem Kopf denken statt mit Ihrem Schwanz.»

Staleys Miene verdüstert sich. «Wer sind Sie, verdammt?»

«Ich bin jemand, der etwas hat, was Sie wollen», sagt Kat.

Er lässt seine Zigarette fallen und tritt sie auf dem Schotter mit geringschätziger Miene aus. «Himmel. Darum geht es also. Eine scheiß *Präsentation*? Ist Ihnen klar, wie oft ich das jeden Tag zu hören bekomme?» Er schüttelt den Kopf. *«Buenas Noches,* wer immer Sie sein mögen. Viel Spaß mit dem Gewinn.»

Er dreht sich um und geht zum Hubschrauber.

*Ihre letzte Chance.* Sie hat zugestimmt, nur im Notfall darauf zurückzugreifen, aber der Moment droht ungenutzt zu verstreichen.

«Die Uhr, die Sie da tragen. Die Vacheron Constantin. Sie legen sie abends auf den Nachttisch rechts neben Ihrem Bett. Sie ist das Erste, was Sie morgens nach dem Aufwachen sehen, bevor Sie Ihre schwarz-orangen Fendi-Pantoffeln anziehen.»

Staley bleibt stehen und dreht sich verblüfft um.

«Wenn Sie wissen wollen, wer ich bin und was ich habe», sagt Kat, «schicken Sie morgen früh um zehn Uhr ein Auto zum Hilton. Sobald ich an Bord der *La Belle Dame* bin, erzähle ich Ihnen alles.»

Sie sieht, dass er seine Erschütterung zu verbergen versucht.

«Sie haben mich dadrin vorgeführt, gut. Und Sie haben ein paar Insiderinformationen von einer Schlampe, mit der ich geschlafen habe. Na und? Glauben Sie, das reicht für eine Einladung? Vergessen Sie's!»

Kat lächelt. «Um acht Uhr morgens bringt Ihnen eine Kellnerin Ihren *Café con leche*. Wenn sie rausgeht, begaffen Sie ihren Arsch. Muss ich Ihnen erzählen, was Sie nachher unter der Dusche machen?»

Staley starrt sie schweigend an.

«Zehn Uhr», sagt Kat und geht die Zufahrt hinunter Richtung Tor.

**146** Ich sitze in der Limousine und sehe dem Ganzen wie einem Stummfilm zu.

Während sie reden, versuche ich, ihre Körpersprache zu entziffern: Staley erst interessiert, dann abfällig, dann erschreckt. Es sieht aus, als hätte Kat die volle Ladung auf ihn losgelassen. Mit erhobenem Kopf geht sie Richtung Zaun.

Er sieht ihr einen Moment lang hinterher und dreht sich dann zum Hubschrauber um, der noch in Dunkelheit gehüllt ist. Die Rotorblätter beginnen, sich zu drehen, aber ich kann nur den Piloten sehen.

Ich verliere Staley ein bisschen länger aus dem Blick, als

mir lieb ist. Dann entdecke ich ihn als Silhouette vor der Innenbeleuchtung des Hubschraubers wieder. Er steigt die Stufen hinauf.

Plötzlich wird mir klar, dass ich Harkonnen nicht sehe.

Er muss im Schatten gewartet haben, bis Staley näher kam und etwas zu ihm gesagt hat. Was bedeutet ... *oh, Scheiße.*

Schnell schwenke ich das Fernglas zu Kat hinüber und entdecke eine männliche Gestalt, die sich ihr von links nähert. Kat hat ihn noch nicht gesehen, er bewegt sich schnell.

Es ist Harkonnen, und viel schlechter hätte es nicht laufen können.

**147** Der Riese mit dem verbrannten Gesicht knallt hart in Kat hinein und wirft sie fast zu Boden. Mit einer Pranke stößt er ihr die Pistole gegen den Kopf, die andere legt er auf ihren Mund. Dann zerrt er sie zum Hubschrauber. Sie versucht, seine Hand wegzureißen, aber Harkonnen hat viel mehr Kraft als sie.

Kat wüsste sich auf andere Weise zu wehren, hat aber im Moment kein Interesse daran, von irgendwem als körperliche Bedrohung wahrgenommen zu werden.

Harkonnen stößt sie durch die Hubschraubertür. Staley ist schon dort. Er schließt die Tür und ruft, an den Piloten gewandt: «Los!» Der Hubschrauber hebt ab, steigt hinauf über die Baumwipfel, neigt sich dann nach vorn und nimmt Kurs auf die Stadt.

Staley nickt Harkonnen zu, der seine riesige Hand endlich von Kats Gesicht löst.

Das schräg hinabfallende, grelle Kabinenlicht zeigt

schreckliche Verbrennungen auf seiner linken Gesichtshälfte. Das Auge ist halb geschlossen, seine linke Hand bandagiert.

«Was soll der Scheiß?», fragt Kat. Sie wendet den Blick ab und wischt sich mit dem Arm über den Mund.

«Glauben Sie, ich höre mir diesen ganzen Mist von Ihnen an und lasse Sie einfach gehen?»

«Sie haben mich gerade entführt, verdammt!»

«Sie wollten doch verhandeln», sagt Staley. «Also bitte.»

**148** Zwanzig Minuten später landet der Hubschrauber auf der *La Jolie Fille*, dem Versorgungsboot, und das Beiboot bringt die Insassen zur Jacht. Beim Näherkommen spiegeln sich in den hohen brünierten Metallwänden der *La Belle Dame* die Lichter des Beiboots.

Als die gigantische Heckklappe sich hinter ihnen schließt, verspürt Kat einen Anflug von Klaustrophobie. Bis zu diesem Moment hat sie sich fast einreden können, das alles hätte nichts mit ihr zu tun, es wäre bloß eine Art Rollenspiel. Aber jetzt, angesichts der brummenden Generatoren, des Dieselgeruchs, des metallischen Dröhnens und der grellen Scheinwerfer von oben, mit Harkonnen an ihrer Seite und zwei im Schatten wartenden Männern in schwarzer Kampfmontur mit automatischen Gewehren – jetzt ist plötzlich alles real.

Staley steigt eine Treppe hoch, aber bevor Kat die oberen Decks betreten darf, muss sie sich einer erschreckend intimen Durchsuchung unterziehen, die von einem unfreundlich dreinschauenden weiblichen Crewmitglied mit den obligatorischen blauen Nitrilhandschuhen durchgeführt wird. Man nimmt ihr das Telefon ab. Dann führt Harkonnen sie hinauf in den VIP-Bereich.

Die Inneneinrichtung der *La Belle Dame* ist eine Mischung aus *Todesstern*-Chic und dem übertriebenen Luxus eines Boutiquehotels in L.A., das seine Übernachtungspreise zu rechtfertigen versucht. Kat rechnet damit, es wieder mit Staley zu tun zu bekommen, stattdessen aber führt Harkonnen sie in eine auf aggressive Weise luxuriöse Kabine auf dem Gästedeck. Sobald sie eingetreten ist, schließt Harkonnen die Tür. Sie hört einen Piepton, als das Schloss einrastet, wartet eine Minute und versucht dann, die Tür zu öffnen.

Es geht nicht.

Sie setzt sich aufs Bett.

Die Bettwäsche aus ägyptischer Baumwolle hat eine Fadenzahl von tausend. Kat ist eine Gefangene.

**149** Ich wende die Limousine, der Helikopter verschwindet bereits Richtung Horizont. Mit heulendem Motor rase ich an den Gorillas am Tor vorbei. Gleichzeitig telefoniere ich mit Rachel, die den Hubschrauber auf ihrem Laptop verfolgt. Während ich durch die Straßen von Buenos Aires Richtung Zentrum jage, hält sie mich auf dem Laufenden.

Inzwischen hat sich auch eine junge Frau aus Wens Team auf einen Motorroller geschwungen und ist auf dem Weg zum Hafen, wo sie den Hubschrauber auf der *La Jolie Fille* landen sieht und mit der Handykamera die Überfahrt auf dem Beiboot filmt.

Zehn hektische Minuten später treffe ich selbst im Hafen ein. Ich sehe mir das Video dreimal an und versuche, Kats Körpersprache zu deuten. Harkonnen bleibt dicht bei ihr, aber seine Waffe steckt im Holster. Kat wirkt eher störrisch als ängstlich, was absolut typisch für sie ist, ist diesem Fall aber auch gespielt sein könnte. Staley hält sich im Hintergrund, kann seinen Blick aber nicht von ihr wenden, und das macht mir Sorgen.

Ich kann nichts weiter tun, also fahre ich zurück zu Rachel. Sie schlägt vor, sich die Bilder der Überwachungskameras noch einmal anzusehen, aber Wen hat Angst, dass der ungewöhnlich hohe Datenverkehr im Netzwerk einen Alarm auslösen könnte. Er hat schon zwei Ausnahmen zugelassen – einmal, um sich ein Bild von Staleys Suite zu machen, ein anderes Mal für das Team, das in Hipkiss' Suite die Kombination des Safes ausspähen soll. In der größten Kabine sind zwei Kameras angebracht, wobei dafür gesorgt wurde, dass keine von ihnen den Tresor direkt im Blick hat. Aber die erste hat zusätzliche ungenutzte Pixel außerhalb des Bildausschnitts, die gehackt und verfügbar gemacht werden können. Die zweite Kamera fängt eine Reflexion im gegenüberliegenden Fenster ein. Da es sich in beiden Fällen um hochauflösende 4K-Kameras handelt, sieht das Team eine gute Chance, die Eingabe der Kombination zu beobachten.

Es ist drei Uhr morgens. Wir sitzen am Küchentisch. Rachel und Wen sehen todmüde aus und sind total verängstigt. Das bin ich auch, aber ich versuche, meine Gefühle zu verbergen.

«Wir haben es so nicht vorhergesehen», sage ich. «Aber funktionieren könnte es trotzdem. Der Plan war, dass Kat morgen früh abgeholt und aufs Schiff gebracht wird. Wir sind dem Zeitplan einfach ein Stück voraus.»

«Verdammt, die haben sie entführt», sagt Rachel. «Du weißt, was sie mit Marvellous gemacht haben. Hast du keine Angst, dass sie herausfinden, wer sie ist, und mit ihr dasselbe machen?»

«Ich vertraue ihr», bringe ich nur heraus. «Was wir jetzt

für sie tun können, ist, dem Plan zu folgen und nicht in Panik zu geraten. Okay? Wenn irgendjemand die Sache durchziehen kann, dann sie.»

Ich klinge so bestimmt, dass ich es beinahe selbst glaube.

**150** Entgegen ihren Erwartungen schläft Kat ein. Sobald die Anspannung durch die nächtlichen Ereignisse nachlässt, gewinnt die Erschöpfung die Oberhand. Auch die Baumwollbettwäsche trägt ihren Teil dazu bei. Um 8:30 Uhr am nächsten Morgen wird sie von einem höflichen Klopfen geweckt, gefolgt von dem Piepton beim Entriegeln der Tür. Eine Bedienstete mit weißen Handschuhen bringt ein Tablett mit Kaffee und Orangensaft, dazu ein Exemplar der *New York Times*. Sie lädt Kat ein – *ganz wie es Ihnen beliebt, Madame* –, zusammen mit Staley zu frühstücken.

Bevor sie hinausgeht, öffnet die junge Frau die Tür zum Kabinenschrank ein Stück weit und wirft Kat einen übertrieben bedeutungsvollen Blick zu.

Kat stürzt den Kaffee herunter und merkt, dass sie trotz der nagenden Angst im Magen wirklich hungrig ist. Schon in ihrer Kindheit hat sie immer wieder gehört, wie furchtlos sie sei. Sie hat es so oft gehört, dass es nur noch nervt. Nicht weil es nicht wahr wäre, sondern weil es nicht die ganze Wahrheit ist. Entscheidender ist, dass sie niemals das getan hat, was die Leute von ihr wollten. Auch ihre Angst versucht, sie von dem abzuhalten, was sie eigentlich möchte.

*Ha, vergiss es, Angst. Ich habe Hunger.*

Sie starrt sich im Spiegel an, ohne Make-up, und überlegt, wie sie das Zicken-Nutten-Killerkleid vom Abend zuvor tragen kann, ohne darin am helllichten Tag lächerlich zu wirken.

Die Art, wie Staley sie angestarrt hat, hat ihr eine Gänsehaut gemacht. Auf keinen Fall hat sie vor, ihn noch weiter zu ermutigen. Dann erinnert sie sich an die geöffnete Schranktür und den Blick der jungen Frau. Kat schiebt die Tür noch weiter auf und entdeckt Kleider, Morgenmäntel und Schwimmzeug, ausschließlich Designermode und in verschiedenen Größen.

Wieder bekommt sie Gänsehaut. *Er benutzt die Kabine für all seine Frauen.*

Sie geht die Kleiderbügel durch, findet ein paar Sachen in ihrer Größe und entscheidet sich für ein einfaches weißes Sommerkleid, in dem sie hoffentlich jungfräulich genug wirkt, um Staley auf Abstand zu halten.

Am oberen Ende der Treppe zum Deck der Eigner gibt es einen Balkon, dessen Tür sich zu einer Art überdachtem Durchgang öffnet. Als sie hinaufgehen will, hört sie vom Balkon her leise Stimmen. Ein Mann und eine Frau streiten und geben sich Mühe, nicht laut zu werden. Eine Stimme ist die von Staley. Die andere muss zu Hipkiss gehören.

«Wer ist sie?», fragt die Frau.

«Niemand», erwidert Staley. «Bloß ein Mädel, dass ich kennengelernt hab.»

«Du weißt, dass ich keine Überraschungen mag. Bleibt sie über Nacht?»

«Das wird sich zeigen. Warum?»

«Ich muss mich um etwas Geschäftliches kümmern. Heute Abend brauche ich Harkonnen.»

Kat hört sich entfernende Schritte und das Schließen einer Tür. Sie wartet dreißig Sekunden, ehe sie die Treppe hinaufsteigt. Oben tritt ein bewaffneter Wächter zur Seite, um sie durchzulassen. Er deutet auf die Tür zu Staleys Suite.

Die Einrichtung ist so übertrieben wie alles andere hier. Weiße Ledersofas und ein großes rundes Bett. Am auffälligsten aber sind die Jagdtrophäen, darunter ein ausgestopfter Steinbock, verschiedene Hirsche, ein Berglöwe und etwas, bei dem es sich um einen Schneeleoparden handeln könnte. Alle sind in einem Diorama mit Pseudo-Felsen untergebracht. Die Hauptattraktion ist der Kopf eines weißen Nashorns, das unheilvoll von der Wand über einem riesigen Schreibtisch herabstarrt, flankiert von zwei Elefanten-Stoßzähnen, die senkrecht auf schwere hölzerne Sockel montiert sind. Die Wirkung wird von diversen alten Jagdwehren und Massai-Speeren abgerundet, Prunkstück der Sammlung ist ein massives Breitschwert an der Wand über dem Bett.

Für Kat sieht es nicht nach der Kajüte eines Mannes aus, der sich seiner Männlichkeit wirklich sicher ist.

Eine Tür führt hinaus auf den Balkon, auf dem Edgar Staley steht, rauchend und dem Meer zugewandt. Als er Kat entdeckt, schnippt er die Zigarette über Bord und deutet auf einen zum Frühstück gedeckten Tisch – Croissants, Rührei, Joghurt, Kaffee.

«Nein», sagt Kat. «Erst einmal möchte ich etwas klarstellen. Ich verhandle nicht mit einer Pistole an der Schläfe. Sie bringen mich mit Waffengewalt hierher, schließen mich in eine Kabine ein und erwarten, dass ich einen *Deal* mit Ihnen abschließe? Entweder bin ich Gast, dann haben wir etwas zu bereden. Oder ich bin eine Gefangene, dann reden wir nicht. Also?»

Staley zuckt die Achseln. «Schön. Sie können jederzeit gehen», sagt er. «Sie können aber auch ganz normal mit mir frühstücken und mir erzählen, wer Sie sind, was Sie haben und warum zum Teufel Sie gestern diese Show abgezogen haben.»

# 151

«Der nigerianische Junge», sagt Kat.

«Ich weiß nicht, wovon Sie reden», sagt Staley, und Kat kommt der Gedanke, dass er von Deep Threat und den Absichten seiner Schwester vielleicht tatsächlich nichts weiß.

«Der verschwundene Hacker», sagt Kat. «Vielleicht haben nicht Sie ihn umgebracht, aber irgendjemand hat es getan. Jetzt sind alle verängstigt, weil sie fürchten, dass sie das nächste Opfer werden könnten, wenn sie einen interessanten Exploit anbieten. Aber ich bin nur die Maklerin. Wenn Sie mich töten, bekommen Sie nichts. Ich weiß nicht mal, wen ich repräsentiere. Ich bin nur hier, um Ihnen zu sagen, was zum Verkauf steht und dass Sie das Recht auf ein Erstgebot haben.»

«Nehmen wir mal an, ich glaube Ihnen. Was haben Sie?»

«Einen Zero-Day.»

«Natürlich. Und er gestattet Ihnen Zugriff auf unsere Bordkameras. Ist das alles?»

Kat schüttelt den Kopf. «Nicht annähernd. Wir bieten direkten Zugriff auf die Netzwerk-Infrastruktur nicht nur dieser Jacht, sondern aller Jachten, die dasselbe System nutzen. Das schließt den kompletten Remote-Zugriff auf die Kameras ein, außerdem den Einblick in den Netzwerkverkehr sowie die Sicherheits- und Kommunikationseinrichtungen. Wir reden über die größten Megajachten der Welt. Oligarchen, Staatschefs, Narco-Terroristen, Steven Spielberg. Sie können ihre Gespräche mithören, die Sicherheitseinrichtungen deaktivieren und jeden Schritt verfolgen. Ohne dass irgendjemand davon weiß.»

«Okay», sagt Staley schließlich. «Nehmen wir an, ich wäre interessiert. Wie hoch ist der Preis?»

«Hundert Millionen Dollar in Kryptowährung.»

Staley wirft den Kopf zurück und lacht. «Träumen Sie weiter.»

«Schön», sagt Kat. «Aber meine Anweisungen lauten, dass dies ein einmaliges Angebot ist. Meine Partner setzen ein Ultimatum bis morgen, 12 Uhr mittags. Wenn sie bis dahin keine Zusage haben, bringen sie den Exploit auf den offenen Markt, und Sie werden vom Bieterverfahren ausgeschlossen. Was bedeutet, dass Sie zu den ersten Opfern des Käufers gehören werden.»

Staleys Miene versteinert. «Wer immer Sie sein mögen, Sie hätten gründlicher recherchieren sollen. Wenn Sie das getan hätten, wüssten Sie nämlich, dass ich mir nicht gern drohen lasse.» Er steht auf und wirft die Stoffserviette ins Rührei. «Ich lasse Sie wieder ans Ufer bringen.»

«Es gibt noch einen zweiten Grund, weshalb der Exploit Sie interessieren könnte.»

Er dreht sich um. «Welcher Grund sollte das sein?»

«Sie könnten damit Ihre *eigene* Jacht ausspionieren», sagt Kat.

152 «Warum sollte ich das tun, zum Teufel noch mal?», fragt Staley. Aber er wird nicht laut.

«Aus demselben Grund, aus dem Sie Ihre Schwester darüber belogen haben, wer ich bin und warum ich hier bin», sagt Kat. «Weil es nicht Ihre Jacht ist, sondern die Ihrer Schwester. Sie sind Pragmatiker, kein echter Gläubiger. Sie schließen sich ihren Vorstellungen an, weil Sie gern Zugriff auf Milliardensummen haben. Sie mögen die Macht und das Getue um Ihre Privatarmee. Sie mögen es, eine Megajacht zu haben, jederzeit jede Frau zu vögeln, die Sie wollen, und sich nicht um Konsequenzen scheren zu müssen. Aber Sie sind nicht dumm. Sie halten sich nicht für einen von Gott Auserwählten. Im tiefsten Inneren wissen Sie, wozu Ihre Schwester in der Lage ist. Vielleicht glauben Sie, einen mäßigenden Einfluss auf sie ausüben zu können. Sie davon abhalten zu können, etwas wirklich Dummes zu tun. Aber sicher sind Sie nicht, denn Ihre Schwester vertraut Ihnen nicht. Nicht genug, um Ihnen ihre wahren Gedanken anzuvertrauen. Und wenn Sie sie tatsächlich aufhalten wollten, was würde Harkonnen dann mit Ihnen machen? Ich biete Ihnen die Chance zu wissen, was in ihrem Kopf vorgeht, was sie plant. Und sich selbst zu schützen.»

«Sie schlagen also vor, ich soll Ihr Produkt kaufen und ihr nichts davon sagen?»

«Ich vermute, das hatten Sie die ganze Zeit schon vor», sagt Kat. «Wenn Sie es haben, können Sie übrigens auch sämtliche Spuren dieses Gesprächs tilgen. Oder die anderer Gespräche, die Sie geführt haben oder noch führen werden. Die religiöse große Schwester immer als Zaungast zu haben, wird für einen Mann wie Sie nicht besonders leicht sein.»

Staley nimmt sich Zeit zum Nachdenken. «Sind Sie in der Lage, den Exploit vorzuführen?»

«Natürlich», sagt Kat. «Eine Echtzeit-Demonstration an einem lebenden Ziel.»

«Nämlich?»

Kat macht eine ausladende Handbewegung. «Was glauben Sie, warum ich hierher eingeladen werden wollte?»

«Sie wollen meine eigene Jacht hacken? Sie sind wahnsinnig.»

«Keine Werbegeschenke», sagt Kat. «Wenn Sie eine andere Jacht hacken wollen, müssen Sie bezahlen. Ich biete Ihnen eine Vorführung ohne jedes Risiko, bevor Sie einschlagen.»

Staley mustert sie berechnend.

«Nehmen wir an, wir würden es so machen. Wie funktioniert es?»

*Endlich.* Nur mühsam kann Kat ein Grinsen unterdrücken.
«Dafür brauche ich mein Telefon.»

**153** Solange wir nicht wissen, was mit Kat passiert, kann keiner von uns schlafen. Wobei wir nichts anderes tun können, als am Tisch zu sitzen, auf ein Wegwerfhandy zu starren und auf das Klingeln zu warten.

Auch Kat hat ein Wegwerfhandy dabei, in das eine einzige Nummer einprogrammiert ist. Ohne Zweifel verfügt Staley über die technischen Möglichkeiten, es zu triangulieren, aber ein Mitglied von Rachels Team ist derzeit im Zentrum von Buenos Aires mit zwei weiteren Wegwerfhandys unterwegs. Eins soll Nachrichten von Kat empfangen, das andere sendet sie an unser *viertes* Handy weiter. Unser Kurier hält sich im Moment in einem großen, rund um die Uhr geöffneten Nachtklub auf, gegen Morgen wird er sich in die überfüllten Straßen und Einkaufszentren begeben, wo er unter Hunderten von Menschen ist, unter denen man ihn nicht aufspüren kann.

Wir können nur darauf hoffen, dass Kat auf ihr Handy zugreifen darf. Sollte *La Belle Dame* den Hafen verlassen, wird sie allerdings in spätestens einer Stunde keinen Empfang mehr haben. In diesem Fall können wir unseren Plan komplett vergessen.

Um sich abzulenken, nimmt Rachel den inzwischen augenlosen Sockenaffen und näht ihm einen einzelnen Knopf an. Von uns allen denkt Rachel am meisten an Mireille. Daran, was sie durchgemacht hat, wie man ihr am schonendsten beibringen kann, dass ihre Mutter nicht mehr lebt, und wie die Ereignisse weniger Tage und Wochen auf ihr ganzes weiteres Leben nachwirken werden.

Als ich ihr beim Nähen zusehe und an die Schublade mit all den von Marvellous gekauften Kleidungsstücken denke, kommt mir ein Gedanke, der sich nicht wieder vertreiben lassen will. Gegen 4:30 Uhr nehme ich Rachel beiseite und erkläre, ich wolle ihr zwei Vorschläge machen. Sie könne aber nur beide gleichzeitig akzeptieren.

Den ersten hört sie sich an und sagt praktisch schon zu, bevor ich überhaupt zu Ende geredet habe.

«Natürlich», sagt sie und wischt sich eine Träne aus dem Augenwinkel. «Wie kommst du nur auf die Idee, ich würde es ablehnen?»

«Teil zwei kommt noch», sage ich. «Warte, bis du alles gehört hast.»

Schweigend hört sie zu, ihre Miene wird immer düsterer.

«Das kannst du nicht ernst meinen», sagt sie schließlich.

«Ich sehe keine andere Möglichkeit. Du etwa?»

«Weiß Kat davon?»

«Wenn ich es ihr gesagt hätte, wäre sie niemals einverstanden gewesen.»

Langsam wird Rachel sauer. «Wie kommst du auf die Idee, dass *ich* einverstanden bin?»

«Weil Mireille auf diese Weise ihr Leben führen kann, ohne ständig auf der Hut sein zu müssen. Denk daran, wie ihr Leben angefangen hat. Ihre Mutter hat sie verlassen und gezwungen, auf einen Mann zu schießen, von dem sie nicht mal wusste, dass er ihr Vater war. Dann wurde sie von einem Psychopathen verschleppt. Weiß Gott, was sie seitdem durchgemacht hat. Wenn es auch nur den Hauch einer Chance gibt, dass sie nach alledem ein halbwegs normales Leben führen kann, hätte sie das sicher verdient. Findest du nicht?»

Rachel schüttelt den Kopf. «Ich weiß nicht, ob ich das kann.»

«Dann funktioniert der ganze Plan nicht. Ich kann Mireille nicht solch einem Risiko aussetzen. Ich werde jemanden finden.»

Schließlich blickt sie auf.

«Also schön. Ich mache es. Ich mache es für sie.»


**154** Beim ersten Tageslicht macht sich jemand aus Rachels Team mit einem Fernglas auf den Weg zur Playa Reserva, von wo aus sich der äußere Hafen einsehen lässt. Sie berichtet, dass sie Staley mit einer rothaarigen Frau in einem weißen Kleid beobachtet. Die beiden frühstücken auf dem Balkon der Eignersuite der *La Belle Dame*.

Kat lebt noch, aber sonst wissen wir nichts.

Um 11:30 Uhr summt endlich das Handy auf dem Tisch. Eine über Umwege weitergegebene Nachricht trifft ein.

Demonstration autorisiert. Bitte bestätigen.

Ringsum bricht Jubel aus, ich sacke vor Erleichterung zusammen. Aber Kat muss auf der Jacht bleiben, bis ich die Malware gegen Mireille ausgetauscht habe. Also muss ich ihn hinhalten.

Netzwerkarchitektur verändert. Müssen Proxys rekonfigurieren. Schlage morgen 12 Uhr für Demo vor. Bestätige in einigen Stunden.

Wir halten den Atem an. Fünfundvierzig Sekunden später kommt die Antwort.

Halten uns bereit.

Wir sind im Geschäft.

Der Austausch ist für 20 Uhr angesetzt, aber ein Problem ist noch nicht gelöst.

In der Welt der Malware gibt es zahlreiche Geschichten von Exploits, die gemeldet, dann aber ignoriert wurden. Selbst wenn es uns gelingt, Deep Threat in die Finger zu bekommen und zu veröffentlichen, bietet das keine Garantie, dass Regierungen die Bedeutung erkennen und auf der Stelle etwas unternehmen.

«Wir brauchen Unterstützung», sagt Wen. «Jemand Wichtigen. Jemanden, der bekannt ist, der abgefahrenes Zeug gemacht hat, etwas vorweisen kann. Jemanden, der von keinem als Dummschwätzer abgetan wird.»

«Hm», mache ich. «Ich wünschte, ich würde so jemanden kennen.»

In diesem Moment öffnet sich die Aufzugstür geräuschvoll. Ein vertrautes Hemd taucht auf.

155 Ich bekomme die GPS-Koordinaten des Treffpunkts in einem Werftareal am Rio Santiago, etwa eine Stunde südlich. Rachel bringt mich mit ihrem alten Fiat 500 dorthin. Es ist fast dunkel, die schwachen Scheinwerfer des Wagens lassen die Straße gerade noch erkennen. Auf dem Schoß habe ich einen absolut stoßfesten Nanuk-Koffer, in dem sich eine Hälfte der Malware befindet, die zum Armageddon führen könnte. Vom Armaturenbrett aus beobachtet uns der Sockenaffe aus seinem erneuerten Auge. In einer Tasche auf der Rückbank liegen Klamotten, die Marvellous gekauft hat, damit Mireille sich umziehen kann.

Etwas sagt mir, dass meine Tochter in guten Händen sein wird.

Die Koordinaten führen uns zu einer langen, geraden Straße, die an einem Hafenbecken entlangführt und vor einem niedrigen, von einem rostigen Gitterzaun umgebenen Lagerhaus endet. Davor stehen zwei bewaffnete Wächter, die uns zum Halten auffordern und mit magnetischen Sonden und Hochfrequenzgeräten abtasten. Dann durchsuchen sie uns mit akribischer Sorgfalt, wobei sie auch hinter den Ohren, in den Haaren und peinlicherweise zwischen den Beinen tasten. Sie nehmen Rachel Handy, Schlüssel und Geldbörse ab und bringen alles in den Fiat. Dann müssen wir Gürtel, Schuhe und Strümpfe ausziehen, und auch unsere Fußsohlen werden gecheckt.

Sie gehen absolut kein Risiko ein.

Einer will den Affen an sich nehmen, aber Rachel weigert sich.

«Der ist für das Mädchen», sagt sie.

Er drückt ihn von oben bis unten, dann nickt er, reicht ihn zurück und deutet auf eine Tür an der Laderampe, wo ein weiterer Wächter in schussbereiter Position wartet. Wir treten durch das Tor, gehen über rissigen Asphalt und weichen mit unseren nackten Füßen herumliegenden Glasscherben aus.

Als wir das Gebäude erreichen, spricht der dritte Wächter in sein Funkgerät und öffnet die Tür.

Drinnen ist es dunkel, aber sobald wir eintreten, flammt helles Licht auf. Meine Augen passen sich langsam an, ich sehe vier weitere bewaffnete Männer an den Wänden stehen. Bei dem Gebäude scheint es sich um eine ehemalige Fleischfabrik zu handeln. Vor uns ist ein Tapeziertisch mit einem Laptop aufgebaut. Dahinter sitzt eine junge Frau mit rotem Lippenstift und Ponyfrisur. Daneben, praktisch gleich unter der grellen Lampe, stehen Harkonnen und Mireille.

Das Gesicht des Mädchens wirkt aschgrau und erschöpft,

ihre winzige Gestalt zwischen all den bewaffneten Männern mitleiderregend.

«Lass sie gehen», sage ich. Meine Stimme hallt von den rostigen Stahlwänden und dem Dachgerüst wider.

«Erst die Karte», fordert Harkonnen.

«Lassen Sie sie wenigstens zu mir kommen», sagt Rachel und tritt ein paar Schritte vor. Harkonnen will Mireille zu ihr hinschieben, aber das verängstigte Mädchen bleibt stehen.

«Der Affe», sage ich leise.

Rachel geht in die Hocke und streckt Mireille den Affen entgegen. «Guck mal, wen ich mitgebracht habe.»

Mireille starrt einen Moment zu ihr hin. Plötzlich sehe ich zum allerersten Mal ein Lächeln auf ihrem Gesicht. Sie läuft los, schnappt sich den Affen und drückt ihn so fest, dass die Füllung aus den Nähten zu platzen droht.

Auf ein Zeichen von Harkonnen hin trete ich mit dem Koffer auf ihn zu, die Mündungen von vier automatischen Waffen folgen mir.

«Stopp», sagt er, als ich die Hälfte der Strecke zurückgelegt habe. «Mach den Koffer auf.»

Das tue ich, und alle können den Inhalt sehen.

«Nimm die Karte raus und stell den Koffer auf den Boden.»

Ich folge seinen Anweisungen.

«Jetzt bring sie her und leg sie auf den Tisch.»

Ich mache ein paar Schritte, lege die Karte auf den Tisch und trete zurück. Plötzlich spüre ich eine Waffe im Rücken. Es ist der Wächter, der uns eingelassen hat. Er zieht mir die Hände hinter den Rücken und fesselt sie mit Kabelbinder.

Die junge Frau mit den roten Lippen und dem Pony nimmt die Karte und steckt sie in ein Lesegerät. Sie drückt ein paar Tasten, wartet einige Sekunden und blickt auf.

«Der MD5-Hashwert stimmt.»

«Das bedeutet, dass die Daten echt sind», erklärt Rachel. Ihre Hände liegen auf Mireilles Schultern. «Sie können ihn gehen lassen.»

Harkonnen zieht eine automatische Pistole. Er geht zu Rachel hinüber, drückt ihr die Mündung auf die Stirn. Dann senkt er langsam den Arm, die Waffe gleitet über ihr Gesicht, ihren Hals, über Brust und Bauch und verharrt an Mireilles Kopf.

«Sollen wir das Mädchen lieber zurücknehmen?»

«Schon gut, Rachel», sage ich. «So war es abgemacht.»

Rachel schaut Harkonnen in die Augen.

«Ich hoffe, auch Ihre andere Hälfte wird in der Hölle schmoren.»

Der Wächter hinter mir öffnet die Tür und lässt Rachel und Mireille hinaus. In der Tür dreht Mireille, die Rachels Hand hält und mit der anderen den Affen umklammert, sich noch einmal um. Mir wird klar, dass ich sie in diesem Augenblick vielleicht zum letzten Mal sehe. Für den Bruchteil einer Sekunde male ich mir aus, wie sie heranwächst, und versuche, mir die junge Frau vorzustellen, die sie einmal sein wird. Dann schließt sich die Tür hinter ihr. Ich drehe mich um und sehe Harkonnen direkt vor mir.

«Lass uns einen kleinen Ausflug machen», sagt er.

«Ich dachte schon, du würdest gar nicht mehr fragen.»

Er schlägt mich so hart in den Bauch, dass ich in die Knie gehe. Zwei der Wächter heben mich hoch und zerren mich hinter ihm und der jungen Frau her, die schon auf dem Weg zu den Laderampen auf der anderen Seite sind. Durch ein geöffnetes Tor sehe ich die rotierenden Propeller des Hubschraubers von *La Belle Dame*.

# TEIL XI

**156** Kat fürchtet, Staley könne verärgert auf ihre Hinhalte-taktik reagieren. Stattdessen wirkt er hocherfreut, dass sie noch eine Nacht auf der Jacht verbringen muss, und lädt sie zum Abendessen in seine Suite ein. Ihr Handy nimmt er wieder an sich, verspricht aber, jede ankommende Nachricht weiter-zugeben. Den Rest des Tages bringt sie damit zu, ihm aus dem Weg zu gehen. Sie legt sich auf den Balkon der Gästesuite und gibt vor, sich zu sonnen. Jede halbe Stunde schaut ein Lakai vorbei, um Quellwasser und Granatapfelsaft nachzuschenken.

Gegen 16:30 Uhr, dreieinhalb Stunden vor dem verein-barten Termin für die Übergabe, hört sie den Motor des Hub-schraubers anspringen.

*Es geht los*, denkt sie. *Es geht tatsächlich los.*

Staley schlägt 20 Uhr vor, aber sie hält die Verabredung so lan-ge wie möglich offen. Als sie die Tür zu seiner Suite schließlich öffnet, ist es 20:45 Uhr. Drinks stehen bereit, wobei die Röte auf seinem Gesicht darauf hindeutet, dass er bereits einen or-dentlichen Vorsprung hat. Für den besonderen Anlass hat er sich eine schwarze Krawatte umgebunden, ein violetter Kum-merbund versucht, seinen Bauch zu kaschieren.

Er lässt sie unter den beiden bereitstehenden Drinks wäh-len.

Sie nimmt einen, wartet aber, bis er als Erster getrunken hat.

«Wenn Sie glauben, ich will Ihnen K.-o.-Tropfen unterjubeln, täuschen Sie sich in mir», sagt er. «Solchen Mist brauche ich nicht.»

«Lassen Sie mich raten», sagt sie. «Sie lassen das Geld sprechen.»

Staley zuckt die Achseln. «Sie sind diejenige, die hundert Millionen will. Wie hoch ist Ihr Anteil? Zehn Prozent, fünfzehn?»

«Das geht nur mich und meine Kunden etwas an», erklärt Kat.

Sie tut, als würde sie noch einen Schluck trinken. Die Tür zum Balkon steht offen; sie hört Lärm, der immer lauter wird. Der Hubschrauber der *La Belle Dame* kehrt zurück.

«Also zwischen zehn und zwanzig Millionen», sagt Staley. «Was haben Sie damit vor?»

«Ein Waisenhaus gründen», sagt Kat.

«Ich könnte dir helfen, zehn ‹Waisenhäuser› zu gründen. Von mir aus hundert», sagt Staley.

Kat hat nicht vor, den Rest des Abends damit zuzubringen, ihn sich vom Leib zu halten. Sie hat ihn am Haken und beschließt, in die Offensive zu gehen.

«Ich nehme mal an, wenn man Geld wie Heu hat, glaubt man, alles kaufen zu können.»

«Meiner Erfahrung nach hat jeder seinen Preis.»

«Vielleicht geht es mehr darum, dass Scheiße Fliegen anzieht. Wenn man reich ist, bekommt man es nur mit Leuten zu tun, die davon profitieren wollen.»

«Du bist zynisch.»

«Sagen Sie die Wahrheit: Wann sind Sie das letzte Mal jemandem begegnet, der sich für Sie interessiert hat? Und nicht nur für das Geld Ihrer Schwester? Können Sie sich überhaupt noch erinnern, wie sich eine Beziehung anfühlt, die nichts von einem Geschäft hat? Wahrscheinlich haben Sie viel Geld für Leute ausgegeben, die so getan haben, als würden sie Sie mögen oder als wären sie in Sie verliebt. Aber Sie sind klug. Ich wette, Sie haben sich keine Sekunde lang etwas vorgemacht.»

Staley schluckt einen bitteren Geschmack hinunter. Er findet keine passende Antwort.

«Wie wäre es damit», schlägt Kat vor. «Sie hören damit auf, mich *kaufen* zu wollen, und stattdessen versuchen wir, ein richtiges Gespräch zu führen?»

Einen Moment lang fürchtet sie, es zu weit getrieben zu haben. Dann sagt er: «Deal.»

**157** Bevor sie mich in den Helikopter schaffen, fesseln sie mir auch die Fußgelenke, setzen mir eine schwarze Brille auf und ziehen mir eine schwarze Kapuze über den Kopf, die sich an meinem Hals zusammenzieht.

Zwanzig Minuten später landet der Helikopter. Als ich die Stufen hinunter auf das Beiboot gezerrt werde, das uns zur Jacht bringt, nehme ich den Gestank von Flugbenzin und Abgasen wahr. Wenig später schieben sich Hände in meine Achselhöhlen und bugsieren mich ins Innere der *La Belle Dame*.

Unter Kapuze und Brille bin ich blind, aber Kat und ich haben die Grundrisse der Jacht auswendig gelernt. Einmal rechts abbiegen und eine Treppe hinunter – wir sind auf dem Weg zum Tankdeck und dem, was auf den Plänen als «Sicherheitslager A» bezeichnet wird. Es ist gepanzert, fensterlos, abschließbar und liegt direkt neben den Motoren, die dafür sorgen, dass keine Geräusche herein- oder hinausdringen.

Die Wächter werfen mich hinein wie einen Abfallsack. Ich

bin immer noch gefesselt, und mein Kopf schlägt hart auf dem Metallboden auf. Ich werde ohnmächtig, wache zwischendurch mehrmals kurz auf und höre irgendwann das Piepen des Schlosses, das entriegelt wird. Hände ziehen mich hoch und befreien mich von Kapuze und Brille.

Ich blinzle ins Neonlicht. In der Tür steht Harkonnen.

«Willst du die gute Nachricht oder die schlechte Nachricht oder die gute Nachricht?»

Ich gebe ihm nicht die Ehre einer Antwort.

«Die gute Nachricht lautet: Die Karte ist echt. Die schlechte: Ich soll dich nicht umbringen. Die gute: Ich tue es trotzdem.»

«Nur zu», sage ich.

Er kommt, hockt sich neben mich und stößt mir die Pistole unters Kinn.

«Das Problem ist, dass es nicht funktioniert», sage ich. «Erstens willst du nicht, dass der Rest der Mannschaft einen Schuss hört, geschweige denn irgendwelche Leute im Hafen. Zweitens wirst du mich nicht töten, bevor wir in internationalen Gewässern sind, weil sonst die argentinische Justiz zuständig ist, was kompliziert werden könnte. Drittens steht hinter dir ein Mann mit Schwamm und Eimer. Das bedeutet, dass deine Chefin mich sehen will und es nicht mag, wenn ich ihr den VIP-Bereich vollblute.»

Harkonnen presst mir die Waffe fester unters Kinn, den Finger am Abzug. Er würde mir gern demonstrieren, dass ich falschliege. Aber das tue ich nicht. Er wendet sich zu dem Mann mit dem Eimer um.

«Mach den Scheißkerl sauber.»

**158** Jemand treibt ein T-Shirt auf, wie die Besatzungsmitglieder es tragen, damit ich mein eigenes blutbeflecktes ausziehen kann. Harkonnen lässt die Kabelbinder an meinen Fußgelenken durchtrennen, setzt mir eine neue Kapuze auf und führt mich mit vorgehaltener Waffe drei Treppen im Mannschaftsbereich hinauf zum Oberdeck. Gerüche und Geräuschpegel ändern sich, sobald wir aus dem spartanischen Mannschaftsbereich in die vornehmen, schallisolierten VIP-Räume gelangen. Ich werde in einen Raum geschoben, der auf den Plänen als Bibliothek bezeichnet wird, und dort in einen Sessel gedrückt.

«Nehmt ihm die Kapuze ab», trompetet eine vertraute Stimme. Die Männer gehorchen.

Der Raum wird nicht als Bibliothek genutzt, sondern als Hightech-Kontrollraum. Es gibt mehrere Freisprechtelefone, Flachbildschirme, Plätze für Videokonferenzen und motorbetriebene Metallrollläden an den Fenstern. Im Moment sind sie geschlossen und machen jeden Lauschangriff unmöglich.

Hipkiss sitzt am anderen Ende eines langen, mit Leder überzogenen Tischs. Zehn Jahre nach unserer ersten Begegnung sieht sie aus wie damals und trotzdem anders. Trug sie früher kein Make-up, so ist sie jetzt großzügig gepudert. Das Rot ihres Lippenstifts zieht sich hin ins filigrane Muster der Fältchen oberhalb der Lippen. Ihre Haare kräuseln sich in einer Dauerwelle, die mich an Ma in *Golden Girls* erinnert. Ihr Blazer ist grün und hat Schulterpolster, wie ich sie zuletzt in *Dallas* gesehen habe. Sie kann höchstens fünfundfünfzig sein, aber die Kombination all dieser Details lässt sie ein Jahrzehnt älter aussehen. Was am verrücktesten ist: Ich habe das untrügliche Gefühl, dass ihr Outfit sorgfältig gewählt ist.

Sie schenkt mir ein fades Lächeln, dessen Zerbrechlichkeit

darauf hindeutet, dass es in unserem Gespräch um mehr geht, als selbst ich mir ausgemalt habe.

«Habe ich Ihr Wort, dass Sie keine Dummheiten machen, Mr. ... Kann ich Sie irgendwie anders nennen als Seventeen? Das klingt so unpersönlich.»

Ich zucke die Achseln. «Hin und wieder werde ich Jones genannt.»

«Habe ich Ihr Wort, Mr. Jones?»

Ich nicke.

«Also gut», sagt sie zu Harkonnen. «Sie können gehen.»

«Ma'am, ich ...», will Harkonnen einwenden. Aber bevor er den Satz zu Ende bringen kann, fährt sie ihn an: «Ich sagte, Sie können gehen.»

Harkonnen nickt und wirft mir einen Blick zu, der sagt: *Wir sind noch nicht fertig miteinander.*

Die Tür fällt mit einem lauten Knall zu. Wie der ganze Raum ist sie schalldicht.

«Also gut», sagt sie. «Möchten Sie einen Kaffee?»

Auf dem Tisch steht eine Kanne mit zwei einfachen weißen Tassen, wie man sie auch in einem Holiday Inn Express findet. Ich lasse die auf dem Rücken gefesselten Hände sehen.

«Ah, natürlich», sagt sie. «Also Wasser.»

Sie nimmt die Flasche vom Tablett, dreht den Verschluss auf und kommt auf mich zu. Sie ist dünn, fast knochig, hat aber breite Hüften, die ihr einen leicht watschelnden Gang verleihen.

«Weit aufmachen.»

Sie setzt sich auf den Schreibtisch, streicht ihren Rock glatt und gießt mir vorsichtig Wasser in den Mund. Sie kommt mir so nahe, dass ich einen Geruch wahrnehme, der extrem süßlich ist und wahrscheinlich einen Namen wie «Ashes of Roses» trägt. Aber er ist mit einer Spur von etwas anderem vermischt, etwas Moschusartigem, das ich nicht recht einordnen kann, bis ich schockiert bemerke, dass es ihr Atem ist.

«Jetzt schlucken», sagt sie, und ich gehorche. «Wollen Sie noch etwas mehr?»

Ich nicke. Noch einmal gießt sie mir Wasser in den Mund und wischt ihn anschließend mit einer Papierserviette ab.

«Na also, das ist besser», sagt sie.

Eine irre, abgedrehte Sekunde lang rechne ich damit, dass sie mir einen nicht ganz mütterlichen Kuss geben wird. Stattdessen aber kehrt sie an ihr Ende des Tischs zurück. Dort liegen ein Notizblock und ein billiger Kugelschreiber, dessen Ende – kein Witz! – ein flauschiger violetter Troll ziert.

«Ich komme gleich auf den Punkt. Wahrscheinlich wissen Sie, was auf der Karte ist, die Sie gegen das Mädchen ausgetauscht haben?»

«Ich habe eine relativ klare Vorstellung», sage ich.

«Wissen Sie, was ich damit vorhabe?»

Ehrlich gesagt ist mir völlig schnuppe, was sie vorhat, aber solange wir reden, bin ich vor Harkonnen sicher. Der letzte Akt des Plans funktioniert nicht, wenn ich tot bin, also spiele ich auf Zeit.

«Ich habe nicht die leiseste Idee.»

«Kennen Sie die Geschichte von Noah?»

«In meiner Kindheit hat die Sonntagsschule keine große Rolle gespielt», antworte ich. Was untertrieben ist, denn ich war praktisch jeden verdammten Sonntag im Schrank eines Motelzimmers versteckt, wo ich zu überhören versucht habe, wie meine Mutter Fremde gevögelt hat, um an Geld für Drogen zu kommen.

«Na gut», sagt sie. «Ich mache es unkompliziert: Gott gab Adam und Eva die Herrschaft über die Erde. Aber ihre Nachkommen erfüllten sie mit Verderbtheit und Gewalt. Die Flut war sozusagen Gottes Resettaste. Vierzig Tage und Nächte Regen. In einigen Versionen der Geschichte fiel jeder Regentropfen durch das Feuer der Hölle und verbrühte die Sünder, bevor sie ertranken. Noah und seine Frau waren die einzigen Überlebenden. Zusammen bevölkerten sie die Erde neu.»

«Okay», sage ich, obwohl mir das ganze Szenario, wenn ich ehrlich sein soll, ein bisschen unglaubwürdig klingt.

«Die Frage ist also», fährt sie fort, «ob Sie, wenn wieder brennender Regen fällt, auf der Arche sein möchten oder im Wasser?»

«Kommt darauf an», sage ich.

«Worauf?»

«Wer sonst noch an Bord ist.»


**159** Als ich es ausspreche, denke ich an Kat, wie sie in der Dunkelheit der hölzernen Kajüte der Arche neben mir liegt. Das große Schiff hebt und senkt sich, unter uns der gewaltige Ozean, auf dem Deck über unseren Köpfen das ständige Trommeln des Regens. Der Geruch von Stroh und Tieren, das Schnarchen der Hunde, die zu unseren Füßen schlafen. Dann besucht uns eine Taube mit einem Olivenzweig im Schnabel, was uns den Rückgang des Wassers anzeigt. Als es langsam abfließt, landen wir beide auf einem Berggipfel und verlassen das Schiff nackt wie am Tag unserer Geburt – der einzige Mann und die einzige Frau, die auf der Erde übrig sind.

Die Vorstellung ist nicht übel.

**160** Aber nicht Kat lächelt mich an, sondern Hipkiss. Ich schwöre, dass sie unter dem Puder errötet, von den Wangen bis hinunter zum Hals.

«Die Geschichte hat einen falschen Weg genommen», sagt sie. «Gott hatte einen Plan. Er hat uns ein ganzes Land gegeben, ein jungfräuliches Territorium für die Gläubigen. Wir wurden das mächtigste Land auf Erden, weil er wollte, dass wir über den ganzen Planeten herrschen. Und weil in der Welt das Böse den Ton angibt, hat er uns ein Werkzeug gegeben, um es zu besiegen. Wissen Sie, wovon ich spreche, Mr. Jones?»

«Über Nuklearwaffen. Die Bombe.»

Wieder dieses fade Lächeln. «Genau. Aber wir haben Angst vor der Macht bekommen, die Gott uns in die Hände gelegt hat. Zu große Angst, sie einzusetzen. Wir haben die Courage verloren. Gott hat uns ein Geschenk gemacht, ein außergewöhnliches Geschenk, ein Geschenk, das seine Herrschaft auf Erden einläuten könnte. Aber wir haben es zurückgewiesen wie verwöhnte Kinder. Als ich von Deep Threat erfahren habe, war mir gleich klar, was es bedeutet. Gott hat uns eine zweite Chance gegeben, ganz wie bei Noah. Deswegen musste ich es unbedingt haben.»

«Um was genau zu tun?»

«Den Himmel auf Erden zu schaffen.»

Diesmal ist ihr Lächeln nicht fade, sondern stolz.

Ein verstörenderes Lächeln habe ich in meinem ganzen Leben nicht gesehen.

«Lassen Sie mich raten», sage ich. «Sie haben vor, Deep Threat zu benutzen, um eine nukleare Konfrontation der Supermächte zu provozieren. Sobald sie sich gegenseitig ausgelöscht haben, springen Sie in die Bresche. Die kritische Zeit sitzen Sie hier auf *La Belle Dame* aus. Wenn der Rauch sich lichtet, sind Sie dank der Hilfe Ihres Bruders in der Lage, mit Operationsbasen in verbliebenen Nicht-Nuklearstaaten, einer eigenen Armee, zahmen Politikern und Spionageoperationen die Macht zu übernehmen. Hundert Millionen Menschen werden durch die Detonation und den Fallout ihr Leben verlieren. Aber das ist Ihre Flut. Sie haben die Schöpfung wieder zurückgedreht, wie Gott es für Noah getan hat.»

«Ich bin so froh, dass Sie es verstehen», sagt sie. «Meine Generation ist verloren. Ihre auch. Aber unsere Kinder werden eine neue Welt erben. Wir werden sie lehren, Gott zu lieben und seinen Gesetzen zu folgen. Sie werden zwischen Ruinen aufwachsen, aber diese Ruinen werden zerbröseln, Gras wird über sie wachsen, und die Erde wird, wie es immer geplant war, von Gottes Getreuen beherrscht.»

«Und die anderen? Die an andere Götter glauben oder an keinen Gott?»

«Es wird keine anderen mehr *geben*», sagt sie mit fester Stimme. «Das ist doch der Sinn der Sache.»


**161** Hipkiss' Plan klingt absurd, und das ist er auch. Aber die Nazi-Fanatiker, die vor den Nürnberger Prozessen nach Südamerika geflohen sind, hatten einen ganz ähnlichen Fiebertraum: Sie wollten sich eine neue Machtbasis erschaffen, indem sie ihre Beziehungen zu zahllosen Diktatoren in der Region nutzten, um einen Konflikt zwischen den USA und der UdSSR zu provozieren und auf den Trümmern das Vierte Reich zu errichten.

Meine Schlussfolgerung: Sie ist (a) komplett durchgeknallt und meint es (b) absolut ernst. Das ist das Schöne für Multimilliardäre: Man kann sich beides leisten.

«Und das erzählen Sie mir, weil ...?», frage ich.

«Mein Bruder ist schwach», erklärt Hipkiss. «Für einen echten Kampf fehlt ihm der Mumm. Er ist zu sehr in die Welt, wie sie ist, *eingebunden*, um das Potenzial zu begreifen. Und Mr. Harkonnen verfügt zwar über einige Qualitäten, aber Loyalität gehört nicht dazu.»

«Was schlagen Sie also vor?»

«Dass Sie für mich arbeiten. Wenn es nötig ist, töten Sie Harkonnen. Das ist mir egal. Das Einzige, was ich will, ist Ihre uneingeschränkte und dauerhafte Loyalität.»

«Und im Gegenzug?»

Ihr Lächeln ist alles andere als fade.

Es ist – mit Schrecken stelle ich fest, dass mir kein anderes Wort einfällt – *kokett*.

«Oh, mein Lieber», sagt sie. «Muss ich es wirklich laut aussprechen?»

Einen Moment lang bekomme ich kein Wort über die Lippen, weil mir sonnenklar wird, was sie vorhat.

Ich soll Noahs Frau werden.

162 Einen Moment lang verschlägt es mir die Sprache, dann frage ich: «Und wenn ich nun nicht an Gott glaube?»

«Sie werden Gottes Werk tun», erklärt sie strahlend. «Alles andere kommt im Laufe der Zeit.»

«Sie würden hundert Millionen Menschen töten», wende ich ein. «Vielleicht auch zweihundert Millionen.»

«Wie viele haben Sie getötet?», hält sie dagegen. «Dutzende? Hunderte? Tausende?»

«Ich habe nie jemanden getötet, der sich nicht wissentlich in die Schusslinie begeben hat.»

«Wir alle sind in Gottes Schusslinie», sagt sie. «Ob es uns gefällt oder nicht.»

Plötzlich geht mir Hannah Arendts Satz über die Banalität des Bösen durch den Kopf. Arendt bezog sich damit auf Eichmann, den sogenannten Architekten der Endlösung. Aber auch auf Hipkiss passt er perfekt.

«Kommt jetzt der Moment, wo Sie mir sagen: ‹Wir sind nicht so verschieden, Sie und ich?›», frage ich. «Denn in diesem Fall …»

«Was?»

«… würde ich lieber in der Hölle schmoren.»

Sie blinzelt überrascht. Für den Bruchteil einer Sekunde habe ich den Eindruck, dass sie gleich zu weinen anfängt.

«Nun», sagt sie. «Das ist Ihre Entscheidung. Es tut mir leid. Ich glaube …»

Sie hält kurz inne. Unter dem Puder erröten ihre Wangen. Sie steht auf und geht so nahe an mir vorbei, dass ich ihren Geruch wahrnehme. Dann stellt sie sich hinter mich, setzt mir vorsichtig die Kapuze auf, zieht die Schnur fest und legt die Hände auf meine Schultern. Durch das geborgte T-Shirt hindurch fühlen ihre Finger sich kalt an.

Leise und ganz dicht an meinem Ohr sagt sie: «Ich glaube, wir hätten gut füreinander sein können.»

Sie drückt die Hände noch einmal fest auf meine Schultern, dann lässt sie los.

Ich höre das Piepen der Tür und das Surren des elektronischen Schlosses. Schließlich sagt sie: «Mr. Harkonnen? Er gehört ganz Ihnen.»

**163** Dank des Sternekochs der *La Belle Dame* ist das Abendessen Weltklasse, aber Kat rührt kaum einen Bissen an. Sie hat sich für diesen Anlass eine Biografie zurechtgelegt, aber Staley bevorzugt es, über sich selbst zu sprechen. Er lässt die Namen von saudischen Prinzen und osteuropäischen Oligarchen fallen, von entthronten Führern der Welt und von Milliardären. Dabei trinkt er immer weiter, was ihn bei seinem Geschwafel manchmal den Faden verlieren lässt. Seine immer glasiger werdenden Augen wandern über Kats Körper.

Man muss kein Genie sein, um sich auszumalen, wie er sich den weiteren Verlauf des Abends vorstellt.

Kats Handy liegt mit dem Display nach unten auf dem Schreibtisch unter dem weißen Nashorn. Während eine von Selbstgefälligkeit strotzende Anekdote die nächste jagt, betet sie zu jedem Gott, der ihr zuhören mag, um die letzte Nachricht von Rachels Team, mit der sie die entscheidende, rettende Information erhalten wird.

Gegen 23 Uhr vibriert plötzlich der Boden unter ihren Füßen, sie spürt eine Bewegung. Sie tritt ans Panoramafenster und sieht, dass die Lichter von Buenos Aires sich elegant um das Schiff herum drehen.

*La Belle Dame* nimmt Kurs auf die offene See.

«Was ist los?», fragt sie. «Wohin fahren wir?»

«Wo liegt das Problem?», fragt Staley. «Funktioniert das Zeug, das du mir zeigen willst, etwa nur im Hafen? Willst du es deswegen an unserem Schiff demonstrieren?»

«Es funktioniert bestens», sagt Kat wahrheitsgemäß. Was für ihren Plan allerdings nicht gilt. Sie könnte binnen einer halben Stunde keinen Handyempfang mehr haben. Und ohne die SMS fällt alles in sich zusammen.

In der Scheibe sieht sie, wie Staley sich von hinten nähert.

«Komm schon», sagte er mit leichtem Lallen. Er ist so nah, dass sie im Nacken seinen Atem spürt. «Entspann dich. Vielleicht sollten wir über diese Waisenhäuser reden?»

Sie spürt seine Hand an ihrer Taille.

Sie dreht sich um, will ihn wegstoßen, aber er schlingt die Arme um sie und zieht sie an sich. Kat schafft es, die Ellbogen nach vorn zu bringen und auf diese Weise sein Gesicht und seinen alkoholgeschwängerten Atem auf Distanz zu halten. Ihr ist klar, dass viele Frauen in dieser Branche ihren Körper einsetzen, um Männer wie Staley in die Falle zu locken, aber sie begreift nicht, wie man in der Lage sein kann, Körper und Geist derart voneinander zu trennen.

Obwohl er größer und schwerer ist als sie, würden ihre Kampfsportkenntnisse ausreichen, um ihn problemlos zu Boden zu werfen. Aber dann würde sie riskieren, dass die ganze verdammte Operation auffliegt.

Eine Weile ringen sie miteinander, dann summt ihr Handy auf dem Tisch.

Widerwillig lässt Staley sie los, sodass sie nach dem Telefon greifen kann. Er starrt sie verwirrt an.

«Was zum Teufel soll das bedeuten?»

«Lassen Sie mich sehen», sagt Kat.

Die Nachricht kommt von derselben Nummer wie die vorherige, aber diesmal enthält sie nur einen Code.

79855(3/2/1/0)

«Gute Neuigkeiten», sagt Kat.

«Was heißt das?»

«Es heißt, dass ich nicht mit Ihnen ins Bett muss.»

Mit diesen Worten tritt sie ihm kräftig in die Eier.

# 164

Keuchend vor Schmerz, beugt Staley sich vornüber und geht in die Knie.

Im selben Moment dringt mit lautem Zischen chemischer Nebel aus mehreren Gebläsen in den Raum. Durch die dichte Wolke aus aerolisiertem Glykol kann sie fast nichts mehr erkennen.

Staley schnappt nach Luft, greift nach Kats Bein und zieht sich daran hoch. «Scheißnutte!»

Sie nimmt seinen Kopf in beide Hände und schmettert sein Gesicht gegen ihr Knie. Als seine Nase bricht, hört sie das Knirschen von Knorpel. Er fällt wieder zu Boden, zwischen seinen Händen fließt Blut hervor.

Kat macht einen Schritt zurück, außerhalb seiner Reichweite. Staley steht auf, brüllt vor Wut und Schmerz und unternimmt stolpernd den nächsten Angriff. Ohne ihn aus den Augen zu lassen, greift Kat nach einem der Stoßzähne aus Elfenbein, die auf beiden Seiten des Schreibtischs stehen. Er ist viel schwerer als erwartet, aber es gelingt ihr, ihn wie einen Knüppel zu fassen und mit aller Kraft zu schwingen.

Der hölzerne Sockel kracht gegen Staleys Schläfe, wie ein Sandsack geht er zu Boden. Durch den dichter werdenden Nebel erkennt sie das Blut, das aus der Kopfwunde fließt. Er stöhnt kurz auf, dann rührt er sich nicht mehr.

Die Alarmsirenen der Jacht heulen los, aber Kat nimmt noch ein anderes Geräusch wahr. Eine nach der anderen – *piep, klick, piep, klick, piep, klick* – werden die elektronischen Türen des Schiffs entriegelt.

**165** An Hand- und Fußgelenken gefesselt und als Zugabe noch mehrfach getasert, bin ich zurück im Sicherheitslager. Plötzlich höre ich Sirenen, das Zischen der Nebelgebläse und das Geräusch sich öffnender Türen.

Harkonnen hat draußen einen Wächter postiert und ihn angewiesen, mich zu erschießen, falls ich zu fliehen versuche. Ich höre den Wächter um Hilfe rufen. Trotz des Nebels dürfte er mich erwarten, wenn ich durch die Tür trete.

Harkonnens oberste Priorität besteht wahrscheinlich darin, Hipkiss in den Schutzraum des Schiffs zu bringen, die Zitadelle, die sich auf demselben Deck befindet wie ich. In der Zitadelle lassen sich der Nebel und andere Sicherheitssysteme manuell kontrollieren. Das bedeutet, dass Kat ungefähr fünf Minuten bleiben, in denen sie sich die Unsichtbarkeit zunutze machen kann.

Mein Job in dieser Zeit besteht darin, für die größtmögliche Ablenkung zu sorgen.

Aber zuerst muss ich die Kabelbinder loswerden. Hätte ich sie vor mir, wäre es trivial, aber die Hände sind mir auf dem Rücken gebunden und die Fesseln beängstigend dick. Ich knie mich hin, beuge mich vor, hebe die Hände hinter dem Rücken und schlage sie mit aller Kraft auf meine Hüfte. Gleichzeitig versuche ich, die Handgelenke zu den Seiten zu ziehen und die Fesseln zum Reißen zu bringen. Aber stattdessen gräbt sich das Plastik in meine Gelenke. Ich versuche es wieder und wieder und ignoriere den qualvollen Schmerz, bis meine Handgelenke bluten. Aber es nützt nichts.

*Scheiße.*

In den Armen habe ich nicht genug Kraft, die einzige Alternative ist also mein Körpergewicht. Ich rapple mich mühsam auf, atme tief durch und stoße mich mit einem kräftigen Satz nach hinten ab. Hart lande ich auf dem stählernen Boden, mein Gewicht stößt die Hüfte auf meine Gelenke. Ich höre ein lautes Knacken. Der Schmerz lässt mich einen Moment lang fürchten, ich hätte mir etwas gebrochen, aber dann merke ich, dass meine Hände frei sind.

Mühsam schaffe ich es auf die Knie und reiße die Tür auf.

Vom Nebel geblendet, eröffnet der Wächter draußen das Feuer. Aber er zielt dorthin, wo er mich erwartet, nicht dorthin, wo ich bin. Ich bleibe unten, mache einen weiten Satz und krache in Bauchhöhe in ihn hinein. Als er zu Boden geht, feuert seine Sig Sauer, Kugeln prallen vom Metall der Wände und der Gangway ab, aber ich schaffe es, ihm die Waffe zu entreißen und ihm den Schaft gegen die Stirn zu rammen.

Er rührt sich nicht mehr.

Auf dem Deck über uns höre ich Schreie. Offenbar sind die Schüsse gehört worden. Gut.

Meine Fußgelenke sind immer noch gefesselt, aber ein kräftiger Schlag mit dem Gewehrkolben lässt das Plastik reißen. Ich bin frei.

Inzwischen ist der Nebel komplett undurchdringlich. Durch den Gang hallen die Schritte von schätzungsweise zwei Wächtern, die vom Mannschaftsdeck heruntereilen. Ich drücke mich mit dem Rücken gegen das Schott und lausche dem Poltern ihrer Stiefel. Erst als sie auf der Mitte des Gangs sind, eröffne ich das Feuer. Mit dem ersten Feuerstoß gehen sie zu Boden, dann ist mein Magazin leer.

Ich schnappe mir zwei Magazine aus den Waffen der Wächter. Viel ist es nicht, aber es muss reichen.

**166** Eine Hand an der Wand, in der anderen das Handy, tastet Kat sich durch den Nebel zur Tür von Staleys Suite. Dort bleibt sie einen Moment stehen, als sie die Schüsse von unten hört. *Alles in Ordnung*, redet sie sich gut zu. *Wir haben es so geplant. Es bedeutet, dass er hier ist. Es bedeutet, dass es funktioniert.*

Sie tastet sich weiter in den Gang. Als sie die gedämpften Schritte von Stiefeln auf der Treppe des Mannschaftsdecks hört, drückt sie sich an die Wand. Eine Tür wird aufgestoßen, sie glaubt drei Männer im Laufschritt zu hören.

«Holt Staley! Ich kümmere mich um Hipkiss!», ruft jemand mit einem vertrauten Akzent.

*Harkonnen.*

Ein Mann läuft an ihr vorbei, so nahe, dass sie den Luftzug spürt. Er verschwindet in der Kabine, die sie gerade verlassen hat. Sie hört, wie er nach Staley ruft, aber keine Antwort bekommt.

Kat hält den Atem an. *Bitte lass ihn die Leiche nicht entdecken.*

Aus Hipkiss' Suite dringt eine Frauenstimme.

«Was ist passiert?» Sie klingt verärgert, aber auch ein wenig ängstlich.

«Er ist frei», sagt Harkonnen. «Seventeen.»

«Sie haben ihn *rausgelassen*?»

«Jemand hat die Sicherheitssysteme beschädigt. Wir müssen Sie in die Zitadelle bringen. SOFORT!»

«Wo ist Edgar?»

«Ich finde ihn nicht», sagt der Wächter, der hinter Kat aus der Kabine tritt.

«Er muss schon nach unten gegangen sein», mutmaßt Harkonnen. «Und jetzt *bitte*, Ma'am ...»

Als sie Hipkiss nach unten bringen, schließt sich die Tür hinter ihnen.

Bis zur Zitadelle brauchen sie fünfundvierzig Sekunden. Dann eine Minute, bis sie die manuelle Steuerung der Systeme aktiviert haben. Der Nebel dürfte sich nach weiteren zwei Minuten lichten.

Ihr bleiben also rund vier Minuten.

**167** Ich höre Stimmen, die sich von oben her nähern. Es ist Harkonnen in Begleitung einiger Männer, sie bringen Hipkiss zur Zitadelle. Aber Staley höre ich nicht, was bedeutet, dass er noch oben und potenziell gefährlich ist. Während ich mir die Konsequenzen klarzumachen versuche, kommen weitere von Harkonnens Männern herunter und laufen an mir vorbei zu dem Lagerraum, aus dem ich gerade entkommen bin.

Vor mir höre ich das Öffnen und Schließen der Tür zur Zitadelle. Harkonnen beordert zwei Männer als Bodyguards hinein, dann eilt auch er an mir vorbei zu der Stelle, wo die anderen den Verwundeten entdeckt haben. Ein weiterer Wächter trifft mit einer Hochleistungstaschenlampe ein, die den Nebel einen guten halben Meter durchdringt. Harkonnen befiehlt den Männern, das Deck mithilfe der Lampe komplett zu durchsuchen.

Der Strahl leuchtet in meine Richtung, aber ich ziehe mich ins Treppenhaus zurück, dessen Tür ich einen Spalt offen halte, damit kein Klicken des Schlosses zu hören ist.

«Deck gesichert», sagt der Mann mit der Lampe.

«Findet den Mistkerl», brüllt Harkonnen. «Staley wird noch vermisst, das Mädchen auch. Fangt auf dem Eigner-Deck an und arbeitet euch nach unten vor.»

Auf dem Eigner-Deck ist Kat. *Scheiße.*

Ich muss vor ihnen dort sein.

So leise wie möglich haste ich die Treppe hinauf. Als ich die Tür unten loslasse, fällt sie mit einem lauten Klicken ins Schloss. Ich höre Harkonnens Stimme.

«Das ist er. Los. Los. Los!»

**168** Kat tastet sich in Hipkiss' Suite vor.
Sie weiß von den Zeichnungen her, wo sich der Tresor befindet. Die Zahlenfolge, die Rachel getextet hat – *79855(3/2/1/0)* –, ist die Kombination. Die Schrägstriche in der Klammer bedeuten, dass es sich bei der letzten Ziffer um eine 3,2,1 oder 0 handeln kann. Für den Fall, dass das Team nicht die komplette Zahlenfolge lesen kann, haben sie sich auf diesen Code verständigt.

Mit der Hand streift sie über die Wand, dort, wo der Safe sich befinden müsste. Aber sie spürt nichts.

Sie unterdrückt die aufkommende Panik.

Es bedeutet bloß, dass die Platte, hinter der sich der Tresor verbirgt, in die Wand eingelassen ist.

Sie schaltet die Taschenlampenfunktion des Handys ein. Der Nebel ist so dicht, dass sie sich der Wand bis auf zwanzig Zentimeter nähern muss, um etwas zu erkennen. Wens Team hat ihr zwar verraten, dass sich hier ein Wandbild befindet, aber auf den Anblick, der sie erwartet, ist sie nicht vorbereitet.

Es ist eine vom Boden bis zur Decke reichende Kopie von Leonardo da Vincis *Das Abendmahl*. Bis auf ein einziges Detail gibt es das Gemälde exakt wieder: Rechts von Jesus ist an die Stelle des Apostels Johannes Hipkiss selbst getreten, mit wallendem Blondhaar und einer weiten Bluse samt tiefem Dekolleté, das der realen Hipkiss, da ist Kat sich ziemlich sicher, übermäßig schmeichelt.

*Meine Güte, Lady, was hast du für Probleme?*, denkt Kat, ehe sie die Hände noch gründlicher über die Oberfläche gleiten lässt. Tatsächlich entdeckt sie eine Platte, die durch die Linien des Bildes gut getarnt ist.

Es muss einen Weg geben, die Tafel zu öffnen, aber wo ist der Bedienmechanismus? Auf den Zeichnungen war er nicht zu erkennen, Wens Team hätte ihr diese Information zusammen mit dem Code schicken sollen.

Sie zieht das Handy aus der Tasche und begreift das Problem.

*Kein Signal.*

Sie haben schon keinen Handyempfang mehr.

Also wird sie es allein finden müssen.

Ganz am Rand des Bildes stößt sie auf einen Schreibtisch und tastet nach einem Knopf, aber da ist nichts. Direkt darunter steht ein niedriges Bücherregal. Sie sucht an den Unterseiten der Regalborde und zieht hektisch ein Buch nach dem anderen heraus.

Noch immer nichts.

Einen Moment lang glaubt sie, hinter sich ein Geräusch zu hören. Sie bleibt reglos stehen, hält den Atem an und lauscht. Aber außer dem Zischen der immer noch Nebel ausspuckenden Gebläse, gedämpfter Kommandos und dem Poltern von Schritten ist nichts zu hören.

*Verlier nicht die Nerven*, sagt sie sich. *Du halluzinierst schon. Konzentrier dich!*

Wenn die Steuerung sich weder im Schreibtisch noch im Bücherregal befindet, muss sie in das Wandbild selbst integriert sein. Aber das Ding ist riesig. Sieben Meter breit, knapp drei hoch. Und vor lauter Nebel kann sie immer nur einen winzigen Ausschnitt sehen.

*Denk nach*, sagt sie sich. *Wo würde sie es unterbringen?*

Kat ist das Gegenteil von religiös, aber sie hat am Community College eine Arbeit über *Das Abendmahl* geschrieben. Die Figuren am linken Rand spielen nur Nebenrollen, dasselbe gilt für die rechte Seite. Gleich links von Christus sitzen Thomas, Jakobus und Philippus. Die linke Seite steht jedoch für einen untergeordneten Status. Rechts befindet sich die Johannes/Hipkiss-Figur. Außerdem Petrus, der aber von Judas verdeckt wird, dem Mann, der Christus für dreißig Silbermünzen verraten hat. Diese Münzen trägt er in einem Beutel in der rechten Hand.

Dreißig Silbermünzen.

*Geld.*

Das Zeug, das man als Erstes in einen Tresor steckt.

Sie spürt die glatte Oberfläche. Aber anscheinend berührt sie einen Sensor, denn nach einem leisen Klicken gleitet die Platte heraus und dreht sich an einem Scharnier nach außen.

Kat leuchtet mit dem Handy in die Öffnung.

Der Safe strahlt zurück.


**169** Ich stampfe backbords die Treppe hinauf. Mehrere Männer folgen mir, andere, darunter Harkonnen, benutzen das Treppenhaus auf der anderen Seite. Ich gebe ein paar Schüsse nach hinten ab, um meine direkten Verfolger auf Distanz zu halten, aber was die anderen angeht, kann ich nichts tun.

Als ich gerade das Gästedeck erreiche, verstummt der kreischende Alarm. Auch aus den Gebläsen dringt plötzlich kein

Nebel mehr. Die manuelle Steuerung in der Zitadelle ist aktiviert worden. Jetzt bleiben Kat vielleicht zwei Minuten, bis sie entdeckt wird.

Über mir glaube ich, die Schritte von Stiefeln zu hören, die nach unten kommen, also gehe ich weiter in den VIP-Bereich. Der Nebel beginnt sich langsam zu lichten. Links von mir liegen die Lounge und, eher zu erahnen, die prächtige gewundene Treppe, die zu den Suiten der Eigner führt.

Was die Bewaffnung angeht, bin ich hoffnungslos unterlegen. Eine Schießerei kann ich mir hier nicht leisten, was aber nicht bedeutet, dass sich die Situation nicht zu meinen Gunsten verändern ließe. Ich schieße auf den Eingang zum Backbord-Treppenhaus, jage ein paar Kugeln in die Tür auf der Steuerbordseite und renne auf die gewundene Treppe zu.

Immer noch in ihrer Sicht behindert, eröffnen die Männer auf beiden Seiten das Feuer aufeinander, weil sie glauben, das Ziel wäre ich. Ein Mann wird getroffen und schreit vor Schmerz auf. Erst einige weitere Schüsse, verwirrte Schreie und Flüche später begreifen sie, dass sie auf die eigenen Leute geschossen haben.

Ich habe die Treppe fast erreicht, als ich Schritte hinter mir höre. Im Nebel zeichnet sich ein riesiger Schatten ab. Harkonnen. Er schießt, und eine Kugel trifft mich in die Seite. Ich erwidere das Feuer und treffe seine Brust, er taumelt rückwärts, rappelt sich aber wieder auf. Offenbar trägt er eine Schutzweste.

Unter heftigen Schmerzen stolpere ich die Treppe hinauf. Ich feuere nach hinten und setze meine kostbare Munition dafür ein, mir Harkonnen vom Leib zu halten. Als ich oben ankomme, höre ich, wie er seine Truppe in drei Gruppen einteilt – eine für jedes Treppenhaus, während die dritte mir direkt folgen soll.

Ich spüre schon den beginnenden Schockzustand, aber wenn ich hierbleibe, sitze ich in der Falle. Also ziehe ich mich an ein Schott zurück. Um mich herum dünnt sich der Nebel schnell aus. Ich bin in der Unterzahl, umzingelt und fast ohne Munition, außerdem kann ich nicht alle drei Aufgänge gleichzeitig im Blick behalten.

Ich schüttle den Kopf, um klar nachdenken zu können: Mein Ziel besteht nicht darin zu überleben. Es geht darum, Kat genug Zeit zum Öffnen des Safes zu verschaffen.

Ich gebe noch ein paar Schüsse ab und renne zu Hipkiss' Tür.


**170** Um sie herum wird der Nebel lichter, die Schüsse rücken immer näher, unterbrochen von lautem Rufen und gelegentlichen Schmerzensschreien. Kat versucht, das alles zu ignorieren und sich auf den Safe zu konzentrieren.

Kugelsicherer Stahl, eine stählerne Verriegelung. Ein Metallrad mit fünf Speichen als Griff. Und, laut Betriebsanleitung, ein Ziffernblock, der drei Versuche gestattet, bevor er einen schrillen Alarm auslöst und sich für die nächste Stunde nicht öffnen lässt.

Sie checkt noch einmal die Ziffern auf ihrem Handy. 7-9-8-5-5, dann entweder 3, 2, 1 oder 0. Vier Möglichkeiten, aber nur drei Versuche.

Sie tippt auf C, um den Speicher zu löschen, und gibt dann 7-9-8-5-5 ein, jeder Tastendruck von einem Piepton begleitet.

Sie zögert, dann gibt sie – *los geht's!* – die 3 als letzte Ziffer ein und bestätigt mit #.

Das Schloss antwortet mit vier Pieptönen.

*Falsch.*

Sie wischt die verschwitzten Handflächen ab und versucht es erneut.

C-7–9–8–5–5. Diesmal drückt sie die 2, dann #.

Vier Pieptöne. *Falsch.*

*Scheiße Scheiße Scheiße.*

Wieder glaubt sie, ein Geräusch zu hören, ist sich wegen der Schüsse aber nicht sicher.

Ein Versuch noch. Davon hängt alles ab.

Wieder drückt sie die vertraute Kombination. *Piep piep piep piep piep piep.*

Die letzte Ziffer muss eine 0 oder eine 1 sein.

Ein Entweder-oder.

Fifty-fifty.

*Entscheide dich endlich,* weist sie sich innerlich zurecht. *Anders geht es nicht.*

Sie drückt die 0, aber als ihr Finger auf der #-Taste liegt, sagt eine Stimme in ihrem Kopf: *Wenn du bei Münzwürfen auf Zahl getippt hast, kam Kopf. Und umgekehrt. Jedes Mal, dein ganzes Leben lang, hast du dich falsch entschieden.*

Schnell drückt sie C zum Abbrechen, dann 7–9–8–5–5–1. Auch diesmal zögert sie. Die Schüsse kommen näher, ihre Zeit läuft ab.

*Mach einfach.*

Sie drückt #. Das Schloss quäkt dreimal. Drinnen hört sie ein Klicken.

*Es hat funktioniert!*

Sie dreht das Rad und zieht die schwere Tür auf, dann leuchtet sie mit dem Handy hinein. Es gibt zwei Fächer. Unten liegen juristische Dokumente, Pässe, ein Geldbeutel und eine Tasche, die aussieht, als könnte sie wertvolle Edelsteine enthalten. Mehrere Handys, darunter zwei brandneue, verpackte Klapphandys. Drei unverpackte Festplatten, mehrere Tablettenfläschchen, eine abgegriffene Familienbibel und ein mit einem Gummiband zusammengehaltener Stapel von Briefen und Fotos.

Das obere Fach ist fast leer, von einem orangefarbenen wasserdichten Kästchen abgesehen. Gerade als sie danach greifen will, hört sie hinter sich eine Stimme.

«Hast du gefunden, was du suchst?»

**171** Staley taumelt aus dem durchsichtigen Nebel hervor. Überall ist er voller Blut, hat eine tiefe Kopfwunde und atmet blubbernd durch die gebrochene Nase. Er sieht aus wie eine Gestalt aus einem Albtraum, aber das ist nicht das Schlimmste.

Hoch über dem Kopf hält er das Breitschwert, das über seinem Bett hing.

Noch ehe Kat reagieren kann, geht Staley mit lautem Gebrüll auf sie los und lässt das Schwert mit aller Kraft herunterkrachen. Sie wirft sich zur Seite und spürt an der Wange den Luftzug der Waffe, bevor diese mit einem lauten Klirren von der offenen Tresortür aufgehalten wird.

Kat rappelt sich auf, Staley setzt zum nächsten Angriff an. Diesmal weicht sie zur anderen Seite aus, das Schwert verwandelt einen Cocobolo-Schreibtisch in Brennholz.

Kat könnte problemlos fliehen – er ist alt, verletzt und erschöpft –, aber sie hat die Speicherkarten noch nicht, und Staley steht jetzt zwischen ihr und dem Safe.

Sie sind wie Stier und Matador. Staley nimmt ihr Zögern

wahr und stürzt sich ein weiteres Mal auf sie, aber diesmal ist sie vorbereitet. Als er das Breitschwert wie eine Keule schwingt, befördert sie ihn mit einem Judowurf zu Boden.

Während er auf die Beine kommt, läuft sie zum Safe. Staley hat nicht mehr viel zuzusetzen, sein Atem geht keuchend, aber trotzdem reißt er das Schwert noch einmal hoch.

Als Kat ins obere Fach des Tresors greift, wirft sie einen Blick zurück und sieht ihn auf sich zustürzen. Sein blutiges Gesicht ist vor Anstrengung verzerrt, das Schwert ragt über seinem Kopf auf.

Im letzten Moment findet Kats Hand, was sie gesucht hat.

Nicht das orangefarbene Kästchen, sondern die winzige 9mm-Ruger, Hipkiss' persönliche Waffe, die hinter dem Kästchen versteckt war. Kat hat keine Zeit zu prüfen, ob sie geladen ist. Stattdessen entsichert sie die Waffe, lädt durch und drückt den Abzug – das alles in einer einzigen fließenden Bewegung, wie sie es auf dem improvisierten Schießstand hinter der Tankstelle wieder und wieder geübt hat.

Der Schuss trifft Staley mitten in die Stirn. Er taumelt rückwärts und ist tot, noch ehe er auf dem Boden aufschlägt. Das Schwert gleitet ihm aus den Händen und fliegt im Bogen auf Kat zu. Aber sie tritt zur Seite, sodass es sich in das geschönte Porträt seiner Schwester bohrt, gleich neben Jesus.

«Guter Schuss», sage ich.

**172** Kat nimmt die Waffe herunter und bemerkt das Blut und das Loch in meinem T-Shirt. Der Tresor steht offen. Edgar Staleys Leiche liegt mit einem hübschen Loch in der Stirn auf dem Boden. Hinter Kat steckt ein immer noch vibrierendes Breitschwert in einem riesigen und einzigartig geschmacklosen Porträt von Hipkiss. Ich versuche vergeblich, die Abfolge der Ereignisse zu rekonstruieren, die diesem Szenario vorausgegangen sind.

«Du bist verwundet», sagt sie.

«Alles in Ordnung», lüge ich. «Hast du die Karten?»

Sie nimmt das orangefarbene Kästchen aus dem Safe, öffnet es und zeigt mir zwei nCards – diejenige, die Hipkiss hatte, und die, die ich gegen Mireille getauscht habe –, eingebettet in antistatischen Schaumstoff.

Draußen auf der Treppe höre ich Schritte. Ich habe noch zehn Patronen übrig, vielleicht auch nur noch neun. Ich drehe mich zur Tür hinaus und gebe drei Schüsse ab. Als ich gebückt in die Kabine zurückkehre, schlagen Schüsse ins Metall des Schotts.

«Hau ab», sage ich. «Nimm den Balkon. Ich halte sie so lange wie möglich zurück.»

«Wir haben keinen Handyempfang», sagt Kat. «Ich weiß nicht, ob ...»

Ich bringe sie mit drei weiteren Schüssen durch die Tür zum Schweigen.

«Wenn du irgendeine eine andere Idee hast, wie wir lebend von diesem Kahn runterkommen, dann gib mir Bescheid», rufe ich ihr zu.

Wieder feuere ich zur Tür hinaus. Noch zwei oder drei Schüsse. Ich verbrauche sie zu schnell, aber Kat muss entkommen, und anders geht es nicht.

Sie wickelt sich den Riemen des Kästchens ums Handgelenk, zögert aber noch immer.

Ich weiß, warum. Weil sie dasselbe denkt wie ich.

Es könnte das letzte Mal sein, dass wir uns sehen.

Es gibt hundert Dinge, die ich ihr sagen muss, und tausend, die ich ihr sagen will. Aber jetzt ist nicht die Zeit dafür, also brülle ich stattdessen: «LOS!»

Sie grinst, streckt den Mittelfinger aus, führt ihn an die Lippen und schickt mir einen Luftkuss.

**173** Kat rennt auf Staleys Balkon. Die Nacht ist dunkel, mondlos, die Sterne verstecken sich hinter einer Schicht hoher Zirrusbewölkung. Sie sucht den Horizont ab, aber außer *La Jolie Fille* ist kein Schiff in Sichtweite.

Drinnen hört sie weitere Schüsse.

*Er kommt klar,* lügt sie sich in die Tasche. *Das tut er immer. Er ist nicht unterzukriegen.* Aus einer Klappe im Schiffsrumpf zieht sie eine Rettungsweste, dann streift sie die Schuhe ab und zieht das Kleid aus. Die Wassertemperatur vor Buenos Aires liegt in dieser Jahreszeit bei 21 Grad. Kühl, aber nicht lebensgefährlich, und die Bewegungsfreiheit ist ihr wichtiger als jeder Wärmeschutz, den ein von einem geilen Mittfünfziger ausgewähltes Kleid bieten könnte.

Sie schlüpft in die Rettungsweste, die sich kalt auf der Haut anfühlt, und schließt den Gurt.

*Los geht's!*

Sie steigt auf die Reling und balanciert dort einen Moment lang.

Von irgendwoher hört sie die Stimme ihrer Mutter.

*Wenn du vor etwas Angst hast, renn darauf zu.*

Sie packt das orangefarbene Kästchen ganz fest und stürzt sich ins Dunkle.

**174** Ich gebe meine beiden letzten Schüsse ab. *Klick.* Jetzt habe ich keine Patronen mehr.

Ich könnte rauslaufen und hinter Kat her vom Balkon springen, aber damit würde ich das Feuer auf sie lenken. Und so verzweifelt ich will, dass sie überlebt, denke ich auch nicht ausschließlich an sie.

Mireille ist jetzt frei. Sie hat genug durchgemacht. Ich will sie nicht in einer Welt aufwachsen lassen, in der eine Wahnsinnige wie Hipkiss die Macht besitzt, einen Atomschlag auszulösen.

Wenn das bedeutet, dass ich hier sterben muss, dann sei es so.

**175** Bis zur Wasseroberfläche sind es zwölf Meter. Der Aufprall ist brutal und raubt Kat den Atem. Das Wasser ist kalt, aber zum Glück nicht annähernd vergleichbar mit dem, was sie in Spitzbergen erlebt hat. Die Rettungsweste trägt sie schnell nach oben, aber als Kat nach Luft schnappt, bemerkt sie, dass die vom Kontakt mit Salzwasser aktivierten Lichter strahlend und in Dreiergruppen leuchten.

Sie schüttelt sich die Haare aus den Augen und versucht, die Lichter mit der Hand abzudecken, aber es ist zu spät. «Ich hab sie! Im Wasser. Backbord auf vier Uhr!», ruft eine Männerstimme.

*La Belle Dame* hat ihr Tempo nicht gedrosselt und bewegt

sich von ihr weg, aber Kat kann eine Gestalt erkennen, die in ihre Richtung deutet. Zwei andere Gestalten kommen dazu und eröffnen das Feuer. Sie zielen auf das zwischen ihren Fingern durchscheinende Licht der Rettungsweste.

Ringsum schlagen Kugeln ins Wasser. Kat hat keine Wahl. Sie löst den Gurt der Weste und wirft sie so weit weg wie möglich. Dann atmet sie tief ein und taucht unter.

**176** Was immer von meiner Seele geblieben sein mag, ich vertraue es dem Jenseits an, schließe die Augen und bin drauf und dran, zur Tür hinaus und in den Kugelhagel zu stürmen. In diesem Moment ruft jemand: «Die Frau ist im Wasser! Sie ist im Wasser!»

Die Ablenkung gibt mir die Chance, einen Blick zur Tür hinaus zu werfen. Einer von Harkonnens Männern tritt aus Staleys Suite. «Keine Spur von Mr. Staley, aber da ist überall Blut.»

«Scheiße!», brüllt Harkonnen. Er schreit seine Männer an und teilt sie in drei Teams ein – eines schickt er zum Heck, das zweite soll mich hier belagern, das dritte das Beiboot bereit machen.

«Erschießt sie», fügt er mit normaler Stimme hinzu. «Egal was passiert, lasst das Miststück nicht entkommen.»

*Scheiße.*

Hipkiss' Suite liegt im hinteren Teil des Schiffs. Durch die Panoramafenster überblicke ich die im Scheinwerferlicht liegenden tieferen Decks. Zwei Wächter stehen schon an der Reling, weitere kommen dazu. Die meisten tragen kurzläufige, halbautomatische Gewehre, die auf weitere Entfernungen nutzlos sind. Jetzt aber erscheint Harkonnen mit einem H-S Heavy Tactical Rifle samt Wärmebild-Zielfernrohr.

Eine der präzisesten Waffen der Welt.

Er brüllt seine Männer an, zur Seite zu treten, und legt das Gewehr auf die Reling.

Die Nacht ist dunkel, aber Kats Körperwärme wird sie im kalten Wasser wie eine Signalrakete strahlen lassen. Sie kann maximal einige Hundert Meter entfernt sein. Zu seinen besten Zeiten war Harkonnen einer der Top-Schützen weltweit, und das Kaliber der Waffe bewirkt den sofortigen Tod.

Wenn ich nichts unternehme, lebt Kat in wenigen Sekunden nicht mehr.

Ich lasse meine Waffe fallen, sprinte auf den Balkon hinaus, springe auf die Reling und stürze mich in die Luft. Die Muskeln in der von Harkonnens Kugel geschredderten Seite verkrampfen, aber ich blende den Schmerz aus. Sechs Meter tiefer lande ich hart auf dem Deck, rolle mich vorwärts und stürze mich auf Harkonnen.

Einer seiner Männer sieht mich, ruft etwas und schießt, aber ich bin zu schnell, sodass seine Kugeln hinter mir vom Deck hochprallen. Harkonnens riesiger Kopf dreht sich nach mir um, auch er will schießen, aber es ist zu spät.

Ich treffe ihn mit voller Kraft, greife mit beiden Händen nach dem Gewehr und ramme es ihm unters Kinn. Die Wucht des Zusammenpralls lässt ihn rückwärts über die Reling fallen und mich gleich mit. Mit den Armen rudernd und aufeinander eindreschend, fliegen wir durch die Luft, ehe wir auf die tintenschwarze Wasseroberfläche stürzen.

Immer noch ineinander verkrallt, aber vom Gewicht der Waffe und Harkonnens Ausrüstung beschwert, beginnen wir zu sinken.

**177** Kat ist immer noch unter Wasser und kämpft sich mit energischen Arm- und Beinstößen vorwärts. Um sie herum bohren sich Kugeln ins Wasser, aber die dumpfen Einschläge klingen immer entfernter, je weiter sie die leuchtende Rettungsweste hinter sich lässt.

Schließlich kann sie den Atem nicht mehr anhalten und steigt zum Luftschnappen an die Oberfläche. Vor sich sieht sie die düsteren Umrisse von *La Jolie Fille*. Könnte sie hinter das Versorgungsboot gelangen, würde es sie vor Schüssen von der Jacht abschirmen. Aber das kalte Wasser des Ozeans, ohne Rettungsweste, die sie oben hält, erschöpft sie. Und selbst wenn sie die Schüsse überlebt, wäre sie immer noch im offenen Meer, zu weit vom Ufer entfernt, um es dorthin zurückzuschaffen.

Sie versucht, sich auszurechnen, ob es besser ist, zu ertrinken oder auf die *La Jolie Fille* zu klettern und sich dort zu verstecken. In diesem Moment hört sie einen Schiffsmotor.

Für einen kurzen Moment schöpft sie Hoffnung, bis sie bemerkt, dass es das Beiboot der *La Belle Dame* ist, das aus dem Heck hervorschießt. An Bord suchen zwei bewaffnete Wächter die Wasseroberfläche ab, während ein dritter einen mächtigen Suchscheinwerfer bedient. Kat geht mit dem Kopf wieder unter Wasser, weil sie weiß, dass ihre blasse Haut sie verraten wird, sobald das Scheinwerferlicht sie erfasst. Aber einer der Wächter trägt eine Nachtsichtbrille, die ihre Körperwärme sichtbar macht.

Das orangefarbene Kästchen ist immer noch an ihrem Handgelenk festgeschnallt. Sie könnte es lösen und zu Boden sinken lassen, aber es gibt keine Garantie, dass Hipkiss die Malware nicht schon kopiert hat. Und falls Kat tatsächlich überlebt, wäre es nicht möglich, den Exploit öffentlich zu machen und die Gefahr zu bannen.

Dann aber nähert sich hinter ihr das gedämpfte Dröhnen eines anderen Motors – eines Außenborders diesmal, wesentlich näher als das Beiboot. Kat reckt den Kopf aus dem Wasser und entdeckt ein aufblasbares Zodiac-Boot, das von jenseits des Versorgungsschiffs, hinter dem es sich versteckt gehalten hat, auf sie zukommt. Für einen Moment wird sie von einer Taschenlampe geblendet, dann ist das Boot plötzlich neben ihr, der Motor wird gedrosselt, Hände ziehen sie aus dem Wasser.

Sobald sie an Bord ist, macht das Zodiac kehrt, gibt Gas und nimmt Fahrt auf.

«Runter! Runter!», sagt eine Frauenstimme.

Rachel kniet neben ihr und duckt sich vor den Kugeln, die über ihre Köpfe zischen. Sie steuert mit einer Hand, während ein untersetzter Mann das Feuer erwidert und die hintere Sitzbank als Stütze benutzt.

«Alles in Ordnung?», fragt Rachel.

Kat nickt und hustet Meerwasser aus.

«Mach weiter Tempo», sagt der Mann im Heck. Irgendwie kommt seine Stimme ihr vertraut vor, aber Kat kann sie nicht zuordnen. «Wir sind zu schnell für sie, aber wir müssen sie endgültig abschütteln.»

Er setzt das Feuergefecht noch eine Weile fort, aber die Schüsse von dem anderen Boot werden immer leiser, bis sie irgendwann ganz aufhören.

«Sie drehen um», sagt er, hörbar erleichtert. «Wir sind in Sicherheit.»

Kat drückt sich hoch. Sie zittert, als das Adrenalin abebbt und sie die Kälte stärker spürt. Als Rachel ihr eine Decke um die Schultern legt, dreht Kat sich um, weil sie wissen will, wessen Stimme sie gehört hat. Sie muss sich das Salzwasser aus den

Augen reiben, um sicherzugehen, dass sie sich das nicht einbildet.

«Vilmos», sagt sie. «Bist *du* das?»

**178** Ich spüre den Druck des Wassers, als wir zusammen untergehen. Rings um uns herrscht völlige Dunkelheit. Ich kann mich nur auf meinen Tastsinn verlassen. Der finnische Riese versucht mit aller Kraft, das Scharfschützengewehr herumzudrehen, damit es auf mich zielt. Wasser bremst eine Kugel erstaunlich schnell ab, aber auf diese Entfernung würde eine Kugel mich töten. Er ist größer und stärker, außerdem bin ich verletzt. Tatsächlich gelingt es ihm, mir die Mündung an den Kopf zu drücken, aber die Verzweiflung verleiht mir die Kraft, sie zumindest einige Zentimeter von meinem Schädel wegzuhalten.

Trotzdem drückt er den Abzug.

Das Krachen des Schusses im Wasser klingt wie die Explosion eines Tanks. Unter stechenden Schmerzen platzen meine Trommelfelle. Irgendwie gelingt es mir, nicht zu schreien, immerhin ist die Luft in meiner Lunge das, was mich am Leben hält.

Stattdessen lasse ich das Gewehr los, greife nach seinem Gesicht und kralle meine Daumen in seine Augäpfel. Luftblasen steigen an meinem Gesicht auf, und ich begreife, dass *er* derjenige ist, der jetzt schreit. Eine seiner Hände packt mein T-Shirt. Ich versuche, mich aus seinem Griff zu lösen, spüre aber einen dumpfen Schmerz in der unverletzten Seite, als hätte er mich mit einem Hammer geschlagen. Dann noch mal. Und noch mal. Ich weiß, was es ist, weil ich es nicht zum ersten Mal spüre.

Er hat ein Messer. Er sticht mich in die Seite.

Ich packe zu, um es abzuwehren, und spüre, wie die rasiermesserscharfe Klinge meine Handfläche aufschlitzt. In diesem Moment hämmert er die andere Faust gegen mein Gesicht.

Ich halte nicht mehr lange durch. Ich bin dabei, diesen Kampf zu verlieren, und mein Körper verlangt mit aller Macht, dass ich atme. Aber jetzt zu atmen, würde meinen sofortigen Tod bedeuten. So oder so: Wenn mir nicht schnell etwas einfällt, lebe ich keine Minute mehr.

Dann erinnere ich mich, dass er eine Schutzweste trägt. Das sind mindestens fünf Kilo, plus Stiefel, Munition und was er sonst noch so bei sich hat. Mit dieser Last wird er sinken, nicht hochsteigen. Und wenn er mit einer Hand auf mich einsticht und mit der anderen schlägt, kann er mich nicht gleichzeitig festhalten.

Mit einer einzigen schnellen Bewegung packe ich mit beiden Händen seine rechte Schulter, drehe ihn um, verschränke meine Hände unter seinem Brustbein und reiße sie mit aller Kraft nach hinten und oben.

Ich wende das Heimlich-Manöver an, wodurch ich sämtliche verbliebene Luft aus seiner Lunge presse. Eigentlich handelt es sich um einen lebensrettenden Griff, der bei Erstickenden dazu dient, einen Fremdkörper aus der Luftröhre zu befördern. Aber jetzt setze ich ihn ein, um Harkonnen zu töten.

Als ich loslasse, dehnt sich sein Brustkorb aus, er atmet Wasser in die Lunge. Er gerät in Panik und versucht verzweifelt, sich an mir festzuklammern. Aber ich drücke seine Schultern nach unten und stoße mich selbst mit den Füßen ab, um zur Oberfläche zu gelangen.

Er sinkt wie ein Stein.

Im letzten Moment spüre ich, wie sich eine Hand um mein Fußgelenk legt.

Er will mich mit in die Tiefe ziehen.

**179** Vilmos dreht sich grinsend um: «Spitzbergen war sowieso scheißkalt. Das Klima hier ist viel angenehmer.»

Er gibt noch mehrere Schüsse auf das zurückfallende Beiboot ab. Einer davon bringt den Suchscheinwerfer zum Erlöschen.

«Nicht schlecht», sagt Rachel.

«Call of Duty», erklärt Vilmos. «Für irgendwas muss das viele Training ja gut gewesen sein.»

Rachel greift unter das Steuer und reicht Kat eine Thermosflasche. «Trink das. Das hält dich warm. Für die Rückfahrt brauchen wir noch mindestens eine Stunde.»

«Hast du die Karten?», fragt Vilmos. Er legt das Gewehr in den Rumpf und kommt nach vorn.

Kat löst das orangefarbene Kästchen von ihrem Arm und reicht es ihm.

«Wartet mal», sagt sie dann. «Was ist mit Jones? Seventeen?»

Rachel und Vilmos wechseln einen schnellen Blick. Darauf haben sie gewartet.

«Was meinst du?», fragt Rachel.

«Der Plan war, dass er von der anderen Seite des Schiffs springt, während sie mich suchen. Und dass wir zurückfahren und ihn aufsammeln.»

«Nein, Schätzchen», sagt Rachel. «Das war nicht der Plan.»

«So hat er es mir aber gesagt», beharrt Kat.

«Er hat dir *gesagt*, das wäre der Plan», erklärt Rachel mit sanfter Stimme. «Aber so sah der Plan nie aus.»

**180** Harkonnens riesige Hände umklammern meine Fußgelenke wie Schraubstöcke. Ich zerre an seinen Fingern, aber sie lösen sich keinen Millimeter.

Wir sinken immer tiefer.

*Das ist es*, denke ich plötzlich. *Genau das habe ich in Spitzbergen geträumt.*

*So geht alles zu Ende.*

Dann spüre ich, wie sein Griff sich lockert und er schließlich ganz loslässt. Anscheinend verliert er das Bewusstsein. Mit dem Heimlich-Manöver habe ich sämtliche Luft aus seiner Lunge gepresst, sodass er vor mir in Ohnmacht fällt.

Ich strample mich nach oben, wobei die restliche Luft mir Auftrieb gibt.

Schließlich breche ich durch die Oberfläche und hole prustend Atem. Dann schüttle ich den Kopf, um wieder klar zu werden.

Einige Hundert Meter entfernt kehrt das Beiboot zur *La Belle Dame* zurück. Für einen Moment erkenne ich in seinem Suchscheinwerfer das sich entfernende Zodiac-Boot.

Das bedeutet, dass Kat es geschafft hat. Rachel und Vilmos haben sie gefunden. Sie ist in Sicherheit.

Ich werde hier im Wasser sterben, aber das ist in Ordnung, denn wir haben gewonnen.

Dann aber entdecke ich etwas.

Der Hubschrauber steht auf seinem Landeplatz auf der *La Jolie Fille.*

Das Cockpit ist hell erleuchtet, die Rotoren drehen sich schon.

*Deshalb* kehrt das Beiboot um. Nicht weil sie aufgegeben hätten, sondern weil sie das Zodiac mit dem Hubschrauber verfolgen wollen.

Dann sind Kat, Vilmos und Rachel leichte Ziele.

Meine Stichwunden sind tief.

Auf der anderen Seite habe ich eine Schusswunde.

Ich verliere Blut, und zwar schnell.

Mir ist schwindlig.

Ich bin erschöpft.

Aber ich bin noch nicht fertig.

Ich sammle meine letzten Kraftreserven zusammen und kraule auf die *La Jolie Fille* zu, um sie vor dem Beiboot zu erreichen.

Ich schaffe es mit ungefähr zwanzig Sekunden Vorsprung, ziehe mich an der Leiter hoch und taumele blutend die Stufen zum Flugdeck hinauf. Offenbar haben die ersten Wächter mich entdeckt, denn dicht neben mir prallen Kugeln vom Metall ab. Trotzdem schaffe ich es zum Hubschrauber.

Dessen Tür steht noch offen, der Pilot ist auf die Kontrolle seiner Instrumente konzentriert und sieht mich erst, als ich neben ihm auftauche. Ich hämmere ihm eine Faust ins Gesicht und werfe ihn raus. Er prallt hart auf, rappelt sich hoch und humpelt den Wächtern entgegen, die schon die Stufen heraufeilen.

Eigentlich bräuchte ich einen Moment zum Verschnaufen, aber dafür bleibt keine Zeit. Ich müsste Druck auf die Wunde ausüben und versuchen, den Blutfluss zu stoppen. Aber zum Steuern eines Hubschraubers braucht man zwei Hände, also ziehe ich den Collective hoch, sodass die Kufen leicht vom Boden abheben, dann drücke ich den Steuerknüppel nach vorn.

Der Hubschrauber steigt schnell nach oben – da der große Vogel nur mich und einen vollen Tank an Bord hat, ist er relativ leicht. Ich schiebe den Cyclic nach rechts vorn und entferne mich in einem Bogen von der *La Belle Dame*, wobei ich stetig an Höhe und Geschwindigkeit gewinne.


**181** Rachel drosselt die Geschwindigkeit, um Treibstoff zu sparen. Ein leerer Tank, bevor sie in Sicherheit sind, ist das Letzte, was sie brauchen. Als der Motor tiefer tönt, hört Kat plötzlich den Hubschrauber der *La Belle Dame*. Sie dreht sich um und sieht, dass der Bell auf sie zuhält.

Erschreckt schlägt sie Alarm. «Schnell! Schnell! Sie verfolgen uns. Wir sitzen hier auf dem Präsentierteller.»

Doch in diesem Moment ändert sich die Tonhöhe des Rotorengeräuschs, der Hubschrauber hat seine Richtung geändert. Er fliegt einen Bogen, senkt die Nase, um Tempo zuzulegen, und nimmt direkten Kurs auf *La Belle Dame*.

Rachel bringt den Motor in den Leerlauf und wendet, damit sie zusehen können.

Verwirrt starrt Kat sie an. «Was zum Teufel hast du vor?»

Rachel schüttelt den Kopf, ihre Miene wirkt mit einem Mal ernst und traurig. «Er ist nicht hinter uns her.»

«Wie meinst du das?», fragt Kat. Aber innerlich ist sie vollkommen aufgewühlt, denn die Antwort liegt auf der Hand.

**182** Ich denke an den ersten Tag zurück, als ich die schlafende Mireille vom Sofa gehoben und sie, in eine Navajo-Decke gewickelt, in den Gladiator getragen habe. Damals hatte ich nicht die leiseste Ahnung, dass sie meine Tochter ist, trotzdem wurde ich das unheimliche Gefühl nicht los, dass sich in meinem Leben etwas geändert hatte.

Ich denke an die wenigen Stunden zurück, in denen ich ihr Cheerios und Pop-Tarts vorgesetzt habe. In denen ich mir den Sockenaffen ansehen wollte, der meinen Namen trug, und mich fragte, was dieser winzige, tödliche Fremdling zu bedeuten hatte, der in mein Leben hereingeplatzt war.

Das sind die einzigen Momente mit mir, an die sie sich erinnern wird. Sie wird nie erfahren, dass ich ihr Vater oder dass ihr einäugiger Affe nach mir benannt war. Sie wird nie erfahren, wie viel Blut an den Händen klebte, die sie vom Gladiator ins Motel getragen haben, und welche Mühen es mich gekostet hat, ihr ein von den Geschichten ihrer beiden Eltern unvorbelastetes Leben zu ermöglichen.

Ich werde sie nicht heranwachsen sehen. Nicht weil ich das nicht wollte, sondern weil sie eine Zukunft ohne Berührungspunkte mit ihrer Vergangenheit braucht. Wie ein Keimling, den man in frische, fruchtbare Erde setzt. Das wird sie zu dem heranwachsen lassen, was sie von Anfang an hätte sein sollen.

In drei oder vier Jahren ist sie ein Teenager und ein paar kurze Jahre später eine Frau.

Wenn sie etwas von Gracious' Verstand und Mut geerbt hat, wird mit ihr zu rechnen sein.

Wenn sie etwas von mir geerbt hat, dann hoffentlich nichts von dem, was ich bin, sondern von dem, was ich hätte werden können, wenn meine Zukunft nicht zerstört worden wäre, indem ich Junebugs Tod mitansehen musste. Und falls sie etwas von Junebug in sich trägt, dann hoffentlich den Menschen, den ich geliebt und der mich geliebt hat. Den Menschen, der sie hätte sein können, bevor ihre Zukunft durch das zerstört wurde, was ihr Vater ihr angetan hat.

Ich spreche ein leises Gebet zum Universum: *Möge der Kreislauf der Gewalt hier durchbrochen werden.*

Dann schiebe ich den Steuerknüppel nach vorn.


**183** Die Bordelektronik des Bell brüllt mir zu: *SINK-GESCHWINDIGKEIT! SINKGESCHWINDIGKEIT! HOCHZIEHEN! HOCHZIEHEN!*

*La Belle Dame Sans Merci* befinden sich direkt vor mir. Die Treibstofftanks liegen mittschiffs, auf Höhe der Wasserlinie. Ich ziele auf den schwächsten Punkt: die unsichtbare Schweißstelle zwischen den Metallplatten des Rumpfs, die auf den Plänen zu erkennen war.

Inzwischen fliege ich mit fast dreihundert Stundenkilometern, Tendenz steigend. Langsam scheint die Crew zu begreifen, was ich vorhabe, denn einige rennen los, andere eröffnen von der Reling aus das Feuer. Als ich noch zweihundert Meter entfernt bin, schlagen die ersten Kugeln ein, erst in den Rumpf, dann zerstören sie das Seitenfenster.

Plötzlich passiert etwas Merkwürdiges.

Die Zeit scheint langsamer zu laufen, und ich bin kein Hubschrauberpilot mehr, sondern ein Astronaut, der allein in seinem Raumschiff durch ein Asteroidenfeld navigiert. Mein Raumschiff wird schneller, immer schneller, die Asteroiden dichter und dichter. Dann wird alles zu einem Videospiel, ich schwenke nach links und rechts, um den Asteroiden auszuweichen, nur dass die Asteroiden jetzt Kugeln sind und ...

Ich schüttle den Kopf. Der Blutverlust fordert seinen Tribut. Aber ich muss den Hubschrauber nur noch ein oder zwei Sekunden auf Kurs halten.

Als ich noch hundert Meter entfernt bin, zeichnet die Salve eines automatischen Gewehrs eine Schlangenlinie in die Frontscheibe. Die äußere Glasschicht platzt auf. Acrylglassplitter bohren sich mir ins Gesicht. Ich reiße die Hände hoch, um mich zu schützen. Eine Kugel dringt in meinen linken Arm, die zweite in meine Schulter. Beim dritten Treffer habe ich nicht mehr ansatzweise die Kontrolle.

Der Bell kreiselt wie wahnsinnig, eine wirbelnde ballistische Rakete, beladen mit einer Tonne Flugbenzin.

Und mit mir.


# 184

Im Zodiac-Boot springt Kat auf, als der Helikopter unkontrolliert zu kreiseln beginnt.

«NEIN!», schreit sie. Aber sie kann nichts tun.

Einen Augenblick später kracht er in die Seite der *La Belle Dame*, Rotoren knicken ab und werden in die Luft geschleudert. Als der gefüllte Tank reißt, explodiert der Helikopter in einem lodernden Feuerball, der pilzartig nach oben steigt. Das völlig verdrehte Wrack landet im Wasser, flammende Trümmerstücke regnen herab.

Aber damit ist es nicht zu Ende.

Die Kollision reißt ein Loch in den Rumpf, genau dort, wo sich die Dieseltanks der *La Belle Dame* befinden. Die nach dem Auftanken im Hafen prallvollen Tanks brechen auseinander, Diesel strömt aus und verdampft im Inferno des Hubschraubers. Eine zweite Explosion erschüttert die Megajacht, dann noch eine und noch eine. In einer unaufhaltsamen Kettenreaktion fangen die Tanks nacheinander Feuer.

Das Zodiac ist anderthalb Kilometer entfernt, und es dauert fünf Sekunden, bis sie die Schockwellen spüren. Schon dringt Wasser in den durch die Explosionen aufgerissenen Rumpf. *La Belle Dame* bekommt Schlagseite. Der weiterhin austretende Kraftstoff brennt auf den Außenwänden und färbt den Rumpf der Megajacht orange. Drinnen ist die Hölle ausgebrochen.

Auf den Decks zieht ein Teil der Besatzung Rettungswesten über und springt von der höherliegenden Seite des Schiffs ins Wasser, andere versuchen, die Hightech-Rettungskapseln hinunterzulassen. Das Beiboot, das sich gleich nach der ersten Explosion in Sicherheit gebracht hat, kommt zögernd näher, aber die anhaltenden Explosionen halten es zurück.

«Wir sollten umkehren», sagt Kat. «Er könnte dadrin sein. Er könnte noch leben.»

«Tut mir leid, Schätzchen», sagt Rachel mit unsicherer Stimme. «So etwas überlebt niemand.»

«Das weißt du nicht. Du *kannst* es nicht wissen», sagt Kat.

Sie kriecht nach vorn, um Rachel das Steuer zu entreißen, sieht sich aber plötzlich der Mündung von Vilmos' Gewehr gegenüber.

«Scheiße, was soll das?»

«Wir können es nicht riskieren», sagt Vilmos. «Wir können nichts tun. Und wir müssen dieses Zeug hier schnell uploaden.»

«Begreifst du denn nicht?», sagt Rachel. «Er *wollte* es so. Er hat es die ganze Zeit so geplant.»

Vilmos' Waffe zittert keinen Millimeter. Kat lässt sich nach hinten fallen.

Rachel gibt Gas und wendet. Sie halten auf die am Horizont glitzernden Lichter von Buenos Aires zu.

Kat starrt zurück zur *La Belle Dame*, die jetzt auf der Seite liegt. Eine Flammensäule ragt in den Nachthimmel auf, das Heck hebt sich langsam an, während der Bug immer tiefer sinkt.

Das Einzige, was sie hört, sind die sich immer wiederholenden Worte in ihrem Kopf, als die unerträgliche Realität zu ihr durchdringt.

*Er ist tot. Er ist tot. Er ist tot.*

# TEIL XII

**185** Sie kommt sich vor wie am Ende der Welt, und in gewisser Weise ist es auch so.

Ihre Reise hat mehrere Tage gedauert, in denen sie wenig Schlaf gefunden hat. Von Buenos Aires nach São Paulo, von São Paulo nach Heathrow, dort sechs Stunden Aufenthalt und ein weiterer Flug nach Glasgow. Vier Stunden im Bus zu einem regengepeitschten Fähranleger, der praktisch nur aus einem Parkplatz und ein paar Baucontainern bestand. Eine Überfahrt durch den rauen, Übelkeit verursachenden Atlantik zu einer kleinen Fischerinsel. Von dort aus auf einer winzigen Rostlaube von Fähre weiter zur Nachbarinsel. Dann dreißig Kilometer an der Küste entlang – in einem engen Hebridentaxi mit nur einem funktionierenden Scheibenwischer und einer schweigsamen Schottin am Steuer. Kat glaubte, das Taxi würde sie direkt ans Ziel bringen, aber die Straße ist immer schlechter geworden: erst eine einzelne Asphaltspur, dann rissiger Asphalt mit Graseinsprengseln, schließlich eine Schotterpiste, auf die die Fahrerin sich lieber nicht wagen will.

Als sie Kats Miene bemerkt, bietet die Frau ihr an, sie zum halben Preis zur Fähre zurückzubringen. Aber wo Kat schon einmal hier ist, steigt sie in Wind und Regen aus und sieht zu, wie das Taxi in neunzehn Zügen wendet, die kurvige Straße zurück nimmt und schließlich in der Szenerie aus Nebel, Himmel und Hügeln verschwindet.

Für die sechs Kilometer über die holprige Schotterpiste

braucht sie anderthalb Stunden. Immer wieder rutscht und stolpert sie, das Tageslicht schwindet, der Wind peitscht ihr die Haare ins Gesicht. Ihr Mantel war warm genug, solange er trocken war, aber binnen zehn Minuten ist sie bis auf die Haut durchnässt. In einem ihrer spärlichen Wortbeiträge hat die Taxifahrerin erklärt, der Wind sei faul – er mache sich nicht die Mühe, um einen herumzuwehen, sondern suche den direkten Weg durch einen hindurch.

Die Landschaft, wenn sie denn mal zwischen den Regenschwaden auftaucht, ist gleichzeitig trostlos und wunderschön. Oben auf dem Hügel grasen Rehe, ein großer Hirsch sieht ihr mit vorsichtigem Interesse nach.

Kats Handy ist seit einer Stunde leer – die Ladebuchse im Taxi hat nicht funktioniert. Sie beginnt, sich zu fragen, ob sie die falsche Straße genommen haben könnte. Dann aber taucht es aus dem Nebel und dem Regen auf: ein solides, weißes, uraltes Steinhaus mit Schieferdach. Es schmiegt sich dicht an den Hügel und bietet einen Blick über die Meerenge zum Festland. Auf beiden Seiten wird es von Scheunen aus Feldsteinen flankiert, bei einer ist das Dach teils eingebrochen, sodass die Balken freiliegen. Im Haus, rechts von der rot gestrichenen Eingangstür, brennt ein einzelnes Licht. Aber der verschlissene gelbe Vorhang mit Blumenmuster ist vorgezogen, sodass sie nicht sehen kann, ob jemand im Haus ist. Und wenn ja, wer.

Sie braucht einen Moment, um den Mut zum Anklopfen zu finden.

*Wenn du vor etwas Angst hast, renn darauf zu.*

**186** Die ersten vierundzwanzig Stunden haben sie Kat in Ruhe gelassen. Anfangs hat Rachel versucht, mit ihr zu reden, aber sie wollte nicht getröstet werden und wich vor ihrer Berührung zurück. Sie saß ganz allein auf dem Bett, die Knie bis zum Kinn hochgezogen, und schaute sich Fernsehberichte über die sinkende *La Belle Dame*, den unerklärlichen Hubschrauberabsturz und die fieberhaften Aktivitäten bei der Suche nach Überlebenden – und beim Bergen der Leichen – an.

Die ersten Aufnahmen stammten aus den frühen Morgenstunden und zeigten, wie die brennende Megajacht allmählich sank. Bis Sonnenaufgang war sie verschwunden, irgendwo in dreißig Metern Tiefe. Später am Tag wurden Taucher hinuntergeschickt. Unter den ersten Leichen, die gefunden wurden, war die von Staley, aber die Zitadelle, in die Hipkiss mutmaßlich gebracht worden war, ließ sich nicht öffnen. Schließlich wurden auf Abbrucharbeiten spezialisierte Taucher von einer nahe gelegenen Gasplattform hinzugezogen, die sich mit Unterwasser-Sauerstofflanzen durch den zehn Zentimeter dicken Stahl arbeiteten. Drinnen fanden sie zwei Leichen, beides Männer, aber keine Spur von Hipkiss.

Im Internet kursierten schnell wilde Gerüchte, nach denen sie in die himmlische Sphäre entrückt sein oder nach drei Tagen auf wundersame Weise wiederkehren könnte wie Christus selbst. Nachdem er die Pläne studiert hatte, kam Wen zu einer wahrscheinlicheren Erklärung: ein Mini-U-Boot für ein oder zwei Personen, mit dem die Jacht entweder nachgerüstet oder das bewusst nicht in die Pläne aufgenommen worden war. Wegen der begrenzten Reichweite solcher U-Boote und potenzieller Beschädigungen durch die Explosion befand sich auch Hipkiss vermutlich längst auf dem Meeresgrund.

Mit ihrem Digitalrekorder sah Kat sich an, wie die Überlebenden gerettet und mit Hubschraubern aus dem Wasser gezogen wurden. Oder wie sie auf das Versorgungsboot oder die herbeigeeilten Fischerboote und Schiffe der Küstenwache kletterten. Sie betrachtete die Szenen immer wieder und hielt nach kleinsten Hinweisen Ausschau, dass ich überlebt haben könnte. Aber es gab keine.

Am zweiten Abend brachte Rachel ihr *Locro*, und Kat war bereit, ihrem Körper etwas anderes zuzuführen als den Rum, den sie seit ihrer Rückkehr nicht aus der Hand gegeben hatte. Rachel erklärte, Vilmos habe die beiden Hälften von Deep Threat kombiniert und Kopien an die großen Geheimdienste, an Tech-Giganten wie Apple und Google sowie an ausgewählte andere Empfänger geschickt. Alles würde jetzt schnell veröffentlicht werden. Die Gefahr, dass wir alle in einen dritten Weltkrieg gehackt würden, verringerte sich bereits.

Kat fühlte sich dadurch kein bisschen besser.

Durch die Tür konnte sie sehen, wie Vilmos auf dem Fußboden hockte, mit Mireille spielte und ihr englische Sätze beibrachte. Er tat sich mit Kindern leicht, das war nicht zu übersehen, aber Mireille war still. Sie trug jetzt einige der Kleidungsstücke, die Marvellous für sie gekauft hatte. In ihrem Haar steckte eine neue rosafarbene Spange, der Affe saß bequem auf dem Stuhl und schaute ihnen zu.

Rachel und Mireille hatten praktisch auf Anhieb eine Beziehung aufgebaut, teils wegen des Sockenaffen, aber vor allem, weil Rachel Marvellous kannte, den Onkel, von dem Mireille in den Geschichten ihrer Mutter gehört hatte. Wovor Rachel am meisten Angst gehabt hatte, war, dem Mädchen von Gracious' Tod zu erzählen. Aber Harkonnen in seiner unfassbaren Grausamkeit war ihr schon zuvorgekommen.

«Der Mann mit dem verbrannten Gesicht hat gesagt,

*Maman* ist tot», sagte Mireille auf Französisch. «Er sagt, er hat sie umgebracht.»

Rachel erzählte Kat, dass das Mädchen bei diesen Worten praktisch keine Regung gezeigt habe. Unwillkürlich musste Kat daran denken, was ich ihr über den Tod meiner Mutter erzählt hatte. Dass ich beschlossen hatte, nichts zu spüren, dass die Gefühle sich aber später in Gewalt und Raserei Bahn gebrochen hatten.

Als sie Rachel davon erzählte, zuckte die nur mit den Schultern. «Wir schenken ihr Liebe», sagte sie. «Mehr können wir nicht tun. Außer hoffentlich in ihrer Nähe zu sein, wenn der Damm irgendwann bricht.»

Mit «wir» meinte sie sich selbst und Vilmos, der beschlossen hatte zu bleiben. In der Welt der Drei-Buchstaben-Geheimdienste hatte die Veröffentlichung von Deep Threat seine früheren Verfehlungen zumindest relativiert. Man würde ihn nie als White-Hat-Hacker einstufen. Aber zumindest die Gefahr einer Auslieferung war einstweilen vom Tisch. Die Adoptionspapiere für Rachel waren auf dem Weg, mit freundlicher Unterstützung DES Zahnarztes. Für den Fall, dass zur Quadratur des Kreises eine Zweckehe nötig wurde, kündigte Rachel eine Riesenparty an und dass sie Vilmos beim Auswählen eines hübschen Pelzkostüms helfen würde.

«Weißt du», sagte Rachel, als sie Kat im Eintopf herumstochern sah. «Er ist tot. Klar, du fühlst dich beschissen. Vielleicht hast du ihn geliebt, das weiß ich nicht. Ich glaube, dass er dich geliebt hat, so gut er einen Menschen lieben konnte. Ja, es ist traurig. Aber er hat es getan, weil die Sache es wert war. Ich weiß, dass es traurig ist, aber ...»

Kat konnte es nicht mehr ertragen. Immer noch halb betrunken vom Rum, warf sie die Schüssel samt Eintopf gegen die Wand. Kürbisstücke, Würstchen, Bohnen und Mais glitten herunter.

«Ich bin nicht *traurig*», schrie sie. «Ich bin *scheißwütend*. Wie kann er mir so etwas antun? Mich anlügen, mich wie ein Werkzeug benutzen und sich dann umbringen, weil er glaubt, nur so die scheiß Welt retten zu können! Alles nur wegen seinem lächerlichen Messiaskomplex. Als wäre ich ein dummes kleines Mädchen, dem er nicht sagen kann, was läuft. Scheiß auf ihn. Und auch auf euch, weil ihr mitgespielt habt.»

«Okay», sagte Rachel, sammelte die Scherben der Schüssel ein und ging zur Tür. Dort drehte sie sich noch einmal um. «Du kannst so lange bleiben, wie du willst, okay? Aber nur, wenn du die Wand sauber kriegst.»

Drei Wochen später traf die Postkarte ein.


**187** Zuerst passiert nichts, dann aber bewegt sich hinter dem Vorhang ein Schatten. Schließlich hört sie drinnen Schritte, langsam und begleitet vom dumpfen Aufprall eines Stocks.

Auf der Postkarte stand nichts außer der Adresse in einer unbekannten Handschrift. Der Stempel auf der schottischen Briefmarke war verschmiert. Rachel zeigte Kat die Karte nicht mal, weil sie annahm, sie wäre für einen früheren Mieter, der ausgezogen oder verstorben war. Aber von dem Augenblick an, als Kat sie auf einem Tisch liegen sah, wurde sie das Gefühl nicht los, sie könnte etwas zu bedeuten haben.

Die Vorderseite zierte das Foto einer spektakulären Aussicht auf niedrige Berge, blauen Himmel und eiskaltes Wasser.

Mit seinen verblassten Kodachrome-Farben wirkte es, als sei es in den Siebzigern aufgenommen. Als sie die Karte umdrehte, stand als Bildlegende nur SCHOTTLAND. Das einzige Anzeichen menschlicher Besiedlung war das einsam stehende weiße Haus in der linken unteren Bildecke, halb hinter einem Hügel versteckt. Als wäre es eigentlich gar nicht da. Aber es war da.

Sie brachte einen Tag vor Google Earth zu, bis sie den Ort bestimmt hatte: eine entlegene Insel, die zu den vor Schottland gelegenen Hebriden gehörte. Kat entdeckte das Haus und zoomte so nah heran wie möglich. Dann starrte sie es eine Stunde lang an. Am frühen Morgen des nächsten Tags, als die anderen noch schliefen, verließ sie die Wohnung ohne Abschied und ohne Hinweis darauf, wohin sie wollte.

Als Letztes schaute sie nach Mireille, die im Halbdunkel fest schlief, den einäugigen Affen im Arm. Als Kat das Mädchen von der Tür aus betrachtete, fragte sie sich einen Moment lang, wie es sich anfühlen würde, Mutter zu sein. Aber inzwischen ist sie sicher, dass es dazu nie kommen wird. Sie hat zwei Menschen getötet, und der Umstand, dass sie deshalb keine Gewissensbisse verspürt, hat sie davon überzeugt, dass sie die Gene ihres Vaters geerbt hat. Diesen Makel möchte sie an niemanden weitergeben. Dass man beim ersten Mal, wenn man einen Menschen umbringt, auch den Menschen in sich selbst umbringt, der noch niemanden getötet hat – diesen Satz hat sie mir nie geglaubt. Sie fühlt sich nicht anders als vorher. Vielleicht ist es eher so, als würde man Präsident. Es *ändert* die eigene Persönlichkeit nicht, vielmehr bringt es diese Persönlichkeit ans Licht.

Und jetzt steht sie hier vor der Tür, ans Licht gebracht. Sie wartet, dass jemand aus der Küche geschlurft kommt und öffnet. Während sie da steht, prasselt der Regen auf ihren Rücken und trommelt an die Fenster. Ihr Mut sinkt. Das Schlurfen klingt nach einer alten Frau.

Vielleicht hat sie alles missverstanden.

Es wäre nicht das erste Mal.

Die Tür geht auf.

**188** Draußen steht eine von Regen durchnässte Kat. Die Haare kleben ihr am Gesicht, sie hält den Kopf gesenkt und hat die Hände in die Manteltaschen geschoben. Sie sieht aus, als sei sie auf dem Feldweg mehrmals ausgerutscht, denn eine Seite ihres Gesichts ist mit Schlamm bespritzt. Ansonsten ist ihre Haut vor Wut und Kälte bleich.

Aber als sie mich sieht, lässt ihre Wut nach.

«Ich dachte, du wärst tot», sagt sie nur.

«Das war ich auch.» Ich schnaufe von der Anstrengung, die mich der Weg zur Tür gekostet hat.

Sie hilft mir wieder hinein.

Wir setzen uns an den klapprigen Küchentisch. Von dem Weg zur Tür und wieder zurück bin ich erschöpft. Ich brauche eine Minute, um wieder zu Atem zu kommen. Inzwischen schaut Kat sich in dem Bauernhaus um. Es gibt keine Heizung, kein Telefon, keinen Strom außer dem, den ein Generator erzeugt. Der Herd wird mit einem Holzfeuer betrieben, das Wasser über einer Gasflamme erhitzt. Ich sage ihr, wo sie den Tee findet, sie gießt ihn mit dem kochenden Wasser aus einem Kessel auf. Ich nehme die auf dem Tisch stehende Flasche Islay-Whisky und gieße in beide Becher je einen großzügigen Schuss.

«Ich wusste nicht, ob du kommen würdest», sage ich.

«Ich auch nicht.» Kat legt beide Hände um den Becher. Die Klappe des uralten Herds steht jetzt offen, aus Kats Kleidung steigt Dampf in die kühle Luft. «Aber ich musste Bescheid wissen. Willst du mir erzählen, was passiert ist?»

Ich zucke die Achseln. «Ich weiß es selbst nicht genau. Ich kann nur sagen, dass ich unter heftigen Beschuss gekommen bin. Aber anscheinend hat mein Überlebensinstinkt mich kurz vor dem Aufprall aus dem Hubschrauber springen lassen. Ich kann mich vage erinnern, dass ich auf ein Boot gezogen wurde, das, wie sich nachher herausstellte, der argentinischen Küstenwache gehörte ... Die Jacht hatte einen automatischen Notruf abgesetzt. Ich wurde per Hubschrauber nach Buenos Aires gebracht. Mehrere Kugeln hatten mich erwischt, eine im linken Lungenflügel, eine andere hat einen Teil der Leber zerstört. Auch mein Schienbein ist zertrümmert worden. Dazu Verbrennungen, Schädelfraktur, Hirnblutung. Im Hubschrauber mussten sie mich zweimal wiederbeleben, dann war ich sechs Stunden auf dem Operationstisch. Der einzige Hinweis auf meine Identität war das Namensschild auf dem T-Shirt eines Besatzungsmitglieds. So haben sie mich also genannt. Es war nur eine Frage der Zeit, bis sie die Wahrheit herausgefunden hätten. Also hab ich mich selbst entlassen.»

«Du warst so übel zugerichtet und bist einfach abgehauen?»

«Im Krankenhaus arbeitet ein Arzt, der bald in Frührente geht. Er hat mir eine Monatsration Morphium, Antibiotika und was weiß ich noch mitgegeben. Dann hat er einen Totenschein ausgestellt. Als die argentinische Polizei dahintergekommen ist, dass ich den Hubschrauber geflogen haben musste, war die Leiche schon verbrannt. Nur eben nicht *meine* Leiche. Abgesehen davon passte es allen in den Kram, dass ich tot war. Der

Angriff auf die Jacht – aufgeklärt. Die Morde in South Dakota – aufgeklärt. Die Kindesentführung – aufgeklärt. Die ganze Scheiße in New York – aufgeklärt. Die Schmach der GRU in Spitzbergen – aufgeklärt. Keine unangenehmen Fragen. Alles hübsch verpackt mit einer großen roten Schleife.»

«Und wie bist du hierhergekommen?»

«Mit einem Sojabohnenfrachter bis Grangemouth, wo man mir nicht allzu viele Fragen gestellt hat. Die meiste Zeit war ich entweder im Fieberwahn wegen irgendwelcher Entzündungen oder high vom Morphium. Aber an Bord gab es Satelliten-Internet, sodass ich dieses Haus gefunden habe. Die Postkarte hab ich dann am Fähranleger entdeckt. Die Angestellte im Postamt hab ich gebeten, für mich die Adresse zu schreiben. Ich wusste nicht, ob ich die Karte abschicken sollte. Ob du sie bekommen würdest. Ob du die Nachricht verstehen würdest. Und selbst wenn, wusste ich immer noch nicht, ob du kommen würdest. Aber jetzt bist du da.»

«Warum zum Teufel hast du mir nicht gesagt, was du vorhattest?», fragt sie.

«Wenn du gewusst hättest, dass ich ums Leben komme, hättest du niemals mitgemacht.»

«Ich begreife immer noch nicht, wie du auf die Idee gekommen bist, dass du sterben müsstest.»

«Hätte ich nicht den Hubschrauber genommen, hätten sie euch in ein paar Minuten eingeholt. Und selbst wenn ihr entkommen wärt, hätte Hipkiss immer noch Deep Threat gehabt. Es hätte ein gefährliches Zeitfenster gegeben, bis der Bug gefixt worden wäre. Aber selbst wenn ich komplett danebengelegen hätte …»

Ich brauche eine Pause, um zu Atem zu kommen. Mein Bein fühlt sich infiziert an, und die Antibiotika, die der Arzt mir mitgegeben hat, habe ich schon vor Tagen aufgebraucht. Mit dem Ärmel wische ich mir den Schweiß von der Stirn.

«Wenn du mit allem danebengelegen hättest ... *was dann?*»

«Ich musste es für Mireille tun. Solange ich am Leben war, wäre sie immer meine Schwachstelle geblieben. Der Punkt, über den an mich ranzukommen war. Solange Seventeen am Leben war, hätte jeder Möchtegern-Eighteen sich an sie gehalten.»

«Also hast du beschlossen, ihn zu töten.»

Ich nicke.

«Aber du hast es nicht geschafft.»

«Ironisch, hm? Der beste Killer auf der Welt. Und der einzige Mensch, den ich nicht um die Ecke bringen kann, bin ich selbst.»

Kat ist hungrig. Sie schaut sich in den angeschimmelten Schränken um und sieht mich an.

«Du hast nichts mehr zu essen.»

«Ich weiß.»

Sie nimmt nacheinander die Medizinfläschchen in die Hand, die ich im Regal über der Spüle aufgereiht habe. Auch sie sind leer.

«Wie kommst du an Vorräte?», fragt sie.

«Gar nicht», sage ich. «Kein Telefon. Kein Handyempfang, aber ich hab sowieso keins. Es gibt ein Fahrrad, aber dazu bin ich nicht in der Lage.»

«Was hättest du gemacht, wenn ich nicht aufgetaucht wäre?»

«Sagt dir Corryvreckan etwas?»

«Sollte es das?»

«Es ist ein Strudel, an einer Stelle, wo zwei Gezeitenströme aufeinandertreffen. George Orwell hat hier in der Nähe *1984* geschrieben und wäre dort beinahe ertrunken. Warum nicht auf diese Weise gehen?»

«Willst du mich auf den Arm nehmen?»

«Wenn du nicht gekommen wärst, hätte ich die Sache auch zu Ende bringen können.»

«Meine Fresse», sagt sie. «Du armseliger Trottel.»

Das Lachen tut weh, aber das ist mir egal, weil ich schon ziemlich lange nicht mehr gelacht habe.

«Hast du eine ungefähre Vorstellung davon, wie wütend ich auf dich bin?»

«Ich glaube schon.»

«Ich hätte längst zugeschlagen, wenn ich nicht das Gefühl hätte, genauso gut einen Welpen treten zu können. In dem Moment, wo du wieder halbwegs bei Kräften bist, mache ich dich platt.»

«Darauf baue ich.»

Ich lasse es wie einen Scherz klingen, aber es ist keiner. Überhaupt nicht.


**189** Kat schläft neben mir auf der Matratze im ebenerdigen Schlafzimmer. Die Herdklappe steht wegen der Wärme offen, wir lauschen unter einem Stapel Decken dem Prasseln des Regens auf dem Schieferdach und dem Wind, der an den Scheunentoren und den Fenstern rüttelt.

Am nächsten Tag fährt sie auf dem klapprigen alten Fahrrad den Feldweg hinunter. Stunden später kehrt sie mit einem Korb und einem Rucksack voller Vorräte zurück. Sie füllt den Herd mit Holz, dann braten und verspeisen wir ein komplettes

Hühnchen. Die Beine essen wir mit den Fingern, wobei uns das Fett aufs Kinn tropft. Kat holt frischen Verband und hilft mir beim Wechseln des alten, den ich schon eine Woche trage.

Die folgenden Tage sind für die Jahreszeit ungewöhnlich warm. Furchtlos kommen die Rehe bis dicht ans Haus, Steinadler ziehen auf thermischen Winden über den tiefer liegenden Hügeln ihre Kreise.

«So könnte es immer weitergehen», sagt Kat, die auf dem Rücken im Gras liegt und die vorbeiziehenden Wolken beobachtet. Ich will es nicht aussprechen, schaffe es aber nicht, den Mund zu halten.

«Nein», sage ich. «Das kann es nicht.»

Sie setzt sich auf. «Wie meinst du das?»

«Es gibt zu viele lose Enden. Der Arzt in Buenos Aires. Der Frachter. Die Postkarte. Die Frau, die die Adresse für mich geschrieben hat. Das Taxi, das mich hier rausgebracht hat. Das Taxi, das *dich* gebracht hat. Das reicht.»

«Wofür?»

«Jemandem, der sich Mühe gibt, genügt das, um zu dem Schluss zu kommen, dass ich noch lebe. Und dass man mich mit Mireille aus dem Versteck locken kann.»

«Wer sollte das sein?»

«Jeder, der meinen Platz einnehmen will. Die offensichtlichen Kandidaten sind alle tot. Deshalb ist es ein offenes Rennen. Und es reicht, wenn ein Einziger oder eine Einzige dahinterkommt. Diesmal wüsste ich nicht einmal, mit wem ich es zu tun habe.»

«Was willst du mir damit sagen?»

Ich zögere, dann ziehe ich die 9mm-Pistole aus der Tasche, die ich dem Bootsmann des Frachters abgekauft habe.

Ich packe sie am kurzen Lauf und reiche sie Kat.

«Wenn sie mich finden, werden sie das Haus durchsuchen und einen Brief finden, in dem steht, wer ich bin und wie ich hierhergekommen bin. Diesmal wird es keine losen Enden geben. Mireille ist in Sicherheit, und du kannst dein Leben weiterführen, als hätte ich nie existiert.»

Kat starrt auf die Waffe in ihrer Hand.

«Du willst, dass ich dich *umbringe*? Reicht es dir nicht, dass ich dich einmal habe sterben sehen? Du schickst mir eine Postkarte, lässt mich glauben, dass du überlebt hast, lockst mich um die halbe Welt und bittest mich, es noch einmal richtig zu tun. Warum? Scheißt du dir in die Hose, wenn du es selbst machen musst? Hast du Angst, du versaust es wieder? Oder willst du mich bloß noch ein bisschen quälen?»

«Ich musste wissen, ob du kommst.»

«Warum? Ist das so ein Macho-Spielchen? Musst du dir beweisen, dass du noch so viel Macht über mich hast? Oder was?»

«Du hättest die Postkarte ignorieren können», sage ich. «Du hättest sie wegwerfen können. Du hättest in dein altes Leben zurückkehren können, zu diesem Arschloch in Brooklyn oder wohin auch immer. Du musstest nicht kommen. Aber du hast es getan. Was bedeutet, dass ich dir die Wahl lassen muss.»

«Was redest du da?»

«Ich hab gesagt, alle offensichtlichen Kandidaten wären tot. Aber das stimmt nicht.»

Einen Moment lang versucht sie schweigend, schlau aus mir zu werden. Ob ich tatsächlich meine, was sie vermutet.

«Ich hab dich schon mal gefragt, erinnerst du dich? Damals hast du gesagt, du würdest mir am nächsten Morgen die Antwort geben. Stattdessen bist du weggelaufen.»

«Ist dir nie der Gedanke gekommen, dass das meine Antwort *war*?»

«Warum bist du dann hier?», halte ich ihr entgegen. «Warum bist du mit mir nach Spitzbergen gekommen? Warum hast du die Postkarte nicht weggeworfen? Warum ist Staley tot?»

«Glaubst du etwa, ich will so sein wie *du*?»

«Du bist nicht wie ich. Ich habe Leute aus Gründen umgebracht, die ich nicht kannte. Oder wegen des Geldes. Oder um so zu tun, als hätte ich einen riesigen Schwanz. Bei dir ist es anders. Wenn du nicht wärst, hätte jetzt eine religiöse Irre ihren Finger am nuklearen Knopf. Ich wäre tot, und Mireille wahrscheinlich auch. Vielleicht noch jede Menge andere Leute. Du bist nicht meinetwegen gekommen. Du bist gekommen, weil du bist, wer du bist. Dein Leben lang warst du ein fliegender Pfeil auf der Suche nach einem Ziel. Ich will nur sagen, dass du es jetzt gefunden haben könntest.»

«Und wenn ich einfach gehe?»

«Dann tue ich es selbst.»

«Und wenn ich weder das eine noch das andere mache? Wenn ich einfach hier bei dir bleibe?»

«Dann wirst du eines Morgens vor der Dämmerung aufwachen und merken, dass ich nicht im Bett bin. Und du wirst dir sagen: Alles in Ordnung, er ist nur im Bad. Aber dann hörst du denn Schuss in der Scheune und weißt, dass du dich geirrt hast.»

«Vielleicht nehme ich dir die Waffe ab.»

«Corryvreckan ist immer eine Möglichkeit.»

Sie schaut nach unten. «Also hat alles, was wir auf dem Schiff geredet haben, was wir unten im Wasser gesehen hatten, überhaupt nichts zu bedeuten?»

«Doch, natürlich. Aber du liebst mich nicht, Kat. Das hast du mir in Spitzbergen gesagt. Ich glaube, du hast in mir etwas wiedererkannt, was du längst in dir hattest, auch wenn du nicht mal wusstest, dass es da ist. Vielleicht wusstest du es auch und hattest nur keinen Begriff dafür.»

«Und wie ist es mit dir?»

«Was ich fühle, spielt keine Rolle, wie gesagt. Wichtig ist nur, was ich tue.»

Kat betrachtet die Pistole. Und mir wird klar, dass *sie tatsächlich darüber nachdenkt.*

Dann blickt sie auf.

«Als ich gesagt hab, ich mache dich platt, hab ich es anders gemeint.»

«Ich weiß.»

«Was nicht heißen soll, dass ich nie darüber nachgedacht hätte.»

«Ich weiß.»

Plötzlich fangen wir an, gleichzeitig zu lachen und zu weinen.

Dann nimmt sie abrupt und mit ernster Miene die Waffe und zielt auf meinen Kopf.

Das Schweigen ist intensiv. Ich höre nur das Heulen des Windes im Farn und im Wollgras, das weit entfernte leise Seufzen der Wellen auf dem Kies, das gelegentliche Krächzen einer Saatkrähe.

Ihr Finger nähert sich dem Abzug. Ich sehe, wie der Hammer sich nach hinten bewegt.

Ihr Blick ist fest. Ich weiche ihm nicht aus.

Ihre grünen Augen waren das Erste, das mir aufgefallen ist. Sie werden auch das Letzte sein, was ich auf der Erde zu sehen bekomme.

Es ist mir recht.

# 190 In der Welt der Geheimdienste brodelt die Gerüchteküche.

Alle wollen wissen, wer sie ist.

Die junge Frau mit dem roten Haar und den blauen Augen – oder sind es blaue Haare und grüne Augen? –, die sich Zugang zu einem Unterweltcasino in einem Außenbezirk von Buenos Aires verschafft, den Milliardär Edgar Staley am Roulettetisch vorgeführt und sich an Bord seiner Megajacht geschwindelt hat. Die mithilfe eines Teams von Elite-Hackern in seine Sicherheitssysteme eingedrungen ist, ihn mit einem einzigen Schuss in die Stirn getötet hat. Die den Tresor seiner Schwester geknackt hat, mit der wertvollsten Malware aller Zeiten entkommen ist und sie öffentlich gemacht hat, um die Welt zu retten.

Gerüchteweise hat dieselbe junge Frau vor einem Jahr die Alpha-Killertusse Bernier mit einer Kettensäge in zwei Hälften geteilt.

Gerüchteweise hat dieselbe junge Frau einen der Top-Hacker weltweit aufgespürt, sich mit einem serbischen Kriegsverbrecher angelegt und ist dann in Spitzbergen mit einem Schneemobil einer GRU-Spezialeinheit entkommen, wobei sie drei Agenten erschossen hat.

Gerüchteweise ist sie Sixteens Tochter.

Gerüchteweise war der Trottel Seventeen derart in sie verknallt, dass er sich kamikazemäßig mit einem Hubschrauber auf ein Schiff gestürzt hat, nur damit sie entkommen konnte.

Gerüchteweise hat sie ihn in einem winzigen Schlupfloch auf einer schottischen Insel aufgespürt, wo er seine Wunden lecken wollte, und hat ihm persönlich den *Coup de grâce* verpasst.

Niemand weiß, wer sie ist.
Aber alle haben einen Namen für sie.

*Eighteen.*

# Danksagung

*Eighteen* ist alles andere als ein Sachbuch, und sämtliche Fehler gehen auf meine Kappe. Aber viele Episoden, Orte und Ereignisse in diesem Buch sind von wahren Vorfällen und den Berichten darüber inspiriert.

Bei der Schilderung von Gracious und ihrer Flucht vor Boko Haram stütze ich mich auf verschiedene Quellen, darunter das US-Außenministerium, den (vom Institute for Economics and Peace erstellten) Global Terrorism Index, Amnesty International, die *Washington Post*, BBC News, NPR, Al Jazeera und *The Daily Beast*.

Enorm hilfreich waren auch zwei Romane: *Die Hölle von innen* von der Journalistin Andrea Claudia Hoffmann und der Boko-Haram-Überlebenden Patience Ibrahim. Das Buch erzählt die Geschichte einer jungen, schwangeren Nigerianerin, die nach ihrer Entführung durch Boko Haram Entsetzliches durchmacht, um ihr ungeborenes Kind zu retten. Außerdem *Das verborgene Mädchen* von Maria Toorpakai und Katherine Holstein, die Geschichte eines pakistanischen Mädchens aus der Grenzstadt Peschawar, das sich als Junge verkleidet, um der Diskriminierung durch die Taliban zu entkommen (und es im Squashsport unter die Besten ihres Landes schafft!).

Deep Threat, der sogenannte Zero-Day-Exploit, der im Zentrum des Buchs steht, ist meine eigene Erfindung, wobei ich die technologischen Aspekte zum Teil vereinfacht habe, um sie einer breiteren Leserschaft zugänglich zu machen. Einen großen Teil der Hintergrundinformationen – einschließlich der existenziellen Bedrohung durch Malware und des verdeckten Handels mit Exploits – verdanke ich *This Is How They Tell Me The World Ends*, dem bestürzenden Buch der *New York Times*-Reporterin Nicole Perlroth, und dem Wissen zahlreicher Experten für IT-Sicherheit, denen ich auf Twitter folge, darunter der frühere High-End-Exploit-Händler und Sicherheitsforscher @thegrugq und der Grey-Hat-Hacktivist @th3j3t3r, dessen Laptop heute im International Spy Museum in Washington, D.C., ausgestellt ist.

Den Aufsatz, der Deep Threat inspiriert hat, gibt es tatsächlich. Es handelt sich um die Turing-Award-Vorlesung von Kenneth Thompson, der die Auszeichnung – den sogenannten Nobelpreis der Computerwissenschaften – zusammen mit Dennis Ritchie im Jahr 1983 erhielt. In *Reflections on Trusting Trust* beschreibt Thompson, der zu den Vätern der Programmierung und den Pionieren der Computerwissenschaften zählt, ein Angriffsszenario, das heute als «Ken Thompson Hack» oder «Trusting Trust Attack» bekannt ist. Der Aufsatz gilt als wegweisende Arbeit für die Computersicherheit.

Die Beschreibung von Longyearbyen und Umgebung ist unmittelbar inspiriert von den wundervollen Fotos der Malerin und Fotografin Elizabeth Bourne, der Direktorin des Artists Center in Spitzbergen. Bourne lebt in Longyearbyen und hat die letzten Jahre damit zugebracht, die Auswirkungen des Klimawandels und die industrielle Nutzung der Arktis zu dokumentieren.

Wie immer geht mein Dank auch an das großartige Lektoratsteam von Hodder & Stoughton, darunter Jo Dickinson und Phoebe Morgan. Und an meinen Agenten Oli Munson, dessen Input im Stadium des ersten Entwurfs einmal mehr enorm hilfreich und erhellend war.

Nichts von alledem wäre möglich ohne die fortgesetzte, großzügige Unterstützung durch meine Familie – meine Frau Heather, der dieses Buch gewidmet ist, und meine drei Söhne. Sie alle haben es geduldig ertragen, sich die Geschichte während des langwierigen Entwicklungsprozesses wieder und wieder anhören zu müssen.

# Pressestimmen zu «Seventeen» und «Eighteen»

«[Eighteen] geht ab wie eine Rakete ... Brownlow ist ein versierter Drehbuchautor, und das merkt man.» *Financial Times*

«Raffiniert, clever, spannend.» *Crime Review*

«Absolut fesselnd.» *Irish Independent*

«Das Tempo ist atemlos und lässt keine Sekunde nach. Geschmeidig, knallhart und absolut unterhaltsam.» *Crime Time*

«Keine Überraschung, dass Hollywood zugegriffen hat.» *Daily Mail*

«Lee Child, der sicher ein Vorbild ist, könnte sich bei Brownlow in manchem noch eine Scheibe abschneiden, vor allem, was eine gewisse Tiefe der Erzählung anlangt [...]: Brownlow gibt Kontur mit biographischer Plausibilität, moralischen – nicht moralisierenden – Erwägungen und Konstruktionen sowie politischen Intrigen.» *Krimibestenliste über «Seventeen»*

## Weitere Titel

*Die Seventeen-Reihe*

Seventeen

Eighteen